引譬連類

文學研究的關鍵詞

鄭毓瑜

序

詩與物

——《引譬連類：文學研究的關鍵詞》

王德威

「抒情傳統」是台灣漢學界對中國古典詩學研究的重要貢獻。一九五八年，任教美國的陳世驤教授在臺灣大學講授詩歌，重新介紹抒情觀念，以後十餘年更繼之以重要論文多篇。到了一九七一年，陳教授總論研究所成，指出中國早期文學「詩意創造衝動的流露，其敏感的意味，從本源、性格、和含蘊上看來都是抒情的」。中國文學精髓無他，就是「抒情傳統」。[1]

陳世驤教授的觀點日後有同在美國的高友工教授回應。兩人方法雖有不同，但對抒情信念都是一往情深。七〇年代末高教授來臺講學，啟發一輩青年學者；一九八五年更提出「抒情美典」觀念，視

1〈中國的抒情傳統〉英文稿首次發表於 *Tamkang Review* 2.2/3.1 (Oct 1971/Apr 1972): 17-24。此文中譯（楊銘塗譯）和其他有關抒情傳統文章均收入《陳世驤文存》（臺北：新潮出版社，一九七二），頁三一、三五。

野擴及文學以外，包括音樂、書法、文人繪畫等等。抒情與中國人文藝術精神的互動，因此更見豐富魅力。

由陳、高兩位教授所引領的「抒情傳統」研究從八〇年代起在臺灣開花結果。柯慶明、呂正惠、顏崑陽等教授梳理抒情源流，蔡英俊、張淑香、廖棟樑、龔鵬程等教授思考，甚至辨難抒情理念，僅是其中佼佼者。香港的陳國球教授、新加坡的蕭馳教授也相與呼應，形成龐大脈絡，影響至今更及於現代文學研究。

鄭毓瑜教授的治學成就必須置於以這樣的抒情傳統脈絡裡，才能顯出意義。她早期的六朝「文氣論」、「情境美學」探究，到漢晉辭賦的楚騷論述等作，已經展現端正大方的研究氣度。而在《文本風景》（二〇〇五）裡，鄭教授的眼界陡然開放，屢屢給予讀者驚喜。這本論文集以自我與空間的相互定義切入抒情傳統研究，無論是對中古城市作為一種興亡的景觀現場，地方風土與詩情史識的互動，身體與自然所滋生的情感、知識體系，都有與眾不同的看法。鄭教授認為抒情之為「物」，不必局限在一般感時傷逝的窠臼裡，而是蘊含綿密的感官、地理、思想的編碼體系，由此展演的詩歌形式，曲折幽深，才能真正體現「抒情傳統」的博大。

鄭教授的新作《引譬連類：文學研究的關鍵詞》即是據此加以延伸的系統化研究。這本專著探討傳統抒情詩學「引譬連類」的特徵和在文學、文化史中深遠的影響。顧名思義，「引譬連類」指向古典詩歌中所表達的關聯式思考的傾向和實踐。「引譬」借此喻彼，「連類」連鎖引類，都是啟動詩歌想像的修辭方式。鄭教授指出「引譬連類」的淵源來自中國詩學的「比興」正宗：西漢孔安國即將

「興」釋為「引譬連類」；邢昺疏曰：

詩可以令人能引譬連類，以為比興也。

而最為我們所熟悉的解釋出自《文心雕龍》：

詩人感物，聯類不窮。流連萬象之際，沉吟視聽之區。寫氣圖貌，既隨物以宛轉；屬采附聲，亦與心而徘徊。

劉勰認為詩與物相互感動，不僅帶來心身體氣的交流匯聚，更與萬象形成宛轉應和的關聯。而詩人出入感物連類的體系，發情采為辭章，自然占有關鍵位置。

識者或認為這樣的觀點不外傳統詩學由物色而情動、由情動而辭發的演繹。但這正是鄭教授思辨的起點。在她看來，情與詩與物的關係在中國的語境裡如此繁複綿密，我們的討論因此毋須局限於感物／感悟的詮釋模式。「情」在語源學的流變裡不僅指的是七情六欲的情，也是情實和情理的情，更是「道出於情」（《郭店楚簡》）的情。如此，抒情傳統的格局豁然開朗。

本書的關鍵詞「引譬連類」一般多以修辭法則視之，鄭教授則別有所見。她強調修辭作為物象的一部分，由引譬連類所接引、衍生、創造、應用的過程也可以及於其他生命層面，包括感官體氣的調和、地文氣候的判別、政治外交的辭令、醫療診治的方法、國族意識的表彰、哲學思考的模式等。究其極，「引譬連類」形成知識體系，也同時由這樣的知識體系所帶動。由感知到經驗，由常識到玄思，鄭教授認為「引譬連類」不妨可以作為中國傳統認識論的一種起源。

這是視野相當龐大的界說，所引發的豐富問題有待我們持續思考。就此書所及，鄭教授以六章專論作為六種探討的門徑。第一章討論「體氣」與「抒情」，承襲《文本風景》已經提出的身體與詩學討論，指出抒情的修辭功能會意形聲，與身體鬱悶或舒緩、充盈或匱乏形成微妙的震盪。所謂「發憤而抒情」（《九章・惜誦》），此之謂也。據此，鄭教授其他各章更討論諷誦的愉悅、勸誡、乃至醫療功能；《詩經》以降的「重複短語」所投射的風土地理經驗與延伸譬喻；「替代」與「類推」所置換排比、堆疊輻輳而成的歷史、倫理關係網絡；「類」與「物」構造的知識論。本書的第六章則以黃遵憲詩歌為例，討論晚清知識分子如何援用、變化「舊詩語」以為理解甚至掌握「新世界」的方法。如此，從抒情傳統的兩端——遠古與近代，本書勾勒千百年來「引譬連類」如何在身體、文化、知識等層次，不斷重塑也延伸我們感時觀物的現象。

由於所學有限，我其實不足以評點鄭教授的新著。但既然「抒情傳統」出自現代對古典的發現甚至發明，我們或許得以從比較文學角度，再思「引譬連類」的詩學意義。最明顯的例子是俄國形式主義大家雅各布森（Roman Jakobson）對詩歌語義學的研究。雅氏認為語言表意過程中，選擇軸（selection）和組合軸（combination）——或隱喻（metaphor）和轉喻（metonymy）——的對立，組合為人類語言兩種基本運作方式。詩歌是對這樣的對立軸線精密的創造，不僅在隱喻的選擇軸顯示對等原則，而且在轉喻的組合軸上如語音、節奏、句法等也要顯示對等原則，從而在隱喻和轉喻雙軸上形成相似、對稱、平行等關係。雅氏因有名言：「詩學功能把對等原則從選擇軸上投射到組合軸上。對等被提升為句段的構成方法。」[2]

雅各布森的影響深遠；人類學大師李維史陀（Claude Lévi-Strauss）的結構人類學，巴特（Roland Barthes）的批判符號學都有脈絡可尋，七〇年代高友工、梅祖麟教授對唐詩的意象研究也曾點明師承。乍看之下，雅各布森的隱喻／選擇與轉喻／組合軸系統與「引譬連類」有相似之處，都著重符號類比下的意義衍伸。但雅各布森一脈學說堅持科學式抽象結構，以之作為放諸四海的規則，而鄭教授藉「引譬連類」則強調在不同的歷史語境裡，語言修辭的套數如何與生存體驗相與為用，迴旋輻輳，「聯類不窮」。雅各布森最知名的語言基型（parole）和言說表現（langue）的二分法因此不存在抒情語境裡，因為他設想的結構萬變不離其宗，而中國詩學裡的「興」所啟動的綿延脈絡首先就不能存在。

另一方面，「引譬連類」也讓我們聯想到傅柯（Michel Foucault）的名著《詞與物》（*Les Mots et les choses: un archeologie des sciences humaines*）中部分說法。此書考察十六世紀以來西方人文學的興起與沉落，而以文藝復興過渡到新古典時代，以及十九世紀工業革命初期過渡到現代的兩次斷裂焦

2 Roman Jakobson, "Closing Statement: Linguistics and Poetics," in Thomas A. Sebeok ed., *Style in Language* (Cambridge, Mass.: M. I. T Press, 1960), p. 358.

點。傅柯認為每一個時代有獨特的認識世界，為事物命名的模式，因此組成的「事物的秩序」也就是知識的特殊形構——傅柯稱之為「知識型」（épistémè）。現代知識型的關注點是「人」作為研究對象的方法。傅柯表明，隨著各種研究「人」的學問，精神分析到人種學，從語言學到經濟學，的消長，我們曾經見證「人」的生成，也必須見證「人」的必定消失。

傅柯一方面與維柯（Giambattista Vico）的新科學呼應，強調人發明世界，賦予意義的能動性，另一方面又延續西方現代主義思潮，質疑人的存在意義。他的研究方法夾處在結構和解構主義的轉折點上，歷來引起相當爭議。鄭教授的研究其實注意到「引譬連類」與傅柯所描述的十六世紀末之前西方以「相似性」（la ressemblance）為準的「知識型」（包括「適合」、「仿效」、「類推」、「交感」等元素）。但她也同時指出在抒情傳統裡，人與知識的定義與分野不必永遠定型在「知識型」裡，而人的出現與消失也未必因為知識型的轉變而有了宿命般的結果。

傅柯將他的研究名為《詞與物》，著眼西方現代視野下的人藉語言命名、認識事物的一幕幕悲喜劇。鄭教授研究中國抒情傳統裡的詞與物關係，卻得出不同結論。這一結論，不妨名之為「詩與物」。以此，她指出詩在中國人文傳統的中心位置，貫串主體的內與外，同時展現在宇宙生命不同面向的對話。這是與傅柯完全不同的世界觀。用宇文所安（Stephen Owen）教授的話來說，如果西方的詩是一個被創造出來的封閉系統，是隱喻性的虛構，那麼中國詩歌的生成從不被當作虛構，而被視為「詩心」與歷史和世界遭遇、經驗、互動、契合的結果。[3]

最重要的，鄭教授藉著「引譬連類」的研究，再次提醒中國「文」學渾厚綿延的體系：記號——

樣式——文飾——文化——學問——著作——文學。她尤其強調「情」與「物」兩者之間的交錯關係，從體氣到感通，從興發到格物，千絲萬縷，相互融成。知識既是情的結晶，也是物的類應。人既是啟動知識的有情個體，也是完成物象的部分。而這些關係的交集無他，就是詩。而藉由詩，人文的各個層次相互照應、會通有無所煥發出來的總合現象，就是文明，「文」「明」。

回到「抒情傳統」的論述。半個世紀以前陳世驤教授構思「抒情傳統」時，固然是向一個以詩歌為大宗的文明致敬，同時也應該是面對中國的現代經驗如此隱晦不明，有感而發。「抒情傳統」存在與否是一回事，但一旦命名，就成為一個學術方向的起點。這是一個「抒情的」文學史觀，本身就是一項興發。而在新世紀召喚「抒情傳統」，鄭毓瑜教授以「引譬連類」再次為這一傳統做出新的命名。她的工作不但深化了傳統，也再次發明了傳統。《引譬連類》是本具有相當思辨深度的專著，鄭教授索序於我，讓我愧不敢當。有感於她對中國詩學研究的專志與慧心，謹此聊志數語，表達雖不能至、心嚮往之的敬意。

王德威，美國哈佛大學東亞語言及文明系 Edward C. Henderson 講座教授。

---

3 Stephen Owen, "Omen of the world: Meaning in the Chinese Lyric," *Traditional Chinese Poetry and Poetics* (Madison: University of Wisconsin Press, 1985), ch. 1.

【目次】

前言

李約瑟（Joseph Needham）由先秦兩漢陰陽五行的思想，認為中國古人有一種「關聯式的思考」（correlative thinking），並認為在關聯式思考中，事物是藉感應而相互影響，並非由於外在的因果推求；而透過類應所形成的系統，萬物密切結合在一起而構成自然有機的和諧世界。[1]雖然李約瑟認為古代中國透過「關聯式的思考」所形成的有機整合世界，類似原始科學的論述，但是，如馮耀明也已經提出辯駁，認為李約瑟由漢代思想所歸納出的天人之間的「神秘的共鳴」（mysterious resonance），其實是由「自然主義的事實陳述」與「基於人文觀點而作的規範性描述」所混合的宇宙論，既不是經驗層面、也不是在邏輯層面上進行，更不是基於某種成熟的科學觀念。[2]換言之，這種「關聯式的思考」並不是專為邏輯推理而設，當然也不能片面要求這種思考模式會促進某種科學或哲學化的論述模式的產生。[3]仔細檢閱上古相關文獻，會發現所謂「引譬連類」（或「引譬援類」）可以說是總括自先秦逐步發展而來的一套生活知識或者說是已成共識的理解框架，它跨越不同物類、引生彼此應和，時時牽引著群體或個我的種種身心行動；這個「連類」模式因此不是邏輯論辯的程式，而是理解活動進行的基本框架，憑藉這個框架，觸動或開啟我們的視野，導引眼前與過去的深遠的連結，讓身體與世界對談出整體知覺，同時讓傳譯的語言文字如織錦般煥發顯現。透過這個嫻熟上手的理解框架，我們累積知識，同時也累積身體實踐的體驗，進而開發洞見；我們愈來愈純熟地進行「想成」、「視如」的概念理解活動，透過會聚與親附，我們跨越表象差異所形成的類別界線，在不斷越界中去鑽探共存共感的底層。

換言之，這些關於「引譬連類」的論述，最根本的關鍵顯然就在於「越界」或「跨類」（cross

categorical boundary），單就文學研究來說，如果置放回「引譬連類」的思考（理解）背景中，像是物／我、身／心、言／意、文／情等議題，是否可以獲得比較好的詮釋？比如：在文學經典中這些「物類」、「事類」系統究竟如何形成，而這些分類系統又是如何連繫彼此而成為有意義的關係體？其次，這些連類關係的形成與個我的身體實踐如何相關，尤其在什麼樣的感知或行動狀態下，這完整的連類意義會被「體現」？再者，這些透過分類、連類所形成的關於事、物並與人情感知相應的共識體系，如何被傳移摹寫，尤其是透過什麼樣的表現技法或體類規模，可以保證這個共識體系的在場？而這些問題最根本的關鍵其實是如何成類與連類。提到「類」，很容易讓人想到類書，但其實在中國第一部類書《皇覽》出現之前，就已經有對於種種知識的分類，比如《爾雅》對於語詞的訓解分為十九篇，「釋詁」、「釋言」之外，還包括像是「釋宮」、「釋器」、「釋天」、「釋地」等，可以說是針對當

1 見（英）李約瑟（Joseph Needham）著，陳立夫主譯，《中國古代科學思想史》（南昌：江西人民出版社，一九九三），頁三七二—七八。

2 參見馮耀明，〈論所謂中國古代的自然主義——評李約瑟的觀點〉，《清華學報》新三九卷四期（二〇〇九年十二月），頁五〇五—二八。

3 也有學者根據莊子或墨子對於混同一切的類比的批評，而認為這個先秦以來的類比是不合邏輯的思維方式，如施淑，〈漢代社會與漢代詩學〉，《中外文學》一〇卷一〇期（一九八二年三月），頁七〇—一〇七。但是，施淑雖然批評這種無所不包的類比，卻也承認像孔子說詩其實將詩由賦詩的儀式中解放出來，而賦予多義性的詮釋可能。

時語詞使用對象的分類，如同生活世界的「百科名詞」，[4]又如班固（在劉歆《七略》的基礎上）《漢書》〈藝文志〉中將書籍分為「六藝」、「諸子」、「兵書」、「術數」、「方技」，同時將單篇詩、賦輯為「詩賦」略，關於「賦」又區分出屈原賦、陸賈賦、孫卿賦及雜賦四類，[5]似乎與曹魏以後文體論的出現有不可忽視的關聯。[6]這透過語詞訓解或書篇輯錄所進行的分類，說明了分類可以不僅限於史家、小學家或目錄學者的專業目的，分類所發揮的作用更根本是在於建立知識體系，甚至成為生活實踐之必要準則，也因此，關於文學的研究同樣不可能脫離這分類系統所建構的關係世界。

方師鐸的《傳統文學與類書之關係》[7]一書就是當代討論文學與類書關係的重要著作，其中最著力的兩點是：其一，將總集也納入類書領域，讓「類文」的《文選》、《文苑英華》等也成為類書的一部分，其二：由辭彙學的角度來看辭賦，將辭賦視為類書的前身，這兩點凸顯了「類事（物）」或「類文」不只是單純的有助於隸事或論述文體，文學領域中的類別區分，也都應歸屬於認知世界的方式之一，換言之，類分事物、詞語或文體，同時也可以說是架構某種看待世界的模式。不過，如果要藉助類書資料來詮釋文學作品，其實還有更大的困難，因為類書著重在類分，對於如何「連類」並不是考量重點，除了很明顯地自唐代以後大抵建立了「天——地——人——事——物」的次序，對於類與類之間或每一類所包含的子目之間究竟具有何種關聯性，似乎並無法從類書已有的輯錄狀況得到具體說明。除了可以翻查已有的名物注釋，面對文本中往往是多樣事物的組合，研究者更重要的工作可能還在於探索事（物）類之間的關聯性與組合後的意趣引生。換言之，當焦點放在文本，而不只是個別事物的孤立分判，事（物）類如何被應用、詮釋與取捨、再製，以及這名物連類的效果究竟如何開發文學詮釋的新視域，成為更迫切需要探索的焦點。

以《詩經》為例，針對《詩經》名物的詮釋其實早已成就《詩經》研究中「博物學」的一支，[8]三國時人陸璣《毛詩草木鳥獸蟲魚疏》為最早的代表作，到了清代甚至出現如日人岡元鳳的《毛詩品物圖考》，[9]圖文並置，而現代學者利用植物學、動物學等新知識，也仍有如《詩經中的經濟植物》[10]等著作不斷出現。對於名物的古今命名、物理特性或相關記載加以疏理，這當然是理解《詩經》本文

4 參考夏南強，〈類書分類體系的發展演變〉，《華中師範大學學報》四〇卷二期（二〇〇一年三月），頁一三〇—一三八。

5 參見漢・班固，《漢書》（臺北：鼎文書局，一九七七）卷三〇〈藝文志〉，頁一七四七—五三。

6 褚斌杰於《中國古代文體概論》（北京：北京大學出版社，一九九二）〈緒論〉中認為《漢書》〈藝文志〉「詩賦」略中將賦分為四類，雖然還不能說是文體論，但試圖加以分類的努力，似乎可以說是「對後來文體的發展和文體論的產生曾間接地起過重要作用」，頁一五。

7 方師鐸，《傳統文學與類書之關係》（臺中：東海大學，一九七一）。

8 參考夏傳才，《詩經研究史概要》（臺北：萬卷樓圖書有限公司，一九九三），〈詩經的博物學發端〉一節，頁一一七—一一九。

9 吳・陸璣，《毛詩草木鳥獸蟲魚疏》（收入《景印文淵閣四庫全書》經部第六四、總第七〇冊，頁七〇一至七〇二一，臺北：臺灣商務印書館，一九八六）；（日）岡元鳳，《毛詩品物圖考》（臺北：廣文書局，一九八五）。

10 耿煊，《詩經中的經濟植物》（臺北：臺灣商務印書館，一九九六）。

的必要基礎，然而也有不少學者指出，這種《詩經》博物學的研究，往往只在「多識」這方面著力，卻忽略了「詩意」的推求，[11]也就是「詩」與「物」仍無法相交融。這問題究竟出在哪裡？如果回到作為解詩要則的「比興」來說，顏崑陽認為「比興本是一種非常複雜的觀念，……（而）是古代諸多文士，對宇宙、作者、讀者、作品諸因素互涉的人文活動經驗，所產生的體悟與言說」，[12]亦即，「比興」本來就不僅止於名物訓解，而可能是「人文活動」的全面圖式。西漢孔安國直接釋「興」為「引譬連類」，而邢昺疏曰：

> 詩可以興者也，……詩可以令人能引譬連類，以為比興也。[13]

「引譬連類」，其實就是比類、比譬，邢昺直接將「比興」連言，正解釋了孔安國所謂「引譬連類」也是視「興」如「比」。而孔穎達釋〈詩大序〉「六義」之「興」，就融合了孔安國的說法：

> 興者，起也，取譬引類，起發己心，詩文諸舉草木鳥獸以見意者，皆興辭也。[14]

由反覆出現的所謂「連類」、「引類」，說明了比喻或譬喻其實是兩種「類」別之間的連繫，並非兩個孤立事物的比擬，換言之，「比興」或者稱為「譬類」，其實是關於「成套的」譬喻，任何「比興」的說解其實是由整個系統去決定它的含意。現有的關於名物譬比的說解往往太近似字書或辭書的本義解釋，或僅針對單篇詩的語境進行說解，因此難以明瞭當時的文本環境中究竟如何理解與交互應用這些語詞所指涉的概念結構。

既然由「譬類」——也就是「成套的」譬喻出發，這顯然就不是個別「物與我」或「情（事）與景（象）」的對應問題，而是在一個「概念系統」之中如何被認定，或是兩個「概念系統」之間，如何相互理解的問題。而西方晚近由雷可夫（George Lakoff）和詹森（Mark Johnson）提出的「概念譬喻」（conceptual metaphor）的說法，也許可以有助於我們對於所謂「成套譬喻」的解析。雷可夫和詹森在《我們賴以生存的譬喻》這本書裡曾以空間譬喻為例，說明每一個空間譬喻都有一個內部系統

---

11 例如揚之水，《詩經名物新證》（北京：北京古籍出版社，二〇〇〇）首章〈詩：文學的，歷史的〉就認為現有《詩經》名物訓解往往只見「物」，不見「詩」，頁二—五；又如李湘，《詩經名物意象探析》（臺北：萬卷樓圖書有限公司，一九九九）〈例言〉也說到這些名物注疏雖然注解了名稱、性狀與類別，但是「對於理解詩意，並無多大幫助」，頁二。

12 引自顏崑陽，〈文心雕龍「比興」觀念析論〉，《國立中央大學人文學報》一二期（一九九四年六月），頁三三。

13 引自魏・何晏等注，宋・邢昺疏，《論語注疏》（臺北：藝文印書館，一九七九，十三經注疏本）卷一七，頁一五六。

14 見漢・毛公傳，鄭玄箋，唐・孔穎達正義，《毛詩正義》（臺北：藝文印書館，一九七九，十三經注疏本）卷一—一，頁一五。

（internal systematicity），如「我情緒高昂」、「精神大振」都源出於「快樂是上（up）」這個概念系統，而且這譬喻概念界定一個整體相合的系統（defines a coherent system）。[15]而人的完整理解活動其實常常透過兩個以上的概念譬喻來完成（如來源域與目標域），換言之，人不但必須掌握各個譬喻系統內部的相合性，還必須掌握兩個以上的譬喻系統的相合性。比如，「在這點上，我們的爭辯並無多少內容」，其實就結合了「爭辯是旅行」與「爭辯是容器」兩個譬喻，而對於所爭辯的範圍與內容進行檢討。[16]雷可夫和詹森的「概念譬喻」雖然主要是以日常用語為討論焦點，與文學文本之間顯然有距離，但是，文學中的「譬類」如果可以由兩個以上的譬喻系統來理解，並嘗試由來源域（如旅行、容器、食物）去追索目標域（如愛情、爭辯、思想）的譬喻意含，不但可以避免孤立化、受限於單篇語境的意象解釋，也可以得出更根本、具體的單一或多重譬喻體系的實際經驗與運用原則。

在雷可夫和詹森的理論中，認為譬喻的使用常常是透過一個比較熟悉的類別（categorization）去理解一個較難理解的類別，最明顯的如擬人法，而人的身體經驗又成為許多譬喻理解的基礎。[17]這也許可以進一步解決許多抽象感知的詮釋問題，比如透過身體行動的進出、上下所牽引的空間感知，來應照季節的來去（如春天的腳步近了）或心情的哀樂起伏。個人過去針對節氣感的研究也曾經注意到，許多「感物」的悲秋詩作，所欲傳達的也許就是時氣與體氣交響的話語，以身體為核心的情緒震顫，同樣被漣漪一般的傳響反過來層層環繞與籠罩。「這讓情感成為身體可以展現，同時也是可以具體感受到的空間性的力量。這也許就可以解釋為什麼漢末以來的『秋』詩有那麼多的動作姿態，除了強調外在景物的影響力，進一步來說，……這當中充滿著無距離、方位與寬窄限制的相互牽引，正是這牽引關係構成了無限擴散的情緒張力網，起坐、俯仰、出還的姿態是內在的發動，同時也是風物外力侵進、圍裹的承受與抵拒」[18]，換言之，像是「徘徊」、「徬徨」、「躑躅」等語詞在情緒表達上其實明顯奠基於身體行動。如此，藉助概念譬喻所源出的身體經驗，對於某種情感的詮釋也許就可以由融合實體與抽象的譬喻體系來說明，比如在《詩經》裡，形容憂傷的重言（疊字）多達二十種，《爾雅》〈釋訓〉曾經條列其中十個而只是總說為「憂也」，[19]但是如果仔細分析其中如何透過度量（多、滿）、定位（不定、搖盪）等有關於容器與身體行動的經驗，來應照「憂心（程度）如容量升降」或「憂心（狀態）如行動不定」，那麼面對這一系列相關於憂心的詞語，將可以透過相應的實體經驗來

---

15 參見George Lakoff and Mark Johnson, *Metaphors We Live By* (Chicago: University of Chicago Press, 1980), ch. 4, pp.15-17. 中譯參見周世箴譯注，《我們賴以生存的譬喻》（臺北：聯經出版公司，二〇〇六）第四章，頁二八—三七。

16 相關說法參見*Metaphors We Live By*, ch.16-17, pp. 87-105。

17 相關說法參見*Metaphors We Live By*, ch.6-7, pp.25-34。又參考蘇以文，《隱喻與認知》（臺北：臺灣大學出版中心，二〇〇五），第三講〈對實體的感知與思維〉，頁一七—二二。

18 引自拙作〈身體時氣感與漢魏抒情詩——漢魏文學與楚辭、月令的關係〉，《文本風景：自我與空間的相互定義》（臺北：麥田出版公司，二〇〇五），頁三二七。

19 見晉・郭璞注，宋・邢昺疏，《爾雅注疏》（臺北：藝文印書館，一九七九，十三經注疏本）卷四〈釋訓〉，頁五七。

理解。

從這裡也可以看出來，任何感知恐怕都不是孤立現象，而是屬於一種經驗「域」或甚至融會兩個以上的經驗「域」，也可以說就是牽涉兩個以上的譬喻體系，或說是牽涉了知識體系、社會文化環境與當時的書寫模式。於是該如何透過口說或書寫來表達這種在不同「事（物）類」或「經驗域」之間的相互連結（映照）（mapping）的感知，其實就成為上古語文表述的重心。在本書中，我特別針對「重複」的語文現象加以考察，包括重言疊字、複音詞（連綿詞）、相同句（套語）以及名物類聚的大段落複誦，發現這些「重複」的語言現象並不能以因襲或套用一筆帶過，正是在重複的軌跡裡，同步體現了往復的人身經驗，持續彌縫那趨向完整的感知結構，同時在這動態的建構與融會的過程中，成就不同類域間的概念理解與語言的傳達。明顯可見，「重複」已經透過相異卻又相比的勾連與跨越，鎔鑄一個「『新』相似」。我們發現從《詩經》以來大量出現的重言或連綿詞的使用現象，不僅可以擬聲、摹狀，同時還可以跨越不同的事物類別，進行關係性的聯想與體會，亦即，同一個語詞的背後可能是多重知識概念的映照，往往是由最熟悉的至少一個概念領域去映射另一個等待被理解的概念領域，而這類可以形容整全身心（實體與抽象）經驗的語詞就成為建構譬喻關係的所在。從這個角度出發，對於上古文學中數量龐大的重言疊字或連綿詞重新整理，也許可以尋索出某些最常被呈現的連類式的感知狀態，從而對於上古的身體經驗及其相牽涉的主體觀念、情思模式、場所感知等，究竟如何相交融而構成一個社會文化最基礎的概念體系，做出更進一步的詮釋。

藉助「譬類」作為研討的徑路，我們在「連類」之中進行著「譬喻」活動，在思考、行動（經驗）與語言諸類域間，相互進出、對話並整合出意義；這個「賦義」的運作體系，因此同時也是看待世界、處身世界與描述世界的架構，是這個意義架構「觸動」、「運轉」了身心、物我與言意之間的相互照面與交融，也正是這個彷彿顯影劑的觸媒，讓底圖深處不可見的相互貫通浮現出可以溝通與理解的形式。在「成套」的譬喻與所構成的「成串」的意義中，詮釋者的眼光必須從記號及其所指稱的名物，轉而探索語文策略所能醞釀發酵的連繫與共感；當語文應用處在「連類」背景下，「字（詞）」與「物」的「譬喻」是為了浸潤出整全厚實的生存所在，同時又蔓衍出可以實踐的本體功能。彷佛以一種集體內化的方式被預期、揣度乃至於接合，文字（或說是「物」的命名）在此如同感官一般，可以透過「聯覺」（synesthesia）來重建新的整體意義。這個世界因此是透過身心感知的整體來向我們顯現（manefest），所謂「文」既是心之所思、是身所經處，同時也就是口之吟誦、筆之所書。從個角度重新理解上古所謂「文」或者是「文明」、「人文」的意義，我們一方面發現在「文」的意義圖譜中，諸如「記號——樣式——文飾——文化——學問——著作——文學」[20]等等的多元發展，其實正是不同類域間的「概念譬喻」的進行，在「道之文」、「身之文」與「言之文」的各層次之間，不但相互詮釋，也相互包裹；另一方面，這「文」的「概念譬喻」，呈現在「文」（不論天文或人文）的建構史上，還應該是一個原型意象的召喚行動，是原型意象（如「明」）與一場場概念理解活動

20 參見劉若愚著，杜國清譯，《中國文學理論》（*Chinese Theories of Literature*）（臺北：聯經出版公司，一九八一）第二章〈形上理論〉，頁二九—三二。

（如「文明」之德）的往來拉鋸與相互促進，而最後所謂「文明」也許就可以視作這兩極之間的會通狀態，那發端於一個光明整體，也是完成後的整體光明。

本書因此將以「文」「明」發端，為「譬類」世界追溯其建構的最根源；繼而詳細論述中國上古書寫中包含身／心、言（文）／物的跨類連繫，以及言詞、句式與段落組塊的重複圖式，以說明兩個甚或多元類域間，如何跨越或相互貫通的蹤跡；再者，透過「替代」與「類推」，來呈現上古文學傳統如何在「比興對應」以及「類聚輻輳」上交互編織，從而被認定、評述，而為後代所謂「文學（史）」、「文類」以及「文學評論」等建構出關鍵性的第一步；最後，以「類物（或類應）」體系作為古典詩文最具交集性而得以超越時間的「物」背景，並選取晚清黃遵憲的《日本雜事詩》為例，由其中反覆牽引與融合的傳統神話、月令物候與政治象徵，說明傳統並不專屬於「古代」，而往往具有對應處境的「現代」意義；同時，正是由於典故成詞所在的認知或思考框架也進行了「重複」之外的「重設」，基於古典類應體系的舊體詩因此竟也可以被挪借翻轉而為新世界代言。在相距將近兩千年的古典與現代之間，我們透過這些記憶中已知的種種符號，去不斷揭露讓事物（存在）意義得以被感知的那個隱伏的類應模式，從而也透過「現代」處境下的詮釋，去復活幾近凍結的史料，並且持續再製或新編這些記憶裡傳誦不斷的故事。

「連類」、「類應」或「引譬連類」在本書的討論中，因此明顯超越現代學科分類下的單一領域的界線，這可以說是任何牽涉「中國文學」、「中國文化」論述必然面對的共在的通感底層。本書所收入之篇章，其實某些部分也的確企圖跨越現有學科分界。如〈「體氣」與「抒情」說〉一文，曾收錄於楊儒賓、祝平次主編之《儒學的氣論與工夫論》，[21]從「身體感興」重新詮釋所謂「抒情主體」，也等於從文學角度參與了「氣——身體」這個儒學研究方興未艾的新典範；〈重複短語與風土譬喻〉一文，[22]嘗試結合上古地理史與氣候史來進行文學詮釋，由比較黃土區與江漢地區的氣候、地形、地質與動植物分布，討論「風土體驗」如何發動譬喻的構成，並且以套語形式串連不同的篇章而觸動「整體性的聯想」；〈舊詩語與新世界〉一文，收錄於會議論文集《空間與文化場域：空間移動之文化闡釋》[23]，從黃遵憲出使日本的域外「空間」座標，反思其運用舊詩體的「歷史感」，延續本人長期以來對於人文地理學的關注，同時也關注整個中國用典傳統所形成的異質性，如何參與近現代漢語在借代、翻譯、傳播之間的種種變革；〈類與物〉一文，先是宣讀在陳玨教授所舉辦的「超越文本——物質文化研究的新視野」國際論壇，[24]以「類物」、「類應」作為古典詩文的「物」背景，強調在中國

21 原作〈從病體到個體——「體氣」與早期抒情說〉，收入楊儒賓、祝平次主編，《儒學的氣論與工夫論》（臺北：臺灣大學出版中心，二〇〇五），頁四一七—五九。

22 原作〈重複短語與風土譬喻——從詩經「山有……隰有……」、「南有……」重複短語談起〉，《清華學報》新三九卷一期（二〇〇九年三月），頁一—二九。

23 原作〈舊詩語的地理尺度——以黃遵憲《日本雜事詩》中的典故運用為例〉，收入王璦玲主編，《空間與文化場域：空間移動之文化闡釋》（臺北：漢學研究中心，二〇〇九），頁二五一—九二。

24 該論壇於國家圖書館舉行，二〇〇九年九月一至二日，該文原作〈類與物——古典詩文的「物」背景〉，發表於《清華學報》新四一卷一期（二〇一一年三月），頁三—三七。

古典詩文傳統中，如何將事物放進類物（類應）關係網中，形成一種感知或建構世界的基本模式，比抽離出來更重要，當然也就更不可能只是將「物」視作客觀在外的「對象」，或自然科學上的「物質」，單獨作為思考、行動或描述的目標，此與人類學或藝術史學近來在「物質文化」研究所強調的「物與物質文化研究最大的貢獻，也許不在物自身性質的探討上，而是對文化本身的探討」，[25]並且強調「物」所構成的象徵性溝通體系之重要性，[26]與本文在研究方向或理念上其實異曲同工；至於〈「文」與「明」——從「天文」與「人文」的類比談起〉一文，初稿宣讀在王德威院士所精心籌辦的會議——"Humanistic International: Humanism, China, Globalism"，[27]會中發表的論文涵蓋歐美與東方各種人文向度或人文學的考察，而我由「人文」與「天文」相類比（《周易》〈賁〉卦〈彖〉傳所說「觀乎天文以察時變，觀乎人文以化成天下」）的觀點出發，考察古典中國如何透過縱橫雙向的引譬連類，從原型神話意象貫串而下，來跨越天人、身心與言物各類域，進而將天文、人文、聖人、經典、神理、辭章等橫面各項都拉連在一起，而成就光華圓滿的「文明」論述。在一個由歐美英文系、歷史學系與比較文學系所構成的學術場域中，希望這樣的論述不但呈現古典文化中「文」的多義性，同時呈現這個譬類體系中不斷調整與重新設定的概念框架，如何可以溯源於神話傳說，又可以面對近現代以來不斷變動的新世界。至於作為全書基本出發點的譬喻理論，我尤其要感謝鄧育仁與楊儒賓兩位教授從中、西方哲學角度所提供的深廣視野，以及王德威教授由比較文學的角度所提點的建議，那些點點滴滴的討論，就像暗夜中的天光星圖，讓我認分明了曾經迷茫的長途。

25 括號內文字引自黃應貴，〈物的認識與創新〉，收入黃應貴主編，《物與物質文化》（臺北：中央研究院民族學研究所，二〇〇四），頁四四三，同樣這段話，也見引於邱澎生，〈物質文化與日常生活的辨證〉，用來強調物質文化研究在學術上的創新之處，並非研究方法上，而更重要的是對於文化的認知，見《新史學》（物質文化專號）一七卷四期（二〇〇六年十二月），頁一一。

26 黃應貴以東埔社布農人為例，舉出各種作物分別象徵了不同時期布農人的生活形式、社會秩序乃至於心性的發展，詳見黃應貴〈物的認識與創新〉一文，頁三七九—四四八。

27 該會議於二〇一〇年三月五至六日於美國哈佛大學舉行，修訂後之中文稿〈「文」的發源——從「天文」與「人文」的類比談起〉，經審查通過後，刊載於《政大中文學報》一五期（二〇一一年六月），頁一一三—四二。

導論

「文」與「明」

——從「天文」與「人文」的類比談起

「人文」與「天文」的類比

《周易》〈賁〉卦〈彖〉傳云：「觀乎天文以察時變，觀乎人文以化成天下」，[1]大概是「人文」一詞最早出現的地方。劉若愚認為這是「文學顯示自然之道」的概念之起源，而這個句子將「天文」與「人文」作為「類比」，這一個類比，後來被用於自然現象與文學之間，「認為是道的兩種平行顯示」。從《易傳》中，劉若愚因此整理出包括一系列光譜的「文」的意義：

記號——樣式——文飾——文化——學問——著作——文學[2]

並且徵引摯虞〈文章流別志論〉、陸機〈文賦〉、劉勰《文心雕龍》〈原道〉篇以及蕭統〈文選序〉等，或是將文學的淵源追溯到宇宙開端，或者認為文學就是宇宙原理之顯示，而魏晉南朝可以說是中國文學理論中「形上」概念的「全盛時期」。不過，以劉勰〈原道〉篇為例，劉若愚認為劉勰是利用了與「其他形式或文飾間的類比」來談「文學」，換言之，劉若愚以許慎所謂「錯畫」為「文」——圖樣、表象或修飾，作為現在我們所理解的「文學」、「文章」的原始意義。[3]但是問題也就在這裡，表象的圖案或文飾也許是起點，卻很難以完整說明是如何發展到所謂的「文學」，「文學」與「圖案」是形成了類比，卻沒有說明如何在兩個意指間順利越界。

宇文所安（Stephen Owen）也引用劉若愚的說法來解釋《文心雕龍》〈原道〉篇，不過，針對

〈原道〉篇並列天地到動、植物乃至於人的各種「文」，宇文教授認為這是一系列潛在秩序的外顯，每一種自然物象都有其合宜的「文」。但是，人並不是直接展現在物質形體上，而是透過人最重要的本質——也就是「心」來展現成為「文學」（書寫）的形式。宇文所安強調，這「心」其實是在「宇宙的身體」中運作（man serves the function of mind in the cosmic body），不同於西方的模仿說，人心的活動不是為了再現外在世界，反而就是完成各種「文」（從天地、動植到人）的圓滿顯現的最後一步。針對完成「文」的終極顯現，宇文教授因此說到：

> 書寫的「文（字）」不是符號，而是將一切圖式化，這因此沒有主宰權的競爭關係。每一個層次的「文」，既屬於宇宙、也屬於詩，並且妥適地存在於相關的類域中，而「詩」是最後的外顯形式，也是完足的階段。[4]

1 引自魏・王弼、韓康伯注，唐・孔穎達等正義，《周易正義》（臺北：藝文印書館，一九七九，十三經注疏本）卷三，頁六二。

2 以上參見劉若愚著，杜國清譯，《中國文學理論》（*Chinese Theories of Literature*）（臺北：聯經出版公司，一九八一），第二章〈形上理論〉，頁二九—三二。

3 詳見《中國文學理論》第一章〈導論〉，頁九—一二、第二章〈形上理論〉，頁三八—四二。

4 參見Stephen Owen, *Traditional Chinese Poetry and Poetics* (Madison: The University of Wisconsin Press, 1985), ch. 1, "Omen of the World: Meaning in the Chinese Lyric", pp. 12-27。引文出自頁二一。

這裡最值得注意的是將「文學」書寫視為「圖式化」過程（schematization），可以連結各種不同類域（correlative realm）的物象，而發動連類作用；這個「類」（natural category），並非出自有意的比喻或比附，而是因為彼此的組成元素基本上屬於同一類（of the same kind）。[5]宇文所安也引用〈物色〉篇的段落，而談到中國文學中的「連類」作用（categorical association），並說明連類作用使每件事物都是整體的一部分，比如〈物色〉篇提及的四時感物，讓人與自然都處在一個共感的循環中。宇文教授是藉助劉勰的看法，來處理中西比較文學的問題，尤其透過對於杜甫與華滋華斯（William Wordsworth）詩作的分析，說明東西雙方讀詩態度的差異。對西方讀者而言，詩是一個被創造出來的封閉符號系統，是虛構的；但是對於杜詩的讀者而言，詩不是虛構的，而是如其所述的真實，是在一個歷史時刻的遭遇、經驗，以及對世界的回應，亦即中國詩歌的讀者，很自動地將許多甚至是相反的事物，都視作在一個相互關聯的架構中彼此應和（they echo in correlative frames of referrence）。

顯然，透過「天地之心」（在宇宙之中）來談「圖式化」或「連類」作用，一方面可以落實所謂「形上」概念，使之不成為虛化的話頭，另一方面，似乎也揭示出一個中國文學的龐大背景，那同時也是中國「人文」學研究必須正視的連類的整體。關於連類，宇文教授簡單提及是「同類」關係，我們可以進一步說在中國人文學中最基本的看待世界的方式就是「類推」，所謂「方以類聚，物以羣分」，[6]是這種類推的模式賦予世界萬象以意義，同時建構宇宙合諧的秩序；如果依照宇文教授的說法，「文」既屬於宇宙、也屬於詩，那麼，詩與宇宙同樣都在類推所建構的意義世界裡。這基本上會觸及兩個相互關聯的問題，其一，在後代被認為具有「個別性」的文學創作，尤其是個體「心」、

「志」，如何說是參與一種集體的類推運作，宇文教授所謂在「宇宙身體中」的「人心」是否可以有進一步的解釋？其二，這樣一種文學中的類推運作，如何就是「成為世界」的最後一步（the last phase of the world's coming-to-be），「心之文」或「言之文」又如何就是「物」與「意」的在場，而能參與宇宙大化，並與天文相比並？很明顯這都牽涉「跨類」（cross category）「越界」（cross boundary）的問題，在「宇宙之身」與「個體心志」間的聯結是什麼？而在「心（志、情、意）」與「言」、「物」之間又是什麼樣的通道？

「宇宙——身體」之「文」：氣感與連類

最先引發我們注意的是劉勰在〈物色〉篇所說的：

> （是以）詩人感物，聯類不窮。流連萬象之際，沉吟視聽之區；寫氣圖貌，既隨物以宛轉；屬采附聲，亦與心而徘徊。[7]

5 同前注，頁一八。

6 引自《周易正義》卷七〈繫辭〉上，頁一四三。

7 引自范文瀾，《文心雕龍注》（臺北：臺灣開明書店，一九七八）卷一〇〈物色〉篇，頁一a。

劉勰總是同時提舉兩個面向，其一，「隨物宛轉」與「與心徘徊」，這牽涉心與物；其二，「寫氣圖貌」、「屬采附聲」與「隨物宛轉」、「與心徘徊」，則關涉言與意、詞與物的層次。而所謂「宛轉」、「徘徊」則描述了兩兩界域之間相互往來、彼此周旋的情狀，當然不是直接、明確的對應指涉。更值得注意當然是「感物」與「連類」，既稱「感」，則「感物」當屬心的活動（「沉吟視聽之區」），但這活動的作用又是在「連類」——連繫相關物類（「流連萬象之際」），換言之，「感物」引發「連類」，而「連類」就是「感物」的內容與體現。而「人」在這個類推體系中是唯一能「感知」同時又「應顯」的樞紐；人身能夠接收來自天地萬物的訊息（包括陰陽慘舒、四時動物、日影短長），同時又將這訊息反應給原本發出訊息的世界（寒暖、舒躁、淒遲）。就「文」的共同成效——「顯示」（manifestation）作用而言，宇文教授談到這連類作用最後一環，也就是語文的書寫，然而其實我們不能不先注意到這當中最關鍵的一環，正是作為宇宙類推中心的「人」。傅柯（Michel Foucault）在《詞與物》（*The Order of Things*）這本書中，討論到四種表現相似性的模式（similitude），其中一種就是「類推」（analogy），傅柯認為「類推」的力量巨大，只要細微關聯性，就可以從一個單點連結出無限的關係，而成為人與宇宙萬物相互靠近的場所，他也提到「人」是這個類推世界特別幸運的焦點：

> （它）充滿了類推（所有類推都可由其中尋得必要觀點），而且所有類推通過這個點的時候，即便是有所轉折，也不會失去本身的力量。……這個點就是人，……他還是所有類推關係的支撐點，

所以我們又在一系列關於人類、動物、所居住的地球之類推中發現這些絲毫無損的相似性：他的肌肉是土塊，他的骨頭是岩石，他的血管是大河，……人的身體總有可能是一半的世界全圖。[8]

這說法中的人身與宇宙的關係已經不是模仿或複製，兩者之間沒有因為類別差異所產生的隔閡，也就是沒有以誰為主所分別出的「客體」或「外在」，人感應出世界，也身處世界之中；更重要的是，世界的整體於是在人的個體上顯現，而出自個體身心的文學就是整體世界的舞臺。這是彼此相互包含與顯現的「個人——整體」，「人身」不只是如傅柯所說可能占有「一半的世界全圖」，當他們相互成為對方，嚴格說來，根本沒有「另一半」。

在這樣的「連類」角度下，我們也許可以想像，在「宇宙——身體」中其實沒有以物質形軀出現或者僅僅以封閉在內的心志所呈現的「人」，反而是瀰漫擴張、彼此穿通而無所窒礙的「氣態」存在，亦即如果我們要談到屬於宇宙也屬於人之身心的「文」，我們首先就不能忽略這樣一種「（體）氣」的顯示。在先秦到漢代的文獻裡，比如《左傳》、《禮記》〈樂記〉、《黃帝內經》以及辭賦作品中，其實很容易發現關於如何療救、養護「體氣」的種種說法，出現在對於君王、太子的勸諫上，也

8 引自Michel Foucault, *The Order of Things: An Archaeology of the Human Science* (New York: Random House, Inc. 1970), p. 22。又可參見莫偉民中譯本，《詞與物：人文科學考古學》（上海：上海三聯書店，二〇〇一），頁三〇—三一。

出現在自我抒懷上，這麼普遍應用的現象說明了「體氣」是一個思想家、醫家或君侯身邊各家道術的進言者所共同關注的話題，而針對這話題的種種說法或評論同時也不停地累積成更大的共識集合。[9]換言之，任何有關「體氣」的論述，都不應該被縮小解釋為只是出乎個別心志或才智的修辭策略或說服技巧，而是自先秦以來，已經存在或被認同的一種熟悉的「『體』驗」，就像學者栗山茂久（Shigehisa Kuriyama）這個比喻：人身表面如同具有個別「通氣孔」（orifices），而成為宇宙的、地域的以及個人的風氣的匯聚之處。[10]

這個彷如「通氣孔」的身體經驗，可以促進我們對於相關文學書寫提出更有效的詮釋，最明顯的例子是辭賦作品。宋玉的〈風賦〉、枚乘的〈七發〉明顯承繼《左傳》所謂「節宣其（體）氣」[11]或者《素問》所說「此皆陰陽、表裏、上下、雌雄相輸應也」[12]的看法，諫止或是不免於勸往往就是一體之兩面，個體因此彷彿是個氣流出入的安全閥，因應體外大氣的入侵，從而形成個體內兩股氣流迎應消長所產生的舒放或緊縮的狀態，而正是這些狀態，直接「書寫」了「宇宙——身體」的處境。至於《楚辭》作品中糾結纏繞的悲秋氣息，其實說話者在編織「情緒」的同時，彷彿也被「氣息」所編織；是這些「飄風」、「邪氣」的侵襲所形成的憔悴、於邑、衰老的「病體」之上，愁苦以一種不可遏抑、不容自已的震顫狀態顯示出來。所謂「心踊躍其若湯」、「心沸熱其若湯」或是「氣涫沸其若波」，不但是「心」與「氣」相互詮釋、彼此包含，這「踊躍」、「沸熱」傳導了人與宇宙（物／我）、物質與精神（心／物、身／心）相互感通所形成的內、外在一體的動盪視野。這樣巨幅的詮釋視野，很難在「抒情自我」中完全開展，反而是在「體氣」、「氣感」的主題所形成的集體共識中，可以讓外在於我的宇宙，成為內在於我的一部分，而在如波沸動的體氣中，顯現完整的「宇宙——身體」之「文」。13

---

9 根據曹逢甫的研究，漢語是趨向「以言談為中心的語言」（discourse-oriented language），話題句具有言談與交際功能，必須是參與者（聽說讀寫雙方）的確共享這主題所牽涉的事物集合（set），因此不論是已經在對話中提過的事物、出現在行為發生的情景中的事物，或者是更大情景的集合（因為同一國族、地域等關係），以及透過某些知識聯想的集合（如由房子聯想到屋頂、窗戶等），是這些集合讓所有的論述或評述都具有可理解的意義。詳參曹逢甫（Feng-fu Tsao）著，謝天蔚譯，《主題在漢語中的功能研究：邁向語段分析的第一步》（*A Functional Study of Topic in Chinese: The First Step toward Discourse Analysis*）（北京：北京語文出版社，一九九八），尤其見〈第五章　主題的指稱要求〉，頁七五—九一。

10 Shigehisa Kuriyama（栗山茂久）, "The Imagination of Winds and the Development of the Chinese Conception of the Body", in Angela Zito and Tani E. Barlow (ed.), *Body, Subject, and Power in China* (Chicago: The University of Chicago Press, 1994), p. 34.

11 《左傳》昭公元年子產答覆叔向對於晉侯病情的詢問，說到：「君子有四時，朝以聽政，晝以訪問，夕以脩令，夜以安身。於是乎節宣其氣，勿使有所壅閉湫底以露（羸也）其體，茲心不爽，而昏亂百度。今無乃壹之，則生疾矣。」引自晉・杜預注，唐・孔穎達等正義，《春秋左傳正義》（臺北：藝文印書館，一九七九，十三經注疏本）卷四一，頁七〇七。

12 《黃帝內經・素問》第七五〈著至教論〉曰：「此皆陰陽、表裏、上下、雌雄相輸應也」，見戴新民，《素問今釋》（臺北：啟業書局，一九八八），頁九八三。

13 關於「體氣」與「抒情」的關係，請參見本書〈第一章　「體氣」與「抒情」說〉。

標記「相似性」：重複與譬喻

通過「氣感」說，我們呈現了「整體——個人」與「宇宙——身體」所以可能相互關涉、彼此連結的氣化通流，亦即這兩個界域間的「連類」，其實就作用在由個體趨向整體或者整體召喚個體，也可以說就是身體嵌入宇宙中或者宇宙在人身中體現，這有助於解決原本「個體性／整體性」的二分，當然也有助於解釋「天文／人文」如何類比的通聯之道。不過，「氣感」固然解釋了「連類」發生的可能性，也呈現了「連類」所傳動的「文」是怎樣一種天人與身心相互震顫的視野，然而，這些詮釋其實建立在一個還沒有被仔細討論的假設或暗示之上：我們假設有一個可供辨認與理解的作業系統，所以我們理所當然可以領會物與物之間相互靠近的趨向，彷彿完全熟悉這些一眼可辨的暗示而順利將任一物歸類乃至於進行連類。然而問題也就在這裡，我們也許揭示了「文」的各種層次間的「連類」模式及其意義，但是，我們其實還不太清楚這些「文」的模式與意義是如何成為「標記化」的「文」；我們也許感知或體驗了「宇宙之文」、「人身（心）之文」，但是，這如何就自動轉化到「語文之文」或是「文學之文」？「感物」、「連類」的經驗在透過氣化的身體來傳導之後，又是如何進一步在語境或文本中被順利傳譯或陳述出來？

以古代中國所流傳下來的《詩經》、《楚辭》或漢賦為例，重言疊字以及連綿詞（複音詞）在這些作品中大量出現。如果由「語用」的角度來看待這個語言現象，由於重言只是以重疊的語音來朦朧地烘托出事物的狀態，亦即由於重言、複音詞是藉助語音（而非個別文字字義）來提供語義的訊息，關於這事物狀態的理解因此很難要求如同字義或事物定義一般準確。[14]但是這並非是缺點，我們發現「摹狀」複音詞的朦朧而不要求準確，讓這些描摹狀態的重言或連綿詞並沒有固定的歸屬類別，連帶消弭了事物間的界限，而方便於即異求同、彼此相成的「跨類」的呈現。比如「灼灼」不只描寫桃花的美盛，而能巧妙地體現「（女）年」、「（花、婚嫁）時」相互適合的狀態；「崔嵬」一詞可以適用於形容高峻，不論是高山、山雲或冠帽；[15]而「逶迤」同時可以用來形容水勢、衣飾與隨風蜿蜒的旗幟。[16]這些使用現象，也許可以說明劉勰為何在「詩人感物，聯類不窮」之後，要以重言疊字為例，強調「以少總多」而得以「情貌無遺」，因為正是透過語言的「重複」現象，就可以形成穿通連結的「連類」效應。

從這個「跨類」或「連類」的效應來看，「重複」的語言現象應該被重新分析，而不應當只認為是因襲、套用，或是為了加強效果的形容、襯托。換言之，重複不是複製或從屬於另一個外在已知的

14　參見楊秀芳，〈聲韻學與經典詮釋〉，收入葉國良編，《文獻及語言知識與經典詮釋的關係》（臺北：臺灣大學出版中心，二〇〇四），頁一一九—一三三，與連綿詞相關者，見第四節「語言的重疊現象」，頁一二六—一二八。

15　如「習習谷風，維山崔嵬」（〈小雅・谷風〉）、「冠切雲之崔嵬」（〈九章・涉江〉）、「山氣巃嵸石嵯峨」（〈招隱士〉）等。

16　「駕八龍之蜿蜿兮，載雲旗之委蛇」（〈離騷〉）、「酆鎬潦潏，紆餘逶迤，經營乎其內」、「襞積褰縐，紆徐委曲，鬱橈谿谷」（〈上林賦〉）等。關於複音詞（連綿詞）所引發的「跨類」的聯想作用，請參見本書〈第二章　諷誦與嗜欲體驗的傳譯〉。

事物，如果重複可以發動跨類，那麼它真正的作用在於引起類與類之間的對應往還，並且在這個互動過程中呈現出類別「間」（而不是原本任一類自身）其實貫通的底層。劉勰曾說：「物色之動，心亦搖焉」，並且談到「一葉且或迎意」、「蟲聲有足引心」，然而重點並不是這些微物本身，也不僅僅著重個我心志的擬設，而是因為「微蟲猶或入感，四時之動物深矣」，亦即「身心」與「物」在相互迎應引生之間，是超越個別兩端而重新召喚出一個人與萬物共存共感、相互應發，也同步顯現的「相似所在」——那就是宇宙間陰陽消長、四時迭代的氣化流行。那麼，語言的「重複」，也應該就在於「標記」（mark）這個容納個別差異卻能共存共感的「相似性」，否則這個語言就無法達成所謂「文」的終極功能——也就是前述宇文所安所謂完成各種不同層次之「文」（從天地、動植到人）之圓滿顯現的「圖式化」（schematization）過程。

如此看來，所謂「圖式化」，必須奠基於不同類域之間的互動（interaction）與融合，而不僅僅是因為兩個類域共同擁有某些質性，也就是說，這不是現今一般文學修辭上根據現成相似狀況而有的比喻，或者以部分代全體的轉喻，反而比較接近晚近西方學界討論的「譬喻」（metaphor），是在互動過程中「創造」、「發現」的「新相似」。以「轉喻」（metonymy）來說，通常發生在同一類域中藉由一個實體來代替整體，雖然也有助於理解，但是最主要是發揮提示功能（referential function），然而，「譬喻」卻是藉由其他不同類域的事物來設想某一類域之事物，著重的是跨越不同時空處境而來的動態式的相互理解。[17] 如美國學者雷可夫（George Lakoff）和詹森（Mark Johnson）所提出的「概念譬喻」（conceptual metaphor）的說法，並不將譬喻視為文本內靜態修辭技巧而已，而認為譬喻其實充滿在我們的日常生活中，當然也存在思考與行動裡，亦即思考與行動中的概念系統其實和用語中相一致，於是容易透過譬喻式的語言，同步觸動或發引一種看待、經歷事物的方式與處身世界的狀態。[18]因此，像詹森就特別揭示，我們應該將「譬喻」視為：

> 在一個非命題的、而且是意象圖式（image-schematic）的向度中運作，正是在此，我們的經驗

17 此處關於「隱喻」與「轉喻」的分別，參考George Lakoff and Mark Johnson, *Metaphors We Live By* (Chicago: The University of Chicago Press, 1980), ch. 8, p. 36。同時可參見周世箴譯注，《我們賴以生存的譬喻》（臺北：聯經出版公司，二〇〇六）中譯導讀，頁七七—七八。另外，關於"metaphor"一字的中譯，本書審查人之一建議用「隱喻」，本文最後仍使用「譬喻」，是採取曹逢甫的權宜做法，曹先生將"metaphor"譯作「譬喻」，並將歷來的「譬喻（metaphor）」說法分成三派：「取代（代換）」、「比較（類推或相似）」、「互動」，最後一種「互動」派，強調「譬喻」不光是將相似性由一方投射到另一方，而是兩個意義系統交互影響下而創造出的新的相似點，同時也將傳統語言學中與「譬喻」很難劃分的「借代（metonymy）」（又稱為提喻、換喻等）統稱為「譬喻」，參見《身體與譬喻：語言與認知的首要介面》（臺北：文鶴出版有限公司，二〇〇一），〈一—一　譬喻在傳統語言學的研究〉，頁三—五，及〈二—一　譬喻是什麼〉，頁九—一〇。本書探討作為觀念體系與感知模式的「引譬連類」，一方面在上古用法中無法如現當代文學理論有精細術語劃分，另一方面如曹逢甫所述，「譬喻」其實可以是一個廣包而持續發展中的觀念術語，因此仍以「譬喻」為名，展開討論。

18 對於雷可夫和詹森所謂「概念譬喻」的說法，參考《身體與譬喻》，〈二—二　概念譬喻〉的簡介，頁一〇，主要是簡介以下這本書的重點，George Lakoff and Mark Johnson, *Metaphors We Live By*。

浮現出鮮明的架構；這結合了真純的創意，讓譬喻成為組織經驗的行動模式。[19]

既然是「非命題」，就是指「譬喻」這個結合思考、言說與生活行動的「概念」架構，無法透過一般對於任一「概念」的命題式定義來描述，而是「前概念的身體行動」（a preconceptual bodily activity）所反覆累積而成；同時這個「前概念」的身體經驗，也正是完成在不再有意識地遵行任何原則的時刻，在這個時刻，有一個模式（pattern）發動了合宜的身體行動。這所謂身體行動「模式」，其實是透過一個「意象圖式的結構（image-schematic structure）」所完成，首先，這是「意象圖式」，並不是文學批評上常用來託寄情志的「意象」，而是指賦予我們種種的身體動作、感知以秩序及關聯性的前概念架構，比如措手不及的失足狀況下，常會透過一個想像的中軸（axis）來重建身體的平衡。這裡說的「想像的」，因為這架構不是眼前可見、也不是成竹在胸，更不是命題或原則，但是卻又反覆出現的、彷彿隱藏的（hidden structure）體驗模式。[20]

從一個體驗模式或譬喻圖式出發，我們因此可以將語言重複的功能，定位在「顯現」或「彰顯」這個構成存有世界的「隱藏架構」，是這個「隱藏架構」的作用，讓居處環境與情志狀態交互對話並形成有意義的連結，同時透過用語而「置位」（situate）於字裡行間。我們可以說「置位」，或者具體說是找到一個如詹森所說的想像的中軸或中心點（imagined axis or center point）正是讓具體的身體經驗順利地「譬喻」情志或抽象概念的關鍵；因為這個在隱藏架構中的想像的中軸，主導了我們視域流轉的角度與幅員。如果以上古賦誦中反覆出現的嗜欲論述而言，一般大致是由「治身如治國」來解釋，認為兩者之間道理如一，「節制」嗜欲就如同「節儉」治國；因此，要不是批評連篇類聚是「麗靡閎侈」，[21]就是由末尾的教訓而辯護「雖多虛辭濫說，然其要歸引之節儉」。[22]然而，只是提出「節度」這道理，明顯扁平化了嗜欲論述的規模與必要性；君王明知最後的道理不出「節儉」，為何還興致勃勃來聽「賦誦」，甚至覺得這具有療救病體的功效？

我們認為「賦誦」中所反覆堆疊的關於嗜欲的記憶組塊，其實是一套奠基於名物知識、卻又超於個別所欲對象（如音聲）的連類策略，這些勸諫並不只是訴說不同的事物種類或使用守則。以「至

---

19 原文為："one must treat metaphors as operating in a nonpropositional, image-schematic dimension where structures emerge in our experience. That would constitute genuine creativity, in that metaphor would be taken as a mode of activity in the structuring of experience"，引自Mark Johnson, *The Body in the Mind* (Chicago: The University of Chicago Press, 1987), p. 70。

20 參見*The Body in the Mind*, pp. 74-76。

21 《漢書》〈揚雄〉傳中曾如此記載：「雄以為賦者，將以風也，必推類而言，極麗靡之辭，閎侈鉅衍，競於使人不能加也，既乃歸之於正，然覽者已過矣」，引自漢．班固，《漢書》（臺北：鼎文書局，一九七七）卷八七下〈揚雄傳〉，頁三五七五。

22 引自漢．司馬遷著，劉宋．裴駰集解，唐．司馬貞索隱，張守節正義，《史記三家注》（臺北：洪氏出版社，一九七四）卷一一七〈司馬相如〉列傳，頁三〇七三。

悲之音」最常被提起的「龍門之桐」為例，君王之意不在音準或曲度，而是「別有所指」：音聲曲律不是這個意象圖式的中軸（axis），而是這張琴、琴材，或者應該說就是這株「龍門之桐」，才是所有時空、風物與人為相與迴繞、交互映發的中心點；那些峰谿間的俯仰、波流中的搖盪，冬雪夏雷的感激，那些鳥獸微蟲的棲息，以及琴音人歌的迴盪，是這些反覆不已的互動經驗連繫起「龍門之桐」的前世今生，同時也成為「理解」所謂「至悲之音」的意象圖式。換言之，名物類聚不是只列敘所「意欲的對象物」，而是跨越也開啟了「意欲之物所在」的層層延伸的情境，聽聞者從賦誦的語文類聚中被召喚出的是彷如運作或體現在己身的新世界，正是從這個感通無礙的「隱藏架構」，來談論身體療救、治理國政以及理解宇宙萬物秩序的一「氣」流行才「浮顯」（emerge）出整全的圖式意義。

透過這樣的「譬喻」的理論，「重複」因此不是語言修辭的設計，而是某一種身體經驗「圖式」的反覆浮顯與連結；「圖式」不是在一張已知圖表或一個孤立意象上，而是透過可以反覆的經驗模式與架構（repeatable pattern and structure），讓我們感覺到世界是一個有意義的相互連結與整合的地方。[23]那麼，所謂「概念的譬喻」，因此不可能憑藉一個意象的描述或只是字詞的對譯去完成，任一概念的理解其實是出乎一種譬喻性的聯結（mapping）作用，通常是讓抽象的概念與先前已經熟悉上手的具體的身體經驗模式相連結，或者說是由一種成系統的意象圖式架構來浮顯出一個抽象的概念義。換言之，「譬喻」本身就是「重複」與「聯結」的集合體，正是在「重複」與「聯結」中，不斷協調出合適處身的世界圖景，同時又不斷進行再理解的衍申與對應。這樣的說法對於我們詮釋《詩經》的「興」式相同句，尤其是如何由自然景物「聯結」抽象情感，有值得借鏡之處。

「興式」相同句，常出現在不同篇章作為起興，比方「山有……隰有……」、「南有……」，在傳注中似乎僅將詩中的山與隰視為一般的山與隰，並附加草木種類的知識，或者解釋江、漢為南國大水，以帶出西周對於南國的經營，其餘大抵是藉景興情的說解；但是，更關鍵的問題應該是，這個重複出現的關於「自然風物」的興句，如何引起所詠的「人情事理」，兩者之間究竟是藉助什麼來進行彼此越界與相互連繫？「興式」相同句如果可以被視為一個譬喻架構（或schema圖式），它必須內含一個反覆累積的身體經驗模式，同時這模式也必須足以聯結或映射另一個抽象概念，這樣才算是一個具有功能性的整體架構。仔細考察在《詩經》中可以算是出現七篇次的「山有……隰有……」，[24]發現這些詩篇所代表的地域，在當時主要是以半乾旱草原為主的黃土區，山或隰的草木景觀相對之下較為稀罕難得、甚至必須人為培育才可得見。在這個人與外在環境不斷的接觸、互動所形成的意義架構下，「山有……隰有……」的起興之後，所以會應發的「既見（君子）」與「不見（君子）」的感慨，正是透過「山有……隰有……」所代表的水分充足、林木茂盛的地景，來表達「渴」望相見或相得的情態。

---

23 參見*The Body in the Mind*, p. 79。

24「山有……隰有……」的完整句法，出現在《詩經》以下五篇，〈邶風・簡兮〉、〈鄭風・山有扶蘇〉、〈唐風・山有樞〉、〈秦風・晨風〉、〈小雅・四月〉，如果包含稍作變化的〈秦風・車鄰〉「阪有……隰有……」，與只有出現「隰有……」的〈檜風・隰有萇楚〉，總共有七篇次。

同時自周初逐漸形成的嚴寒或周中期以後轉而旱災頻仍的黃土區域所產生的詩篇，當然也就可以進一步透過南國、南土、南行等牽連起一系列相關於溼潤的風物，來傳達某種對應於生存環境的憂心或甚至是對反於處境的想望。如「南山」在《詩經》中總共就出現了十一次，[25]我們發現這些「南山」都是草木茂盛，同時代表雲雨豐沛、雨露潤澤的地區，詩中往往牽連起風雲雷電的種種徵候及其成效，這些是決定「南山」景觀生成的關鍵性因素，也是「南」作為溼潤象徵的發源。但是這些詩都不只是描述自然景觀中的雲雨致生草木而已，而是將自然界的致（滋）生效用「看成」或是「想成」（seeing-as or conceiving-as）[26]政治上君王惠及天下的效用，所以可以將致雨「潤天下」的雷比喻成號令，說是「召南大夫以王命施號令於四方，猶雷殷殷然發聲於山之陽」。[27]換言之，「溼潤」或「潤澤」的身體經驗模式，可能才是最能概括草木與人情兩類別之間的關鍵；溼潤是山與隰生長草木的關鍵，同時也是周朝南向經營的重要原由，亦即「溼潤」成為促使這些系列物象（山、隰、木、草……）或事項（君子、南國、大小國）出現或發生關係的一個原動力，也才足以成為一個整體性的意象圖式。亦即譬喻的形成不只要注意譬類關係的兩端所具有的相似性，更必須召喚出譬類關係中最能會通並發動所有（衍生的）關係情境的要則——它一方面可以循風土經驗去具體地理解人情事理，一方面也將人情事理投射回自然景物，而形成如此「多義」的風土狀態。[28]

「文明」：「文」之大「觀」

前文我們從「氣感」來談「身體（個別）——宇宙（整體）」之間的聯通，同時由「重複」所形成的譬喻圖式，來探討物類之間彼此親近、感通的「相似性」，是如何透過重言、連綿字以及比興、賦誦被「標記」出來；換言之，這呈現了人在使用語文時所牽涉的一個同步湧現感知、思考與行動的完整圖式，也許能夠比較深入解釋所以類比「天文」與「人文」的中國傳統看法。如果回到《文心雕龍》〈原道〉篇，劉勰的確也這樣連繫起「道之文」與「心之文」，而且值得注意的是，都透過「光明」來描述所達成的美好狀態：

---

25 可參考譚德興，〈論詩經之方位話語及其文化意蘊〉中的整理，《衡陽師範學院學報》二七卷二期（二〇〇六年八月），頁四五—五一。

26 詹森認為隱喻（如「時間即金錢」）就是讓兩個不同領域在「看成（seeing-as）」或「想成（conceiving-as）」的認知行為中完成互動，參見 *The Body in the Mind*, p. 70。

27 引自漢・毛公傳，鄭玄箋，唐・孔穎達正義，《毛詩正義》（臺北：藝文印書館，一九七九，十三經注疏本）卷一—四〈召南・殷其雷〉鄭箋，頁五九。

28 關於《詩經》中重複套語「山有……隰有……」或「南有……」與風土譬喻的關係，參見本書〈第三章　重複短語與風土譬喻〉的詳細討論。

日月疊璧，以垂麗天之象；山川煥綺，以鋪理地之形。……仰觀吐曜，俯察含章，高卑定位，故兩儀既生矣。……

心生而言立，言立而文明，自然之道也。[29]

我們當然可以簡要地將「明」解釋成「顯現」（manifest），但是由〈原道〉篇屢屢徵引《易傳》的文句看來，劉勰很可能就是透過《易傳》本體宇宙論的角度，來論述「道」在氣化活動中既生成萬物、又在萬象中顯豁遍在之「道心、神理」的一種體用不離的境界。換言之，「道」與「文」沒有主從、先後的分別，天地萬象不是客觀的、物質性的存在，「文」因此也應該具有「本體論」的作用（ontological function）。[30]由天人相參的角度來看待「心生——言立」之後的「文明」，這當然也應該是描述一種既由「心」與「言」所構造，卻同時也體現「道」的整體，並共同沐浴於無所不在的「道之文」的光華中的狀態。換言之，對於文學研究者而言，不但應該將「文」放回與「人文」相對應的「天文」視野，更重要的是，還要置位於「天文」、「人文」或者說是所有相整合的「文」，所共同聚顯彰明的本體中。

楊儒賓在〈先秦思想的明暗象徵〉一文中，提到這種原本是屬於各氏族與宗教的創世神話中極常見的光明意象，在先秦被整編到道家、儒家與陰陽家的思想中，最明顯的就是與陰陽概念相融合，使得明暗的神話因素轉化到哲學性的陰陽概念。其中比如先秦儒家就偏好光明的意象，大致是從太陽神話的神聖性質出發，然後轉入心性道體的層次；楊先生特別強調，雖然像是「明德」、「光明」等詞語很快就轉而指稱人格心性的屬性，但是，明暗的意義仍包含在陰陽觀念中，而我們也應該注意到像是「明德」這類詞語，一開始所描繪的是在祭祀儀典中共同體現出來的敬穆狀態。[31]楊先生由思想研究的角度，提示必須掌握這作為根源的「原型感性意象」思維，才有助於形成同情共感而親切體會所謂天人相通、體用一如的光明道體。而對於文學研究者而言，這個光明的「原型意象」的提示，等於也為「心之文」所以得與「道之文」相類比，找到了神話性根源，不論是在氣感作用下「連類」的身體經驗架構，或是在隱藏架構上絮絮叨叨的「重複」的用語，都「譬喻」了一個無所遮蔽、沒有隔閡的通感底層，而那「道（心）」就從幽闇濃稠的底層發光。

然而另一方面，光明若是「原型意象」，也就留下了一個後續值得追索的現象，因為在共享「原型意象」的語文書寫傳統中，最精采的可能在於這「意象」與衍生的種種情性與德行「概念」間複雜的交互支撐與相互詮釋。楊先生曾舉出同樣由「明」與「中」這原型意象貫穿的五組卦（同人、大有、大畜、離、艮），說明光明與中正的結合，成為儒家論道體與論心體的基本模式，並且推出了剛健與壯美的道德人格。[32]若不只是針對德行概念，擴大來說，《易傳》中關於天人之「文」其實都涵

29 引自《文心雕龍注》卷一〈原道〉篇，頁一a。
30 參見鄭毓瑜，〈劉勰的原道觀〉，《中外文學》一四卷三期（一九八五年八月），頁一一九—一三一。
31 詳見楊儒賓，〈先秦思想的明暗象徵〉，收入何寅主編，《中國文化與世界》第六輯（上海：上海外語教育出版社，一九九八），頁一三四—七〇。
32 見〈先秦思想的明暗象徵〉，頁一五六—五七。

蘊了「明」的象徵。比如〈賁〉卦〈彖〉傳所云：「觀乎天文以察時變，觀乎人文以化成天下」，「天文」方面，王弼由「賁」卦所象的「剛柔交錯為文」（陰陽相濟）來談「天文」，[33]至於「人文」，〈彖〉傳說到「文明以止，人文也」，孔穎達特別將「文明」與「以止」分屬〈離〉卦與〈艮〉卦，〈賁〉卦卦體正為「離下艮上」，因此兼具兩卦在概念上的衍申義，首先關於「離」卦：

> 離也者，明也。[34]
>
> 離者，麗也。日月麗乎天，百穀草木麗乎土。
>
> 明兩作離，大人以繼明，照于四方。[35]

所謂「麗」是附著的意思，而且還是附著得宜、各得其所；[36]而「大人繼明」是指「大人」體會「離」卦象義時，直接就處在萬物貞定諧和、天地光明遍照的狀態中。因此不論是文王或湯、武「內懷文明之德」或「能思文明之德」，[37]都是將「文明」當作與「道」共享的質性，是執持、懷抱或能夠喚引出來的思考座標；其次，這樣的懷抱或思考重點並非專屬人事（文王或湯、武的遭遇與想法），也是天地之間各種物象的關係理路，人是在天地四方、草木百穀的大環境中蓄養這樣的思考與操持，同時也在行為實踐中呼應了天地的運行。於是這裡所謂的「文明」，「明」字顯然並不作為「（天或人）文」的形容詞，「明」不是「文」的從屬狀態，兩個字比較像是同義複詞的關係，「文明」所以與「柔順」相對，同樣的，「文明」也與「中正」或「剛健」等同義複詞相互比並，如：

> 文明以健，中正而應，君子正也。
> 其德剛健而文明，應乎天而時行。[38]

王弼注云：「行健不以武而以文明用之，相應不以邪而以中正應之」，[39]乃為君子之正道，亦即在行動過程中必須保持「文明」或「中正」，而避免威武或邪僻，如此才符應天道運行（「天行健」）之理。換言之，「文明」是大人或君子在行動過程所體現，也是天地運行中所體現，強調「應乎天而時行」其實是將大人或君子所承繼之「文明」放置在天人一體的動靜消息中，這也就正是〈賁〉卦之〈彖〉傳所以要說「文明以止，人文也」的原由。「以止」來自〈艮〉卦，〈彖〉傳曰：

---

33 王弼注「天文」曰：「剛柔交錯而成文焉，天之文也」，見《周易正義》卷三，頁六二。

34 見《周易正義》卷九〈說卦〉，頁一八四。

35 後二則分別引自〈離〉卦之〈彖〉傳與〈象〉傳，見《周易正義》卷三，頁七三—七四。

36 王弼注：「各得所著之宜」，見《周易正義》卷三，頁七三。

37 此引自〈明夷〉、〈革〉卦，此二卦象下半皆含〈離〉畫，〈彖〉曰：「明入地中，明夷，內文明而外柔順，以蒙大難，文王以之」、「革，水火相息，……革而信之，文明以說。……天地革而四時成，湯武革命順乎天而應乎人，革之時大矣哉。」見《周易正義》卷四、五，頁八八、一一一。

38 出自〈同人〉及〈大有〉之〈彖〉傳，見《周易正義》卷二，頁四四、四六。

39 引自《周易正義》卷二，頁四四。

艮，止也，時止則止，時行則行，動靜不失其時，其道光明。[40]

如果係屬於〈離〉卦之「文明」，是指「大人」承繼了天地萬物因為附麗得宜所煥發的光明，那麼「以止」顯然是對於這「文明」或光明狀態的補充說明，尤其是隱含透過四時運行、萬物動息所諭示出的時運、時機或時宜，彷彿指向一個四時萬物各得其所地伸展至於合該到達、輻射至於合該照臨的理想狀態；正是在這理想狀態中，事物（包含人）之間不相侵犯或度越，也就沒有任何事物被遮蔽或遮蔽其他，因此，文明或光明狀態可以如其所在的體現出來。

我們從《易傳》中對於「文明」或「（人）文」的說法看來，可以發現神話性或神聖性的光明在轉入道德心性的概念之前，明顯歷經一個無限擴張而無法縮減的連繫過程，原型意象所照臨而遍在的幾乎已經是一個由天地日月、草木百穀鳥獸以及人世所共在的一切，這些無所不包，又看起來不是樣樣確實必然的關係詮釋，新建了原型意象與各種天人物事概念的兩極之間的種種對應，那已經不只是思想概念的類型化，而是生活經驗中一個又一個挑戰成功的連結。也許所謂「人文」或「文明」的論述，重點不全在於建立了哪些概念，也在於連繫概念或輻射概念過程中，那種創意的會通。這個會通過程及其重要性也許可以透過「觀」這個字來說明。衛德明（Hellmut Wilhelm）將《易傳》中的「觀」字翻譯成"contemplate"（沉思），而不同於一般將「觀」解釋成「觀視」（天文）或「觀察」（人文），[41]他舉〈繫辭〉為例，如庖犧「仰則觀象於天，俯則觀法於地，觀鳥獸之文，與地之宜，近取諸身，遠取諸物，於是始作八卦」或者「聖人有以見天下之動，而觀其會通，以行其典禮，繫辭焉以斷其吉凶」[42]，而說到：

> 「觀」的過程不是簡單的認知，透過「觀」能使得自身與意象獲得圓滿交會（如「近取諸身，遠取諸物」）。……一旦開始「觀」象，……另一個心理的程序也會開始作用，（引文略）這個心理行動執行並說出判斷（如「繫辭焉以斷其吉凶」），這帶來另一種形式的洞見，這洞見深入了行動與禮儀法典之間的相互對應的關係。換句話說，這是看到一個觀念上的洞見，這是追求一個相關於意象卻又相對於意象的概念。而人心，沉思（「觀」）並且傳遞判斷，於是在意象與概念間建立了兩極性。[43]

意象與概念所以分處相對兩極，是因為這裡衛德明所謂的「意象」，其實是從宇宙蛋神話（the

---

40 引自《周易正義》卷五，頁一一六。

41 如孔穎達〈賁〉卦〈彖〉傳「觀乎天文以察時變，觀乎人文以化成天下」句下之疏解，見《周易正義》卷三，頁六二。

42 分別引自《周易正義》卷八〈繫辭〉下，頁一六六，及卷七〈繫辭〉上，頁一五八。

43 引自Hellmut Wilhelm, *Heaven, Earth, and Man in the Book of Changes* (Seattle: University of Washington Press, 1977), ch. VII: "The Interplay of Image and Concept," pp. 190-221，此段引文見pp. 198-99。這個「觀」字的英譯要感謝康達維教授的提醒。

Myth of the Cosmogonic Egg）講起，宇宙初始彷如一團無可分辨的「混沌」，接著才有盤古鑿開天地，進而最值得注意的是，中國哲學從宇宙蛋神話進展到陰陽二氣的概念，整個宇宙彷彿成為兩個相對立的秩序世界。從這點而言，「意象」與「概念」在整全與相對、渾融與析分上的確如同不能相容的兩極。但是衛德明認為人心的作用會將這兩極性巧妙融會在一起，一方面他企圖將這原型意象在適當的語言與敘述形式中表現出來，另一方面人類具有一種為事物找尋關聯性的能力，於是：

> 意象與概念在此相遇，並不是敵對雙方，而是錯綜複雜的相互作用。以不同的方式相互支持與闡釋，以便清楚說明關於物世界與在此世界的人類生活之兩極狀況，亦即在人心中呈現一個複製出來的兩極性世界。[44]

在衛德明的說法裡，這意象與概念的相互作用（interplay）所產生的關聯性，最大的功能正在於跨越界線，即便是完全對反的兩極之間。於是，《易傳》中從日月風雷到耳目口鼻的相擬設，從禮儀法典到生活行動的應變，我們因此看到像「離」卦既為火、為日、為電，同時也為目，而基於這些感知經驗，又能發動與事件、行為之間具有創意的連結，如〈離〉卦由火、日、電、目的相類似經驗，而推出所謂「離也者，明也，萬物皆相見，南方之卦也。聖人南面而聽天下，嚮明而治，蓋取諸此也」，[45]這其實是擬設「帝（天帝）」的生成萬物的過程，一方面由南方承續萬物始生的東方，再接續西方與北方的致養、收成的往復循環；然後對應這一套關於萌生、嚮明、養成的象徵，提出聖人取法乎天（日出所以萬物皆相見）的南面聽政的行為或事件，以解釋或印證「嚮明而治」這個近乎抽象總則的揭示。

從「觀」作為「沉思」的角度說來，「天文」與「人文」因此可以說都是在跨界的觀想中連綴而成的有意義的關係世界，這就如同前文我們依據上古文獻所呈現的：透過連類所牽涉的隱喻作用，是在種種熟悉的模式中去反覆重建新的概念理解的視野；換言之，這是一個動態的人文建構過程，我們透過連類向通感的底層趨近，我們不斷重複以便琢磨或調諧出理解世界的譬喻圖式。而在「文」（不論天文或人文）的建構史上，這還應該是一個原型意象的召喚行動，正因為原出一個「光明」的神話原型意象，「文」的聯想可以不斷跨越而延伸得最為廣遠；它為一場場概念（道、德、禮、經典等）的理解活動鋪設了接繫的橋梁，讓光明與隱闇交流共舞出原本彷彿不存在的整體，這在原型意象與抽象概念的兩極之間相對又相關的拉引編織，不論是跨類的連繫或重複的圖式，都是這些引力相互作用的蹤跡；而最後所謂「文明」也許就可以視作這兩極之間的會通狀態，那發端於一個光明整體，也是完成後的整體光明。

---

44 以上引文見*Heaven, Earth, and Man in the Book of Changes*, pp. 190-92。

45 引自《周易正義》卷九〈說卦〉，頁一八四。

「經緯」譬喻：一個文學研究的新起點

在雷可夫與詹森的「譬喻」理論中，以「來源域」到「目標域」的映射為主，通常是指由具體經驗到抽象概念的理解，比較屬於「平行」的對應關係的呈現。而若是由「(神話)原型意象」到事物概念的觀想，則比較像是「垂直」型的譬喻，「原型意象」既具有彷如生發的作用，同時又體現在事物概念之間，這就不僅僅是兩個類域間的平行對應，而像是多元派生最後所貫通與串連的整一。從這樣「概念譬喻」的角度，去重新解析中國的「文」、「人文」乃至於「文學」的傳統，我們掌握的因此是一個既平行又垂直的觀想圖式，任何字詞、名物、句型、文類或作家乃至於風格，都是在「(橫向)系列」或「(縱向)成串」的「意象圖式」中顯現；換言之，所謂的「文學傳統」或「文學發展史」，與其限定在個別時期、某些題材或體類，乃至於某些作品或作家，它更應該被放置在融合思考、身體經驗與語文所構成的「譬喻架構」中來加以檢視，正是這樣看待世界、組合事物的方式，在逐步的擴增或刪減中，在或宏觀或聚焦的伸縮出入之中，讓我們重新發現「文學」世界的輪廓，以及它如何深植在社會文化環境中的狀態。

以上古為例，「替代(比興)」與「類推(賦誦)」很可能就是這個隱喻座標的縱橫雙軸線。如果以後代文學評論中最常論及的「感物」說為例，我們發現它原本是存在「感物造端」的賦詩對話行為中最基本的替代法，被班固有意挪借來進行辭、賦的文體批評，而王逸進一步由語言的替換與意象的替換來分析楚騷，至於鄭玄更由替換意象的角度，大規模地箋注《詩經》，強調兩類域之間(不論是兩種語言之間或語言與事物之間）的關係拉引，而為後來的「情——物」對應說奠立了基礎。除此之外，我們同時發現在「賦」或「誦」環境中出現的推類會聚的論述模式，早在漢代以前即成為方士遊說的習慣性選擇，同時諷誦記憶也成為天子聽政途徑之一，從伊尹、鄒衍、司馬相如、董仲舒皆慣用這種推類法，而擅長由「原型意象」推導出種種相互連通的「概念」。如果仍以前引《易傳》為例，關於「離」卦的說法如：「離也者，明也，萬物皆相見，南方之卦也。聖人南面而聽天下，嚮明而治，蓋取諸此也」，《春秋繁露》〈天辨在人〉也有進一步論述：

> 當陽者，君父是也。故人主南面，以陽為位也。陽貴而陰賤，天之制也。46

「明（光明）」作為一個神話「原型意象」，在《易傳》中引申出時物長養與治理天下的「南向」概念，而〈天辨在人〉中所言，明顯進一步抽象為「陰／陽」所主導的整體宇宙圖式，所謂「陽貴而陰賤，天之制也」：是這個天地造設的根本原理——陽貴陰賤，使原本天人間不同類域的群體，次第有序地整合在一個理路系統中，並且在同一個感知模式裡出入有序地排列出來，於是，在〈天辨在人〉中，由陰、陽變化引生四時消長、人情哀樂，然後有草木生落與施政刑德，最後又可以連結君

46 引自清・凌曙注，《春秋繁露》（臺北：臺灣商務印書館，一九七九）卷一一〈天辨在人〉第四六，頁一八七—一八九。

臣、尊卑與貴賤等社會階級概念。這種雖然羅列眾類，但是「輻輳於一（不論是「天」、「道」或「陰陽」、「五行」）」的概念觀想，顯然是上古包括盲樂師、遊說之士、文學侍從等早已熟悉且共享的「垂直式」的「概念隱喻」模式，因此面對以推類會聚形式出現的長篇諷誦，不論是鄒衍的五德終始、大九州說或是司馬相如復現天下萬物的〈天子游獵賦〉，司馬遷總是如此寬容又放心的說：「雖多虛辭濫說，然其要歸引之節儉」（〈司馬相如〉列傳，「太史公曰」）、[47]「其語閎大不經，……然其要歸，必止乎仁義節儉」（〈孟子荀卿〉列傳），[48]因為他認為背後有一個可以掌握所有分殊最後的指歸，也就是一個隱藏卻足以憑依的思考框架。

如果「概念譬喻」或「思考框架」是不斷經緯編織的意象圖式，它一方面不斷自我重複，當然也在跨越衍生的過程中不斷自我調整或重構；換句話說，「概念譬喻」不會完全受限於個別的時代流風、政治制度、宗教思想或語文環境。以中國上古將「類推法」使用的最為淋漓盡致的鄒衍而言，在當時的語境裡，所謂「以為儒者所謂中國者，于天下乃八十一分居其一分耳」的「九州」說，[49]一直以來大都是歸屬在惑亂諸侯的「不軌」之言、「怪迂」之說，而不見得被接受，[50]因此，即便到了晚清，出使日本而面對維新世界的黃遵憲，當他要反過來批評中國知識分子狹隘的世界觀時，也就舉出「鄒衍之談九州」作為類比，用翻案的語氣，指責當時認為「六合之外荒誕不足議論」者的故步自封。[51]如果我們把黃遵憲，以及明末清初以來為中譯的西方地理學著作寫序的中國士人對於「九州」一詞翻案性的使用，放在這個「概念譬喻」的框架上來討論，那麼會發現這個用語的行動，其實牽涉了一個譬喻「架構（結構）」的重新設定。到了晚清，所謂「九州」，一方面已經成為批評荒誕或借喻新奇同時可用的符號，而這個舊語詞的原意，不論認為中國是居天下的九分之一或八十一分之一，[52]到了清末這些使用者的手裡，明顯已經取代了以自我為中心的夷夏傳統，轉變為一種指稱世界萬國的新語詞。

從這裡我們同時可以進一步看出，晚清舊體詩存在於西潮衝擊下的新世界所具有的重要意義。一方面，我們不再只是關注因應時代變化的新舊詩體，另一方面，也不只是對於新事物或新語詞的追新獵奇，更重要的是這些舊體詩以一種看似不相干的「舊」卻探照出或體現出支撐「新」的共同性與必要性。那是一個用已知的譬喻框架（傳統類物與類應世界觀）去連結與理解未知的新世界，同時又利

47《史記三家注》卷一一七〈司馬相如〉列傳，頁三〇七三。

48《史記三家注》卷七四〈孟子荀卿〉列傳，頁二三四四。

49《史記三家注》卷七四〈孟子荀卿〉列傳，頁二三四四。

50 司馬遷說鄒衍之說「乃深觀陰陽消息而作怪迂之變」、「鄒衍其言雖不軌，倘亦有牛鼎之意乎」，引自《史記三家注》卷七四〈孟子荀卿〉列傳，頁二三四四—三四五。

51 引自《日本國志》序曰：「（而中國士夫）好談古義，足以自封，于外事不屑措意。……即日本與我，僅隔一衣帶水，……亦視之若海外三神山，可望而不可即，若鄒衍之談九州，一似六合之外荒誕不足議論也者，可不謂狹隘歟？」，陳錚編，《黃遵憲全集》（北京：中華書局，二〇〇五），頁八一九。

52 王夢鷗曾引用《鹽鐵論》與《論衡》所載鄒衍相關說法，而比較同意《論衡》中鄒衍以中國乃居天下九州之一，見《鄒衍遺說考》（臺北：臺灣商務印書館，一九六六），頁一二九—一三〇。

用這些已經理解、可以溝通的連結，進一步巧妙去重新架設或甚至翻轉概念理解的框架。「九州」正是由原本荒誕不經的評述框架中，轉而以一種全球萬國的概念架構被重新使用；這是一個詞語的生命史，也就正是「感知模式」或「思考框架」活動的演變史。正是在一個集體內化同時又不斷遷變的觀想與表述的譬喻活動中，我們可以穿越世代與地域，發現新舊衝擊中那層層的「文」（字詞記號、事物、生活秩序、天文知識等等）的堆累與融合所構成的新圖式，也才成就了這個中、日與東、西乃至於古、今相互連類與上下貫穿的「人文」蹤跡。

原作〈「文」的發源——從「天文」與「人文」的類比談起〉，原刊《政大中文學報》一五期（二〇一一年六月），頁一一三—四二。

第一章

「體氣」與「抒情」說

在古典文學研究中論及兩漢至於魏晉的文學發展，所謂「人的自覺」或「文的自覺」常常被引用來綜論當時文化背景或文學潮流，而關於這個體自我意識的興起，當代牟宗三與余英時在相關著作中都有詳切的論述。如牟宗三於《才性與玄理》書中以「感性的主體」稱呼魏晉時擺盪在禮法與自由間的名士個體性，[1]並以魏初劉劭《人物志》為例，說明人物品鑑向「美學的判斷（欣趣判斷）」發展，是「直接就個體的生命人格，整全地、如其為人地而品鑑之」，不同於從道德善惡上去析論人性，[2]而著重其生命中獨特的才性所迸發出的特殊姿態，尤其是活潑通脫而擺落規矩的風流輕逸。[3]余英時則在〈漢晉之際士之新自覺與新思潮〉[4]一文中，從東漢中葉以後，士大夫與外戚、宦官相互鬥爭而形成的「士之群體自覺」談起，其中牽涉地域不同、師門各異或世族、寒門間的相互區判，又形成群體內在之分化；至於因為薦舉徵辟制度而在東漢中葉成為專門之學的人倫品鑑，除了品評才性高下，又促成漢魏士大夫在談論、容貌等外在徵象上的講求，進而任情率性，離棄世俗，都是「個體內心自覺」的具體表現。

就個體「內心自覺」而言，余先生認為這與當時士大夫普遍有較為良好的經濟狀況，能優游山水、宴樂怡情，同時重養生、有避世傾向等息息相關；這樣以自我為中心而不以世事攖懷，東漢中葉以降士大夫自然博雅多藝，也成為中國文學價值獨立之關鍵。[5]如此由個人自覺到文的自覺，這樣的論述角度，成為漢魏文學研究中的基本參照點，比如由牟先生所謂「唯顯逸氣而無所成」的名士生命情調，[6]進一步探究「漢魏之際生死問題的愴痛所帶給人自我生命的醒覺與自覺」，使得魏晉文學不僅僅感嘆生命無常，同時也珍重個人生命與外在物、事的相遇相會，這哀樂興感的「抒情主體」的發現，因此推出「詩緣情」的創作理念，而完成中國文學「抒情傳統」的典範。[7]或是由文學創作中，「作者對自我身心與周遭環境的敏感與直覺」上，來推溯余英時所謂「個體意識之自覺」可以上及於屈原、宋玉的作品，至於兩漢詩賦中失志不遇、離情相思、感時傷逝等，莫不在強調政教倫理的實用目的之外，反視一己的生命意義與價值，甚至「似乎總是迴盪在悲哀愁怨的情調中」。[8]

1「感性的主體」一詞引自牟宗三，《才性與玄理》（臺北：臺灣學生書局，一九七八）第一〇章〈自然與名教：自由與道德〉，頁三七五。

2 括號內文字引自《才性與玄理》第二章〈人物志之系統的解析〉，頁四四。

3 對於人倫品鑑中「清」、「逸」、「風流」等術語解析，參見《才性與玄理》第三章〈魏晉名士及其玄學名理〉，頁六八。

4 余英時，〈漢晉之際士之新自覺與新思潮〉，《中國知識階層史論》（臺北：聯經出版公司，一九八〇），頁二〇五—三二七。余先生用"The rise of individualism"指稱「個人自覺的興起」，見Yin-shih Yu, "Individualism and the Neo-Taoist Movement in Wei-Chin China," in Donald Munro (ed.), *Individualism and Holism: Studies in Confucian and Taoist Values* (Ann Arbor: Center for Chinese Studies, University of Michigan, 1985), pp. 121-55。

5 參見〈漢晉之際士之新自覺與新思潮〉，頁二五三—六七。

6 引自《才性與玄理》第三章〈魏晉名士及其玄學名理〉，頁七〇。

7 參見蔡英俊，《比興、物色與情景交融》（臺北：大安出版社，一九八六）第一章〈情景交融理論探源〉，頁三六—四三。

8 參見王國瓔，〈個體意識的自覺——兩漢文學中之個體意識〉，《漢學研究》二一卷二期（二〇〇三年十二月），

「身體思維」與「身體感興」

現有關於漢魏士人或詩人的「自覺」論述，很大一部分就是在建構一個內向性主體，從心、性、情、志來闡發個人獨特的存在與意義，在中國思想史或文學傳統中這當然是極為重要而具影響力的論述面向。不過，自我主體是不是完全只能從內在、主觀的角度去詮釋，性情、心志的發抒與表現是不是完全關乎精神層面？以思想史研究而言，已經出現了不同面向的詮釋。楊儒賓在《儒家身體觀》書中，就認為「儒家的心性論與身體論乃是一體兩面的事」，並且認為儒家身體觀的原始模式在先秦即已建立，如果生理性的形軀也包括進來，傳統儒家理想的身體觀應該具備「意識的身體、形軀的身體、自然氣化的身體與社會的身體四義」。[9]所謂「身體」在這裡作為較「形體」更高一層的共名，且由於四體相互交融，每一體皆有主體義，因此可以用「身體主體」一詞統攝整個從意識到形氣內外，至於與人際社會相調諧，乃至於和宇宙自然相感通的主體意義。黃俊傑觀察到這種「即身心互滲以言心」的新角度，突破了數十年來中國思想史研究者所採取的「即心言心」的角度，也開拓了研究的新視野，比如將身體視為「精神修養所體顯之場所」（如前述楊儒賓的著作），或者作為權力展現場所的身體——包括社會化、政治化、儀式化及性別化的身體，更有對反於西方將身體作為思維的對象，而提出「身體思考」的觀點，思考不在身體之外，身體也不是思考進行的工具（如透過大腦），身體與思考是等同為一、密不可分。[10]

「身體思維」的提出，當然打破原本「心靈思考」的刻板印象，身體不必接受心靈的主宰或等待被賦予意義，而是身體就在意義之中；所有存在的意義其實都不離身體的觀點與姿態。換言之，並不是透過身體去深入冥想的內在，反而是開放身體融入宇宙世界。吳光明曾藉由莊子所謂「虛己」，說明身體如何虛化自身來容納與鏡照萬物，成就物我合一的普遍性；[11]楊儒賓在討論孟子的「養氣」、「踐形」，也說到人身的體氣與意識是可以一體向善轉化，並且在這個心氣（身）合一的基礎上，擴大身體的意義，切入了宇宙的大化流行。[12]這些說法不但翻轉了「身心二分」成為「身心一體」，更讓身心直接「體」現了存在世界；一方面顯示無法離開身體而專論心性志意，同時也提示所謂「自覺」並不能只是聚焦在獨一的個體，而是如何由自我的身體卻朗現普遍經驗。[13]

頁四五—七六。

9 詳見楊儒賓，《儒家身體觀》（臺北：中央研究院中國文哲研究所，一九九六），括號內文字引自〈導論：四體一體的身體觀〉，頁一、九。

10 詳見黃俊傑，〈中國思想史中「身體觀」研究的新視野〉，《中國文哲研究集刊》二〇期（二〇〇二年三月），頁五四一—六四。

11 參見吳光明，〈莊子的身體思維〉，收入楊儒賓主編，《中國古代思想中的氣論與身體觀》（臺北：巨流圖書公司，一九九三），頁三九三—四一四。「虛己」的解釋，見頁四〇一、四一二—一三。

12 參見《儒家身體觀》第三章〈論孟子的踐形觀〉，頁一二九—七二，尤其是頁一五〇—五一。

13 楊儒賓在談到孟子養氣說時，認為「氣是超自覺的，……在這種存在中，人與世界是種同質性的合一。所以當氣由潛能變為現實時，人與世界原始的合一關係，也勢必由潛藏性的『在己』狀態變為可以體證的朗現狀態」，藉助思想史研究中對於「身體觀」的論述，或許可以提供文學的「自覺」一個重新詮釋的機會。如果有所謂「身體思考」，那麼文學創作是否可以說是「身體感興」；如果身體是處在思慮活動中，那麼是否也有處在興感狀態下的身體；如果身體體現了思維所在的世界，那麼身體又如何成為有情天地的照明？本文將以先秦兩漢詩文為討論範圍，嘗試描述抒情文學中可能形塑的「身體觀」。

「應感」：體氣收放之間

《左傳》昭公元年子產有一段話答覆叔向對於晉侯病情的詢問，說到：

> 君子有四時，朝以聽政，晝以訪問，夕以脩令，夜以安身。於是乎節宣其氣，勿使有所壅閉湫底以露（羸也）其體，茲心不爽，而昏亂百度。今無乃壹之，則生疾矣。[14]

楊儒賓曾引用「節宣其氣」以下數句，認為子產這段話透露「氣」與「宇宙」（四時）、與「意識」（心）深切相關，尤其論及「氣與身、心關係處，隱約之間，已指出氣為身體與心靈雙方的基本要素」，這不但是中國傳統的醫學理念，也是儒、道思想中「身體觀」的源頭。[15]換言之，在「時——身——心」共此一「氣」的基礎上，「（身）體氣」就成為時氣與心氣共同作用下最具體的表徵，當然也成為問疾的徵候。如果對照秦醫和同樣針對晉侯病情的看法，說是因為近女色，致心志惑亂（所謂「疾如蠱」、「惑以喪志」），根本就直接用「天有六氣」來解釋：

> 天有六氣，降生五味，發為五色，徵為五聲。淫生六疾。六氣曰陰、陽、風、雨、晦、明也，分為四時，序為五節，過則為菑；陰淫寒疾，陽淫熱疾，風淫末疾，雨淫腹疾，晦淫惑疾，明淫心疾。女，陽物而晦時，淫則生內熱惑蠱之疾。今君不節、不時，能無及此乎？[16]

「六氣」生發滋味聲色是以養人，但如果受用過度（如晉侯既「不節」又「不時」），則生「六疾」，這「六疾」明顯總和形軀與心志的病症為一體，所要治療的對象並非單一的器官或確定的部位，甚至也不只是個人的體氣，而是與四時、五節無法相應的流動氣態。正因為是在內外感通的基礎上來談「體氣」，因此治療的方式是「節宣其氣」，也就是不可能隔絕外在，在封閉體內調整氣態，反而是開放向外，在氣之聚結與宣散間尋求適當的平衡。

《儒家身體觀》第三章〈論孟子的踐形觀〉，頁一五一。

14 引自晉・杜預注，唐・孔穎達等正義，《春秋左傳正義》（臺北：藝文印書館，一九七九，十三經注疏本）卷四一，頁七〇七。

15 參見《儒家身體觀》第一章〈儒家身體觀的原型〉，頁四二—四三。

16 引自《春秋左傳正義》卷四一，頁七〇八—七〇九。

因此子產說「君子有四時」，是讓身體分別於朝、晝、夕、夜進行相應的聽政、訪問、脩令、安身，在更替有序的「時」與「事」之間，避免「體氣」片面的聚結過度。同樣的，醫和談到晉侯的「不節」、「不時」，也是在六氣變化而派生的「時」（如「晦」時）與「物」（如女為「陽物」）之間，解釋身體「內熱（陽淫）」、「惑蠱（晦淫）」的因由。顯然「體氣」的節宣，由個我軀體的醫治或保養，從而涵蘊著更基本的考量，在於人身如何與氣化的時物（事）相互通流對應。這樣的診察，不但讓「近女室」這件事，在德行或者心性的角度之外，更有一種從「身體」出發的解釋角度；同時，因為身體與時物相應的關係，針對人身養護的考量也從未離開過時物或時事所在的社會、宇宙，所謂人倫禮義因此可以落實在更具體親切的身安體適的表現上來討論。[17]

醫和在勸戒晉侯節制女色時，也用音樂來說明，他認為先王之樂是五聲相調節，降至於無聲，則不再彈奏；若是再彈奏就必然手法繁複而不再平和有節，讓人耳煩心亂至於得病，是君子不聽的雜音。杜預注「煩手淫聲」數句，說是：

> 五降而不息，則雜聲並奏，所謂鄭衛之聲。[18]

《左傳》襄公二十九年記載吳公子札聽鄭風而感到「其細已甚，民弗堪也」，[19]杜預注為「譏其煩碎」，而《禮記》〈樂記〉子夏說到「衛音趨數煩志」，[20]是變化急促而讓人心煩意亂。這些急促細碎的音聲對於血氣情性的影響，〈樂記〉有清楚陳述：

夫民有血氣心知之性，而無哀樂喜怒之常，應感起物而動，然後心術形焉。是故志微噍殺之音作而民思憂，……流辟邪散狄成滌濫之音作而民淫亂。21

孔疏根據這段文字，仔細談到事物感人，人應感而成樂；同時所成之樂又回過來感盪人心，人心又化成世俗，在「事（物）——人——音」之間形成雙向感應迴圈。當然這收發感應的關鍵點明顯在人，因此〈樂記〉接著談到先王制樂，如何配合陰陽五常，而作用在人身上就是：

17 汪春泓，〈從精氣養生說角度對毛詩序的疏證〉，特別提到〈毛詩序〉中「由個體之身到國家之事的思想模式」，尤其在防止因外物刺激而導致七情動盪失衡上，是繼承了先秦以來以老、莊哲學為主的「固精養生」說，由保持內心恬靜、避免過度激憤，所引申出的政治哲學，見《曲靖師範學院學報》二一卷五期（二〇〇二年九月），頁五五—六一。但是本文希望除了老莊學說或心神安養等說法之外，能在體氣的基礎上，加強人身與環境的互動、人身如何體現內、外氣體交流的狀態，以及這狀態如何溝通道德、自然與表達欲求，成為中國「抒情」傳統的可能發源。

18 引自《春秋左傳正義》卷四一，頁七〇八。

19 引自《春秋左傳正義》卷三九，頁六六九。

20 引自漢・鄭玄注，唐・孔穎達等正義，《禮記正義》（臺北：藝文印書館，一九七九，十三經注疏本）卷三九，頁六九二。

21 引自《禮記正義》卷三八，頁六七九。

使之陽而不散，陰而不密，剛氣不怒，柔氣不懾，四暢交於中而發作於外，皆安其位而不相奪也。[22]

孔穎達解釋「四暢」一句為「四者（陰陽剛柔）通暢交在身中，而發見動作於身外也」，人身於是成為宇宙、世俗間氣流舒迫、開塞的關節點，當然，身體本身的交接傾向也會改變氣流的性質，而不是被動反應而已，一個君子面對音聲的態度因此是：

（是故君子）反情以和其志，比類以成其行。姦聲亂色，不留聰明；淫樂慝禮，不接心術；惰慢邪辟之氣，不設於身體，使耳目口鼻心知百體，皆由順正以行其義。然後發以聲音，而文以琴瑟，動以干戚，飾以羽旄，從以簫管，奮至德之光，動四氣之和，以著萬物之理。[23]

不論是調正情志或實踐善行，都是在耳目視聽、心術存遺以及百體施設間做工夫；進一步來說，音聲最終所要達到的調和陰陽、彰明禮義的理想，根本就存在歌、舞、樂一體的合宜的身體律動之中。這時候「君子」的存有意義當不只在於個體自我，而是人之一身就足以顯豁宇宙世界的面目。從講求人倫義理的角度出發，不論是「節宣體氣」或是「身體應感」的調整，顯然充滿對於「身體」或「體氣」無法全然掌握的焦慮，因此對於身體如何得以真正安適急於提出診治；相對來說，體氣或身體應感狀態無法預計或難以規約的極至，也必然引發無數的探測與揣想。亦即是說，在檢束、導正的過程中，毋寧潛藏有對於身體縱恣、放逸狀態的想像。漢初枚乘〈七發〉的出現的確是呈現這個相對狀況，甚至極力鋪陳情欲縱放幅度的最好的說明。

〈七發〉藉著吳客的進言，為楚太子治病，在逐次提出療方（從音樂至於道術）之前，有一段問診的描述，也是從縱恣過度、體氣鬱結的角度出發，與前文所述針對晉侯病情的描述如出一轍：

> 意者久耽安樂，日夜無極，邪氣襲逆，中若結轖。紛屯澹淡，噓唏煩酲；惕惕怵怵，臥不得瞑；虛中重聽，惡聞人聲；精神越渫，百病咸生。聰明眩曜，悅怒不平，久執不廢，大命乃傾。[24]

這段話一開始，吳客說是聽到太子「玉體不安」，所以來探望，而為何導致「玉體不安」，從前述引文看來，卻也是始於「安樂」，如何掌握「耳目之欲」、「支體之安」[25]的合適度，因此才是重點；所以接著描述楚太子是視聽昏亂、輾轉難眠、喜怒無常等，其實不是站在反對飲食逸樂的角度，

---

22 引自《禮記正義》卷三八，頁六八〇。

23 引自《禮記正義》卷三八，頁六八一。

24 本文所引〈七發〉文字皆出自梁・蕭統輯，唐・李善注，《昭明文選》（臺北：河洛圖書出版社，一九七五）卷三四，頁七四七—五六。此則文字見頁七四七。

25〈七發〉後文說「故曰，縱耳目之欲，恣支體之安者，傷血脈之和」，也是著重「縱」、「恣」過度的傷害來談，見《昭明文選》卷三四，頁七四八。

而是警告「久耽」安樂的後果。《左傳》中子產說明晉侯病情並非鬼神作祟，而是：

若君身，則亦出入飲食哀樂之事也，山川、星辰之神又何為焉？[26]

孔疏以「出入」為「逸勞」，還進一步說明「凡人形神有限，不可久用，神久用則竭，形大勞則敝，不可以久勞也。神不用則鈍，形不用則痿，不可以久逸也」，可見在用與不用的兩端之間，身體（形神之共名）存在著一種極限探測的經驗；而從所謂「久用」、「久逸」、「久勞」至於「久耽」，可見這探測與習養過程相關。

正因為是關乎身體經驗的養成，所以即使子產提出「節宣其氣」的根本原則，要晉侯注意人身與時事（物）之間的勞逸更遞，但是顯然不易即刻做到，所以秦醫和說「（晉侯之）疾不可為也」。換言之，對於身體的安與不安，這在尋求體氣的動態平衡中，並不是有一個絕對是非或確切有用的標準；所以像錢鍾書就引用荀子所謂「禮者，養也」，來與〈七發〉及其前後相關看法相互參照，認為「諄諄所戒之害，正《荀子》〈禮論〉津津以道之養」，[27]「養」與「戒」不是互不相容，甚至還是一體之兩面。如此，起居食色之間的口體嗜欲，縱然可能導致「悅生乃至於無生可悅，縱欲乃至於欲縱不能」[28]的下場，但站在基本出發點是不能也不該禁止的。在「養」與「戒」之間，因此出現了一個極大的論述空間，只要是極限內的擺盪，理應獲得允許。〈七發〉在診察之後提出七種療方，包括音樂、飲食、車馬、遊宴、田獵、觀濤等娛樂活動，而末尾一項讓虛設的楚太子終於痊癒的各家道術學說，因此像是拉起防護傘，只要高舉戒除淫樂的最後目的，之前的種種跳盪起伏並非即是銷鑠劇毒，可能都屬於要言妙道的一部分，而是可以被接受的調整過程。

劉勰在《文心雕龍》〈雜文〉篇說〈七發〉是「七竅所發，發乎嗜欲，始邪末正，所以戒膏粱之子」，[29]枚乘的諷諫意圖是否如此明確，以至於行文上採取明白的邪正對比，是可以再商榷的，[30]但是透過高談壯語來鋪陳嗜欲，而希望有助於病體調養，卻似乎是當時被貴遊接受的一種醫療方式。可以參看《漢書》〈王褒〉傳這一段記載：

> （其後）太子體不安，苦忽忽善忘，不樂。詔使褒等皆之太子宮虞侍太子，朝夕誦讀奇文及所自造作。疾平復，乃歸。[31]

---

26 引自《春秋左傳正義》卷四一，頁七〇七。

27 參見錢鍾書，《管錐編》（北京：中華書局，一九七九）第三冊「全漢文卷二十」條下所述，頁九〇七。

28 同前注，錢鍾書之言。

29 引自范文瀾，《文心雕龍注》（臺北：臺灣開明書店，一九七八）卷三〈雜文〉篇，頁四一a。

30 簡宗梧認為劉勰所謂「始邪末正」是閱讀疏失，〈七發〉所鋪敘之七事皆非淫邪之事，都該歸入「要言妙道」，所以聖人辯士之言「『亦』天下之要言妙道也」，並非唯一，只是這七種貴遊活動中最引起太子興趣的一種罷了。參見《賦與駢文》（臺北：臺灣書店，一九九八）第三章〈秦漢辭賦與駢文〉，頁七四—七六。

31 引自漢・班固，《漢書》（臺北：鼎文書局，一九七七）卷六四〈嚴朱吾丘等〉合傳，頁二八二九。

王褒等人是奉漢宣帝之命進宮為太子治病，在這之前，宣帝還為自己愛好辭賦提出辯駁，認為辭賦比諸倡優博奕至少還有草木知識、仁義諷諭，而不只是「虞說耳目」而已；不過，由所謂「虞侍太子」，正在「朝夕誦讀奇文」，可見太子由「體不安」至於「疾平復」，的確是通過一段時間的「虞說耳目」的效應。到底是什麼樣的奇文，可以讓人免除不安、不樂？上段引文接著說到：

> 太子喜褒所為甘泉及洞簫頌，令後宮貴人左右皆誦讀之。

其中〈甘泉〉僅存殘句，[32]至於〈洞簫賦〉，在現存較完整音樂賦中，是最早對於樂器材質及其產地、音聲吹奏出來的情狀乃至於效應，描寫最為完備的作品。從「誦讀」行為，可見〈洞簫賦〉作為文字作品卻具有音聲效果，一方面是當下動聽的誦讀音調，另一方面，如果從劉勰歸納「七」體的高談壯語往往「甘意搖骨體，豔詞動魂識」看來，[33]這動聽的效果並不只作用在耳朵，而是身心整體的搖盪。由文末所說「故聞其悲聲則莫不愴然累欷，撇涕抆淚；其奏歡娛則莫不憚漫衍凱，阿那腲腇者已」，總論聽樂過程中或舒放或沉重的身體感應，那麼王褒在文章中反覆鋪陳的「譬類應理」的種種，就不能僅僅視為辭賦文體慣用的類聚誇飾之技巧：

> 故聽其巨音，則周流氾濫，并包吐含，若慈父之畜子也；其妙聲，則清靜厭瘱，順敘卑迖，若孝子之事父也。科條譬類，誠應義理。澎濞慷慨，一何壯士；優柔溫潤，又似君子。故其武聲，

> 則若雷霆輘輷，佚豫以沸愲；其仁聲，則若颽風紛披，容與而施惠。或雜遝以聚斂兮；或拔摋以奮棄。悲愴怳以惻惐兮；時恬淡以綏肆。被淋灑其靡靡兮；時橫潰以陽遂。哀悁悁之可懷兮；良醰醰而有味。故貪饕者聽之而廉隅兮，狼戾者聞之而不懟。剛毅彊暴反仁恩兮，嘽唌逸豫戒其失。……吹参差而入道德兮，故永御而可貴。[34]

這段文字可以分成兩部分來說明，前半段著重聲音與自然（如風、雷）、人情（如仁、武）的連繫譬擬，同時也採取兩極化的對比陳述方式，如壯／柔，聚／散，哀／甜，仁／武等。後半就進一步藉由這個兩極拉引的效果，談到由惡至於善的傾向調整，也可以說是由縱放回返至於收束的可能擺盪。這其實正是〈樂記〉所提出「樂盈而反」[35]的原則，因為「物之感人無窮，而人之好惡無節」，[36]嗜欲的追逐與抑止於是成為樂教的基本節奏，既能引發渴求、滿足想望，同時也舒放過度、專一的耽溺鬱塞。前文所引〈樂記〉說到「四暢交於中而發作於外，皆安其位而不相奪也」，〈洞簫賦〉尾聲

32 參見費振剛等輯校，《全漢賦》（北京：北京大學出版社，一九九三），〈甘泉賦〉僅存錄自《文選》李善注八句，頁一五〇。

33 引自《文心雕龍注》卷三〈雜文〉篇，頁四一b。

34 本文所引〈洞簫賦〉出自《昭明文選》卷一七，頁三五七—六二。

35 〈樂記〉曰「禮減而進，以進為文；樂盈而反，以反為文」，引自《禮記正義》卷三九，頁六九九。

36 引自《禮記正義》卷三七〈樂記〉，頁六六六。

也說到「從容中道，樂不淫兮；條暢洞達，中節操兮」，都是描述在聽樂過程中，調協氣流的舒迫、開塞（如陰陽剛柔或仁武聚散的相對極點）而致通暢地作用在身體之中；這不假外求地將享樂與醫療交融一體（就在「體氣」收放間）的診治過程，自然深受貴遊的喜愛，也因此可以解釋枚乘〈七發〉為什麼好整以暇地鋪陳種種至極享樂，還要楚太子或讀者相信病體痊癒的可能性。

極限：從病體到個體

就像錢鍾書還曾列舉如《管子》、《莊子》、《呂氏春秋》乃至於劉晝、嵇康等人相似的說法，證明〈七發〉當中養體戒欲的議題，其來有自，[37]龔鵬程也曾透過《呂氏春秋》、《淮南子》、《春秋繁露》等相關論著，進一步說明「漢人對情的節制，通常並不以壓抑禁迫為事，而常採取順情以理情的辦法」，所以如枚乘〈七發〉以降的「七」體作品，都是先說縱欲之事，後戒之以禮義；接著，龔先生就從漢人如此正視「情」及其作用，說明漢儒在節制情欲的同時，其實推出了氣化流行中應物斯感的「感性主體」，正是這感性主體的形成，才能開啟魏晉以降所謂文學獨立或所謂「緣情」文學觀的發展。[38]顯然，如果要談論漢末以來的文學「自覺」，如果要討論所謂「緣情感物」，根本就不應該忽略如何面對情欲與如何節制情欲這個基本而持續的關懷，當然也就無法完全從與政教實用分離、解脫束縛的個我發現等角度來談詩人的「自覺」。更重要的是，前文由《左傳》、〈樂記〉到〈七發〉的分析，可見調節情欲過程中的「收」與「放」，無疑是先秦以來「應物感動」的樂教背景中，形塑理想的身體（氣）狀態的最基本準則；換言之，如果作品中呈現的這些哀樂情變、肢體逸勞，是源出於探測極限與平衡體氣的道德考量，那麼漢魏文學究竟應該在什麼切點上談論「抒情自我」的意義？「個體自覺」的出現，與社群、宇宙又會交融出何種新的世界觀？

接下來的討論，將以《文選》「情」類賦篇的情欲論述作為開端。首先，〈高唐賦〉藉由宋玉與楚襄王的問答，鋪展成篇，而序文先交代二人所在：

> 昔者楚襄王與宋玉遊於雲夢之臺，望高唐之觀，其上獨有雲氣，崪兮直上，忽兮改容，須臾之間，變化無窮。[39]

接下來宋玉就為楚王解釋這種雲氣稱為「朝雲」，其實是巫山神女的化身，曾與懷王於夢中交歡；不過〈高唐賦〉的正文所鋪陳的卻是山水形勢、動植物象，因此宋玉另一篇〈神女賦〉就常常被

37 參見《管錐編》「全漢文卷二十」條下所述，頁九〇六—九〇七。

38 詳見龔鵬程，〈從呂氏春秋到文心雕龍——自然氣感與抒情自我〉，收入中國古典文學研究會主編，《文心雕龍綜論》（臺北：臺灣學生書局，一九八八），頁三一三—四五。

39 本文所引〈高唐賦〉出自《昭明文選》卷一九，頁三九三—九七。

認為是接續的姊妹作。[40]且不論這兩篇作品是否為前後接續而成的作品，山水、物產與女色的確都成為後來漢大賦作家論述情欲的要目，換言之，不分宮觀或美色，這兩篇賦都牽涉了欲望追逐的主題。從這個共通的角度，也許可以重新解釋為什麼〈高唐賦〉要以雲氣發端來綰合物色與美色。宋玉在說明巫山神女與懷王於夢中歡好之後，進一步記述神女辭別時所說：

> 妾在巫山之陽，高丘之阻，旦為朝雲，暮為行雨，朝朝暮暮，陽臺之下。

襄王因此要宋玉描繪朝雲出現的情狀，宋玉回答：

> 其始出也，瞯兮若松榯。其少進也，晰兮若姣姬。揚袂鄣日，而望所思。忽兮改容，偈兮若駕駟馬，建羽旗，湫兮如風，淒兮如雨，風止雨霽，雲無處所。

這兩段文字中出現的雲雨，固然一方面可以形容巫山神女的來去倏忽，居止無常，但是另一方面，這些迅疾或清涼、慘淒的風雨變換，其實也可以視作欲望在體內躍升或擴張的追尋體驗。因此接著「朝雲始出」的狀態描述之後，襄王問宋玉「寡人方今可以遊乎」，這個「遊」字而不是「見」或「遇」字的使用，充分顯露欲望並不只是針對神女單一對象而發，而是人身在整個世界中的極限推拓，所以宋玉的描述是：「高矣顯矣，臨望遠矣。廣矣普矣，萬物祖矣」，這連天臨淵（「上屬於天，下見於淵」）的時空歷覽，才是「珍怪奇偉，不可稱論」的欲望世界。

換言之，不僅僅是單一欲望對象，而可能是欲望世界的推拓，是與人身體氣的通塞息息相關。宋玉另一篇作品〈風賦〉可以相互對照。〈風賦〉開頭曰：

> 楚襄王游於蘭臺之宮，宋玉、景差侍。有風颯然而至，王迺披襟而當之曰：「快哉此風。寡人所與庶人共者邪？」宋玉對曰：「此獨大王之風耳，庶人安得而共之？」[41]

〈風賦〉雖然列在《文選》「物色」類，可是「游於蘭臺之宮，有風颯然而至」與〈高唐賦〉所謂「遊於雲夢之臺，望高唐之觀，其上獨有雲氣，崪兮直上，忽兮改容」何其相似，都是藉由風雲的無窮變換來映襯游觀欲望的無極，而同時風雲本身也就是體氣變動的指標；楚襄王開襟迎風而感到無比快意，正說明風雲的來去——尤其來歷經處決定了效應如何，直接滲透、轉化了人身情動的向度與體氣的質地。〈風賦〉接著將原本被視為不分貴賤高下而普遍吹拂的天地之氣，分為「大王之風」與

40 關於〈高唐賦〉與〈神女賦〉是否為接續之作，簡宗梧，〈神女賦探究〉中，從用韻習慣差別過大，認為〈神女賦〉的寫作動機與時間也許不必然與〈高唐賦〉一致，收入《漢賦史論》（臺北：東大圖書公司，一九九三），頁九九—一一八。

41 本文所引〈風賦〉出自《昭明文選》卷一三，頁二六五—六七。

「庶人之風」，明顯就是從環境的牽引性來談論身體或病或癒的差異，[42]而這正是因為由能動、開放的「體氣」狀態出發，才能這樣來談「個我」的處境；就像宋玉所強調：

> 臣聞於師，枳句來巢，空穴來風。其所託者然，則風氣殊焉。

從「應物起感」的角度來看，「所託者然，風氣殊焉」，不但是動情的外物收納了層層疊套的環境因素，同時，興感的人身亦必因此處在逐步累積的環境影響中。因此風之始生與出入成為〈風賦〉描摹的重點：

> 夫風生於地，起於青蘋之末，侵淫谿谷，盛怒於土囊之口，緣泰山之阿，舞於松柏之下，飄忽淜滂，激颺熛怒，耾耾雷聲，迴穴錯迕，蹶石伐木，梢殺林莽。……故其清涼雄風，則飄舉升降，乘凌高城，入於深宮。邸華葉而振氣，徘徊於桂椒之間，翱翔於激水之上，將擊芙蓉之精，獵蕙草，離秦蘅，槩新夷，被荑楊，迴穴衝陵，蕭條眾芳。然後倘佯中庭，北上玉堂，躋於羅帷，經於洞房，迺得為大王之風也。故其風中人，狀直憯悽惏慄，清涼增欷，清清泠泠，愈病析酲，發明耳目，寧體便人，此所謂大王之雄風也。……夫庶人之風，塕然起於窮巷之間，堀堁揚塵，勃鬱煩冤，衝孔襲門，動沙堁，吹死灰，駭溷濁，揚腐餘，邪薄入甕牖，至於室廬。故其風中人，狀直憞溷鬱邑，毆溫致濕，中心慘怛，生病造熱，中脣為胗，得目為蔑，啗齰嗽獲，死生

不卒。此所謂庶人之雌風也。

從生於大地至於呼嘯山林，透過「起於」、「侵淫」、「盛怒於」以及「緣」、「舞於」等隨處飛掠、侵入的動態，呈顯出大地之氣如何與環境形勢（包括青蘋之末、谿谷、土囊之口、泰山之阿、松柏之下）相磨相盪；其中如「盛怒於土囊之口」，彷彿《莊子》〈齊物論〉所謂「夫大塊噫氣，其名為風。是唯無作，作則萬竅怒呺」，[43]莊子從「咸其自取」來泯除聲竅的差異，不過，〈風賦〉顯然反而針對形勢差異來談風勢區別。「齊物」的觀點是，不論風吹木竅而發出的是「激者、謞者、叱者、吸者、叫者、譹者、宎者、咬者」，[44]因為氣、物相遭，各稱所受，不是外力（如心智）迫促，因此都是自然天籟；然而，宋玉關注的卻正是氣、物遭遇的殊異性及其作用於人身的殊異效應，這明顯偏重人身個體經驗，而不是萬物一體的自然之道。

所以〈風賦〉中對比了「大王雄風」與「庶人雌風」形成的背景，前者是歷經高牆深宮、繁花美

42《文選》呂向注以為「時襄王驕奢，故宋玉作此賦以諷之」，引自梁・蕭統輯，唐・李善等注，《增補六臣注文選》（臺北：華正書局，一九七七），頁二四四。姑且不論是否有諷諫意，受到人世環境影響而致「風氣」不同，則是基本觀點。

43 引自郭慶藩，《莊子集釋》（臺北：華正書局，一九八〇）〈齊物論〉，頁四五。

44 同前注，頁四六。

樹，後者則發自窮巷陋室、塵灰腐餘。如果與〈齊物論〉混同參差的角度相較，宋玉關於這兩種風氣形成的景物區分，就可能在鋪聚技法之外，有另外的體會；如果層層「所託」的景物差異是一一被考慮的，那麼「感物」（也是感於「所託」之氣）的人身知覺或欲望向度，也同步在探詢、開拓與變化之中。首先可以肯定的是，這時候人並不必然有感物的發動權，李善注「其風中人」為「此風入於人身體」，[45]這是風將人捲帶入了氣、物相遭的場域之中；其次，人在氣流之中的應感也顯然不完全為精神、意志所主導，清涼或溼熱，聰明或盲昧，乃至於煩亂或安寧，都不離開身體牽引於風氣的病、癒狀態。換言之，宋玉是從如何醫治「病體」，發現了在「託假」處境中的「個體」；同時這「個體」的發現，是指當人身處在「與物相遭」的氣流間，與情興感發同步的身體知覺場域的開發。

如果由這個角度重新看待「高唐神女」，也許有理由設想後代分為兩篇的〈高唐賦〉與〈神女賦〉，在宋玉原初的設計中，有前後合一的可能；高唐山水是神女出現的環境，如同吹略過宮廷花樹而激生出清涼雄風，人身在物色中的層層感知也必然為邂逅神女做了預備。比如〈高唐賦〉從山水險急至於猛獸魚鳥，再及於花樹掩映的半山坡上，綠蔭迎風、水波澹淡：

> 纖條悲鳴，聲似竽籟。清濁相和，五變四會。感心動耳，迴腸傷氣。孤子寡婦，寒心酸鼻。長吏隳官，賢士失志。愁思無已，歎息垂淚。

這如同〈風賦〉強調的「所託者然，風氣殊焉」，不但是升降俯仰的形勢描寫，也是人身與風氣的同步迴旋往來，因此之所以「慼心動耳」、「寒心酸鼻」、「歎息垂淚」，並不專主於孤寡或失志的人事遭遇，反倒是牽繫於層疊的環境感知；而環境與聲氣的應和依存，如〈七發〉言「至悲」之音，先由「龍門之桐」依千仞、臨百丈、受風雪、感雷霆講起，就像馬融讚美竹材是「危殆險巇之所迫也，眾哀集悲之所積也」，[46]嵇康也歸納賦頌音聲之作，「稱其材幹，則以危苦為上，賦其聲音，則以悲哀為主，美其慼化，則以垂涕為貴」，[47]人身所以感於悲音，顯然是體受了梧桐、修竹所在的危苦形勢。如此，聲氣託假山水樹石，而山水樹石激生的風雪波流動盪了人身的體氣，感嘆、酸楚、憂愁與畏懼就是應和聲氣的旋律。

這是否可以說，聽聲逐物的欲望，其實就是身體對於環境感知的開發與承受；彷彿將自然萬物放置到人身上來思量，登臨遠望的既是山水，也同時就是在世界範圍中體現的人身，如：

> 仰視山顛，肅何千千。炫燿虹蜺，俯視崝嶸，窐寥窈冥，不見其底，虛聞松聲。傾岸洋洋，立而熊經，久而不去，足盡汗出，悠悠忽忽，怊悵自失，使人心動，無故自恐。

45《昭明文選》卷一三〈風賦〉，頁二六六。
46 引自《昭明文選》卷一八〈長笛賦〉，頁三六九。
47 引自《昭明文選》卷一八〈琴賦〉，頁三七七。

高山谷岸的峻偉縱深，一方面是游觀所欲探測的邊界，一方面當然也造就了身體知覺的頂點；「足盡汗出」如同「寒心酸鼻」、「歎息垂淚」，都是身心整體的臨界狀態，而所謂「怊悵自失」、「無故自恐」，正是在即將失去或跨出界限的剎那間，一種就在悲哀或驚恐裡所體現的個體意識。情欲或欲望如果並非指向單一對象，而是體現一種處境承受度的話，追聲逐色——不論是物色、聲色或美色，都顯然會在探測的極至逼顯出個我的邊界。而這所謂「個我」正是處境知覺的關結點，〈神女賦〉中面對「其美無極」之神女竟迅即離去，就有如〈高唐賦〉中聲色感知的極點表現：

> 徊腸傷氣，顛倒失據，闇然而暝，忽不知處，情獨私懷，誰者可語，惆悵垂涕，求之至曙。48

高唐觀所在的山水形勢所激生的風聲悲鳴也一樣令人「迴腸傷氣」、「歎息垂淚」，換言之，所追逐者固然有物色、聲色或美色的差異，但是都指向一個身體感知的極限狀態；或是登臨俯仰或是夢寐歡好，重點不在最後的目的（對象）得失，而是在極盡鋪張之能事的風光、美色中，人身從探測、擴張、沉迷、到飽覽一切，之後，幾近不辨天日、不知所在（「闇然而暝，忽不知處」）的虛脫狀態。呈現這種探測之後的虛脫狀態，或說是縱恣飽覽後戛然而止的茫然無措，讓之前承受的層疊感知反而成為推向解脫出口的梯階，歎息垂淚或驚恐出汗，也許就是一種興奮到放鬆、亢進到降返的轉折體驗。由此可進一步解釋前一節所提，枚乘〈七發〉為何得以是「將享樂與醫療交融一體的診治過程」，而王褒等人為何「朝夕誦讀奇文」，就可以為楚太子治病。錢鍾書曾經指出〈七發〉是以「詞痊」而無須藥石針刺之治療，[49]究竟如何得以言辭療疾，錢鍾書似乎僅提到枚乘等是取諸起居食色，「以見厚生亦即傷生」，[50]但是如何由「厚生」轉悟「傷生」，這應該才是關鍵。透過前文以宋玉〈高唐賦〉、〈神女賦〉、〈風賦〉為主的討論，其實可見〈七發〉正是沿襲這類賦篇的鋪排性來成就其治療性；養生須富「厚」，猶如乘風逐雲、包攬天地，感知的累積就是登頂的梯級。雖然〈七發〉中，太子在最後聽聞各家道術才「據几而起」，但是從天下至悲、至美、至駿以及最為靡麗談起，到了描繪田獵的部分，太子因為「陶陽氣，蕩春心」，以喜去悲（前有「至悲」），略有起色；及於觀濤，在

48 本文所引〈神女賦〉出自《昭明文選》卷一九，頁三九七—四〇〇。

49 參見錢鍾書，《管錐編》第三冊「全漢文卷二十」條下所述，頁九〇五。蔡英俊曾經以〈閑情賦〉為例，討論審美活動與道德實踐的問題，其中雖然認同龔鵬程所提出，漢儒已經能正視情欲議題，但是認為在「治道」要求下，所謂「適情性」往往是更不容許情欲的舒張；蔡先生進一步觀察到，除了由哲學論述提出節欲、反性的主張，其實詩或藝術創作活動或許更是紓解緩和情欲的主要途徑，而漢賦（如〈七發〉）的書寫模式尤其推促了情欲成為傳統文學創作的重要題材。這說法也許可以補充錢先生「以詞痊」的觀點。蔡先生〈「白璧微瑕，惟在閑情一賦」辨——兼論審美活動與道德實踐的問題〉一文，收入廖蔚卿教授八十壽慶論文編輯委員會編，《廖蔚卿教授八十壽慶論文集》（臺北：里仁書局，二〇〇三），頁一六一—七九。文章最末他並且提出重新討論中國古典文化中的「哀傷」、「怨懟」、「憂鬱」等各類情感的內容與質性，以及如何由「欲望治療」重新詮釋古典文學的呼籲，本文受其啟發，特此致謝。

50 同前注，頁九〇七。

遠望浩瀁的恍惚驚懼之際（如上段所言飽覽的虛脫狀態），「澡概胸中，灑練五藏」，彷彿淘洗身手髮齒的積垢而煥然一新，吳客說，當是之時，「淹病滯疾」皆可痊癒，更何況只是煩悶病酒。換言之，前六項牽連萬物聲色的鋪排，其實是需要連番投入與翻越的處境構設，處境的堆疊固然是嗜欲的滿足指標，但同時也提示了反向減除的傾向，這不過就是極線的兩面。所以，最後太子是：

> 據几而起曰：「渙乎若一聽聖人辯士之言」。涊然汗出，霍然病已。

第七項是吳客將要為太子推薦道術之士，而太子說就好像已經聽到聖人辯士之言一樣的豁然開朗，如果對照賦文開頭吳客探病時，就建議太子身旁應該要有博聞強識之君子，以便隨時貢獻意見，調整太子的心意想法，那麼，太子也可能就是讚美這整個鋪敘過程已經達到效果。「渙乎」有朗散、開解之意，彷彿去除層層負累，這在說完話之後的「涊然汗出，霍然病已」表達得更具體；療效並無須外求，這裡的「涊然汗出」如同〈高唐賦〉的「足盡汗出」都是藉由身體登極而反的感知，在沉迷又虛脫的剎那間出現可能痊癒的個體。

抒情：解憂釋鬱的治療

在第二節談到所謂「應物起感」就表現在與萬物相遭時一收一放的體氣動盪間，第三節深入分析這體氣震盪是如何牽引於環境的層疊變化，並在某種感知承受的極至，藉由垂淚汗出的悲愁或恐懼狀態，呈現了邊界線上的「個體」。如果是根據以上從治療「病體」到發現「個體」的向度，重新討論「個體自覺」，會發現所謂個人、自我的邊界從來不會是一種本然存在的概念，比方說無法僅透過宇宙圖式或群體的理想去設定，如完全和諧於時令或禮義的個體，或透過主動意志所及的實踐範圍（如遇不遇或得不得）去解釋，反而必須依賴與外在環境的相遭逢、相磨盪，才能窺臨那臨界點的演出，或可能進一步表現出來。換言之，個體的表現不是憑乎固然，而是奠基於感知場域的開拓以及某種感知極限的動態傳達。

個體的意義既不全是為了符應和諧的宇宙或社群，也不全是因為具有超越形軀的精神特質，從醫療角度而言，「身體」才是關注焦點，而且往往就因為是「無常」（irregularity）的所在。栗山茂久（Shigehisa Kuriyama）曾經根據上古文獻，認為傳統中醫所要醫治的身體不但具有現時性而且基本上是不穩定的，它可以體現宇宙和諧但是也可能中斷這份和諧，像一個爭論場所一般存在著。[51]栗山茂久特別以四時八風為例，說明將人的生命嵌入（embedded within）宇宙變動中，這大、小宇宙全然統合的理想並不符合實際經驗。在中醫的診療經驗裡，病人也許在春天有冬天式的脈象，如果這脈象出

51 Shigehisa Kuriyama, "The Imagination of Winds and the Development of the Chinese Conception of the Body," in Angela Zito and Tani E. Barlow (ed.), *Body, Subject, and Power in China* (Chicago: The University of Chicago Press, 1944), pp. 23-41. 此處對於栗山茂久文章的提點出自此書編者所言，見"Introduction," p. 13。

現在夏天可能趨近死亡等等，個人的身體常常這樣與宇宙時間出現了斷裂而無法相連結。[52]當然這不和諧，也促成了個體性的出現，不過，栗山茂久也說到，在中國古代，個體性（individuation）並無本體論式的定義。他以《莊子》〈齊物論〉所謂「夫大塊噫氣，其名為風」以下，如何混同「風」、「氣」、「聲」、「我（self）」為例，認為個體並非具有獨特本質，如神祕的靈魂或相對於形軀的非物質心靈，個體的出現如風自大地吹起（the self was itself windlike），沒有理由也非意志操作，只是反映了風的多元性與不可預測性。[53]栗山茂久雖然同意莊子所說的追究到底終是「咸其自取」，但是也從史書所謂「風土」或《詩經》「國風」等，指出地域、環境所形成的風的差異性。[54]風既然來自於不同環境，當它吹過身體，也必然形成差異的動盪，栗山茂久有一個比喻：人身表面如同具有個別「通氣孔」（orifices），而成為宇宙的、地域的以及個人的風的匯聚之處。[55]

從「不和諧」到「個別性」，就如同前文以宋玉賦作為焦點，提出由「病體」到「個體」的發展可以相呼應，尤其「通氣孔」的說法，更可以補充前一節論及〈風賦〉的環境牽引性。這同時也恍然可以理解〈風賦〉、〈高唐賦〉所以透過具體的風、雲來描述情欲處境，正是將「應物起感」放在「〈風雲之氣〉氣流通過身體的反應」來表達，而在病症的診治上，由「體氣」節宣講起，也正是開放身體而與四時陰陽交流應對。換言之，不論是關注宇宙或社群的和諧，都會特別在意一個氣流鬱塞、纏結至極的身體，那是救治的焦點，也同時就成為「個體」發皇的起點。這最容易讓人想起被視為自我抒情的屈原，[56]在作品中以一種「病體」形象出現；東方朔在〈七諫〉中就如此描述屈原的「自悲」：

> 居愁懃其誰告兮，獨永思而憂悲。內自省而不慙兮，操愈堅而不衰。隱三年而無決兮，歲忽忽其若頹。……身被疾而不閒兮，心沸熱其若湯。……苦眾人之皆然兮，乘回風而遠遊。……過故鄉而一顧兮，泣歔欷而霑衿。厭白玉以為面兮，懷琬琰以為心。邪氣入而感內兮，施玉色而外淫。何青雲之流瀾兮，微霜降之蒙蒙。徐風至而徘徊兮，疾風過之湯湯。[57]

這段文字的前半段陳述了堅志不悔而歲月不待的悲愁，但是這悲愁接著具體化為被疾病纏擾而無

---

52 "The Imagination of Winds and the Development of the Chinese Conception of the Body," p. 31.

53 同前注，頁三三—三四。

54 同前注，頁三二—三三。

55 同前注，頁三四。

56 張淑香在〈詩可以怨〉一文中，談到面對人生悲劇，人雖然難免威脅、甚至屈服，但是「因為『怨』的悲劇意識也促醒他轉頭返歸於人類的個體的自我意識，並由此激發出他對抗此一悲劇意識之壓迫的勇氣與意志」，在所列舉的例證中也談到屈原之作〈離騷〉，以香草美人為喻，「無形中已使他個人的痛苦與不幸趨於客觀化」，避免了內外人我激烈對立，與訴諸激揚之外發行動的西方悲劇不同，收入《抒情傳統的省思》（臺北：大安出版社，一九九二），頁三—三九。這是一般由感嘆無常、哀憐恐懼進而逼顯出悲壯的個體自覺的代表性說法，本文則希望探討這種悲劇個我的形成如何在人身體現出來，尤其是從「氣」的角度呈現身體與環境的不和諧感。

57 引自漢・王逸，《楚辭章句》（臺北：藝文印書館，一九六七）卷一三〈七諫・自悲〉，頁三五二—五六。

法痊癒的身體，先以沸熱若湯形容當下身心不平的狀態，甚而感受由外進入的「邪氣」，幾乎侵襲了原本白淨的容顏，底下幾句看似景觀的描繪——緩疾不定的風、變幻莫測的霜雲，其實更體現了外在環境在人身上的穿梭出入，彷彿在風起雲湧、霜露浸潤的時刻，這種「身體化的悲愁」就具體成形了。

憂悲愁悶在這裡被視為一種有害身體的病徵，而且這疾病並非局部病痛，反倒是擴張式的無所不在，日夜糾纏。自屈原到漢代模擬屈原的作品中，都可以看到這樣的描述，比如屈原〈九章〉中的字句：

> 心鬱鬱之憂思兮，獨永歎乎增傷。思蹇產之不釋兮，曼遭夜之方長。悲夫秋風之動容兮，何回極之浮浮。[58]
>
> 介眇志之所惑兮，竊賦詩之所明。惟佳人之獨懷兮，折芳椒以自處。增歔欷之嗟嗟兮，獨隱伏而思慮。涕泣交而淒淒兮，思不眠以至曙。終長夜之曼曼兮，掩此哀而不去。……傷太息之愍歎兮，氣於邑而不可止。糺思心以為纕兮，編愁苦以為膺。折若木以蔽光兮，隨飄風之所仍。存髣髴而不見兮，心踊躍其若湯。[59]

首先，沒有任何心情表達是完全內在的，屈原的憂愁總是伴隨唏噓涕泣、永夜不寐的身體動作展現出來；其次，憂愁也不完全展現在個體上，長夜曼曼、秋風動容，這是與身體交纏共作的處境；第三，所謂「憂」、「愁」、「苦」這些後世視為心情寫照的字眼，因此需要從身體處境的角度重新詮釋。換言之，這些心情字眼並不抽象，是由人身「體現」出來的可見可感的空間性氣氛；所謂「紆思心以為纕」、「編愁苦以為膺」不但是相對於佩戴香草的「病體」，同時也是「氣逆憤懣」[60]（「氣於邑而不可止」）的匯聚處，這股無法開解的鬱塞（蹇產不釋）之氣其實又是隨著飄風（或秋風）四處飛散，隨著夜色綿延，而與踴躍若湯的個體形成頻率相仿的沸動激盪。

東方朔〈七諫〉所謂「身被疾而不閒兮，心沸熱其若湯」、「邪氣入而感內兮，施玉色而外淫，……徐風至而徘徊兮，疾風過之湯湯」正是括引屈原這病體與個體交錯的感知，而莊（嚴）忌在〈哀時命〉也如此說到：

> 哀時命之不及古人兮，夫何予生之不遘時。往者不可扳援兮，倈者不可與期。志憾恨而不逞兮，杼（一作抒）中情而屬詩。夜烱烱而不寐兮，懷隱憂而歷茲。心鬱鬱而無告兮，眾孰可與深謀。欿愁悴而委惰兮，老冉冉而逮之。……愁修夜而宛轉兮，氣涫沸其若波。……攄塵垢之枉攘兮，除穢累而反真。形體白而質素兮，中皎潔而淑清。時猒飫而不用兮，且隱伏而遠身。……生

58 引自《楚辭章句》卷四〈九章・抽思〉，頁一七四。
59 引自《楚辭章句》卷四〈九章・悲回風〉，頁二〇二—二〇三。
60 王逸解「氣於邑而不可止」曰「氣逆憤懣，結不下也」。引自《楚辭章句》卷四〈九章・悲回風〉，頁二〇三。

> 天地之若過兮，忽爛漫而無成。邪氣襲余之形體兮，疾憯怛而萌生。願壹見陽春之白日兮，恐不終乎永年。[61]

在這段資料裡，說到「志憾恨而不逞兮，杼中情而屬詩」，就如同屈原在前引〈九章・悲回風〉所說「介眇志之所惑兮，竊賦詩之所明」，以及〈九章・惜誦〉所說「惜誦以致愍兮，發憤以抒情」，[62]都是以「詩」代辭、賦，而以「抒情」、「明志」作為書寫的焦點。[63]所謂「杼情（志）屬詩」的說法，既不同於〈詩大序〉所謂「詩言志」強調的禮樂歌舞一體的教化意義，[64]也明顯不同於後來陸機提出與「賦體物」相對的「詩緣情」的說法。可以說這是比較早出現的「抒情」說，而且在並不明顯牽涉題材、字句、風格、教化等效應的文體分類下的一種可能較為普遍的「表達」。這種表達的欲求，明顯與身體某種不諧和、不安寧的如波沸動的訊息同步，如「邪氣襲余之形體兮，疾憯怛而萌生」，就像東方朔說「邪氣入而感內」，也即是屈原說的「氣於邑而不可止」，而「邪惡之氣」[65]侵襲身體，應該是先秦以來對於身體疾病的普遍說法，如《管子》〈形勢〉曰：

> 曙戒勿怠，後穉逢殃。朝忘其事，夕失其功。邪氣襲內，正色乃衰。君不君則臣不臣，父不父則子不子。[66]

「邪氣襲內，正色乃衰」[67]如同前後文所舉的基本事理，是身體面對外來侵襲的自然反應，那麼從屈原的「於邑之氣」到東方朔、莊忌直稱「邪氣」來看，是不是可以說，早先的「抒情」其實出自醫治病體的焦慮與渴望；在傳統看法裡，憂愁如此理所當然地被視為一種需要診治的疾病，這是一種「心身症」，出現在身與心互動不良、自然與個人難以協調的情況下；同時，診治的方式裡有一種就是透過「表達」。

從「賦詩明志」或「屬詩抒情」，一般很容易將「表達」理解為「情志」的抒發，但是如果前述

---

61 引自《楚辭章句》卷一四〈哀時命〉，頁三七一—八五。

62 引自《楚辭章句》卷四〈九章・惜誦〉，頁一五二—五三。

63 關於早期以「詩」代「賦」之例，饒宗頤，《選堂賦話》一開始就例舉如〈哀時命〉、〈九歎〉、〈九懷〉等漢人擬騷作品中出現的「抒中情而屬詩」、「抒情陳詩」、「撫昔歎兮作詩」為證，並溯自屈原〈九歌・少司命〉「展詩兮會舞」、〈九章・悲回風〉「介眇志之所惑兮，竊賦詩之所明」，說明自屈原至莊忌等，雖作辭賦，但抒情明志與「詩」無異。收入何沛雄編著，《賦話六種》（香港：三聯書店，一九八二），頁九五。

64 關於「詩言志」牽涉的禮樂教化意義與儒家經典範式，請參見鄭毓瑜，〈詮釋的界域——從「詩大序」再探抒情傳統的建構〉，《中國文哲研究集刊》二三期（二〇〇三年九月），頁一—三二。

65 王逸注〈哀時命〉「邪氣襲余之形體兮，疾憯怛而萌生」曰：「言已常恐邪惡之氣及我形體，疾病憯痛橫發而生，身僵仆也」，《楚辭章句》卷一四，頁三八五。

66 引自顏昌嶢，《管子校釋》（長沙：岳麓書社，一九九六）卷一〈形勢〉，頁一五。

67 李善於〈長門賦〉、〈七發〉注解中徵引《管子》此句，皆作「玉色乃衰」，分見《昭明文選》卷一六，頁三二八，及卷三四，頁七四七；又東方朔〈七諫〉亦作「邪氣入而感內兮，施玉色而外淫」，似應為「玉色」。

「邪氣入而感內（襲余之形體）」的前提可以成立的話，表達或抒情在這裡有非常「體氣性」的解釋，而不必然僅能訴諸抽象的情志；「杼中情而屬詩」，王逸注曰：

> 言己上下無所遭遇，意中憾恨，憂而不解，則杼我中情、屬續詩文，以陳己志也。杼，一作抒。[68]

另外如劉向〈九歎〉也有「舒情陳詩，冀以自免兮」或「願假簧以舒憂兮，志紆鬱其難釋」，王逸說是：

> 言己舒展中情，陳序志意，冀得脫免患禍。（〈九歎・怨思〉）
> 言己欲假笙簧吹以舒憂，意中紆鬱誠難解釋也。（〈九歎・憂苦〉）[69]

「舒情」就是「舒展中情」，就是「解憂釋鬱」，舒展情志的同時也解脫了病體的鬱悶；「舒（抒）」、「解（釋）」所針對的紆結鬱塞，既是身體的病症也是情志狀態。楚騷系列作品中，隨處可見對於這種身心狀態的描述：

> 忳鬱邑余侘傺兮，吾獨窮困乎此時也。[70]（王逸：言我所以忳忳然而自念，中心鬱悒，悵然住

立而失志者，……）

心鬱邑余侘傺兮，又莫察余之中情。……中侘傺之煩惑兮，中悶瞀之忳忳。[71]（言己憂心煩悶，忳忳然無所舒也）

欲橫奔而失路兮，堅志而不忍。背膺牉合以交痛兮，心鬱結而紆軫。[72]（言不忍變心矯行，則憂思鬱結，胸背分裂，心中交引而隱痛也）

心絓結而不解兮，思蹇產而不釋。……慘鬱鬱而不開兮，蹇侘傺而含慼。[73]（言己乘船蹈波，愁而恐懼，則心肝懸結，思念詰屈而不可解釋也。……中心憂滿，慮閉塞也，悵然住立，內結毒也）

鬱結紆軫兮，離慜而長鞠。[74]（言己愁思，心中鬱結紆曲，而痛身疾病、長困窮，若恐不能自

68《楚辭章句》卷一四，頁三七二。其中「杼，一作抒」乃據宋・洪興祖，《楚辭補注》（臺北：藝文印書館，一九七七）所引王逸章句補入。

69 引自《楚辭章句》卷一六〈九歎・怨思〉、〈九歎・憂苦〉，分見頁四三四、四五〇。

70 引自《楚辭章句》卷一〈離騷〉，頁三五。

71 引自《楚辭章句》卷四〈九章・惜誦〉，頁一五七。

72 同前注，頁一六一。

73 引自《楚辭章句》卷四〈九章・哀郢〉，頁一七〇—七二。

74 引自《楚辭章句》卷四〈九章・懷沙〉，頁一八〇—八一。

全也。）

這裡出現的「紆軫」、「鬱邑（鬱結）」、「蹇產」等詞語，都是相對於另一組「舒放」、「解釋」的身心狀態，兼顧憂心失志與身軀（如胸背）疾痛，換言之，這些看似情緒化的語詞，原本有其「病體」的背景；而從前引所謂「氣於邑而不可止」或「邪氣襲內」看來，這些鬱結的身體感其實就是一種纏繞、糾結的氣態個體，所以可借由體氣收放的狀態來呈現：

> 糺思心以為纕兮，編愁苦以為膺。
> 愁鬱鬱之無快兮，居戚戚而不解。心鞿羈而不開兮，氣繚轉而自締。[75]

王逸在這兩處的解釋都說是「言動以憂愁，自係結也」、「肝膽係結，難解釋也。……思念纏綣而成結也」，「自係結（或肝膽係結）」一方面是呈現個體自我的一種氣態存在（「氣繚轉而自締」），一方面，所謂「動以憂愁」、「思念纏綣」也說明了這個纏結的氣態正是動情興感的狀態。

而當愁思纏繞到極點，屈原希望「凌大波而流風兮，託彭咸之所居」，王逸說是「從古賢俊自沉沒也」，[76]但是如果由「凌風乘波」的具體經驗而言，屈原接著的描述是：

> 上高巖之峭岸兮，處雌蜺之標顛，……憚涌湍之礚礚兮，聽波聲之洶洶。紛容容之無經兮，罔

> 芒芒之無紀。軋洋洋之無從兮，馳委移之焉止。漂翻翻其上下兮，翼遙遙其左右。氾潏潏其前後兮，伴張弛之信期。[77]

從一個鬱結至極而渴望舒放的前提看來，在風波中的流蕩正是體氣的逐步擴充，所以是上下、左右、前後的展延，或最貼切地說是在兩端（由塞縮到張放）間的「張弛（漲落）」；王逸說這是「登山入水周六合也」，換言之，這是沒有標準度量的漲幅，因此它也可能是進退失據（無經、無紀）、無所適從（無從、焉止），這個空間化的情思流蕩，王逸對應到人事就是「隨眾」與否的抉擇擺盪。身體的飄搖、翻轉、涌動，在這裡既是體氣於兩極間出入收放的樣態，同時也就是起伏跌宕的情思宛轉。劉向〈九歎・怨思〉中有一段文字幾乎就是敷演了屈原的體驗：

> 志隱隱而鬱怫兮，愁獨哀而冤結。腸紛紜以繚轉兮，涕漸漸其若屑。……惜往事之不合兮，橫汨羅而下厲。乘隆波而南度兮，逐江湘之順流。赴陽侯之潢洋兮，下石瀨而登舟。陸魁堆以蔽視兮，雲冥冥而闇前。山峻高以無垠兮，遂曾閎而迫身。雪雰雰而薄木兮，雲霏霏而隕集。阜隘狹

---

75 分別引自《楚辭章句》卷四〈九章・悲回風〉，頁二〇三、二〇五。
76 同前注，頁二〇六。
77 同前注，頁二〇六—二〇七。

> 而幽險兮，石嵾嵯以翳日。……橫舟航而濟湘兮，耳聊啾而懺慌。波淫淫而周流兮，鴻溶溢而滔蕩。路曼曼其無端兮，周容容而無識。……水波遠以冥冥兮，眇不睹其東西。順風波以南北兮，霧霄晦以紛闇。日杳杳以西頹兮，路長遠而窘迫。欲酌醴以娛意兮，蹇騷騷而不釋。[78]

從「氣繚轉而自締」的身體狀態出發，開頭所謂「鬱怫」、「冤結」、「繚轉」是在體氣的基礎上，同步浮顯心緒（志、愁）的曲折。而底下鋪敘山高水遠中的個體處境，或是窘迫不安，或是隨波南北、不識東西的漂搖，都是在天地間渴求解脫出口的體氣流蕩。這與歷來被視為情欲主題的〈高唐賦〉所描寫的其實極為相似，如「水澹澹而盤紆兮，洪波淫淫之溶潏。奔揚踊而相擊兮，雲興聲之霈霈」，或是「磐石險峻，傾崎崖隤。巖嶇參差，縱橫相追」，[79]同樣是對於險急山水的堆疊感知，讓身體彷如「通氣孔」式地牽引於環境變化；進而宋玉說「登高遠望，使人心瘁」，「瘁」，病也，[80]登覽的欲望必然也會帶來面臨極限的虛脫無力，在「足盡汗出」的瞬間，所謂「無故自恐」、「惆悵自失」，也正是由「病體」逼出「個體」的狀態。顯然在作為「病體」的基礎上，欲望的追逐或節制，與憂愁的纏結或舒放，同樣都是在體氣縮放、盈反的狀態中來回調諧，歷來分為諷諫（勸勉）或自慰（失志）的辭賦作品，其實都可以說是「個體的抒情」。

〈九歎・怨思〉末尾，劉向如此感嘆：

> 飄風蓬龍埃坲坲兮，草木搖落時槁悴兮，遭傾遇禍不可救兮，長吟永欷涕焭焭兮，舒情陳詩冀

以自免兮，頹流下逝身日以遠兮。[81]

從「牽引於環境的體氣變化」這個前提，飄風搖落的不只是草木，也直接憔悴化人身處境；這不是以時節比喻處境，而直接就是總說人身、外物相磨盪、相出入的存在樣態。所以末尾的「舒情陳詩」，所要抒發的並不完全只是一個封閉、內在的情意我，而是向外開放的體氣通流；而陳述的內容自然也不應該只是個別的人事遭遇，反而是在病痛一般的沉迷或纏結過程中，逐層展布出的情思氣氛。

詩意的自覺

當東方朔、莊忌都以「邪氣襲內」描述屈原的「病體」，其實同樣說法也出現在枚乘的〈七發〉與司馬相如的〈長門賦〉。〈七發〉說到吳太子久耽安樂、玉體不安，是「邪氣襲逆，中若結轖」，與

78 引自《楚辭章句》卷一六〈九歎・怨思〉，頁四二八—三四。
79 引自《昭明文選》卷一九〈高唐賦〉，頁三九四—九五。
80 此處對於「瘁」之解釋，引自《昭明文選》卷一九，頁三九五。
81 引自《楚辭章句》卷一六〈九歎・怨思〉，頁四三四。

屈原病症一樣，都是邪氣由外入侵，致體氣紆結鬱塞；而〈長門賦〉序文說陳皇后「愁悶悲思」，賦文中形容是：

> 心憑噫而不舒兮，邪氣壯而攻中。82

李善注解「憑噫」為「氣滿貌」，這當然與外在氣息交互侵進而致充塞積累有關。而從楚騷系列描摹的隨波流蕩、秋風動容、長夜展轉，到情欲或諷諫賦類的登高遠望、上下周覽乃至於感心動耳的風月聲色，在〈長門賦〉裡也有類似的處境呈現，如：

> 廓獨潛而專精兮，天漂漂而疾風。登蘭臺而遙望兮，神怳怳而外淫。浮雲鬱而四塞兮，天窈窈而晝陰。雷殷殷而響起兮，聲象君之車音。飄風迴而起閨兮，舉帷幄之襜襜。……心憑噫而不舒兮，邪氣壯而攻中。下蘭臺而周覽兮，步從容於深宮。正殿塊以造天兮，鬱並起而穹崇。……撫柱楣以從容兮，覽曲臺之央央。白鶴噭以哀號兮，孤雌跱於枯楊。日黃昏而望絕兮，悵獨託於空堂。……援雅琴以變調兮，奏愁思之不可長。案流徵以卻轉兮，聲幼妙而復揚。貫歷覽其中操兮，意慷慨而自卬。左右悲而垂淚兮，涕流離而從橫。舒息悒而增欷兮，蹝履起而彷徨。

從風雲吹拂到幽獨空堂至於撫操援琴，中間兩度描述當時身體狀態是「心憑噫而不舒兮，邪氣壯而攻中」、「舒息悒而增欷兮，蹝履起而彷徨」，這一方面顯示伴隨步、撫、登、覽等身體行動所展開的其實是身體內、外的氣態調節，不論風吹鶴鳴與流徵變調、雲聚雷響與涕泣彷徨都是身心與環境持續的交錯出入。另一方面，透過這個張弛、收放所震盪的氣流，當然同時也成為情意起伏、愁思婉轉的共鳴場域，所以從「聲象君之車音」的期待，到「日黃昏而絕望」的惆悵，是透過身體的往復纏結所織纂出的鬱悶天地。〈長門賦〉在輾轉寤寐的最後，就這樣說到：

> 眾雞鳴而愁予兮，起視月之精光。觀眾星之行列兮，畢昴出於東方。望中庭之藹藹兮，若季秋之降霜。夜曼曼其若歲兮，懷鬱鬱其不可再更。澹偃蹇而待曙兮，荒亭亭而復明。妾人竊自悲兮，究年歲而不敢忘。

「夜曼曼其若歲兮，懷鬱鬱其不可再更」應該算是這段文字的焦點了，無法舒散的愁緒就這樣纏繞上曼曼長夜；晦明若歲已經不只是意味等待的煎熬，而是具體表徵一種愁思體受的程度，月落日出的推移彷彿成了極限的拉引，流轉出彌天撲地的情緒張力。

以「邪氣襲內」作為線索，可以發現不論是表現失志不遇、閨怨哀思或是為了諫止情欲（可能是物色或美色等），都是面對一個體氣不諧的狀況，而尋求由耽溺、鬱塞至於開解、舒放的治療過程。

---

82 本文所引〈長門賦〉出自《昭明文選》卷一六，頁三二七—三三〇。

由於是在「體氣」的基礎上談「應（物）（興）感」，氣態的張弛、縮放正具體化了情思意緒的起落、起伏，也因此情思的發動不完全是出自擁有形軀的個我，當然也不應只是由相應於個人的人事遭遇、世局現象來附會。這一方面可以說，如果個我是以一種氣態出現，那麼所謂「個體自覺」，不但不僅僅是內心的自覺，也不會是一個有獨特個性或整一表現的個體，反而是隨時牽引於環境的變動狀態。再一方面，由楚辭系列出現的「抒情陳詩」來看，顯然從病態體氣上談所謂「抒情」是有某種程度的共識，這說明了後來被視為文學性的「抒情」（甚至相對於具有政教意味的「言志」），在一開始也許是為解決基本的病痛問題，不管是為了什麼原因，「中若結轖」、「蹇產不釋」就是有尋求舒放的立即必要性。那麼，「抒情」如果不完全是個人之事，或一種主體獨特性的表達，而可能就是從救治病痛的根本考量出發，所得出的一種舒放體氣的方式，抒情的結果也許就是體受一種在盈而反、鬱而舒之間反覆震動的頻率、幅度。換言之，所謂「抒情」應該可以容納各種不同向度的體氣震盪，這不拘限於任何題材（聲色萬物或情志個性）或目的（如群己關係或天人關係），而是體現一個動情盪氣的世界。

這世界是否就是「詩」（相對於非文學或其他文類）的世界並非最重要，但是這世界顯然被認為是可以引起同情共感的「詩意」（poetic）的世界。如果以〈遠遊〉這段話做個例子：

> 遭沉濁而汙穢兮，獨鬱結其誰語。夜炯炯而不寐兮，魂營營而至曙。……步徙倚而遙思兮，怊惝怳而永懷。意荒忽而流蕩兮，心愁悽而增悲。[83]

就如宋玉說「徊腸傷氣，顛倒失據」，「惆悵垂涕，求之至曙」（〈神女賦〉），莊忌說「夜炯炯而不寐兮，懷隱憂而歷茲」、「幽獨轉而不寐兮，惟煩懣而盈胸」、「愁修夜而宛轉兮，氣涫沸其若波」（〈哀時命〉），與枚乘說「惕惕怵怵，臥不得瞑」（〈七發〉），司馬相如說「舒息悒而增欷兮，蹝履起而彷徨」、「夜曼曼其若歲兮，懷鬱鬱其不可再更」（〈長門賦〉）其實傳達出共有的領會；更不用說到漢魏古詩中「明月何皎皎，照我羅床幃。憂愁不能寐，攬衣起徘徊」（〈古詩十九首〉），「殷憂令志結，怵惕常若驚」、「夜中不能寐，起坐彈鳴琴」（阮藉〈詠懷〉第二十四與第一首），「漫漫秋夜長，烈烈北風涼。輾轉不能寐，披衣起傍徨」（魏文帝〈雜詩〉二首之一）這些膾炙人口的名句，有著如何一致的體驗。如此持續的書寫同一種情境，跨越了題材、文類與不同的時代、作者，顯然他們面對一個共同的議題——殷憂不寐的病體，同時也透過個體間的「怵惕」、「沸動」來共鳴或傳響這個共有的「抒情」世界。

原作〈從病體到個體——「體氣」與早期抒情說〉，原刊楊儒賓、祝平次主編，《儒學的氣論與工夫論》（臺北：臺灣大學出版中心，二〇〇五），頁四一七—五九。

83《楚辭章句》卷五〈遠遊〉，頁二一四—一五。

第二章

諷誦與嗜欲體驗的傳譯

一般從文學史的角度談論漢初諸賦，大抵會由書寫體式的鋪張類聚，以及政治上諷諭的企圖來作說明，這可以說也是漢人自己的看法，比如揚雄就說到：「雄以為賦者，將以風也，必推類而言，極麗靡之辭，閎侈鉅衍，競於使人不能加也，既乃歸之於正，然覽者已過矣」，[1]換言之，漢賦可以被視為一種為了君王這個特定閱讀者所開展出來的政治性書寫。不過，從《漢書》〈王褒〉傳當中這段記載，似乎又說明了賦體並不只是一種書面諷頌而已：

（其後）太子體不安，苦忽忽善忘，不樂。詔使褒等皆之太子宮虞侍太子，朝夕誦讀奇文及所自造作。疾平復，乃歸。太子喜褒所為甘泉及洞簫頌，令後宮貴人左右皆誦讀之。[2]

最常被注意到的是所謂「誦讀」，表示賦體在當時兼含口頭與書面雙重表達方式，但是，更值得注意的是，在效應上，這裡並不是直接涉及原本被預期的政治諷諭，而是除憂轉喜的療疾效果。療疾關乎身體感受，諷諭重在治國，王褒賦誦可以為太子療疾的記載，正提示了必須將賦體由文學領域置放入更廣遠的治身如治國的系列論述中，也許可以作更恰切的理解。這類論述最明顯的例子，如《左傳》中醫和診治晉侯的病症，似也同時診斷出社稷即將衰亡，[3]而儒家如荀子由耳目口鼻之「養」，論天子禮容與聖王之樂，[4]另外秦漢間盛行的陰陽家或黃老方術也強調養生與治國不可二分的道理，《呂氏春秋》中如〈本生〉、〈重己〉、〈先己〉、〈盡數〉等，[5]都可見當時對於天子君王之嗜欲、體氣如何節制或導引的論述。

如果將王褒賦誦療疾一事，也涵括入這類包含思想家、醫家等共同針對的君王養身的論述系列中，可以發現這既是哲學、醫療的問題，也是語文學家的任務。這些口頭或書面的表達，並不只是希望君王心領意會而已，也希望君王可以感同「身」受。其中，哲學家也許提出「禮容的身體」，方技醫家也許根源於「氣化的身體」，[6]那麼，作為文學侍從之臣的漢初賦家，在這些已有的前提之下，

1 引自漢・班固，《漢書》（臺北：鼎文書局，一九七七）卷八七下〈揚雄〉傳，頁三五七五。

2 引自《漢書》卷六四下〈嚴朱吾丘等〉合傳，頁二八二九。

3 見晉・杜預注，唐・孔穎達等正義，《春秋左傳正義》（臺北：藝文印書館，一九七九，十三經注疏本）卷四一，昭公元年條下所載，頁七〇九。又如《漢書》卷三〇〈藝文志〉曰「方技者，皆生生之具，王官之一守也，太古有岐伯、俞拊，中世有扁鵲、秦和，蓋論病以及國，原診以知政」，頁一七八〇。

4 參見清・王先謙，《荀子集解》（臺北：藝文印書館，一九七七）卷一三、一四〈禮論〉、〈樂論〉。

5 陳奇猷，《呂氏春秋校釋》（臺北：華正書局，一九八五）就分別〈本生〉、〈重己〉為陰陽家所言的養生之道，而如〈先己〉乃道家之說，〈盡數〉則屬方技家所言之養生等，分見頁二一、三五、一四六、一三七。又如王曉毅，〈漢晉之際儒道關係與士人心態〉一文中，亦引用司馬談，〈論六家要指〉中所謂「神者生之本也，形者生之具也，不先定其神，而曰我有以治天下，何由哉」來說明漢初黃老方術並不只是政治哲學，而是與養生密不可分，參見《漢學研究》一五卷一期（一九九七年六月），頁四五—七一，尤其是頁五〇—五一。

6 李建民在《死生之域：周秦漢脈學之源流》（臺北：中央研究院歷史語言研究所，二〇〇〇）書中，論及周秦之際由社會性較強的「禮容的身體」轉向氣化宇宙觀下的「數術的身體」，並認為《左傳》中醫和將天之六氣與五味、五色、五聲相配的說法，也許是以數術為主的疾病觀念最早的說法，詳見第三章〈醫在天官——古脈學的

要從語文學的角度提供何種可以獲得君王稱賞甚至也期待具有療治效應的論述？從君王的身體養護作為最終目的看來，哲學家也許提供關於禮容的習養與規範，醫家也許提供導引調理的診治方案，那麼語文學家如何透過語文表達的策略就希企有規範或療治的意義？由〈七發〉或其他漢初大賦中對於感官嗜欲的鋪張揚厲而言，又似乎與要求節制或禁止的規準相違背，那麼，這些賦作如何能透過一種語文策略就「呈現」君王可以符合作為家國領導者的要求，更重要的是還能滿足嗜欲想望？換言之，感官嗜欲如何可能透過轉述或譯述，藉助他人之口說或書寫來感動君王？身體感受和語文論述之間該如何跨界與溝通？什麼樣的感官論述最後可以不只是停留在肉體快感，而可以具有超越物欲的意義，以至於被認為可以相應於社會秩序、文化意義，而成為君王體驗治身（以治國）道理的方式之一？

本文因此將以枚乘〈七發〉為基礎，同時參考如《韓非子》、《呂氏春秋》、《淮南子》等書中的相關記載，也引用〈子虛賦〉、〈上林賦〉、〈洞簫賦〉等相互應照，主要針對兩方面進行討論：一方面去追索以記誦名物知識、詩歌史料擅長的賦家，為何也可以如同哲學家或方技醫家，參與君王身體照護的行列？他們所提出的照護說法與原理探求、道德規範或醫治方法有何異同？另一方面要思索的是，嗜欲，尤其是發自耳目感官的欲望，如何透過語言或文字而可以被如實地經驗，這些在今日必須翻查大量文獻來注解才得以初步讀懂的長篇賦作，為何在當時可以直接閱覽甚至經由誦讀就能被君王所理解，而感到稱心快意？希望透過這兩方面的討論，將漢初大賦放在更廣大的屬於君王身體養護的某一種角度來重新詮釋，也試圖為基於感官的嗜欲如何成為被認可的經驗論述，提出在語文操作上更具體的分析。

節制嗜欲與嗜欲極至

枚乘〈七發〉[7]全文可以分為開頭問疾的部分，以及其後逐次提出療方（從音樂至於道術）的正文部分，如果專從辭賦發展史的角度來說，通常針對鋪陳七事的正文，列敘其間的承傳，如被司馬遷認為是屈原所作的〈招魂〉，[8]其間鋪陳的種種居處飲宴的享受，當為君王所有，而可能為〈七發〉之先導，同時鋪陳誇飾的〈七發〉又標示著由騷體轉向大賦演變之跡。[9]但是，如果注意到開頭問疾一段，吳客對於病因的陳述，其實可以追溯出原本已經存在的一些疾病論述，如所謂「久耽安樂，日夜無極，邪氣襲逆，中若結轖」，與《左傳》中子產或醫和由體氣鬱結而必須有所節宣的角度來推論

王官傳統〉第二節「天官與天數——《左氏》秦和傳發微」，頁一二〇—一二八；第四章〈脈與導引——生命在運動中〉第一節「從禮容的身體到數術的身體」，頁一五八—一六七。

7 本文所引錄〈七發〉原文，皆出自梁・蕭統輯，唐・李善注，《昭明文選》（臺北：河洛圖書出版社，一九七五）卷三四，頁七四七—五六。

8 漢・司馬遷著，劉宋・裴駰集解，唐・司馬貞索隱，張守節正義，《史記三家注》（臺北：洪氏出版社，一九七四）卷八四〈屈原賈生〉傳末尾「太史公曰」，頁二五〇三。

9 此處說法參見郭維森、許結，《中國辭賦發展史》（南京：江蘇教育出版社，一九九六），頁六九—七〇、九四—九五。

晉侯的病情，幾乎如出一轍；[10]而所謂「飲食則溫淳甘膬，腥醲肥厚，衣裳則雜遝曼煖，燀爍熱暑，雖有金石之堅，猶將銷鑠而挺解也」，彷如《呂氏春秋》〈重己〉所言，背後也是以體氣觀作為依據：

是故先王不處大室，不為高臺，味不眾珍，衣不燀熱，燀熱則理塞，理塞則氣不達；味眾珍則胃充，胃充則中大鞔，中大鞔而氣不達，以此長生可得乎？[11]

至於最後斷定病症為：

（且夫）出輿入輦，命曰蹶痿之機；洞房清宮，命曰寒熱之媒；皓齒蛾眉，命曰伐性之斧；甘脆肥膿，命曰腐腸之藥。今太子膚色靡曼，四支委隨，筋骨挺解，血脈淫濯，手足墮窳，……所從來者至深遠，淹滯永久而不廢，雖令扁鵲治內，巫咸治外，尚何及哉？[12]

《呂氏春秋》〈本生〉篇也有類似的「三患」說，「出則以車，入則以輦，務以自佚，命之曰招蹶之機。肥肉厚酒，務以自彊，命之曰爛腸之食。靡曼皓齒，鄭、衛之音，務以自樂，命之曰伐性之斧」，[13]顯然當時針對君侯不重養身而致生富貴之病，是有一套共識性的判定。屬於方技類的醫家，尤其可以從體膚筋脈望見端倪，所以枚乘由膚色、四肢、筋骨、血脈描述太子之疾，就如同扁鵲

「見」出齊桓侯之病況由腠理、血脈、腸胃乃至於骨髓，終而無可救治，[14]可以說根本是藉助一些被認可的說法，來為其論述的療效進行背書。

而從病症的診治，當然接著就提出如何改正之道，比方，醫和說「六氣」生發滋味聲色是以養人，但如果受用過度（如晉侯既「不節」又「不時」），則生「六疾」，因此針對晉侯提出的勸戒就是「過則為菑」。而如前述《呂氏春秋》〈重己〉篇論斷富貴衣食讓君侯氣脈鬱塞之後，接著也是標舉節制作為長生之道：

> 昔先聖王之為苑囿園池也，足以觀望勞形而已矣；其為宮室臺榭也，足以辟燥溼而已矣；其為輿馬衣裘也，足以逸身煖骸而已矣；其為飲食酏醴也，足以適味充虛而已矣；其為聲色音樂也，

---

10 關於〈七發〉與氣化宇宙論下「體氣」身體觀的牽涉，請參看本書〈第一章 「體氣」與「抒情」說〉第二節「應感——體氣收放之間」。

11 引自《呂氏春秋校釋》卷一〈重己〉篇，頁三四。

12 引自《昭明文選》卷三四〈七發〉，頁七四八。

13 引自《呂氏春秋校釋》卷一〈本生〉篇，頁二一。

14 參見《史記三家注》卷一〇五〈扁鵲倉公〉傳，頁二七九三。又《韓非子》〈喻老〉篇亦有類似記載，參陳奇猷，《韓非子新校注》（上海：上海古籍出版社，二〇〇〇）卷七〈喻老〉篇第二一，頁四四一。

> 足以安性自娛而已矣。五者，聖王之所以養性也，非好儉而惡費也，節乎性也。[15]

當節養成為重點，「所欲」的內容幾乎被「可／不可」欲的度量所掩蓋，上述正是由如何「（即）足以……」，來談聖王居處飲宴不可跨越的界限；足以勞形煖骸、充虛辟燥溼，這些是生活需要，不是君王個人所想要。「想要」，在這一系列由醫家或思想家所建立的論述中，通常被當作規範或標準的負面例證加以化約，而且對於任何極至的欲求充滿無法療治的憂慮，比如大甘、大酸、大苦、大辛、大鹹，或是大喜、大憂、大哀乃至於大寒、大熱等等，都會害生致疾，[16]因此「耳不可贍，目不可厭，口不可滿」，正是制欲貴生的準則。[17]至於，如何讓節制的法則獲得具體實踐，像荀子認為可以「化性起偽」，讓耳目口鼻之好透過人為教化而成為禮法的表徵；所以不論是養耳目、養口鼻或養骨體，皆是為了明辨貴賤親疏、建立社會秩序。[18]另外如《淮南子》〈原道訓〉則接近道家的看法，認為真正得道的聖人，是「不以身役物，不以欲滑和」，可以超越世俗欲求的好尚，比如下文所例舉的兩個相對狀況：

> 所謂自得者，全其身者也。全其身則與道為一矣。故雖游於江潯海裔，馳要褭，建翠蓋，目觀掉羽、武象之樂，耳聽滔朗奇麗激抮之音，揚鄭衛之浩樂，結激楚之遺風，射沼濱之高鳥，逐苑囿之走獸，此齊民之所以淫泆流湎。聖人處之，不足以營其精神，亂其氣志……。處窮僻之鄉，側谿谷之間，隱于榛薄之中，環堵之室，茨之以生茅，……此齊民之所為形植黎黑，憂悲而不得

> 志也。聖人處之，不為愁悴怨懟，而不失其所以自樂也。[19]

如果得道者可以不因貴賤而生悲喜，目觀、耳聽、逐射等等基於感官的欲求都成為「身外」之物，亦即嗜欲根本是「外在於」自身的問題；正因為「嗜欲好憎外矣」，所以無所喜怒、苦樂，「萬物玄同也」。[20]

但是，對照於〈七發〉正文所述七項療方，包括音樂、飲食、車馬、遊宴、田獵、觀濤以及各家道術，每一項都趨向極至的描述，每一項也都具體作用在人身的喜怒哀樂上；所謂「天下之要言妙

---

15 引自《呂氏春秋校釋》卷一〈重己〉篇，頁三四—三五。

16 如《呂氏春秋校釋》卷三〈盡數〉篇曰：「大甘、大酸、大苦、大辛、大鹹，五者充形則生害矣。大喜、大怒、大憂、大恐、大哀，五者接神則生害矣。大寒、大熱、大燥、大溼、大風、大霖、大霧，七者動精則生害矣。故凡養生，莫若知本，知本則疾無由至矣」，頁一三六。

17 如《呂氏春秋校釋》卷二〈情欲〉篇曰：「俗主虧情，故每動為亡敗，耳不可贍，目不可厭，口不可滿，身盡府種，筋骨沉滯，血脈壅塞，九竅寥寥，曲失其宜，雖有彭祖，猶不能為也」，頁八五。

18 詳見《荀子》〈君道〉、〈正論〉、〈禮論〉、〈樂論〉諸篇，對於天子所以需要在衣被、飲食、聲色、車駕上講究飾麗的秩序意義。

19 引自劉文典，《淮南鴻烈集解》（臺北：臺灣商務印書館，一九七四）卷一〈原道〉篇，頁二三a—b、二四a。

20 此次引號內文字亦錄自《淮南鴻烈集解》卷一〈原道〉篇，頁二二b。

道」、「天下怪異詭觀」、「天下之靡麗皓奓廣博之樂」、「至悲」之音、「至美」之味、「至駿」之騎，以及「至壯」之校獵。換言之，這似乎是另一種對待嗜欲的態度，其一，並不避談好尚，根基於耳目口體的欲求並非可以切割捨離的身外之物；其二，這些內在的感官經驗既不須完全捨離，也不是一定要依據某種特殊社會目的、學說立場加以改造，所以末尾的要言妙道除了儒家的孔孟，還廣包「莊周魏牟楊朱墨翟便蜎詹何之倫」。這似乎表示，如〈七發〉這類漢初鋪陳君王各種享樂的賦作，不但不能輕易依據某種道德要求或醫治方式，即約化或判定為某種「勸百諷一」的負面書寫，甚至反而是開放為無限可能而得以進行多重又不相衝突的調整。所謂「多重又不相衝突」的治身方式，明顯表現在書寫上套用或對應於醫家、諸子學說，卻又不專主一家之言的巧妙穿織，在枚乘〈七發〉之前，早有伊尹說湯以「至味」的例子，也許就已經是一個值得注意的語文表述。

聲教傳統的記憶賦誦

據《呂氏春秋》〈本味〉篇的記載，湯得伊尹之後，伊尹說以滋味，說得動聽極了，商湯急著即刻就想備具眾珍，於是伊尹藉此告訴商湯必須先求諸己，成為知「道」之天子，才能享有天下至味。關於所知之「道」為何，下文再談，而什麼樣的滋味描述，足以打動君王，卻是伊尹這番論說最重要的關鍵。在描述天下各種美味的部分，從「肉之美者」、「魚之美者」、「菜之美者」、「和（增味）之美者」、「飯之美者」、「水之美者」到「果之美者」，[21]幾乎是〈七發〉中論飲食「至美」之所出，所以枚乘也提到「使伊尹煎熬，易牙調和」，當然這種類聚的方式，也幾乎可以視為後來大賦結構的藍本。

在這些幾乎不加節度的美味描述中，充滿了各種各樣的奇珍異物，比如「鰩」，狀若鯉而有翼，「常從西海夜飛，游於東海」，又如食之可以解勞、不死、成仙的崑崙之蘋、壽木之華、赤木與玄木之葉，甚至還杜撰人所不知的「甘櫨」等，[22]很難相信當時只是透過伊尹口說而聽聞的商湯，可以完全懂得其中的每一字詞，或認得所述及的每一物品。那麼，究竟是如何讓並不完全懂得或認得的君王，當下就如此感興趣？除了新奇感或坐擁天下的滿足感，伊尹的煎熬之術也值得注意。在描述天下美味之前，其實伊尹先是這樣描述烹煮調和之術：

> 凡味之本，水最為始。五味三材，九沸九變，火為之紀。時疾時徐，滅腥去臊除羶，必以其勝，無失其理。調和之事，必以甘酸苦辛鹹，先後多少，其齊甚微，皆有自起。鼎中之變，精妙

---

21 引自《呂氏春秋校釋》卷一四〈本味〉篇，頁七三九—四一，所述眾味原有「馬之美者」，但陳奇猷從俞樾說法，認為「馬之美」三字當為衍文，見〈本味〉篇校釋八四，頁七六五。

22〈本味〉於「果之美者」的部分，云：「箕山之東，青島之所，有甘櫨焉」，陳奇猷認為後人因果中無「甘櫨」，故改「甘樝」作《山海經》中曾出現的「甘櫨」，其實甘樝不過尋常果品，如何吸引商湯，「其杜撰以人所不知之甘櫨，實為當然之事」，詳見《呂氏春秋校釋》卷一四〈本味〉篇校釋八一，頁七六二—六四。

微纖，口弗能言，志不能喻。若射御之微，陰陽之化，四時之數。故久而不弊，熟而不爛，甘而不噥，酸而不酷，鹹而不減，辛而不烈，澹而不薄，肥而不腠。[23]

如果只是分析品類（如肉、魚、菜、果等）眾夥，著重的是物品本身的珍奇，但是從烹調的講究入手，伊尹讓眾品物不再只是個別平行陳列，而是歷經滅除腥羶、沸騰融合的過程，這一方面使得「味」不只出自「物」本身，還牽涉烹煮必須的水、火、木（所謂三材）；另一方面，所以成為「美味」，也不只是每一物所固有的單一質性（如甘、酸、辛、肥、澹等），而是透過水、火、木與物共同作用後的微妙變化。當伊尹觸及這不可「言喻」的、彷如陰陽萬化的「鼎中之變」，這已經不只是在展露一種烹煮者的神妙技術，也是誘引聽者神往的一種調和之後的精妙「品味」。而這正是「連類」——不只是由肉到魚到菜的物與物之間，還包括物與水、火的繫連引生，而不再是孤立、單一品類，才讓各種物性由偏勝至於和美，如所謂「甘而不噥」、「辛而不烈」；也才讓口頭表述下的「平面」陳列物，提煉出品味的「深度」，可以臻於「至味」。

那麼，透過這種連類而成的「品味」，伊尹究竟希望商湯得知什麼樣的「道」？高誘認為是「仁義」之道，而陳奇猷則根據先秦伊尹同時也屬於道家學派，認為應該是自然無為的「素王」之道。[24]然而，不論是由順天受命講仁義之道，或是道家式的去巧故智謀，[25]伊尹在此一「滋味」說當中，並未明確指陳，但是卻都可以藉滋味的中和體驗，彷彿大化之妙，而比擬儒、道所要求的王道；這是否正說明了的確有一種無法劃定立場、不必然標舉規範，而是透過巧妙連類的體驗，就可以打動君王而有可能進行後續實踐的諷諫方式？就像是戰國時淳于髡勸諫齊威王的故事，也是透過這種連類的體驗，而不是一開始就陳述道理、提出準則。《史記》〈滑稽〉列傳記載齊威王好為淫樂長夜之飲，沉湎不治，有一次，威王召淳于髡而賜其酒，並問曰「先生能飲幾何而醉」？淳于髡說可能一斗即醉，也可以有一石的酒量，威王不解，淳于髡這樣回答：

賜酒大王之前，執法在傍，御史在後，髡恐懼俯伏而飲，不過一斗徑醉矣。若親有嚴客，髡帣鞲鞠䐫，侍酒於前，時賜餘瀝，奉觴上壽，數起，飲不過二斗徑醉矣。若朋友交遊，久不相見，卒然相睹，歡然道故，私情相語，飲可五六斗徑醉矣。若乃州閭之會，男女雜坐，行酒稽留，六博投壺，相引為曹，握手無罰，目眙不禁，前有墮珥，後有遺簪，髡竊樂此，飲可八斗而醉二參。日暮酒闌，合尊促坐，男女同席，履舄交錯，杯盤狼藉，堂上燭滅，主人留髡而送客，羅襦襟解，微聞薌澤，當此之時，髡心最歡，能飲一石。26

23 引自《呂氏春秋校釋》卷一四〈本味〉篇，頁七四〇—四一。
24 詳見《呂氏春秋校釋》〈本味〉篇校釋八六、八八、九〇、九一，頁七六五—六七。
25 如陳奇猷認為《呂氏春秋》〈論人〉篇所謂「釋智謀，去巧故，而游意乎無窮之次，事心乎自然之塗」，即屬於道家學派的伊尹說法，見《呂氏春秋校釋》卷三，頁一五九。
26 引自《史記三家注》卷一二六〈滑稽〉列傳，頁三一九九。

淳于髡看似針對酒量大小逐次分述，但都是同一個飲酒者，也與酒本身（如濃度、成分）無關，所以這段話不是較量酒力，而是析分致醉的原由與種種醉態。該批判的不是酒，也不去規範酒量，因為酒不醉人，淳于髡是連類出各種因尊卑、長幼、親疏、張弛不同的處身情境而致生的醉況；這也不是直接探討什麼場合才應該醉，而是呈現種種醉人的程度的體驗，以及各種程度下的身體行為狀態。從戒慎、謹嚴到男女同席、杯盤狼藉，淳于髡藉助「醉」的體驗，而不是「酒」力較量；藉助身體行為狀態趨向放浪的呈現，而不是「是／非」的禮法判定，委婉而迂迴地表述為何「酒極而亂」，促使齊威王乃「罷長夜之飲」。

施淑曾經談到像淳于髡、優孟這類人物，在愉悅、諷諫作用上可能就是繼踵瞽史、工師等的任務，她並且徵引《周禮》、《國語》及《左傳》中類似記載，來說明後代所謂文學的發生，不能忽略這些人物對於詩歌或如天問一類文體產生的推助。比如《左傳》襄公十四年，晉國盲樂師師曠對晉侯說到天子必須有適當的輔佐，才能補過匡正，其中如：

史為書，瞽為詩，工誦箴諫，大夫規誨，士傳言，……[27]

施先生認為尤其這些瞽、史、樂人（工）都與文學、歷史關係匪淺，「他們都具備文學才能，而且有很豐富的人文知識，舉凡帝王世系、四方風物、自然現象、歷史事蹟等等，無一不備」，「他們懂得吟詩、誦賦，偶而也會說出一段機警的諷諫」，天子可能接受諷諫，也可能享受他們所說的歷史故事，或天下的奇聞異說。[28]施先生這番很具啟發性的說法，除了追溯淳于髡或如枚乘以降這類藉嗜欲論述進行諷諫的宮廷文人可能的出身背景，賦予這類羅列眾珍奇、廣包所感知的論述在諷諫傳統上的合法性；更重要的是，她提示了這些豐富廣博的天文歷史知識或奇說異聞，是憑藉記憶並利用口誦、吟唱表現出來的。[29]葉舒憲更根據《國語》〈周語〉中記載天子「聽」政，不但有如《左傳》提過的史官、百工等，盲人的部分更擴大為「瞽獻曲」、「師箴（『師』為眾盲樂人之首）」、「瞍賦」、「矇誦」，[30]而認為矇瞽「不只是詩與樂的直接的傳承者，而且也是中國文學的早期奠基者」，[31]正因為是透過口耳相傳的聽覺記誦方式，為便於記誦，它不但使得中國早期文學因此以韻誦形式為主，更使得「多識于鳥獸草木之名」的記誦之學大行，如劉師培所言「中國詞章之體，亦從此而生。詩篇以降，有屈、宋楚詞，為詞賦家之鼻祖」。[32]

---

27 引自《春秋左傳正義》卷三二，頁五六二—六三。

28 施淑的說法，詳見所著《九歌天問二招的成立背景與楚辭文學精神的探討》（臺北：國立臺灣大學文學院，文史叢刊三一，一九六九）第二章，所引錄文字見頁五〇—五二。

29 見前注，頁五三。

30 參葉舒憲，《詩經的文化闡釋——中國詩歌的發生研究》（武漢：湖北人民出版社，一九九四）第四章〈瞽誦詩——瞽矇文化與中國詩的產生〉，本處所述，見頁二五〇—五三。

31 見《詩經的文化闡釋》〈瞽誦詩〉，頁三〇六。

32 參《詩經的文化闡釋》〈瞽誦詩〉所引劉說，頁三〇七；原文出自劉師培，《論文雜記》，收入《中國中古文學

從這個瞽詩、瞍賦、矇誦的聽覺記憶傳誦角度來看，葉舒憲認為整個中國韻文學（詩、賦、駢文、詞、曲等）都因此形成了改造內容而遷就聲音形式的傳統，以詩為例，他認為詩的分章，可以視為相對獨立的記憶組塊或記誦單元，每個單元中，字詞的意義內容不是最重要的，更重要的是要形成易於口誦耳記的語音規則形式。這著重聲音的傳統，即使在重文字以後的漢代，仍出現大量聲訓、疊字或所謂講究「文氣」的現象等。[33]本文探討的文類是大賦，關於聲音部分，下一節再由漢賦大量擬聲摹狀的雙聲疊韻語彙來談，在這一節，所謂「記憶組塊」或「連類」模式，其實也可以用來進一步理解大賦的類聚形式的起源。

一般總是從「鋪采摛文」的角度來看待大賦如此閎麗的體式結構，但是周鳳五指出，以鋪張侈麗形容賦體特色，是東漢晚年如鄭玄以詩之「六義」加以附會的結果，他提到像淳于髡的例子，也許賦體與「讔」這類宮廷文學有關，同樣都是迂曲隱晦，根據同一主題「旁敲側擊，多方暗示」，兼具俳優趣味與諷諭功能。[34]如果不從後代這些文類細目去討論，從更早的起源看來，根據同一主題的多方呈現，不論是「讔」或「賦」，其實都可以視作受到聲教傳統影響的記憶單元的組合，一方面，它讓記憶循主線鋪展，方便講誦者當場串講，比方以美味為主題，就從肉、魚、菜連繫到飯、果等素材；以甘酒為主題，就串連起君臣、長幼、知交到男女等不同飲宴場合，二方面，當這種平行推衍的單元組合為聆聽者所熟悉，聽者被期待（不必然符合預期）成為一個「知情者」，容易進入逐層推衍中的反覆暗示，比如從烹煮的素材到提煉中和的品味，或從飲酒場合來體驗酣醉的人際情境，讓聽者得以忽略過程中不完全聽懂、認得的一字、一物，而順利掌握各單元組合後的整全主題。

超越所欲的連類體驗

除了伊尹說美味、淳于髡說甘酒，師曠作為一個專憑聽覺的樂師，他對於悲音的陳說，也許更容易驗證記憶組塊式的賦誦格式及迂迴的諷諫策略。《韓非子》〈十過〉[35]篇記載衛靈公在往晉國途中，於濮水聽聞新聲，唯有師涓可以傳奏出其所聽聞。到了晉國，靈公要師涓為晉平公演奏這新聲，一曲未終，師曠在旁阻止，說這是師延為紂所作的靡靡之樂，後師延於武王伐紂時，東走至濮水而自盡，因此這是「亡國之聲」。但是平公堅持聽完，而且問聲於師曠，師曠答曰：「此所謂清商也」，平公接著繼續追問什麼是最悲之音，師曠雖然答以「清商不如清徵」、「清徵不如清角」，但是也一再陳述「不可聽」的理由，卻無法違拗平公，只好援琴鼓之，結果引發風雨災異，平公也招致重病。在這番問答中，其實就顯露了如同錢鍾書所謂「聽音」、「聞樂」兩種對待聲音的不同態度。錢先生說到：

史、論文雜記》（北京：人民文學出版社，一九八四），頁一一一。

33 參《詩經的文化闡釋》〈瞽誦詩〉，頁三〇八—一一。

34 詳見周鳳五，〈由文心辨騷、詮賦、諧讔論賦的起源〉，收入中國古典文學研究會主編，《文心雕龍綜論》（臺北：臺灣學生書局，一九八八），頁三九一—四〇六。

35 本文所引〈十過〉篇中「奚謂好音」一段文字，皆出自《韓非子新校注》卷三，頁二〇五—二〇七。

（或又謂）聆樂有二種人：聚精會神以領略樂之本體（the music itself），是為「聽者」（the listeners）；不甚解樂而善懷多感，聲激心移，追憶綿思，示意構象，觸緒動情，茫茫交集，如潮生瀾泛，是為「聞者」（the hearers ...）。[36]

當然不能說師曠「不甚解樂」，但是顯然，晉平公好「音」，而師曠極力要說明聞「樂」，[37]亦即天人間相應於「音」的種種用「樂」傳聞，這差別的確是勸諫過程中無法合契的遺憾。當然這遺憾可以由篇中出現許多通乎鬼神之事，說成也許是平公無法理解師曠作為樂師所可能溝通人神的異能，也就不相信天人之道（君德厚薄相應於聞樂次第）的存在。[38]但是從記憶組塊的角度來說，師曠正是扮演了一個傳述歷史故事、奇說異聞的瞽矇角色，一方面讓琴音由清商、清徵、清角循序演奏，另一方面，也依循音聲質性而融會相關於君德厚薄的暗示。晉平公希望滿足聽「音」的欲望，而師曠希望平公可以由聽音的嗜欲，進而聞「樂」而應於道。換言之，這不只是論「音」之高低清濁，而是論「響」應於聲音的歷史傳說中的興衰苦樂。若清商因師延的故事而成為亡國之音，有德義之君所與聞於清徵與清角的響應，更為具體真切，如：

（清徵）一奏之，有玄鶴二八，道南方來，集於郎門之垝。再奏之而列。三奏之，延頸而鳴，舒翼而舞。

（清角）昔者黃帝合鬼神於泰山之上，駕象車而六蛟龍，畢方並鎋，蚩尤居前，風伯進掃，雨師灑道，虎狼在前，鬼神在後，騰蛇伏地，鳳皇覆上，大合鬼神，作為清角。[39]

這其中當然不只是音聲本體的律動，而是牽引了風雨、山川、鳥獸，甚至他界神鬼，成就一個層層相應感的動態天地。就如同德薄而不足以聽聞的晉平公，強聽清角之後，先是西北起玄雲，大風雨相隨而至，後來晉國大旱三年，平公病篤，這些響應於音聲的「聞者」的說法，也許早透過口耳相傳，而在文化史上形成了一個個主題近似的記憶單元。

師曠針對聽音而天地萬物為之響應的說法，在《呂氏春秋》如〈大樂〉、〈侈樂〉、〈適音〉、〈古樂〉諸篇亦有類似記載，如桀、紂為侈樂，「以鉅為美，以眾為觀」，後宋、齊因作千鐘、大呂而衰，這是因為聲發若雷霆、巨大吵雜，則「駭心氣、動耳目」而「搖蕩」此身（生）；[40]而若黃帝、

---

36 引自錢鍾書，《管錐編》（北京：中華書局，一九七九）第三冊，「全三國文卷四七」第八九則，頁一〇八七。

37《禮記》〈樂記〉中子夏認為魏文侯好新樂而倦聽古樂，也是以文侯所好者乃「音」而非「樂」，來說明「樂」必須合於禮義節度，見漢・鄭玄注，唐・孔穎達等正義，《禮記正義》（臺北：藝文印書館，一九七九，十三經注疏本）卷三九，頁六九一。

38 參見（日）塚本信也，〈琴を携えるものたち——琴の文化的位相とその變遷〉，《東北學院大學教養學部論集》一四六號（二〇〇七年二月），頁九。

39 引自《韓非子新校注》卷三〈十過〉篇，頁二〇六—二〇七。

40 參見《呂氏春秋校釋》卷五〈侈樂〉篇，頁二六五—六六。

顓頊、帝嚳等則聽鳳凰之鳴、效八風之音，而作律正音，則可以致舞百獸、以祭上帝。[41]這些關於音樂的論述，明顯是傳誦一些為音樂所「動盪（駭動、搖蕩、舞動）」的關於人文或自然現象的故事，而不著重在定義音聲這客體對象；也許藉此暗示君王治身以治國的道理（不論是儒家、道家、陰陽家或醫家），但是最基本的是，都必須有一套奠基於名物知識、卻又超越於個別所欲對象（如音聲、口味等）的連類策略。如果從這個角度來看〈七發〉所述「至悲」之音的部分，也許會對於這段後來在音樂賦開頭幾乎成為固定記誦單元的描述，有更深的理解。枚乘是這樣敘述的：

> 龍門之桐，高百尺而無枝，中鬱結之輪菌，根扶疏以分離，上有千仞之峰，下臨百丈之谿。湍流遡波，又澹淡之。其根半死半生，冬則烈風漂霰飛雪之所激也，夏則雷霆霹靂之所感也。朝則鸝黃鳱鴠鳴焉，暮則羈雌迷鳥宿焉。獨鵠晨號乎其上，鵾雞哀鳴翔乎其下。於是背秋涉冬，使琴摯斫斬以為琴，野繭之絲以為絃，孤子之鉤以為隱，九寡之珥以為約。使師堂操暢，伯子牙為之歌。歌曰：「麥秀蕲兮雉朝飛，向虛壑兮背槁槐。依絕區兮臨迴溪」。飛鳥聞之，翕翼而不能去；野獸聞之，垂耳而不能行；蚑蟜螻蟻聞之，拄喙而不能前。此亦天下之至悲也。[42]

枚乘這段文字同樣針對悲音進行描述，但是與前引師曠與晉平公之對話的差別是，後者是逐層比較悲音的響應程度，枚乘則是直接就這種至極的悲音來連類。師曠的連類有五音差異做背景延伸，枚乘則必須單獨就至悲之音而論其傳響。整段文字從「龍門之桐」起始，琴材及其所在地勢、所經歷之四時朝夕、風雷鳥獸等，幾乎占有一半篇幅；後半段則描述桐木如何經名師手藝精製而成，當伯牙鼓琴而歌，連鳥獸蟲蟻都被感動了。其實，仔細看來，幾乎無法指出哪些字句專門針對音聲而發，即便是伯牙之歌，也只呈現歌詞，而沒有音聲高低清濁的指陳；換言之，這段文字描述重點根本在琴製成之前，以及鼓琴之後，所謂「琴音」或「悲音」，都存在這些前後的與聞激盪之中。

音聲原為君王所好，如同口腹之欲一樣，而枚乘如同師曠，或伊尹、淳于髡，並沒有將重點僅僅放在定義音聲本體或陳列眾珍之上，這些勸諫並不只是訴說事物種類或使用守則，君王之意不在音準或辨味，這些別有所指的諷諫彷彿是君臣間彼此知情的嗜欲體驗；當琴不只是成為按弦索音的工具，琴音不只是行動與社會的象徵，枚乘的描述讓人注意到製琴巧匠的工藝，再注意到那張琴面上可能出現的盤曲紋路、琴緣自然的蟠繞凹凸，也許曾經歷某一次的雷霆霹靂，或某一季嚴寒的侵襲，更彷彿聽見曾經棲息其上的悅耳鳴啼，或者沖刷其下的澎湃湍流。如果完備的食材不保證美味，是那套無法言喻的烹煮調和過程，讓美味出現在君王的面前，那麼這裡也不是因為備具了五音十二律就出現至悲之音，在曲律之外，那裡彷如存在著一個生動活潑地天、人與時、物間相互應感的至音的情境，那才是熟悉這套連類模式的君臣最嚮往而希企體現的嗜欲經驗。

41 參見《呂氏春秋校釋》卷五〈古樂〉篇，頁二八四—八五。

42 引自《昭明文選》卷三四〈七發〉，頁七四九。

連綿詞與憑聲達意

枚乘以「至悲」之音說楚太子，楚太子說「僕病，未能也」，這與晉平公強要師曠奏悲音，形成相對的狀況，似乎可以說是楚太子較諸晉平公更具自省的能力，對於德義厚薄具有自知之明。但是，這兩種相對狀況也許正可以說明，真正吸引君王而不自禁去追求或自省的關鍵，其實不是標示規約或告知任何道理（如有無德義；可不可聽），反而就在於這種連類的體驗可否成功表述出來。從前一節的討論中可知，不全同於思想家或醫家對於感官嗜欲多半抱持負面或節制的立場，以語文見長者並不避談感官欲望，因為透過連類，不是只列敘所意欲的對象物（所以重點不在多寡的調節），而是意欲之物所在的層層延伸的情境，亦即，動人的連類論述，所要召喚的並不直接存在出現的對象物上，反倒是聽聞者從語文中所感受到的彷如作用在己身的可能的「搖盪」狀態——所以引發沉迷或悔悟，而不僅僅在於「所知」的陳述而已。

這就是為什麼無法單單將這些論述者視為名物學家或文字學者的理由，因為名物知識固然是建構體驗狀態的基礎，但是唯有透過巧妙的連類，才能出落得栩栩生動；所以必須結合說者的智識與想像，一方面要有廣博的知識、合理的推衍，另一方面，還要揣摩聽者的反應以調整敘事的細節與所想要觸動的焦點。尤其，像是伊尹說湯以中和品味、淳于髡說齊王以酣醉狀態，師曠為晉平公鼓琴所引發的天象變動乃至於平公的身體響應，或是枚乘、王褒透過口說賦誦為太子療疾解憂等，這裡更需要進一步探究的是，當這些臣子話語連篇，君王如何可能就在聽聞的瞬間，依循且連貫起這些長篇大論，並且將話語轉換為如實的身體感應？語言如何傳譯這些基於嗜欲的連類狀態，而不只是個別物類的解說？尤其在充滿奇字異物而無法全然懂得或辨認的當下，入耳之際如何就讓人覺得味美酒甘、酣然神往，或彷彿處身在一個層層傳響、彼此應和的空間之中？

簡宗梧曾經針對後世認為是閱讀漢賦之阻礙的瑋字（通假的古文奇字），進行討論，認為後代難以通曉瑋字的原因，也許不應歸咎於漢賦家賣弄僻奧字彙，其實「早期漢賦的瑋字詞彙，該是當時活生生的口語，是通俗而貼切的語彙，絕不是什麼詰屈聱牙的怪物」。[43]因為，從辭賦與縱橫遊說的密切關係看來，辭賦這種文學體式可以說是「由口語文學轉移到書面文學時代的初期產品」，常常憑藉諷誦來表達的漢賦，更需要適合聽覺來欣賞的口頭語言；而從漢賦中使用的瑋字詞彙絕大多數是雙聲疊韻的複音詞看來，更可以證明漢賦存在明顯的口語特徵，以合於誦讀的需要。而在字無常檢的漢初，漢賦作家以口語賦誦，常常是有音無字，只好各憑其聲，各製其字，而由許多瑋字異文的考察可知，這些雙聲疊韻複音詞改易的趨勢，就是衍加形旁，所以除了許多假借字，也加形旁而成為形聲字。換言之，這些瑋字也許原本只有表音的部分，後世加上表意以別類的形旁，如從山、從水、從鳥等，如果誤改或好異，就難免形同字林，難以通曉了。簡先生以司馬相如〈子虛賦〉、〈上林賦〉為例，詳細列舉了分別出現在《漢書》、《史記》、《昭明文選》各書的改異狀況，另外也將司馬相如賦

43 詳見簡宗梧，《漢賦源流與價值之商榷》（臺北：文史哲出版社，一九八〇）第二篇〈漢賦瑋字源流考〉，頁四五—一〇〇，此處引號內文字，見頁四七。此段關於瑋字的說明乃濃縮簡先生此文要點。

篇的字彙與其他賦篇做比較，如「茀鬱」，〈七發〉作「佛鬱」；「嶕嶤」，在張衡〈西京賦〉則作為「岧嶤」、「㠆嶤」等，「茀」到「佛」、「嶕」到「岧」或「㠆」，都可以表示瑋字原本是藉語音表意，寫成書面後，或是擬聲假借，或是衍形成類，但是不管如何，誦讀出聲之際，就應該已經達成理解的效果了。

簡宗梧的研究提示了一個值得深入探究之處，那就是也許從雙聲疊韻的複音詞或者稱為連綿詞的大量運用，可以說明長篇嗜欲論述所以能在君臣間透過口耳誦聽即相互理解的根本原由，這個「聽音達意」的傳達方式，也讓枚乘〈七發〉所述或〈王褒〉傳所記載的藉賦誦而療疾的例子成為可能。連綿詞在先秦典籍中極為常見，當然也是詮釋古典文獻必須面對的語言現象，楊秀芳曾經簡要地歸納出三個特性，其一，連綿詞是用聲音表情達意，和各音節的語義無關，其二，連綿詞的詞義因此必須從上下文去理解，不能分割地去解釋每一字的字義，如「逍」字不能完整表達「逍遙」義，「遙」字亦然。其三，這種語言重疊現象主要用以表示狀態。[44]這與漢賦中瑋字異文的現象正相符應，既然可以用不同的文字表現相同的意思，顯然，提供語義訊息的不是個別文字字義，同時因為必須從上下文去理解連綿詞所要表示的狀態，而又是藉助語音所提供的訊息，關於這狀態的理解就很難要求如同字義或事物定義一般準確，這又可以呼應前文所述，君王不見得完全認得所有奇字異物，也能充分享受連類而成的體驗。而關於語言重疊現象對於「狀態」表示上的作用，葉舒憲則有更詳細的說明。葉先生從《詩經》的重言（疊字）現象談起，大抵歸納出「摹聲」（如關關、嚶嚶）、「摹狀」（如依依、灼灼）兩類，但摹聲其實是為了摹擬事物的貌態，所以也如摹狀一類，都可以歸入形容詞，即便後來由完全重疊到出現雙聲、疊韻的連綿詞，有些是名詞（如蟋蟀、蜉蝣）或動詞（如邂逅、栖遲），但形容詞仍占最多數，這現象也許說明了，當語言發展愈趨繁密，對於狀態描摹的要求也就更加迫切。[45]

但是，重言發展而來的形容詞，與一般如大、小、長、短等單字規約的形容詞有不同作用，葉舒憲以疊字為例，認為重言並不「直接說明事物的性質或狀態」，「而只是以重疊的音節來朦朧地烘托出事物的態貌」。[46]如果以簡宗梧認為是開啟漢賦瑋字風氣之先的司馬相如的〈上林〉、〈子虛〉賦看來，就明顯襲用了《詩經》、《楚辭》中已有的烘托狀態的重言或連綿詞，如「煌煌」由「明星煌煌」（《陳風》〈東門之楊〉）到形容花果繁盛的「煌煌扈扈」，「參差（其羽）」（〈邶風・燕燕〉）與「傑池（茈虒）」、「猗儺（其枝）」（〈檜風・隰有萇楚〉）與「猗柅（從風）」，分別用來形容花樹參錯或輕柔搖曳之貌；至於與楚騷相關者更多，如形容水淺石出之「瀺灂」聲（〈高唐賦〉）、形容水深的「沉沉（湛湛）」（〈招魂〉）、隨波搖動的「澹淡」（〈高唐賦〉），又形容花香瀰漫的「菲菲」（〈離騷〉、〈九歌・東皇太一〉、〈少司命〉），林木繁茂的「箾蔘（欉椮）」（〈九辯〉），或是樹形婉曲之

44 參見楊秀芳，〈聲韻學與經典詮釋〉，收入葉國良編，《文獻及語言知識與經典詮釋的關係》（臺北：臺灣大學出版中心，二〇〇四），頁一一九—一三三，與連綿詞相關者，見第四節「語言的重疊現象」，頁一二六—一二八。

45 詳見葉舒憲，《詩經的文化闡釋——中國詩歌的發生研究》第五章〈摹聲、重言、嬰兒語——漢語的詩歌功能與中國詩的發生〉，頁三五〇—九〇。

46 見前注，頁三五六。

「連卷（連蜷）」（〈九歌・雲中君〉、〈遠遊〉），形容猿猴上下跳盪的「偃蹇」（〈九歌・東皇太一〉）等。[47]這些形容都不是著意在劃出範圍、標示方位、精準度量或固定形態，那些散放的耀眼光彩、四處瀰漫的氣息，水波沉浮不定，林木窈然蕭森，這些都是無法劃定維度的身體經驗。換言之，當聽聞者並非從固著的定義來看待外在事物，其實也是讓自己處身在一個依稀彷彿的狀態中。〈子虛賦〉中談到遊獵時出現「鄭女曼姬」以下一段，描寫衣飾、舞姿之後，說到「眇眇忽忽，若神仙之彷彿」，這可以從宋玉〈神女賦〉「目色彷彿，乍若有記」，或〈遠遊〉述神人「峕髣髴以遙見兮」，或溯自〈湘夫人〉「帝子降兮北渚，目眇眇兮愁余」等加以解釋，是利用目光中迷茫的輪廓，來表示衷心企慕而非俗世所見的美色；當然，如果再注意到宋玉在〈高唐賦〉中描述君王仰高俯深而「悠悠忽忽，怊悵自失」，司馬相如所謂「眇眇忽忽」就同時也在表明連自身也陷入這種恍然失神的狀態了。[48]

跨類的狀態聯想

表面上看起來，似乎可以為這些連綿詞（或重言）做分類，比如，關於水的有「瀺灂」、「沉沉（湛湛）」、「澹淡」等，關於花樹一類的則有如「參差」、「猗柅」、「箾蔘（橚槮）」、「連卷（連蜷）」。但是，進一步分析會發現，這些描摹狀態的連綿詞並沒有固定的類別，以下嘗試由常見的關於山、水與風的描述來討論。〈上林賦〉描述高山有「巃嵸崔嵬」，前此相關者有如：

習習谷風，維山崔嵬。（〈小雅・谷風〉）[49]

冠切雲之崔嵬。（〈九章・涉江〉）[50]

山氣巃嵸兮石嵯峨。（〈招隱士〉）[51]

「崔嵬」、「嵯峨」乃異形連綿詞，而「巃嵸」、「崔嵬」都可以形容山之高峻，[52]亦即司馬相如乃疊用同義詞；但是從〈招隱士〉所謂「山氣巃嵸」看來，同時也形容高山上的雲氣繚繞，所以王逸

47 關於〈子虛賦〉、〈上林賦〉的詳細注解，可參見金國永，《司馬相如集校注》（上海：上海古籍出版社，一九九三），頁一—九一。此校注本依據《史記》、《漢書》本傳所錄，將二篇合而為一，本文所引錄兩賦之文字皆出自此校注本，但某些相關異文或注解亦與《文選》李善注本相對照。

48 〈遠遊〉與〈九歌・湘夫人〉句，分別引自漢・王逸，《楚辭章句》（臺北：藝文印書館，一九六七）卷五，頁二一六及卷二，頁九一；〈高唐賦〉、〈神女賦〉句引自《昭明文選》卷一九，分見頁三九六、三九八。

49 引自《毛詩正義》（臺北：藝文印書館，一九七九，十三經注疏本）卷一三〈小雅・谷風〉，頁四三五。

50 引自《楚辭章句》卷四〈九章・涉江〉，頁一六三。

51 引自《楚辭章句》卷一二〈招隱士〉，頁三二六。

52 關於「山氣巃嵸兮石嵯峨」，王逸注：「岑崟嵾嵳，雲滃鬱也」，洪興祖補注曰「嵸，音總，山孤貌」，分引自《楚辭章句》卷一二〈招隱士〉，頁三二六，宋・洪興祖，《楚辭補注》（臺北：藝文印書館，一九七七）卷一二〈招隱士〉，頁三八二。

認為「巃嵸」乃因山勢高峻致「雲滃鬱也」，如此也可以理解屈原會用「崔嵬」描述「切雲」之高冠，正因為「崔嵬」、「巃嵸」都適用於形容高峻，不論是山、雲或冠帽。其次，關於水的形容詞，也可以用來描述山，比如〈高唐賦〉序曰：「水澹澹而盤紆兮」，[53]〈子虛賦〉說雲夢之山是「盤紆岪鬱」，「盤紆」、「岪鬱」都是形容山勢曲折，就如同迂曲的水勢一樣。其他描述委曲的連綿詞還有如〈上林賦〉：

> 酆鎬潦潏，紆餘逶迤，經營乎其內。[54]
> 襞積褰縐，紆徐委曲，鬱橈谿谷。[55]

「紆餘」即「紆徐」，「逶迤」即委蛇、逶蛇，也是綿延委曲的樣子，如〈離騷〉：「駕八龍之婉婉兮，載雲旗之委蛇」，[56]〈上林賦〉這兩則資料，前一則形容眾水交錯往來，後一則是形容衣飾縐褶繁複、紋理婉緻，顯然「紆餘（徐）」、「逶迤」同時可以用來形容水勢、衣飾與隨風蜿蜒的旗幟。

提到隨風搖曳的狀態，「扶輿猗靡」這句形容詞也值得注意。〈子虛賦〉裡「鄭女曼姬」一段說到：

> 於是鄭女曼姬，被阿緆，揄紵縞，雜纖羅，垂霧縠，襞積褰縐，紆徐委曲，鬱橈谿谷；衯衯裶裶，揚袘戌削，蜚襳垂髾，扶輿猗靡，翕呷萃蔡，下摩蘭蕙，上拂羽蓋，……。[57]

在《淮南子》〈修務訓〉也出現過類似一段文字，主題是勸君王必須持志修身，分為兩層面來講，其一，以西施、毛嬙雖天生麗質，若身著臭腐，過者皆知掩鼻，而必須「施芳澤，正娥眉，設笄珥，衣阿錫，曳齊紈，粉白黛黑，……」，才能吸引眾人眼光，以此說明中人以上更需奮力修為。其二，分由舞者與木戲者為例，說明才藝非天生而然，乃長久累積的工夫，其中描述善舞者的表演如「繞身若環，曾撓摩地，扶旋猗那，動容轉曲，便媚擬神，身若秋葯被風，髮若結旌，騁馳若騖」，[58]上引司馬相如〈子虛賦〉一段明顯兼有對於佳麗的美飾與舞動的類似描述，但是不直接講道理，而重在於呈現動人的姿態，這是不論為後續的修身或節儉的勸戒做準備，都需要有的連類狀態。「扶於」即「扶輿」，而「輿」、「搖」一聲之轉，也就是《莊子》所謂「摶扶搖而上者九萬里」中的「扶搖」，描述大鵬鳥激起三千里水花，隨飆風盤旋而上，[59]換言之，當「扶輿（於）」的語音出現的時

53 引自《昭明文選》卷一九〈高唐賦〉，頁三九四。
54 引自《司馬相如集校注》〈上林賦〉，頁三二。
55 引自《司馬相如集校注》〈子虛賦〉，頁一九。
56 引自《楚辭章句》卷一〈離騷〉，頁六七。
57 引自《司馬相如集校注》〈子虛賦〉，頁一九。
58 引自《淮南鴻烈集解》卷一九〈修務訓〉，頁一九b—二一a。
59 語出《莊子》〈逍遙遊〉，「扶搖」或解作「上行風」、「飆」風，參郭慶藩，《莊子集釋》（臺北：華正書局，一九八〇），頁四—五。

候，當時人是可以聽成「扶搖」，就透過盤旋的「風勢」，來體會佳麗盤旋的「風姿」。而〈七發〉中論及遊宴之樂時，說到：

> 梧桐并閭，極望成林；眾芳芬鬱，亂於五風；從容猗靡，消息陽陰。列坐縱酒，蕩樂娛心，……練色娛目，流聲悅耳。[60]

李善以「從容猗靡」為「林木茂盛，隨風披靡」，[61]亦即「猗靡」也是隨風搖曳的姿態，據載漢武悼念李夫人，恍見其魂而為之辭，亦云：「的容與以猗靡兮，縹飄姚虖愈莊」，[62]於是司馬相如以「扶輿」、「猗靡」連言成句，顯然都可以說是繫連起關於「風」的形容，而不宜只解釋成姿貌姣美而已。[63]

從這些連綿詞的跨類使用，一方面有助於說明前一節所謂「連類」的體驗模式，在語音的基礎上如何可以連結不同事物的記憶單元；另一方面，更可以看出，正是因為透過雙聲疊韻的詞彙在不同物類中的反覆使用，使語音成為表達某種共通狀態的媒介，比如「扶於（扶輿，扶搖）」、「紆餘（徐）」是一種婉旋搖曳的想像，可以是水勢、風勢，或舞姿曼妙、林木隨風的樣子，「崔嵬」、「嵯峨」可以連繫起高遠的山勢、雲氣或冠戴形狀。而當時如果可以憑藉語音來表意，那麼顯然「聽音」即可以「類形」，也就是「聽見狀態」是有可能的。「猗儺」、「旖旎」、「猗狔」、「旖柅」這個異形連綿詞的反覆使用，就是一個明顯的例子，如：

隰有萇楚，猗儺其枝。（〈檜風・隰有萇楚〉）[64]

竊悲夫蕙華之曾敷兮，紛旖旎乎都房。（〈九辯〉）[65]

紛溶箾蔘，猗柅從風。（〈上林賦〉）[66]

掉指橋以偃蹇兮，又旖旎（猗狔）[67]以招搖。（〈大人賦〉）[68]

形旖旎以順吹兮，瞋㖤啁以紆鬱。（〈洞簫賦〉）[69]

60 引自《昭明文選》卷三四〈七發〉，頁七五一—五二。

61 引自《昭明文選》卷三四〈七發〉，頁七五一。

62 引自《漢書》卷九七上〈外戚〉傳，頁三九五三。

63 金國永以「猗靡」猶「綺靡」，姣美貌，見〈子虛賦〉注五九，《司馬相如集校注》，頁二一。

64 引自《毛詩正義》卷七—二〈檜風・隰有萇楚〉，頁二六四。

65 引自《楚辭章句》卷八〈九辯〉，頁二五二。

66 引自《司馬相如集校注》〈上林賦〉，頁五七。

67 李善於〈洞簫賦〉「形旖旎以順吹兮」句下，引司馬相如此句注曰「又猗狔以招搖」，見《昭明文選》卷一七，頁三五九。

68 引自司馬相如〈大人賦〉，見《司馬相如集校注》，頁九三。

69 王褒〈洞簫賦〉，本文所錄此賦文字皆出自《昭明文選》卷一七，頁三五七—六二，此句見頁三五九。

從花木美盛、婀娜多姿，到旌旗招搖，乃至於吹簫者隨聲款擺的身形，環繞著這個狀態的描述，並不藉由偏旁迭有出入的字彙中去推敲形義，而就直接存在「以尼」（yi ni）[70]的語音之中；形旁差異對於字義或所烘托狀態的決定效果並不明顯，換言之，形旁衍異最初並不影響在字面上所保留住的語音及其意旨。

語音所體現的情感

然而，「憑音達意」，究竟能到達什麼樣的表義層次？最初，也許是模擬蟲聲鳥鳴、山風水聲，進至於跨類的形態聯想，但是，基於耳目口鼻的感官嗜欲，在經過連類之後，如前一節所述，其實可以超越客觀對象物的表達，而融會出如同酣醉或響應狀態下的悲歡，換言之，有沒有可能藉助同音字（彙）的使用，讓語音也人情化？亦即在誦讀之際，憑音即可傳情？首先，將嘗試以號稱可以療疾忘憂的王褒〈洞簫賦〉為例，分析同音字詞的使用如何將簫聲「形態」化，同時也「情感化」，而不只是作用在聽覺官能上。〈洞簫賦〉在描述盲人吹簫如何依隨律呂、合於宮商之後，描述了音聲變化的狀態：

> 或渾沌而潺湲兮，獵若枚折；或漫衍而駱驛兮，沛焉競溢。惏慄密率，掩以絕滅；霅曄踕，跳然復出。[71]

〈九歌・湘夫人〉說「慌惚兮遠望，觀流水兮潺湲」，[72]這裡說「渾沌而潺湲」，顯然水流不大，模糊依稀，偶或有如枝幹斷裂之獵獵聲；下一句則如〈遠遊〉描述仙遊之「騎膠葛以雜亂兮，斑漫衍而方行」，[73]來形容聲曲的綿延無盡，沛然狀盛。「潺湲」、「漫衍」將簫聲音量的大、小與盈、虛形象化為彷彿可以親歷的時空觀覽。而所謂「惏慄密率」以下則描述聲曲的若斷若續，李善以為「密率」是「安靜」義，而「惏慄」，則解作寒貌，[74]如宋玉〈風賦〉曰：「故其風之中人，狀直憯悽惏慄，清涼增欷，清清泠泠，愈病析酲，發明耳目，寧體便人」，[75]但是宋玉另外在〈高唐賦〉同樣用「惏悷（慄）」、「憯悽」連言，說到：「絙大弦而雅聲流，冽風過而增悲哀。於是調謳，令人惏悷憯悽，脅息增欷」，這就顯然不只是描述寒涼，所謂「惏悷（慄）」在此藉助寒風拂觸、流聲入耳的身體動盪（如屏息或欷歔）而體現了悲傷的情感狀態。[76]如果再看到王褒自己在〈九懷・昭世〉中說

70《昭明文選》卷八〈上林賦〉李善注引張揖曰：「猗，憶靡切，狔，女爾切」，頁一六四。
71 引自《昭明文選》卷一七〈洞簫賦〉，頁三五九。
72 引自《楚辭章句》卷二〈九歌・湘夫人〉，頁九二。
73 引自《楚辭章句》卷五〈遠遊〉，頁二二二。
74 引自《昭明文選》卷一七〈洞簫賦〉，頁三五九。
75 引自《昭明文選》卷一三〈風賦〉，頁二六六。李善以「惏」為「寒貌」，並引毛萇詩傳「慄冽，寒氣也」。
76 李善於〈高唐賦〉這幾句下曰：「並悲傷貌」。引自《昭明文選》卷一九，頁三九七。

的：「覽舊邦兮滃鬱，余安能兮久居。志懷逝兮心㦕慄，紆余轡兮躊躇」，[77]所表現的欲去還留的依戀徘徊，也許可以說，從〈風賦〉、〈高唐賦〉至於〈九懷〉與〈洞簫賦〉，「惏悷」、「「惏（㦕）慄」[78]的反覆使用，正表現了一個處身形態（風過、聲流）與情態（寧體便人或脅息增欷）融會的過程；透過語音「林立」（lin li），[79]傳遞的就不只是聽覺、觸覺的訊息（如風或簫），進而可以是不限定單一感官作用的全身心的通感。

另外，當時「怫（沸）」字或「怫（沸、茀）鬱」一詞的使用，也值得注意。首先如〈七發〉：

> 觀其兩傍，則滂渤怫鬱，闇漠感突，上擊下律，有似勇壯之卒，突怒而無畏，蹈壁衝津，窮曲隨隈，踰岸出追。[80]

這段文字出現在吳客為太子描述觀濤的部分，李善注引用了〈上林賦〉所謂「觸穹石，激堆碕」加以解釋，其實這兩句以下，司馬相如接著就說到：

> 怫乎暴怒，洶涌滂湃，滭沸滵汩，偪側泌瀄。[81]

也就是說這兩段文字都是描寫急迫洶湧的水勢，〈上林賦〉這段話有許多描摩形態、聲容的辭彙，如「滭沸」、「滵汩」、「偪側」等都是形容相迫促而湧出之貌，而如「泌瀄」為水急出之聲，

〈洞簫賦〉就藉以形容簫聲急出為「啾咇嘟而將吟兮」，而所謂「佛（乎暴怒）」，《文選》作「沸」，李善注引郭璞曰：「沸，水聲也」，亦即「沸」在此也被視為擬聲字。不過，王褒〈洞簫賦〉在描述「武」聲時，也用了「沸（愲）」這個字，說到：

> 澎濞慷慨，一何壯士，優柔溫潤，又似君子。故其武聲，則若雷霆輘輷，佚豫以沸愲；其仁聲，則若颽風紛披，容與而施惠。[82]

「沸」通「怫」，「沸（怫）」乃動盪不安之貌，[83]這裡明顯借用如〈七發〉、〈上林賦〉中描述澎湃水勢的部分來譬擬音聲之浩壯，並進而與所謂「壯士」（如〈七發〉「有似勇壯之卒」）、「君子」

---

77 引自《楚辭章句》卷一五〈九懷‧昭世〉，頁三九五。

78 「惏慄（悷）」轉為「懰慄」，參見符定一編，《連綿字典》（臺北：臺灣中華書局，一九六八）中冊「心」部，「惏慄」條下，頁八三。

79 《昭明文選》卷一九〈高唐賦〉李善注：「惏，力甚切，悷，力計切」，頁三九七。

80 引自《昭明文選》卷三四〈七發〉，頁七五五。

81 引自《司馬相如集校注》〈上林賦〉，頁三三。

82 引自《昭明文選》卷一七〈洞簫賦〉，頁三五九—六〇。

83 李善注引《埤倉》曰：「怫愲，不安貌」，可見，「沸」通「怫」，見《昭明文選》卷一七，頁三五九。

等性情氣度相繫連，換言之，「沸（怫）」也許不只是水聲，進而也象「武」聲，是一個「聲」、「情」相合的象聲字。

那麼，如果用〈七發〉的「滂渤怫鬱」，來解釋〈上林賦〉的「怫乎暴怒，洶涌滂湃」，同時參照〈洞簫賦〉所謂「澎濞慷慨，……則若雷霆輘輷，佚豫以沸慣」，「怫鬱」顯然也不宜僅僅視作水勢浩壯的形容詞，[84]而也許與一種相互衝擊、迫促不安的狀態相關。〈子虛賦〉中描寫雲夢之山，曰：

> 其山則盤紆岪鬱，隆崇嵂崒，岑崟參差，日月蔽虧。[85]

簡宗梧以「岪鬱」即〈七發〉之「怫鬱」，[86]從「隆崇」、「嵂崒」皆高聳貌看來，「盤紆」「岪鬱」亦疊用同義詞，是曲折不通暢的意思，那麼「怫（沸）鬱」或「岪鬱」顯然在當時同時可以運用於山形、水勢的描摹，並且利用這衝激而抑塞不暢的狀態，即與器樂聲乃至於人情心聲彼此相連類。比如以下騷體諸篇就同時都用到「怫鬱」一詞來形容心聲：

> 苦眾人之妒予兮，箕子寤而佯狂。不顧地以貪名兮，心怫鬱而內傷。聯蕙芷以為佩兮，過鮑肆而失香。（〈七諫・沉江〉）[87]

> 撫檻兮遠望，念君兮不忘。怫鬱兮莫陳，永懷兮內傷。（〈九懷・匡機〉）[88]

覽屈氏之離騷兮，心哀哀而怫鬱。聲噭噭以寂寥兮，顧僕夫之憔悴。（〈九歎・惜賢〉）89

如果僅僅從東方朔、王褒、劉向等作品都因追憫屈原而作，因此同用「怫鬱」一詞，表示無法告訴的積鬱已到達極點的愴痛，也許就是模擬或援引成詞的技巧，這反倒忽失了這個字詞在語音上所構成的連類意蘊。然而透過上文分析「沸」與「怫」通，「怫（沸）鬱」即「岪鬱」的異文現象，也許在僅言及心傷、哀痛的說解之外，有一個藉助表義語音「伏玉」（fu yu）[90]來串連起的更大的聽聞想像；可能穿過急流積湍、盤桓於危苦迫促的山巔，響應於雷霆轟然的樂音，然後是「聽見」自我的最無以宣告、充塞天上人間的孤寂潦落。這樣的理解也許更能照應當時這個異文瑋字的現象，所可以達成的「藉音表義」、「憑聲達情」的口語記（聽）誦的效果。

84 金國永以「怫乎暴怒，洶涌滂湃」二句乃「狀水勢之洶湧」，見《司馬相如集校注》〈上林賦〉注一八，頁三六。
85 引自《司馬相如集校注》〈子虛賦〉，頁五。
86 引自《漢賦源流與價值之商榷》，頁七八。
87 引自《楚辭章句》卷一三〈七諫・沉江〉，頁三三八。
88 引自《楚辭章句》卷一五〈九懷・匡機〉，頁三九〇。
89 引自《楚辭章句》卷一六〈九歎・惜賢〉，頁四四一。
90《昭明文選》卷七〈子虛賦〉李善注：「岪，音佛」，頁一五四，又卷八〈上林賦〉「沸（乎暴怒）」，李善引郭璞注曰：「音拂」，頁一六〇。

「迂迴」的文化詮釋

關於漢賦的書寫，一般被認為有一種委婉的諷諫策略，所以雖然麗靡閎侈，最後總是「歸引之節儉」，[91]或「發乎嗜欲」，而「始邪末正」。[92]但若是與屈原的辭作相比較，從賦家個人的志意、遭遇去評斷這諷喻的主旨、意象的運用與效應的大小，如司馬遷就批評宋玉、唐勒之徒，「終莫敢直諫」，[93]班固說宋玉下及司馬相如、揚雄也都失去了屈辭的「諷諭之義」；[94]或者賦家如枚皋也因「見視如倡」而自悔，[95]揚雄自嘲「曲終奏雅」的賦作，反而有「勸百諷一」的矛盾[96]等。然而，相對於由個別作者的志意去討論，法國學者于連（François Jullian）的說法，卻由「非個人表意、非個人立場」的角度出發，重新詮釋所謂諷諫如何可能以「無名」的形態，代表眾人而對君王施加壓力。于連從《詩》序所謂「主文而譎諫，言之者無罪，聞之者足以戒，故曰風」，[97]來說明這種間接表達的特性，是君臣間共同認可的默契，「這種文人與權力間的和解」在中國得到贊同，迂迴的批評方式實際存在於整個中國詩歌史中，當然尤其見於宮廷生活與外交場合。于連藉助如《左傳》中賦詩的例子說明：

> 憑藉常規用語活動的動機，不僅僅允許隱藏各種慾望或消除衝突；它還以其恰當的特性、無名的形態便利其他人的參與；它甚至在暗中為它的利用者能體味畫面潛在含義的過程中對其他的人施加壓力。[98]

他認為這種憑藉引用詩句進行的政治外交的協調，「要比所有能從個人角度說出的東西所能做的要有分量得多」。[99]很明顯，這種表述不可能提供確切證據，而是「讓聽者隱約感到其意圖」，「聽者受召喚、被吸引遠勝過獲取消息，而引者讓人意會的意向變成了一種要求聯想的邀請」。[100]

于連的說法，似乎讓諷諫從原本針對特定政治事務而必須有所抉擇的絕對角度，開放向一種不只

---

91 引自《史記三家注》卷一一七〈司馬相如〉列傳「太史公曰」，頁三〇七三。

92 引自劉勰，《文心雕龍》〈雜文〉篇說〈七發〉是「七竅所發，發乎嗜欲，始邪末正，所以戒膏粱之子」，見范文瀾，《文心雕龍注》（臺北：臺灣開明書店，一九七八）卷三〈雜文〉篇，頁四一a。

93 引自《史記三家注》卷八四〈屈原賈生〉列傳，頁二四九一。

94 見《漢書》卷三〇〈藝文志〉，頁一七五六。

95 見《漢書》卷五一〈賈鄒枚路〉傳，頁二三六七。

96 見《漢書》卷五七下〈司馬相如〉傳「贊曰」所引錄的揚雄看法：「麗靡之賦，勸百而諷一，猶騁鄭衛之聲，曲終而奏雅，不已戲乎」，頁二六〇九。

97 見（法）于連（François Jullien）著，杜小真譯，《迂回與進入》（*Le détour et l'accès, stratégies du sens en chine, en Grèce*）（北京：生活・讀書・新知三聯書店，二〇〇三），頁五九。《詩》序原文可見《毛詩正義》，卷一，頁一六。

98 此段引文見《迂回與進入》，頁七二，有關于連的說法則參見此書第三、四兩章，頁四七—八七。

99 同前注，頁七二。

100 引自《迂回與進入》，頁八一。

是解決問題、選擇立場，反而必須先基於一種修辭技巧的理解、召喚聯想與共感的君臣關係入手。如果漢賦的諷諫如同本文所述，可以追溯自先秦如矇瞽樂師的誦詩說史的諷諫，那麼，顯然這種連類賦誦的方式根本就是一種由來已久的君臣間聽說應答的方式，是一種合法的官場上的必備文化素養或生活藝術。從諷誦中，可能認知物類、原理或改正方向，但更重要的是建立以及進入一種彼此熟悉的聽聞氛圍，跨越類別的串講與融會，可以透過重言或雙聲疊韻的連綿字彙進行反覆迴盪，因此從「所意欲」沉浸入「意欲所在」的整全環境中。如果「治身」如同「治國」，這種君臣間的迂迴又知情的周旋方式，既是置身也是理政必要的生活處境。那麼欣賞王褒等賦家並進而讓賦家為太子療疾的漢宣帝這番話，也許不只是開脫之詞：

> 辭賦大者與古詩同義，小者辯麗可喜。辟如女工有綺縠，音樂有鄭衛，今世俗猶皆以此虞說耳目，辭賦比之，尚有仁義風諭，鳥獸草木多聞之觀，賢於倡優博奕遠矣。[101]

將倡優、博奕、鄭衛之音與鳥獸草木之觀、仁義風諭並比合論，在程度相對差異之外，其實就採取一種完整的生活關照，「治身」也許不僅是疾病醫治、道德修為，也需要出乎對於自身嗜欲（虞說耳目）的理解與體受經驗的種種調和。

《呂氏春秋》〈本味〉篇在伊尹說湯以滋味之前，記載了伯牙鼓琴、子期聽音的故事，[102]比擬君臣間也必須有如此的相知相感，比合這兩段故事，也許正在說明，諷諫或風諭可以有更深廣、長遠的文化詮釋，是一種宮廷文化中必備的「嗜欲傳譯」，也是一種在迂迴間接的理解中逐步探索並體現彼此「知音」狀態的文化傳統。

原作〈連類、諷誦與嗜欲體驗的傳譯——從〈七發〉的療疾效能談起〉，原刊《清華學報》新三六卷二期（二〇〇六年十二月），頁三九九—四二五。

101 引自《漢書》卷六四下〈嚴朱吾丘主父徐嚴終王賈〉傳，頁二八一九。

102 引自《呂氏春秋校釋》卷一四〈本味〉篇，頁七四〇。

第三章

重複短語與風土譬喻

《詩經》中的重複現象明顯表現在幾方面，如重言疊字，連綿詞，重章疊句，而其中因為重章、疊句而出現在同一篇或各篇之間的重複短語，又稱為相同句、套語（習語）等。楊牧曾經由相同的韻律條件（雖然有時長短不同，如「我心傷悲」、「我心傷悲兮」）與表達某一交付的基本意念來定義這些套語（formula），[1]比如「習習谷風」通常表達哀怨，「泛彼柏舟」則表達憂傷等。[2]裴普賢也曾經針對《詩經》中這普遍出現的相同句現象進行詳細檢索，並且進一步去歸納在風、雅、頌之間彼此重複的相同句，比方說大、小雅間通用的「君子萬年」，小雅、國風通用的「未見君子」、「既見君子」等，並統計出全《詩經》中出現最多次（共十一篇次，二十六見）的重複短語是「心之憂矣」；「心之憂矣」所以成為全《詩經》中最流行的習慣用語，裴先生認為是二雅十五國風大多為憂心的抒發，很少表現歡樂的緣故。[3]

如果這些套語或習語的重複出現，是為了方便表達某一種基本的情態，那麼就不能用因襲或缺乏創意來批評這個現象。換言之，我們必須重新思索這些短語「重複」的用意何在。一般談論單篇中的疊句、重章，比較容易由音韻上的重複來談論詩旨的層遞強化或連續不絕，[4]但是，如果討論的是出現在不同篇章的重複短語，可能就必須從時間性的逐章遞進，轉而注意空間性的各篇相關性；也即是說，套語或習語的重複，可能不止於呈現單篇意旨的餘音繚繞，而是在固定的音韻條件下卻可以跨越不同的上下文，而串連起共鳴的篇章群。

重複與響應

這共鳴因此既是音韻上的、同時又不止於音韻上的相同而已。根據裴先生的考察，相同句也常常就是詩中的起興句，[5]而興式相同句，其實提供我們由「興」去理解這些重複短語的線索。如果採用朱熹如此簡潔的說法：「興者，先言他物以引起所詠之詞也」，[6]這是說明沙洲上相與和鳴的雎鳩可以引人聯想到君子與淑女的相匹配；而這個他物與本意之間的引導乃至於引生的效應，若不局限於單篇文字，而擴大來討論興式相同句，也許就可以說是藉助已經出現過的套語及其意象，來引領同一個套語出現時的理解。楊牧曾認為要分析《詩經》中的「興」，其中一種方法即是注意《詩經》中一些作

---

1 詳見C. H. Wang（王靖獻）, *The Bell and the Drum* (Berkeley: University of California Press, 1974), p. 43。

2 關於「習習谷風」與「泛彼柏舟」等套語的解釋，參見*The Bell and the Drum*, pp. 103, 110。

3 詳見裴普賢，《詩經相同句及其影響》（臺北：三民書局，一九七四），各項統計資料請見頁六—七〇，「心之憂矣」所以成為流行用語，裴先生認為是「詩人表現的感情是憂多樂少」，見頁九。

4 比如夏傳才，《詩經語言藝術新編》（北京：語文出版社，一九九八）第二章〈重章疊唱〉說到詩篇的重章，不論各章中重複字句的多寡，大抵都為了加深印象、加強主題感染力、推進詩意的效果等，參見頁四四—五二。

5 見《詩經相同句及其影響》，頁七六。

6 引自宋・朱熹，《詩集傳》（臺北：臺灣學生書局，一九七〇）卷一〈周南〉一—一，首章「關關雎鳩」注，頁五。

品是如何透過套語主題的意象類比來構成的（structured in imagistic analogy with some stock themes）。[7] 比如，在託鳥起興的詩篇中，有一類的主題可以歸屬於「反哺歸巢」，[8] 這類借鳥表達懷歸孝思的作品，可以用黃鳥、隼、烏鴉、脊令等等不同的鳥，很明顯是抹消了鳥類間的差異，而透過「反哺」讓這些鳥意象連類相從。[9] 於是，這些詩作透過鳥意象的類比而具有了對於主題相互詮釋的效力（the reciprocal interpretative force of the motif），也可以說，是因為這個「聯想的全體性」（totality of association）[10] 讓所有利用思歸之鳥的詩作凸顯出一致的意義。

從這個角度而言，任何一次反覆都不只是出於詩人記誦能力的「又一次」，每一次出現都是體現全體的「同一次」。任一重複短語的出現，就像召喚出所有相關記憶並列在想像中，而成為一個凸顯主題的聚合體。[11] 這個聯想的整體共同指向一種特定的意念或情緒，如懷歸或哀怨等，也可以說，短語的「重複」也就是這個主題性的聯想整體的「在場」（presence）。比如「采蘩祁祁」，出現在〈豳風・七月〉與〈小雅・出車〉，都是利用春景照應還歸（征戍歸來或往嫁懷家）[12] 的心情，而其中所謂「祁祁」如毛傳所言乃「（采蘩者）眾多也」。[13] 於是，如果再看到〈召南・采蘩〉中分別出現在首二章與末章的「采蘩」與「祁祁」，[14] 楊牧就認為這裡的理解也早就被「采蘩——還歸」這主題所預先決定了，因此，他不同意傳統注疏或如亞瑟・韋利（Arthur Waley）的翻譯，將最末尾「被之祁祁，薄言還歸」之「祁祁」視作首飾（「被」）的狀語，[15] 而認為仍應維持與春日「采蘩」一致的「眾多」義，以呼應還歸主題。

透過短語及其意象的連類，楊牧所訴求的「聯想的整體」，當然有其規範性；這種說法讓零散地

7 參見 *The Bell and the Drum*, p. 102。

8 楊牧在此用的標題是“The Bird of the Filial Return”，謝謙的中譯本作「思歸之鳥」，並加注說明又可譯作「反哺之鳥」，分別參見 *The Bell and the Drum*, p. 118，以及《鐘與鼓：詩經套語及其創作方式》（成都：四川人民出版社，一九九〇），頁一四四。

9 關於反哺歸巢這主題的詩篇所使用的鳥類，可參見 *The Bell and the Drum*, p. 119 所做的 Table 9。

10 參見 *The Bell and the Drum*, p. 125，「聯想的全體性」參考謝謙中譯，頁一五一。

11 參見 *The Bell and the Drum*, p. 99，楊牧說到套語的出現會讓聽眾（或讀者）“receive the manifold bearings of a given passage through reminiscence and mental juxtaposition of all the collective thematic implications that they know”。

12〈豳風・七月〉「春日遲遲，采蘩祁祁，女心傷悲，殆及公子同歸」，所「悲」者，如朱熹所言乃因往嫁而遠父母，參見《詩集傳》卷八，頁一〇五；〈小雅・出車〉「春日遲遲，卉木萋萋，倉庚喈喈，采蘩祁祁，執訊獲醜，薄言還歸」，乃指出征之南仲還歸京師。以上二詩分別引自《毛詩正義》（臺北：藝文印書館，一九七九，十三經注疏本）卷八—一、九—四，頁二八一、三四〇。本文所引錄《詩經》篇章皆出自此書，下文不再附注出處。

13 引自《毛詩正義》卷八—一〈豳風・七月〉，頁二八一。

14 引自《毛詩正義》卷一—三〈召南・采蘩〉，頁四七。

15〈采蘩〉最後兩句是「被之祁祁，薄言還歸」，毛傳曰：「被，首飾也」，又以夫人於祭事畢，「其威儀祁祁然而安舒，無罷倦之失」，見《毛詩正義》卷一—三，頁四七，又關於楊牧對於此句翻譯的意見，參見 *The Bell and the Drum*, pp. 55-57。

分布在不同詩篇的重複短語，憑藉相互詮釋，而易於定位其詩旨，反過來說，出現在個別詩篇的重複短語，就必須在特定主題範圍內加以詮釋，才可以達成凝聚主題的效果。不過，值得進一步推敲的是，這個規範的鬆緊問題，比方說，如果以還歸的主題預先設定了所有關於「采蘩」的解讀，那麼這個「先見」會不會化約了某一個重複短語可能有的更豐富意涵？反過來說，當我們要將重複短語歸總於某一主題的時候，如何盡量去深化這個主題所包含的情緒或意念，而不致流於扁平浮泛？關於「采蘩祁祁」，如果仍將「祁祁」解作「眾多」，一方面似乎就要將作為首飾的「被」，勉強代指采蘩的夫人，另一方面還需面對可能有兩種蘩菜的問題。〈豳風・七月〉毛傳曰：「蘩，白蒿也，所以生蠶」，[16]這是指利用煮過的蘩菜汁去浸泡蠶卵，以促進孵化的作用，[17]但是在〈召南・采蘩〉毛傳說采蘩是為了祭神，孔疏還提示了《左傳》隱公三年這段話：「苟有明信，澗谿沼沚之毛，蘋蘩薀藻之菜，……可薦於鬼神，可羞於王公」[18]，陸璣說此蘩菜香美可生食，[19]如此可以薦神的美食，與孵蠶用的蘩菜似乎並不全然相同。再者，如果〈采蘩〉當中的公侯夫人所以采蘩不是為了養蠶，而是為了祭事，那麼，詩中呈現的就不是「眾人」於春野中忙於采蘩，反而是毛傳將「祁祁」解釋為夫人祭事完畢後「安舒無倦」的儀態，較為合宜。[20]當然，〈召南・采蘩〉所以呈顯夫人的奉祀儀度，其實與毛傳鄭箋由婚配大義、女性德行來定位〈二南〉的詮釋有關，[21]於是出現在詩篇中的細部物件也會連繫到倫常範圍內，不過，這也說明了，重複短語的解釋，除了藉助其他重複短語出現的詩篇意旨（如借由〈七月〉、〈出車〉的還歸），來歸納出某種情態之外，可能也還要考慮透過各種名物知識、禮儀法度所構成的多重詮釋可能性。

尤其談到〈二南〉，比如〈詩大序〉將〈周南〉繫之於周公、〈召南〉繫於召公，並言「南，言化自北而南也」，[22]既然有南、北方的不同，如果將〈采蘩〉與〈七月〉、〈出車〉並比而觀，還可能牽涉岐周與江漢之域在地理條件、風土感知上的差別。比如〈采蘩〉中提到采蘩地點是「于沼于沚」、「于澗之中」，然而〈七月〉、〈出車〉中之蘩菜原本生長在原野，[23]並非如同蘋、藻、荇菜是水生植物，[24]因此當〈采蘩〉提及沼、沚、澗，就如同〈采蘋〉、〈關雎〉出現的水濱、行潦等水流景象

16 引自《毛詩正義》卷八—一〈豳風・七月〉，頁二八一。

17 參見揚之水，《詩經名物新證》（北京：北京古籍出版社，二〇〇〇），頁九六。

18 見《毛詩正義》卷一—三〈召南・采蘩〉，頁四七，《左傳》引文出自晉・杜預注，唐・孔穎達等正義，《春秋左傳正義》（臺北：藝文印書館，一九七九，十三經注疏本）卷三，頁五一—五二。

19 參見吳・陸璣，《毛詩草木鳥獸蟲魚疏》（收入《景印文淵閣四庫全書》經部第六四、總第七〇冊，頁七〇—一至七〇—二一〔臺北：臺灣商務印書館，一九八六〕）卷上，頁七〇—五。

20 引自《毛詩正義》卷一—三〈召南・采蘩〉，頁四七。

21 詳參陳志信，〈理想世界的形塑與經典詮釋的形式——以朱熹《詩集傳》對〈二南〉的詮釋為例〉，《漢學研究》二一卷一期（二〇〇三年六月），頁二七九—三〇六。

22 引自《毛詩正義》卷一—一，頁一九。

23 〈出車〉「采蘩祁祁」句，孔疏曰：「其在野已有采蘩菜之人」，《毛詩正義》卷九—四，頁三四〇。

24 關於《詩經》中的水生植物，參見耿煊，《詩經中的經濟植物》（臺北：臺灣商務印書館，一九九六，修訂版），頁三七—四二。

的時候，一方面除了呈現蘩菜的不同種類，同時我們也可以說，〈采蘩〉反映的正是〈二南〉系統下水澤多於草原的南方風土。換言之，套語不是單方面「重複」，而是多方面「響應」；不只是映照意旨情態，也同時是文化禮儀以及風土名物的全體經驗的湧現。

關於聲音與響應，就像《韓非子》〈十過〉篇記載晉平公聽「哀音」的故事，結果引發風雨災異，平公也招致重病。[25]故事的重點明顯不在於分辨音聲曲律，而在於聞樂的種種效應，尤其是與君德相互應和的天地萬物之現象。值得注意的是，其實每一次聽音，都是在不同時空的吹奏，平公所聽到的哀音及其響應，與師曠所「重複」的文化記憶（如黃帝與清角之音），並非同一時空人事，卻彷彿總是將這個（「音聲——響應」的）重複「經歷」成同一次，於是看似記憶的複誦，卻具有初次發生（今昔同一）的效力。從這個故事來看《詩經》中的重複短語，也許可以讓我們更進一步去理解，在這些表面上重複的套語裡，正是要傳達某種全面湧現的響應，每一次歸反的呼喚都是眾聲齊唱，每一次禮度的描述都是常理共識，乃至於每一次名物的出現，都是風土體驗的確實「在場」。

類比與風土感知：關於「山有……隰有……」的詮釋

對於「興句」的討論，向來重在解析史事或人情際遇，即便注意興句所提及的名物，卻也盡量做比喻式的說解，或根本就獨立成博物知識的載錄。本文在此特別選取相關於地理描述的「山有……隰有……」這重複格式作為討論基礎，是希望除了為人熟悉的情態比擬、博物知識之外，探索一種更根本的風土感，詩中起興的名物並非為了（人情）借代或（實物）驗證而存在，而直接就是人情事件之所以形成意義的「發生場所（place）」。關於所謂「場所（或譯作「地方」）」，人文地理學者段義孚（Yi-fu Tuan）在《經驗透視中的空間和地方》一書中，提出人類組織空間並賦予意義的三個相互關聯的面相是（一）生物學的事實：比如由人的身體姿勢的不同，可以產生上下、前後、左右等空間區分甚至價值取向；（二）空間與地方的關係性：比如空間（space）的開放、自由可以對比出安全、穩定的地方（place）；（三）經驗或知識的範圍：人往往在知識概念上認識一個地方，卻忽視透過感覺、觸覺、視覺等豐富經驗資料所形成的複雜、矛盾的地理感。而他進一步從感官經驗的角度強調，一個人要擁有充滿動感的三維度空間，最先必須運用視覺、觸覺，再加上嚐、嗅、聽覺及皮膚的細微感覺，就可以大大強化對世界的空間意識。[26]當然這種具有生命感的空間意識不會只是停留在個人肉身知覺或情感經驗，而會逐漸累積成可以看出歷史脈絡的文化傳統，反過來對於個人的生活空間性造成影響。[27]而日人和辻哲郎在《風土》此書中，也提出所謂「風土」並非僅是自然現象，而是人在氣

25 關於這故事的詳細說解，請參考本書〈第二章　諷誦與嗜欲體驗的傳譯〉，「超越所欲的連類體驗」一節。

26 見*Space and Place: The Perspective of Experience* (Minneapolis: The University of Minnesota Press, 1977), pp. 5-6, 11-16。中譯參考潘桂成，《經驗透視中的空間和地方》（臺北：國立編譯館，一九九八）。

27 參考潘朝陽，〈空間、地方觀與「大地具現」暨「經典詮說」的宗教性詮釋〉一文中關於「段義孚的海德格式地理學思想」的描述，《中國文哲研究通訊》一〇卷三期（二〇〇〇年九月），頁一七五—七六。

候、地質、各種景觀當中，因為對抗、妥協所累積出的種種充滿智慧的創造。因此風土現象與人類生活表現息息相關，從食衣住行到禮俗、宗教與文藝，風土與人文歷史相互熔鑄成整個人類的生存結構與社會運作的秩序。[28]於是，不論是所謂「風土」或「場所（地方）」，都說明了，當生活書寫了歷史，其實風土也同時書寫了我們的生活史；當人類透過語文描述（常理）、表達（情感）的時候，其實已經不自覺地帶引出歷經蓄積的風土結構或場所效應。而「山有……隰有……」的重複句，或許正可以用來考察《詩經》時代這種「風土——情感」相互交融的譬喻運用。

「山有……隰有……」的完整句法，出現在《詩經》以下五篇：〈邶風・簡兮〉、〈鄭風・山有扶蘇〉、〈唐風・山有樞〉、〈秦風・晨風〉、〈小雅・四月〉，如果包含稍作變化的〈秦風・車鄰〉「阪有……隰有……」，與只有出現「隰有……」的〈檜風・隰有萇楚〉，總共有七篇次。其中毛傳標為興式句者有四，茲引錄相關詩句與箋注如下：

山有扶蘇，隰有荷華。不見子都，乃見狂且。

山有喬松，隰有游龍。不見子充，乃見狡童。

（毛傳：與也，……言高下大小，各得其宜也）[29]

山有樞，隰有榆。子有衣裳，弗曳弗婁，子有車馬，弗馳弗驅，……

山有栲，隰有杻。子有廷內，弗洒弗埽，子有鍾鼓，弗鼓弗考，……

山有漆，隰有栗。子有酒食，何不日鼓瑟？且以喜樂，且以永日，……

（毛傳：興也，……國君有財貨而不能用，如山隰不能自用其財。）[30]

阪有漆，隰有栗。既見君子，並坐鼓瑟。……

阪有桑，隰有楊。既見君子，並坐鼓簧。……

（毛傳：興也。……鄭箋：興者，喻秦仲之君臣所有各得其宜。）[31]

隰有萇楚，猗儺其枝。夭之沃沃，樂子之無知。

隰有萇楚，猗儺其華。夭之沃沃，樂子之無家。

隰有萇楚，猗儺其實。夭之沃沃，樂子之無室。

（毛傳：興也，……鄭箋：（萇楚）之性始生正直，及其長大，則其枝猗儺而柔順，不妄尋蔓草木。）[32]

〈山有扶蘇〉與〈車鄰〉皆以「山有……隰有……」句乃興發「各得其宜」之意，這與另外如

28 參見（日）和辻哲郎著，陳力衛譯，《風土》（北京：商務印書館，二〇〇六），此處關於風土的解說參見第一章〈有關風土的基礎理論〉，頁四—一八。
29 引自《毛詩正義》卷四—三〈山有扶蘇〉，頁一七一—七二。
30 引自《毛詩正義》卷六—一〈山有樞〉，頁二一七—一八。
31 引自《毛詩正義》卷六—三〈車鄰〉，頁二三四。
32 引自《毛詩正義》卷七—二〈隰有萇楚〉，頁二六四—六五。

〈簡兮〉等三篇，雖未標明「興也」，但由鄭玄箋釋看來，在主題上也趨於一致：

> 山有榛，隰有苓。云誰之思，西方美人。
> （鄭箋：榛也，苓也，生各得其所，以言碩人處非其位。）[33]
> 山有苞櫟，隰有六駮。未見君子，憂心靡樂。如何如何，忘我實多。
> 山有苞棣，隰有樹檖。未見君子，憂心如醉。如何如何，忘我實多。
> （鄭箋：山之櫟，隰之駮，皆其所宜有也。）[34]
> 山有蕨薇，隰有杞桋。君子作歌，維以告哀。
> （鄭箋：此言草木尚各得其所，人反不得其所，傷之也。）[35]

而如果將〈山有樞〉最後一章所謂「山有漆，隰有栗。子有酒食，何不日鼓瑟？且以喜樂，且以永日」，與〈車鄰〉所謂「阪有漆，隰有栗。既見君子，並坐鼓瑟」相對照，會發現這兩篇正是分別從君臣「是」、「否」相宜來抒發，所以「何不日鼓瑟」可以說就是表達「並坐鼓瑟」的期待，而毛傳以〈山有樞〉乃諷刺「國君有財貨而不能用」，可能就是傳達不能治國禮賢而燕飲相樂之意。至於〈隰有萇楚〉不論是否為檜國人譏刺其君之淫亂，「隰有……」仍然是興發一種得體合理（正直不妄）的期許。

於是，綜合言之，「山有……隰有……」的相同句，可以說是藉由草木生得其所，來連繫情感上的企望相見與嚮往和樂，同時暗藏著不能實現（相逢或相得）的憂心。反過來說，這些情感的表達方式正是源出於山、隰的草木生長狀況，山隰與草木的彼此相宜，引發了詩人對於人際之間相與相得的期待。但是，在傳注中似乎僅將詩中的山與隰視為一般的山與隰，除了箋注中尋得一些草木種類的知識，大抵是藉景興情的說解；詩人為何特別提出「山」與「隰」，以及究竟是如何的「山」與「隰」，都還值得進一步追問。楊牧曾注意到這「山有……隰有……」的格式與草木關係很密切，並且從出現於風詩中的五國（邶、鄭、唐、秦、檜），判定這些相同句代表了北起河北山西，南至河南，西達陝西甘肅一帶的特殊地域，而其中檜地因為在黃土大平原，所以只見隰不見山。[36]從地理因素、實際生態這個角度來看待「山有……隰有……」的格式變化，等於是要將文學研究置放回當時的地域生態，那麼，原本被視為託喻情志的景物，也就有可能應該倒反過來，是名物風土導引了情志興發的狀態。但是，不由情感比附出發，也並不表示本文的討論是專門追究名物或地理知識，因為我們不但要留意詩篇中出現的名物及其類別屬性，更必須探詢這些名物所存在的場所（不只是地理，還包含各項人際認可的意義關係網），才能進一步追尋出這些名物被選取作為整個場所關係中的焦點的意義。

33 引自《毛詩正義》卷二—三〈簡兮〉，頁一〇一。
34 引自《毛詩正義》卷六—四〈晨風〉，頁二四四。
35 引自《毛詩正義》卷一三—一〈四月〉，頁四四三—四四。
36 參見王靖獻，〈國風的草木詩學〉，《失去的樂土》（臺北：洪範出版公司，二〇〇二），頁二一九—二二四。

換言之，本文從「風土」感知這角度來重新詮釋「山有、隰有」的隱喻性，著重在詩人如何提煉或是挪借已經累積成慣習或記憶的黃土區的生活經驗，進而抽象化而成為可以投射到其他領域的譬喻框架或概念，一方面並不是僅僅化約詩句而當作地理考察的例證，一方面當然也不違背《詩經》是經過（貴族階層的）整理，而非各地民歌原本面貌的說法。[37]因此，以下借用各項關於古代黃土區的環境史的研究，都是為了探索重複短語在溝通與傳達上所以有效的可能原由，而不是單純想還原或指認地域性。《詩經》經由整理而呈現的一致性（套語），也許更能看出黃土區的風土經驗在文化傳承上的積澱與影響力。史念海〈論歷史時期我國植被的分布及其變遷〉一文中，也例舉《詩經》中「山有……隰有……」的相同句，來說明黃河中上游的植被，不僅森林繁多，「山上有阪有隰，阪是原旁的坡地，隰是坡下的溼地，不論是阪是隰，植被都是相當普遍的」。[38]從史先生這個觀點來說，《詩經》中所以反覆出現「山有……隰有……」的套語，是因為當時黃河中下游地區，舉目所見都是廣大的森林、灌木以及草原，亦即，這個短語的「重複」，正反映了林木的「習見」狀況。不過，也有學者提出了相反的意見，認為廣大的黃土區域是沒有森林，而不是很多森林。何炳棣《黃土與中國農業的起源》書中，對這個問題有詳細考察。何先生認為中國的黃土分布，最典型的是集中在黃土高原，包括甘肅東部、秦嶺以北的陝西、山西西部以及河南北部，其次是由河南、河北向東延伸到山東一帶的黃土沖積平原。[39]主要因風化形成的黃土高原以及經雨水、河水等沖積成的黃土平原，在最近一百萬年內，氣候上雖出現幾度乾、溼交替的變化，但是長期以來的傾向是相當乾燥，尤其愈西愈北，愈是乾燥。[40]如果由黃土層中的動物化石看來，雖然也出現過喜溼熱的犀牛與象等，但是大抵以鴕鳥、馬類、鹿類等乾旱草原型的動物為主。[41]而關於黃土區的古植被，何先生除了根據植物孢子花粉的分析，並且以最能代表黃土區的《詩經》[42]所記載的大約一百五十種植物資料作為對照，列舉《詩經》中出現的植物名稱及生長地點[43]；綜合各項資料，何先生提出重要結論，認為「一般的黃土高原和平原是自古未嘗生長過森林」。[44]在以半乾旱草原為主的黃土區，森林大多限於山、阪、麓和平原上比較低溼的地方，因為此類地帶水分充足，才可以有樹叢生長。為了印證這樣的結論，何先生也藉助

37 關於《詩經》非民歌本來面目，而是周代貴族階層的產物，葉國良，〈詩經的貴族性〉一文在屈萬里的觀點上又做了更詳盡的考察，收入《經學側論》（新竹：國立清華大學出版社，二〇〇五），頁三七—六一。

38 史念海，〈論歷史時期我國植被的分布及其變遷〉，《中國歷史地理論叢》一九九一年第三輯（一九九一年九月），頁四三—七三，引文見頁五二。

39 參見何炳棣，《黃土與中國農業的起源》（香港：香港中文大學出版社，一九六九），頁一三。

40 參見《黃土與中國農業的起源》，頁一六—一九。

41 參見《黃土與中國農業的起源》，頁二一—二五。

42 何炳棣認為除了周南、召南已經越過黃土區域的南限，以及國風所沒有包含的黃土平原最東與東北部之外，《詩經》已經包含了黃土高原最主要的陝西、山西，以及河南所在的黃土平原地帶，因此《詩經》所載對於「復原」黃土區的古植被極有幫助。參見《黃土與中國農業的起源》，頁三七—三九。

43 參見《黃土與中國農業的起源》的「表三，詩經中的植物」，頁四二—五五。

44 引自《黃土與中國農業的起源》，頁六九。

《詩經》中「山有……隰有……」的套語為例，不過，顯然與史念海藉助這類套語說明林木遍布是不一樣的，反倒是用這類套語來說明，森林多在山上，原野中僅有低溼地可以有叢林，或者就是人工所栽培，比如〈晨風〉「隰有樹檖」，明白指出低溼地上的檖木乃人工種植，何先生因此進一步推論，「同一片低濕地上一種喜濕暖的亞熱帶落葉樹『六駮』（「隰有六駮」）也很可能是人工特別栽培的，而不是代表陝西地區的原始植物」。[45]

藉由何炳棣的研究，「山有……隰有……」這類相同句，可能就不是指稱一種「習見」、「遍有」的植物生長狀況，反而是在說明一種相對之下較為稀罕難得、甚至必須人為培育才可見的草木景觀。在「山有……隰有……」的套語中，如〈簡兮〉、〈山有扶蘇〉與僅出現「隰有……」的〈隰有萇楚〉這三篇，基本上是呈現「山有林木」、「隰有草（藤）本」的植被分布，這三篇分屬國風中的邶、鄭、檜，根據何炳棣的分析，這大致代表了由河北西南、河南至於安徽西北的黃土沖積平原區，在經常氾濫的沖積平原上根本難以生長森林，[46]如此，詩句呈現林木生長在山上，其餘則是低溼地的景觀，如生長在湖沼中的荷花以及同樣生長於低下之地卻不能過溼的苓（甘草），[47]另外有屬於藤本植物而且是漿果類的萇楚，[48]這樣的描述顯然符合地域特色。至於「山有蕨薇，隰有杞桋」（〈四月〉），由於〈小雅〉的大部分詩作被認為代表陝西地區，[49]因此，所描述的山有野菜、隰有林木的狀況，雖然與山有林木、隰有草本的狀況高下有別，但仍然符合低溼地才有可能生長樹叢[50]的地域條件。其次，山與隰之所「有」皆為木者，分別是〈山有樞〉、〈晨風〉、〈車鄰〉三篇；〈山有樞〉屬唐風，與魏風在地域上代表山西大部分，而〈晨風〉、〈車鄰〉皆屬秦風，代表陝西地帶。《史記》

〈貨殖〉列傳說到「山西饒材、竹、穀、纑、旄、玉石」[51]何炳棣認為此「山」指太行山，〈貨殖〉列傳這句話應該也是指山西太行山饒富林木，[52]而〈山有樞〉以「山」與「隰」並見林木，其實也符合黃土區在山、阪之外，原野低溼處也能生長樹叢的狀況。進而言之，「隰」所指低溼之地，也包括近水之處，[53]比如河流兩旁的谷地自然也可以出現樹叢，所以像《漢書》〈地理志〉關於秦地部分，說到「天水、隴西，山多林木，民以板為室屋」，[54]勞榦就認為「山多林木」，毋寧也可以說是「山谷多

---

45 引自《黃土與中國農業的起源》，頁六六。

46 詳見《黃土與中國農業的起源》，頁一三、三七—三八、七〇。

47 關於〈簡兮〉「隰有苓」，潘富俊，《詩經植物圖鑑》（臺北：貓頭鷹出版，二〇〇一）談到，如果將「隰」解釋為下溼之地，苓（甘草）根必腐爛，隰既然對應於山，宜解為「較低下的地方」即可，頁七五。

48 《詩經中的經濟植物》提到萇楚即今之獼猴桃，屬多汁之漿果類，頁五〇。

49 見《黃土與中國農業的起源》，頁三八—三九。

50 關於「杞桋」，潘富俊認為是指屬於落葉灌木的枸杞與苦櫧屬的常綠喬木，見《詩經植物圖鑑》，頁一七九、二五一。

51 引自漢・司馬遷著，劉宋・裴駰集解，唐・司馬貞索隱，張守節正義，《史記三家注》（臺北：洪氏出版社，一九七四）卷一二九，〈貨殖〉列傳，頁三二五三。

52 參見《黃土與中國農業的起源》，頁七一。

53 何炳棣對於「隰」的解釋，《黃土與中國農業的起源》，頁四一。

54 引自漢・班固，《漢書》（臺北：鼎文書局，一九七七）卷二八〈地理志〉下，頁一六四四。

林木」，而同時指渭河河谷的森林地帶，[55]那麼，〈晨風〉、〈車鄰〉中並舉山與隰的林木生長，不但具體符應秦地地域特色，其實也透露在草原為主的華北地區，林木是多麼令人注目的景觀與珍貴的資產。

換言之，這山與隰的植被分布狀態，並不適用於全中國地區，而特別是指黃土區內，尤其這是作為中國農業起源區，當然也就是文化起源區的地域場景。也因此我們要討論的不是一般文學書寫中作為抒情背景或情感烘托的山水草木，而特別是在黃土區的風土條件下的山隰草木。如前所述，如果山與隰才適合森林生長，那麼〈山有樞〉以山、隰之林木比擬君國所擁有，並感嘆君侯不能治國，如有財貨而不能用，有鐘鼓不能燕樂，顯然是合理的類比。其次，由「山有林木——隰有草本」的高下、大小之分布狀態，比擬君子、小人在朝居位也必須上下有別，換言之，山、隰的林木景觀就可以成為君王選賢授能的借鏡。進一步值得注意的是，王守春曾分析，「山地、河谷和低溼地面上的植被以森林為主，喬木多高大挺拔」，而黃土高原或平原上則基本上是寬廣的草地，以及呈片狀分布的灌木叢或極為稀少的喬木；後者相對來說較矮、較稀疏，呈現疏林灌叢草原的景觀，[56]換言之，那些存在山與隰的樹林景觀就會顯得更高大而容易聚集目光，成為一種被期待的標的物。從這個分別來說，毛、鄭傳注所說的「各得其宜」、「各得其所」，也許並不能僅僅理解為一般的草木滋長而已，不但必須是「對」的生長地點，也要是「對」的分布狀態；亦即，如果作為「興」式句，那不只呈現物之所在，同時還照映所興發的情理。所以，在「山有……隰有……」的起興之後，一方面是「（既）見」與「不見」，就像是目標所在的陳述，另一方面，所見或不見也同時牽涉這目標所在之狀態的描繪。比如「既見君子，並坐鼓瑟」，與「君子作歌，維以告哀」，前者是君臣相安樂，後者則是透過歌詩以哀憫亂世，換言之，君子所在仍可以有不同「性質」的情境表現，或是「果然」的類比或是「竟然」的反襯；另外比如「未見君子，憂心靡樂」與「不見子都，乃見狂且」，後者不僅包含了前者不見賢人的憂心，更有情態上唯見醜惡之對比「程度」。於是，我們發現，由「（既）見」與「不見」，進一步會引發出合乎預期（之性質或程度）的「樂」，或不符預期（之性質或程度）的「憂（哀）」。這個類比（或反襯）可以說是產生於人與環境的相互影響，換句話說，這些詩中的「憂」與「樂」不必然只是詩人個我的情感狀態，這情感狀態所以被分辨、確認，更深層的源頭可能就是出自人與外在環境的接觸、互動所形成的意義；亦即可能是這地域風土的特性——比如地形或植被，構築了相關認知（如高下、疏密、習見或珍奇），乃至於興發了相關於這個風土特色的心情變化。

回應與經驗投射：關於「南（山）有⋯⋯」與「潤澤天下」

當我們說「山有、隰有——見、不見（樂、哀）」是一種類比，其實正符合《毛傳》以「興」就

55 見勞榦，〈黃土與中國農業的起源跋〉，收入何炳棣，《黃土與中國農業的起源》，頁一九一。

56 參見王守春，〈歷史時期黃土高原植被變遷、人文要素變化與黃河水沙關係研究進展〉，收入王守春主編，《黃河流域環境演變與水沙運行規律研究文集》（北京：海洋出版社，一九九三）第五集，頁一—九，括號內文字見頁三。

是譬喻的用法，[57]但是，除了反覆出現成為約定的套語之外，本文想探問的則是，這類比可以成立的原由，亦即這個「自然景物」與「人情事理」之間究竟是藉助什麼原則來進行彼此越界與相互連繫？上一節探討「山有、隰有」詩句所出現的地域風土，正是為了擺脫率意牽連「景」與「情」的第一步，所以嘗試從黃土區獨特的地質、地形、植被來擬測與人情變化相關的可能性。但是，這並不表示我們是將詩歌當作風土的實證資料看待，也並不表示詩人僅僅是複誦已知的名物，因為如何由風土環境當中產生一種可以涵括整體的原則或者說是抽象的架構，才是組裝這些名物景觀以及持續運作譬喻的原動力。以「山有、隰有——見、不見（樂、哀）」的例子來說，見到山林與見到君子本來是兩回事，而山林本身不具有人情也是事實，但是在這類詩歌中，卻將「見到君子」的情感反應當作「見到山林」的一種「必要的真實」；換言之，當這類詩作成為被普遍接受的套語式表達，其實並非表示閱聽者接受山林為有情之物的事實，而是接受一種被認定為有意義的看待事物的架構，所以見到君子與見到山林可以引發同一種情感態度與表述策略。

接下來的問題，因此在於如何揭露出一組譬類運作的根本原則？以「山有、隰有——見、不見（樂、哀）」這組自然景物起興的詩作為例，高下、疏密、習見或珍奇，可以說是自然與人事兩方面在架構上的相似性，但是讓這個架構「意義化」的關鍵是什麼？由前一節的分析看來，「水分」可能是黃土區域非常重要的資源，先有充足的水分才可能生長森林樹叢，也才能造就「山有、隰有」的自然景觀；但是，賦予君子、地位、政局以價值判斷的關鍵是什麼，又與水分有何關聯，水分充足的結果，如何可能影響看待政事的角度？而這是否也說明了，在人情政事這端的觀感取捨，很多時候潛藏著並非明白可見的影響因素，而這因素更可能源自於表面上與人情政事乃分屬於不同領域的風土體驗。於是，這一節的重點就在召喚出這個並非一眼可見的意義關聯，希望呈現風土體驗在譬喻連類上所扮演的重要性，探討居處經驗如何累積成為可以不斷回返、擬設的記憶，進而成為彷如具有普遍意義（以至於可以對應人事）的抽象概念。

以同樣出現「山有、隰有」套語形式的〈四月〉為例，首先是熟悉的重複短語，如：

> 山有嘉卉，侯栗侯梅。廢為殘賊，莫知其尤。……
>
> 山有蕨薇，隰有杞桋。君子作歌，維以告哀。[58]

兩相比較之下，可以發現這組「山有、隰有——見、不見（樂、哀）」的套語，是屬於「竟然」的前後反襯，亦即山隰有草木，朝中卻貪殘，以興「草木之不如也」的感慨。[59]但是這景觀與人事相

57《毛傳》標「興」詩，注文就使用「如」、「若」、「猶」、「喻」等字眼，朱自清認為《毛傳》根本以「興」就是譬喻，參見《詩言志辨》（臺北：臺灣開明書店，一九七五）〈比興〉，頁五四—五五。

58 引自《毛詩正義》卷一三—一〈四月〉，頁四四二—四四。

59 孔疏以為「言山之有蕨薇之菜，……所生皆得其所。以興人生處於安樂以得其所，今我天下之民遇此殘亂，驚擾失性，草木之不如也」，見《毛詩正義》卷一三—一〈四月〉，頁四四三—四四。

對平行的句式，卻在同一篇的其他兩段出現變化：

> 相彼泉水，載清載濁。我日構禍，曷云能穀。
> 滔滔江漢，南國之紀。盡瘁以仕，寧莫我有。

從「相彼泉水，載清載濁」看來，「滔滔江漢」的下句應該是關於江漢自然景觀的形容，但是卻出現本來應該出現在後兩句的人事狀況——所謂「南國之紀」，而這句話似乎也在無意中（或有意）竟成了由景觀過渡到人事的重要線索。鄭箋云：「江也、漢也，南國之大水，紀理眾川，使不雝滯」，並認為這是反襯幽王時南方吳楚之君倒是能掌理旁側小國，使得其所；這是將此詩旨理解為幽王殘虐致使中國諸侯心生憤怨，故對比當時南方楚國叛周而能綜理其他小國。[60]但其實，詩中所說「南國之紀」之「南國」或南土，在西周時期主要指江漢流域諸封國，尤其是以漢水為界、而以漢水、長江、大別山所構成的範圍為主，[61]其中如周初為加強南土防線、控制江漢與淮河地區所部署的「謝」與「鄂」，而後期「謝」國力衰微，故宣王改封申伯取代封土；[62]這些封國的作用，或是為了保障銅礦往北輸送的通道，或是成為周王室防止楚與諸夷北侵的屏障，[63]可見，周楚關係即便自成王時楚已受封，周人也承認其既有領域，[64]但是至於西周末期周人對楚仍是極力的戒備防禦。於是，這裡所稱揚的「南國」與其解釋成楚國，還不如直接指稱江漢間之封國，而可以理解成南國諸侯盡瘁從事，卻因幽王殘虐而無以自保（「盡瘁以事，寧莫我有」）。

而需要進一步探討的是，「南國之紀」不但透露了與經濟、軍事有關的南土經營，其實「滔滔江漢」的地域特徵，也可以視為是對於黃土區「山有、隰有」的一種對比性的回應，換言之，是透過相對性的連結，擴大或補充了關於乾／溼的體驗；而這樣的回應，也說明了套語「山有、隰有」的出現，並非只是現有已知事物的重複，真正需要重複的是與環境之間不斷的相互回應，以及因為回應所不斷調整與模塑的有意義框架。將「滔滔江漢，南國之紀」視為相對性的風土回應，可以從〈四月〉詩篇直接以苦寒、酷暑發端，得到印證：

> 四月維夏，六月徂暑。先祖匪人，胡寧忍予。
> 秋日淒淒，百卉具腓。亂離瘼矣，爰其適歸。

60 參見孔穎達疏，《毛詩正義》卷一三—一〈四月〉，頁四四三。

61 關於周人南土範圍，見陳珈貝，《商周南土政治地理結構研究》（臺北：國立政治大學歷史研究所碩士論文，二〇〇五）第三章〈周人南土封國與經營情形〉，頁一〇七。

62 參見徐少華，《周代南土歷史地理與文化》（武昌：武漢大學出版社，一九九四），頁一九—二七（關於鄂國）、四七—五四（關於謝國）。

63 詳見《商周南土政治地理結構研究》第三章〈周人南土封國與經營情形〉，頁六九—一二三。

64 陳珈貝認為如《史記》〈楚世家〉記載成王時楚國受封，但只是「周人對其既有領域的承認，並無再行封土賜民」，見《商周南土政治地理結構研究》第三章〈周人南土封國與經營情形〉，頁七八—七九，引文見頁七八。

冬日烈烈，飄風發發。民莫不穀，我獨何害。

孔穎達認為這三章雖然以節候變化起始，但沒有由盛而衰的積累義，三者分別為喻，以王政慘酷，「嚴寒、毒暑，皆是可患」。[65]表面上看起來是藉助盛暑、寒冬來比擬遭受來自於亂政的殘害，似乎節候景物不過是人情所寄託。但是如果參考小序所言，此詩乃「刺幽王也」，[66]那麼，不但詩中的暑往寒來不能單純類比周王朝的盛極而衰、衰而後亂，也不能只是將嚴寒、毒暑視作誇飾用法。[67]因為，如果〈四月〉所屬的《小雅》諸作，像何炳棣所言，乃是代表陝西地區，那麼〈四月〉一詩特別提到「滔滔江漢，南國之紀」，顯然是有意凸顯北（黃土高原）與南（江漢地區）的地理差異，其次，〈四月〉一詩若繫屬於西周晚期，那麼當時北方與南方的確在氣候上出現極大的差異。何炳棣曾在談論黃土區究竟適不適合種植水稻時，說到黃土區「雖雨量集中夏季，但蒸發量高」，至於氣溫，「華北屬於大陸性氣候，冬季嚴寒，夏季氣溫反較沿海同緯地區為高」，[68]因此除了若干排水不良的隰、或容易積水的沼澤，基本上不適合稻作。這雖然是針對稻作而論，但是氣溫上的冬寒夏熱，以及雨量不均又蒸發快，恐怕是黃土區一致的氣候狀況；也可以說，對於寒熱而不溫暖或是乾旱而不溼潤的描述，似乎都不再只是人情虛設，而應該可以視作地域風土長久以來所形塑的身體經驗。而根據一系列關於西周氣候的研究，又認為西周中葉以後黃土區進入一個乾冷期，從西周厲、宣、幽王甚至延續到東周平王時期，亦即黃土高原在這大約一百五十年間因為溫度與雨量上的變化，氣候狀況顯得比以往更趨極端、更為惡劣，那麼〈四月〉若是描述幽王時期的節候，這類嚴寒、酷暑的體驗，就不能完全歸諸主觀情志的附會，反倒可能是鐫刻在百年來的生活日常中，而成為重複疊映的歷史記憶了。[69]

於是，如果半乾旱的黃土區所產生的詩歌，可以用「山有……隰有……」所代表的水分充足、林木茂盛的景況，來表達「渴」望相見或相得的情態，那麼可能自周初逐漸形成的嚴寒或周中期以後轉而旱災頻仍的黃土區域所產生的詩篇，的確可以進一步透過南國、南土、南行等牽連起一系列相關於

65 詳見〈四月〉小序下孔疏，《毛詩正義》卷一三─一，頁四四一─四二。
66 見〈四月〉篇首，《毛詩正義》卷一三─一，頁四四一。
67 這些解說參見小序之下的孔疏，《毛詩正義》卷一三─一〈四月〉，頁四四二。
68 見《黃土與中國農業的起源》，頁一五五。
69 如劉昭明，《中國歷史上氣候之變遷》（臺北：臺灣商務印書館，一九九四，修訂版）第五章、第三節〈周朝時代〉，認為周中葉以後直到西周末期，中原氣候不但較冷，而且連年乾旱，不過，所引《竹書記年》亦提到江漢曾經結冰，見頁四六─五五；竺可楨在〈中國近五千年來氣候變遷的初步研究〉中甚至舉〈豳風‧七月〉為例，認為這篇作品也許可以說明周初氣候已經進入寒冷期，見《考古學報》一九七二年第一期（一九七二年十二月），頁一五一─三八，關於〈七月〉的說明見頁一九─二〇；又如李龍海，〈從西周氣候的變遷看豳風七月的寫作時間〉，也是引用竺可楨前文，只是認為周初氣候仍溫熱，惡化情況應該推晚，所以認為〈七月〉既然描述嚴寒氣候，作成時期應在西周中期偏早階段，見《寶雞文理學院學報》二五卷五期（二〇〇五年十月），頁三一─三四；又如楊銘、柳春鳴，〈西周時期的氣候變化與民族遷徙〉，也承襲了竺可楨的說法，並認為，除了西周康王到夷王間氣候文獻闕如之外，從豳風所代表的周初以降，至於厲、宣、幽、平將近三百年，黃河流域似乎歷經了一個寒冷轉向乾旱的氣候變化過程，見《中原文物》一九九七年第二期（一九九七年六月），頁七六─八二。

瀅潤的風物，來傳達某種對應於生存環境的憂心或甚至是對反於處境的想望。最明顯的，像是類似於「山有……隰有……」的種種「南（山）有……」的詩句，或稍作變化的如「終南何有」，這大抵描述南（山）之土物，以及「（信彼、節彼、陟彼）南山」、「南山（崔崔）」等，大抵是描繪南山形勢或指陳所在，同時還有不少所謂「南崗」、「南澗」或「南畝」出現於詩篇中；而其中如「南山」在《詩經》中總共就出現了十一次，[70]很明顯，作為地域、方位物象，「南」強過於其他東、北或西方。根據毛傳對於南山的解釋，或曰「周南山」、「齊南山」、「曹南山」，[71]亦即南山作為興情的物象，似乎不必然指實為哪一座山，這是否就意謂，這些重複短語或字詞指涉，反倒會與「南」方的關係更為密切？比如李炳海就從仰韶、龍山文化一直到被認為是周初的鳳雛遺址中，發現由於需要充分陽光以維持溫暖，黃河流域的房屋走向通常是座北朝南，開門所見必然先是南山，或是南畝等，而如「南有……」句式，大概也是這個「南」向的固定思維，因此詩歌起興時所應用的事物都不自覺的冠上「南」字。[72]這個說法觸及了黃土區的部分地域特色（如北方寒冷），但是似乎就忽略了西周時南國風土正與黃土區形成了氣候風土上的重要相對性，在山、木等事物名稱之前加上「南」字的用語習慣，其實可以進一步說是出自對於「南」字所引生的「瀅潤」的嚮往。如此，回過頭看〈四月〉一詩所提供的由「山有、隰有」至於與「南國」、「江漢」並列的風土描述，說明了詩人對於環境的回應不只是現成固定的景框擺設，黃土區與江漢地域的並置，同時是眼前、遠方與現實、想望的交互融會，當然所謂風土譬喻也就不能單單視作實證資料或語句因襲，而是成為一種可以觸動整體風土關係並引發意義投射的譬喻概念。

比如以下被認為代表黃土區域的詩句，像是「終南何有，有條有梅」（〈秦風・終南〉）、「南山有臺，北山有萊」（〈小雅・南山有臺〉）等，由其箋疏來說，或是認為高山宜有草木，或是認為有草木的才是高山，[73]似乎可以當作一般山林看待，但是再看到〈小雅・節南山〉所謂「節彼南山，有實其猗」，孔疏是如此詳細分析到：

> 草木之生而云山者，山出雲雨能生草木故也。……謂山俱以雨露潤之，均平而生，皆遍滿其中（「猗」，山谷）。[74]

孔穎達特別提出雲雨或雨露才是「山——林」景觀結構的關鍵，這即是上一節談到「山有……隰有……」時所強調的，黃土區僅有水分充足的山上或容易積水的低溼地才見森林或樹叢：如此說來，

70 可參考譚德興，〈論詩經之方位話語及其文化意蘊〉，《衡陽師範學院學報》二七卷四期（二〇〇六年八月），頁四五—五一，其中方位物象就專談南山。

71 參見〈召南・草蟲〉「陟彼南山」、〈齊風・南山〉「南山崔崔」以及〈曹風・候人〉「南山朝隮」句下之毛傳，分見《毛詩正義》卷一—四、卷五—二、卷七—三，頁五一、一九五、二七〇。

72 見李炳海，〈詩經中的空間方位選析〉，《中州學刊》一九九一年第三期（一九九一年五月），頁一〇五—一〇九。

73 分別參見箋疏，《毛詩正義》卷六—四〈秦風・終南〉、卷一〇—一〈小雅・南山有臺〉，頁二四二、三四七。

74 引自《毛詩正義》卷一二—一〈小雅・節南山〉，頁三九四。

這些草木茂盛的「南山」，同時代表雲雨豐沛、雨露潤澤的地區，當然，這些風雲雷電的種種徵候及其成效，才是決定「南山」景觀生成的關鍵性因素，也才是「南」作為溼潤象徵的發源。在此我們可以舉出兩首都關於「雷」的詩歌做比較。比如被認為是描寫宣王時期的〈雲漢〉一詩，[75]很明顯地呈現了西周中期以後黃土區的連年乾旱，所謂「旱既太甚，滌滌山川」，正是山無木、川無水的旱象，而所謂「旱既大甚，蘊隆蟲蟲」這兩句則正是草木焦枯、川澤枯竭的原由，傳箋曰：

蘊蘊而暑，隆隆而雷，蟲蟲而熱。（毛傳）

隆隆而雷，非雨雷也，雷聲尚殷殷然。（鄭箋）[76]

除了描繪宣王時期黃土區因乾旱而熱氣蒸人的情況，對於雷聲的分辨頗值得注意：聲隆隆則非雨雷，雷聲殷殷才能致雨。孔疏認為這是取〈殷其雷〉加以對照，以證明「雷同」而「事別」也。而〈殷其雷〉屬於〈召南〉，傅斯年曾指出二南詩篇多數屬於夷、厲、宣、幽之世，地理上則大抵是西周時所稱之「南國」，在黃河南、長江北、西不涉岐周，相當如今河南中部至於湖北中部一帶。[77]如此，時間上與北方黃土區進入極端寒冷乾旱的時期相當，〈殷其雷〉正可以代表西周中期以後的南土〈南國〉詩歌，其詩曰：

殷其雷，在南山之陽，何斯違斯，莫敢或遑。振振君子，歸哉歸哉。

殷其雷，在南山之側，何斯違斯，莫敢遑息。振振君子，歸哉歸哉。
殷其雷，在南山之下，何斯違斯，莫或遑處。振振君子，歸哉歸哉。[78]

這首詩的詩旨若如小序所言，是勸慰遠行的大夫戮力從公，那麼，後半段君子的從政遠行，當然就與篇首藉著殷殷雷聲所召喚的雲雨潤澤的「南」（山）所可能代表的遙遠的南土相互呼應。但是，更值得注意的是傳箋的說法，其實已經將地域性指陳（南——雲雨溼潤）轉換為譬喻概念的投射（雲雨潤澤——號令天下）了。毛傳所謂：「山出雲雨以潤天下」，也就不只如前引「南山有臺」、「節彼南山」所陳述的是自然景觀中的雲雨致生草木而已，而是將自然界的致（滋）生效用「看（說）成」政治上君王惠及天下的效用，所以鄭箋將可以致雨「潤天下」的雷比喻成號令，說是「召南大夫以王

---

75 見《毛詩正義》卷一八—二〈大雅・雲漢〉，頁六五八—六四。

76 引自《毛詩正義》卷一八—二〈大雅・雲漢〉，頁六六〇。

77 傅斯年說法參見傅孟真先生遺著委員會編，《傅孟真先生集》（臺北：國立臺灣大學，一九五二）中編乙詩經講義稿周頌說，附論魯南兩地與詩書之來源，頁一八—四四，以及國風分敘——〈周南〉、〈召南〉，頁七四—七八。而關於二南所代表的地域及成篇的時間，裴溥言曾經疏理漢、宋至於民國以來關於二南時地的種種說法，最後也同意傅斯年的看法，詳見裴溥言，〈詩經二南時地異說之研討〉，收入臺靜農先生八十壽慶論文集編委會編，《臺靜農先生八十壽慶論文集》（臺北：聯經出版事業公司，一九八一），頁七四三—八一。

78 引自《毛詩正義》卷一—四〈召南・殷其雷〉，頁五九。

命施號令於四方，猶雷殷殷然發聲於山之陽」。很明顯地，這裡的「潤澤天下」與「號令四方」是可以相互繫連，更確切地說，「南」（南山或南土）在此似乎已經成為良好的風土與政治彼此融為一體的場域代號，而雲雨溼潤在此也彷彿成為一個即將導引出這些生成作用（不論草木或天下）的行動者了。

換言之，當「南」成為一個帶引政治思考的場所概念，它必然也連結出另一個不僅止於地域風土的相關語境，所以不論是「南有」或「南山」這些短語的重複，與其說是套用，不如說是為了引入一個讓不同的意義環境同時顯現、聚集並融會的場所效應。在《詩經》中，將經營南土與號令天下或澤潤天下的譬喻關聯，表現得最為清楚的莫過於西周晚期宣王封申伯於故謝地一事，而我們也很容易可以在相關詩篇中，看到原本作為地域（如「南」）或相關自然現象的代表物（如「雨」），如何成為開啟一系列經營成果的序幕。〈大雅・崧高〉說到宣王先命召伯為申伯修築城邑、訂定賦稅，並且對申伯說到：

> 我圖爾居，莫如南土。[79]

鄭玄箋注曰：「謀女之所處，無如南土之最善」，這固然不無勸勉申伯、安定其心之意，但是如果參照〈小雅・黍苗〉對於召伯如何營築謝邑的描述，所謂「南土最善」，也許本來就應該包含風土這因素：

芃芃黍苗，陰雨膏之，悠悠南行，召伯勞之。……原隰既平，泉流既清，召伯有成，王心則寧。[80]

關於所謂「原隰」、「泉流」，鄭箋云：「召伯營謝邑，相其原隰之宜，通其水泉之利」，孔疏說到五土有十等，「獨言原隰者，以其最利於人」。[81]孔穎達所說的「五土十等」，概是如《周禮》〈地官・大司徒〉將天下土地分別為「山林川澤丘陵墳衍原隰」十等，又根據土地之住民、物產大別為五類，如原隰為一類，動物多屬淺毛的虎豹，植物多是枝葉叢生的萑葦一類，住民則較為矮胖等。[82]換言之，所謂「原隰既平，泉流既清」是通過對於南土（「謝」地）實際的觀察分辨，選擇水流清澈的平原或低溼地，不但適合動植、物的生長，當然也有利於民生。那麼，回過頭來說，一開始的「陰雨膏之」當然也不能脫離「悠悠南行」的背景，從西周中葉以後的連年乾旱看來，即便是當作比喻，也必須推源至於「向（嚮）」南的環境經驗。所以如蒙文通就認為〈黍苗〉、〈崧高〉等詩可以視作西周

79〈崧高〉一詩引自《毛詩正義》卷一八—三，頁六六九—七四，引文見頁六七二。
80〈黍苗〉一詩引自《毛詩正義》卷一五—二，頁五一三—一四，引文見頁五一四。
81 此處箋疏見《毛詩正義》卷一五—二，頁五一四。
82 參見漢・鄭玄注，唐・賈公彥疏，《周禮注疏》（臺北：藝文印書館，一九七九，十三經注疏本）卷一〇〈地官・大司徒〉，頁一四九—五〇。

末南向移民的描述，這正是因為北方大旱而江漢流域雨澤豐富，「人民流徙自然趨於南方」。[83]換言之，西周晚年號稱中興的宣王時期所進行的南向行動，在軍事征伐、政治控制或經濟目的之外，也不能忽略南國溼潤的風土對於周王室的吸引力。[84]如此，詩篇所以用「芃芃黍苗，陰雨膏之」開端，自然不能單純地視作眼前實景的描述，那其實可以說是早就設定好關係向度、充滿意圖的譬喻說法。

也可以說，正是根基於這樣的潤澤感所包含的美善想望，雲雨溼潤的風土狀態因此也可以反過來成為看待政經事務的一個有意味的框架。比如《左傳》襄公十九年曾記載范宣子賦〈黍苗〉，在座的季武子如此說到：

> 小國之仰大國也，如百穀之仰膏雨焉。若常膏之，其天下輯睦，豈唯敝邑？[85]

當時魯國的季武子到晉國答謝晉侯出兵伐齊，晉國主政的范宣子賦〈黍苗〉，以召伯喻晉君憂勞魯國。而在這樣賦詩言志的場合，「芃芃黍苗，陰雨膏之」既然可以溝通賓主雙方，讓季武子做出合宜的理解，可見藉助「百穀之仰膏雨」來譬擬「小國之仰大國」的確是合理而頗具共識的推衍。楊伯峻認為「膏雨」的「膏」字做形容詞用，而「膏」字做動詞即「澤也，潤也」，[86]而〈黍苗〉詩前小序認為此詩乃諷刺幽王，「不能膏潤天下」，[87]這明顯是將天下之望君恩，「想成」或「看成」百穀（或黍苗）之望天雨，而以雨水之潤萬物看待恩澤之潤及天下。進一步來說，「膏潤天下」已經成為一種自然風候與政治事務相互融會的意義架構，也可以說就直接是自然風候與政治事務這兩個原本不同的領域之間相互牽引、映照的縮寫了。

「膏潤」：譬喻的概括原則及其表達

一般我們從比喻或譬類來解釋「興」式詩句，重點偏向比喻「什麼」，而比較不探討「為什麼」是比喻；亦即比較急於論說人情史事，而往往將自然景物與人物事件之間的關係看得理所當然。雖然，我們有許多關於《詩經》名物的解說，但是就文學詮釋上，好像提供比較多如辭典、類書一般的查詢、參考作用，名物常常只是傳情達意的媒介，或者大多時候被認為是訓詁考證之學，而不與文學相干。比如本文所選取的明顯以自然景觀起興的兩組重複短語，一般最常注意到的是重複對於詩意的

83　見蒙文通，《古族甄微》（收入《蒙文通文集》卷二〔成都：巴蜀書社，一九九三〕）第一〈周民族之南移〉，頁四九—五六。蒙文通也提及江漢曾經結冰，不過，相較於北方大旱，雨澤豐富倒是沒問題。

84　比如周書燦，《西周王朝經營四土研究》（鄭州：中州古籍出版社，二〇〇〇）第六章〈西周王朝對南國的經營〉就主要是從政治控制、軍事征伐與掠奪銅礦來談周王朝經營南國的用心，見頁一四六—七八，本文則希望強調南國溼潤風土對於正值寒冷轉而乾旱的周王朝的吸引力。

85　引自《春秋左傳正義》卷三四「襄公十九年」，頁五八五。

86　引自楊伯峻，《春秋左傳注》（臺北：源流出版社，一九八二），頁一〇四七。

87　見《毛詩正義》卷一五—二〈黍苗〉小序，頁五一三。

加強，或者就認為這是反覆因襲的套語，即便談到自然景物的部分，大抵是草木蟲魚的辨識，或是南土、南國的地界，進一步大概就是引申出如「生得其所」的意旨；可是，這樣來談譬喻，也許提出了「一致」的說法（比如將「山有、隰有」都歸諸「生得其所」），但並不表示已經探討出這些譬類形成的「原則」。

所謂譬類的原則其實是作用在「越界」的關鍵部分，在格式上的起興與對應之間，或是題材上的自然景物與人情事理之間，越界的連繫必然難以單憑任一方發動或掌控；人情如果無法全然轉嫁到自然物，那麼，自然物又如何導引人情的興發或是如何聚結人情的流衍？如果我們稍微注意到有許多本來被分派為史學、地理學或氣候學方面的研究，所提出的有關於《詩經》所代表的地區之氣候、地形、地質等方面的成果，首先，會發現像「山有、隰有」的套語，並非隨意書寫眼前習見的景觀，選擇「山」與「隰」，背後牽涉黃土區的自然地質與雨量、溫度狀況，正因為山與隰才有充足的水分來生長樹林，因此成為最值得歌詠的珍貴景觀，也因此衍生期待相見或失其所望的憂傷；反過來說，《詩經》若代表長期傾向乾燥的黃土區，水資源當然極有理由成為景物譬類發展的根源。其次，我們也從這些古代氣候史的研究中，發現周代中葉以後，西周王朝所在的黃土區進入一個極端乾旱與寒冷的時期，而相對之下，南方的江漢地區則雨澤豐富，這使得我們重新思考許多嵌鑲「南有」或「南山」的重複短語，是否也應該有其嚮往溼潤的深層脈絡？尤其是被認為也產生於西周夷、厲、宣、幽之世的〈二南〉詩篇，如同何炳棣所指出，早就越過黃土區的南限，而遠達江漢，「在全部詩經中代表最南的地區」，[88]再加上如描述宣王經營南土的〈小雅〉諸作，那些南／北與乾／溼的對比，以及因為這樣的對比所引生的「南土最善」，明顯指稱一個風候與政經相融為一體的理想場域，甚至以雲雨潤澤比擬君王德澤，這時原本也許僅屬於南方的風土經驗，明顯擴大成為看待「天下」的框架，亦即看待整個（君／臣、王／國所在的關係）世界的方式。當然，這個架構下的「南」就如同「山、隰」，都不再只是地理方位或地形的指稱，而是融會了作為根源的水、雲雨、潤澤所滋生的仰望、期待、嚮往的心情，以及對應這心情所發展出的看待與論述事物政局的策略。

於是，從「山有、隰有」、「南有（南山）」這兩組以自然景物起興的套語看來，嵌鑲在套語背後的風土環境，顯然是構成譬類的最重要的基礎；但是，在人事與風土之間的連繫，又不僅僅透過篩檢表象的相似性而已。比如，「山有草木」、「隰也有草木」，但是我們並不能全在山、隰或其上所鋪排的草木種類去談，而必須推求一個可以總括這些現象的原則，否則就只能由「生得其所」去泛論「朝中有（否）君子」，而無法真切掌握獨獨選擇「山」與「隰」的理由，以及這個理由為何可以牽動是否符合期待的憂喜。所以，配合「南國」、「南有（南山）」的討論，逐步呈現「溼潤」或「潤澤」可能才是最能概括草木與人情兩類別之間的關鍵；溼潤是山與隰生長草木的關鍵，同時也是南向經營的主要原由，亦即溼潤成為促使這些系列物象（山、隰、木、草……）或事項（君子、南國、大小國）出現或發生關係的一個原動力。我們可以說「溼潤是好的」或「膏潤是好的」，也許才足以成為一個

88 何炳棣認為〈周南〉大概代表「洛陽向東南，經汝水，以達江漢這一地區，在全部詩經中代表最南的地區」，〈召南〉大概是終南山、秦嶺以南地區，「也越過黃土區域的南限」，見《黃土與中國農業的起源》，頁三七。

概括性的原則；亦即譬類的形成不只要注意譬類關係的兩端所具有的相似性，更必須召喚出譬類關係中最能會通並發動所有（衍生的）關係情境的要則——它一方面循風土經驗去具體地理解人情事理，一方面也將人情事理投射回自然景物，而形成「多義」的風土狀態。

而以下接著的問題可能是，若「溼潤」可以視為連繫譬喻兩端的概括領域，也可以說「溼潤」是感觸的所在，是興感的芻形，那麼，透過溼潤的感知，我們必須進一步去分析，語言表現是如何保證這溼潤的風土感知在連繫、越界上的有效性？在「山有、隰有」或「南有」這些重複句中，最值得注意的可能是「有」這個動詞。這個非動作的動詞，基本上可以表示兩個意思——占有、領有或是存在。[89]就前者而言，還可以用「無」表示「有」的否定，說明主語（所代表的人或物）究竟是否領有或具有賓語（所代表的人、物）；比如「夫民有好惡之情，而無喜怒之應」[90]、「人無遠慮，必有近憂」[91]等。至於表示存在義，如「南方有鳥焉，名曰蒙鳩；……西方有木焉，名曰射干」，[92]主語為處所名，表示這處所存在的人或物。這個表示某處所存在某物的「有」，並不必然與「無」相對，當然像是「庖有肥肉，……野有餓莩」，[93]這個「有」也可以在相對情況下以「無」取代，但是，《詩經》中出現的「山有、隰有」、「南有」，則類似「南方有鳥焉，名曰蒙鳩」，並非「有／無」之「有」，而是表示處所存在物，同時兼具定位與描述效果。

既然描述與定位相結合，這個存在物必然與處所形成一定的關聯，如果以「南有」為例，從「南土」、「陰雨膏之」（膏雨），到所謂「膏潤天下」等，這個連類取譬的方向，其實並非憑空虛設，而有其背後的風土感知。《周禮》〈地官・大司徒〉在談到川澤這類地形時，如此說到：

> 其動物宜鱗物，其植物宜膏物，其民黑而津。[94]

所謂「鱗物」概是以魚為主，就很容易令人想起〈南有嘉魚〉一詩，所謂「南有嘉魚，烝然罩罩。君子有酒，嘉賓式燕以樂」，[95]顯然就符合川澤多「鱗物」的描述，而如毛傳曰「江漢之間，魚所產也」，孔疏進一步發揮：「言南知江漢者，以言善魚。南方魚之善者，莫善於江漢之間。且言善魚者，謂大而眾多，多大之魚，必在大水，南方大水必在江漢耳」，並且認為此詩乃「取善魚以喻賢者」，是「以此罩魚喻求賢」。如此，這個「南——江漢——魚——賢」的連類，明顯不可脫離包含「川澤」在內的天下土物的分類知識。換言之，比對「南有嘉魚」與「其（川澤）動物宜鱗物」，其中的「有」字與「宜」字明顯意義相通，這個「有」字就意味著合宜且必然的存在狀況。那麼由「南

---

89 關於及物動詞「有」的用法分類，大致參考董治國，《古代漢語句型大全》（天津：天津古籍出版社，一九八八），頁七四—八一，一一二—一七，一四〇—四五。
90 引自梁啟雄，《荀子柬釋》（臺北：臺灣商務印書館，一九七九）下〈樂論〉，頁二八五。
91 引自《論語集注》卷八〈衛靈公〉篇，見宋・朱熹，《四書集注》（臺北：藝文印書館，一九八〇），頁四b。
92 引自《荀子柬釋》上〈勸學〉，頁三。
93 引自《孟子集注》卷一〈梁惠王〉上，《四書集注》，頁六a—六b。
94 參見《周禮注疏》卷一〇〈地官・大司徒〉，頁一五〇。
95 引自《毛詩正義》卷一〇—一〈小雅・南有嘉魚〉，頁三四六。

有」去類推「山有、隰有」，簡單翻譯就是「山隰宜草木」，我們也可以說，這些類似的句型在表達一種合宜且必然的存在狀況；在黃土區，高處的山以及低處的溼地都被預期應該可以見到林木草叢，草木與山、隰呈現彼此相得的存在狀態。

如此，本文所討論的「山有、隰有」、「南有」的句型，其實就可以說是一種關於譬喻原則的表達，「有」字不僅是將山、隰（主語）與林木（賓語）連繫起來，而且表示出一種連繫的意義——溼潤的所在，這意義讓這「處所——物」不只是物質實體的存在，而且呈現為一種基於地域知識、風土感知所適合的、應該的狀態，這個「有」是深深嵌入於一個合宜的生存環境中。正是「有」字，維持或體現了這個合宜的風土狀態，同時也引發或輻輳了相應於這個合宜、相得狀態的人情與政治聯想。

「興」情與譬喻架構

當然，任何一個譬類關係的建構，應該都不只是牽涉在關係中的兩端，很可能還需要藉助其他的事物關係，也就是說牽涉在多種關係系統之中。如果以「溼潤」或「膏潤」作為譬類關係中的概括領域，不但可以分別推出如「山、隰——草、木——君子」與「南——江漢——魚——賢」兩組南、北相對又相呼應的連類架構，而後者又可能是會通於更廣大的「水——川澤——鱗物——膏物（口味）——雨雷——德澤天下」的土物結構中。這當中除了人與環境互動所形成的生活經驗，當然也包含了社會性的交往與分享，乃至於形成語言使用上的共識，而可以進行事物的認知、分辨，以及連繫到相關的情感與看待政治的模式。換言之，看似簡單的以自然景物起興的譬喻，其實嵌合在一個個相互融會的知識與意義結構中。本文提出這個探討方式，可能也是反省所謂「興情」的一個途徑：如果不想浮泛地比喻人情，也不想忽略名物或只是進行博物知識的陳列，那麼，我們還可以有什麼途徑去重新詮釋「情——物」關係？這裡嘗試運用歷史地理學或古代氣候學的研究成果，使我們跳脫想當然爾的聯想，而必須關注詩篇所牽涉的居處環境；也因此發現，像「山隰——草木」所以類比「朝中——君子」，可能不單單是「有（無）」、「見（未見）」的問題，還必須從具體的「生存」體驗出發。當「有」或「見」是「生存」體驗（膏潤；德澤）的灌注與濃縮，「山、隰（有）」或「南（有）」等詩句才不會僅是反覆因襲的套語，而成為了安置（place）整體生存關係並讓這些地方充滿多層次意義與情態的發動者。

原作〈重複短語與風土譬喻——從詩經「山有……隰有……」、「南有……」重複短語談起〉，原刊《清華學報》新三九卷一期（二〇〇九年三月），頁一——二九。

第四章

替代與類推

當我們說到傳統的時候，我們總是懷抱一種長久的、屬於過去的設想，同時也可能認為這是完整一致的、可以作為範準的一種傳承。但是這當中顯然有矛盾之處，因為如果傳統總讓我們想起過去，其實等於是「現在」角度下的過去，也就是說是在我們的回顧行動中才形成傳統。那麼，我們就有理由去問，這是誰、又是在什麼條件、情況下去認定與選擇出來的「傳統」？又經過什麼隨時可能被誤解、挪借的過程，建立出這個其實可能搖搖欲墜的傳統？「傳統」若是逐漸建立出來的，它就理當無法僅僅屬於特定的哪一個時空環境，而可能是不同時代的不同集團所混合參與的成果，那麼它的界限——各種排除與不排除的成分、有效與無效的實踐、中心或邊緣的價值，都可以說是這個傳統的圖譜的一部分。這也許可以讓我們重新考慮傳統的意涵，那也許不是那樣鮮明、突出的，那樣堂皇而完備的主流，反而總是含融在重重疊疊、隱約浮沉，欲語還休、去而復來的環境中。

如果縮小傳統的涵括範圍，而只針對所謂中國文學的「抒情傳統」來說，自從陳世驤提出中國文學是「抒情傳統」以來，「抒情傳統」成為理解或評論中國文學的一個重要向度，甚至是唯一的向度。經由許多學者的討論，大抵認為中國抒情傳統在漢、魏、晉的發展，是趨向以「歎逝」的角度去觀察大自然，「從而賦予大自然以一種變動不居、淒涼、蕭索而感傷的色澤」。尤其古詩十九首幾乎成為「悲觀主義之祖」，也是後來魏晉詩的基調，更進一步說悲哀的詩人所看到的悲哀的自然，就是中國抒情傳統的主流。[1] 如果將「歎逝」、「悲秋」視為中國文學在兩漢魏晉間發展的主流，那麼很明顯地，「抒情」論述都會比較著重詩人主觀與個我情感的發抒，而在其中成為創作關鍵的「感物」或「興感（感物興情）」，也因此可以解釋為人（作者）因為面對四時萬物的變化所生發的感應。這種

「感物」說通常著重作者個人情志的內涵以及如何轉嫁到外物之上的過程與成效，如「言志」或「緣情」，以及「物我合一」或「情景交融」等。

我們可以說這種角度下的「感物」說與其所形塑的「抒情傳統」，是一種「主觀的表達感情的方式」，[2]物與我之間有明顯主從關係，「物」是為了「情」而存在，並且是在情志的聚焦範圍下被選擇、被呈現。面對這樣的說法，難免產生以下的疑慮：若以魏晉這種悲哀歎逝的感物說作為「抒情傳統」的主流，那麼，包括自《詩經》以來的先秦文學是否可以或如何納入這傳統；尤其在文體劃分尚不分明的先秦漢初，在「歎逝」「感物」說主導下的「抒情傳統」似乎難以關照後來被區分為詩、賦、諸子、史傳甚至神話傳說等彼此交錯牽涉的種種書寫。這個疑慮提醒我們調整思考的角度，亦即不只是要反省所謂「感物」說或「抒情傳統」界說的容納範圍與合宜性，我們可能要反過來探問，那些不是明白直接關係於這種「感物」說法，或難以被妥適納入所謂「抒情傳統」的種種書寫，它們是否也構成「傳統」或「文學傳統」；如果是，這是怎樣一種尚未為我們所熟悉的文學傳統，又是奠基

1 此處分別是綜合（日）吉川幸次郎與呂正惠的看法，前者見〈推移的悲哀——古詩十九首的主題〉，鄭清茂譯，發表於《中外文學》六卷四期（一九七七年九月），頁二四—五五；六卷五期（一九七七年十月），頁一一三—三一。呂正惠，〈「物色」論與「緣情」說——中國抒情美學在六朝的開展〉，收入中國古典文學研究會主編，《文心雕龍綜論》（臺北：臺灣學生書局，一九八八），頁二八五—三一二。

2 引自〈「物色」論與「緣情」說——中國抒情美學在六朝的開展〉，頁二九七。

在什麼樣的其他「感物」說之上所建立的傳統？換言之，我們也許要透過某些不全然相同的「情」、「物」對應或比合意義的方式，才能理解上古所謂「文學」是如何被認定、評定，從而具體來重寫這段出入於目前所謂「抒情」論述的上古「文學傳統」。

感物與賦詩

「物」為何進入「文學（領域）」，或在先秦到漢代這些可見的龐雜的書寫資料中，呈現什麼樣的「物」與書寫目的的關係，這可能無法只是將四時節物的變化當作興感的端緒，或單單用情景交融的創作準則就能解釋清楚。我們可以先從「感物」這詞語的運用來討論。「感物」固然可以描寫懷往傷逝，[3]但是我們也可以在班彪〈王命論〉或班固〈幽通賦〉看到這樣的用法：

> 是以王武感物而折契，呂公覩形而進女。
> 精通靈而感物兮，神動氣而入微。[4]

前一則是指漢高祖受命自天，醉臥之時常出現異象，後一則意謂人之神靈能感通萬物、深入精微；這兩個「感物」大概是指感應於神奇幽微之事物，而並不必然就與節氣變化的哀感相關，換言之，「感物」原本的意義指涉範圍可能大得多。像是班固在《漢書》〈藝文志・詩賦略・序〉又用了

「感物」這詞語，牽涉在一大段針對「賦詩」或「賦體」的發展概論中。首先，這可以讓我們發現，「感物」並不是只能用來說明詩歌或魏晉詩歌的寫作基調，它也可以被用來說明與「賦」相關的言語行動，其次，這裡的「感物」，還與當作動詞用的「登高能『賦』」相關，並不只是用以說明文體分類中的「賦」：

傳曰：「不歌而誦謂之賦，登高能賦可以為大夫。」言感物造耑，材知深美，可與圖事，故可以為列大夫也。古者諸侯卿大夫交接鄰國，以微言相感，當揖讓之時，必稱《詩》以諭其志，蓋以別賢不肖而觀盛衰焉。故孔子曰「不學詩，無以言」也。春秋之後，周道寖壞，聘問歌詠不行於列國，學《詩》之士逸在布衣，而賢人失志之賦作矣。大儒孫卿及楚臣屈原離讒憂國，皆作賦以風，咸有惻隱古詩之義。其後宋玉、唐勒，漢興枚乘、司馬相如，下及揚子雲，競為侈麗閎衍之詞，沒其風諭之義。是以揚子悔之，曰：「詩人之賦麗以則，辭人之賦麗以淫。如孔氏之門人

3 如陸機詩句：「感物百憂生，纏綿自相尋」、「感物情悽惻，慷慨遺安豫」，呂正惠因此將「感物」當作魏晉文學的主流，參見〈「物色」論與「緣情」說——中國抒情美學在六朝的開展〉，頁二九一。

4 分見梁・蕭統輯，唐・李善注，《昭明文選》（臺北：河洛圖書出版社，一九七五）卷五二〈王命論〉，頁一一二六，卷一四〈幽通賦〉，頁二九八。

用賦也，則賈誼登堂，相如入室矣，如其不用何！」5

由這段文字，明顯可見班固混雜了已經出現的各種關於「賦」的用法，可以牽涉歌誦的表達方式，也可以是關於外交辭令的技巧，或者是一種書寫體類，我們不能說班固不知道在漢代「賦」已經逐漸成為一種文類，我們反而要注意班固並不想捨棄這些古來的說法，而彷彿要為文類的「賦」保存或提供屬於動詞「賦」的相關背景；亦即，春秋時期的「賦詩」、「稱詩」，正是班固為了談論「賦」這種晚出的文體，所設定好的向度或位置。在這番雜揉中，其實就有建立譜系或傳統的深意，當然也就會出現帶有評價意味的典範追尋，雖然表面上看起來不過是引經據典的好古而已。

這段文字大抵可以分為前後兩個對比的部分，其實也等於是前後不同歷史時期背景下「賦」的施用效果的對比。前者設定在春秋時期，尤其標舉「稱詩諭志」、「登高能賦」的活動，後者則由戰國到西漢，以屈原「賢人失志之賦」為過渡，談到漢初賦家如何競相侈麗，而失去「風諭之義」。這時代背景之所以重要，是因為「賦（詩）」原本是一種士大夫的職分與材能，舉凡其中引發的相應感或觀盛衰的效用，其實都與這個「賦」的才能是否具有施用的場所制度，以及這言辭行動能否合宜地實踐相關聯。換言之，班固所以保留這個作為動詞的「賦」的發生背景，等於是為評價名詞的「賦」選定了依據；進一步來說，是班固所選擇的「登高能賦」、「稱詩諭志」這個角度，才讓名詞的「賦」這個文類的書寫（包括產生背景以及書寫形式等）被介紹或被連繫進入書寫的「傳統」之中，不論是褒揚、貶抑或期許的，終於也有了關聯性。

於是，如果「登高能賦」是一個選擇好的背景，那麼所謂「感物造端，材知深美」、「交接鄰國，微言相感」，就是其中的具體實踐，而其後不論是荀子、屈原的「惻隱古詩之義」或宋玉、相如的「沒其風諭之義」，都是就其實踐效果進行正、反評價。簡單來說，班固將屈原以下的書寫都視如「賦『詩』」行為，顯然還沒有站在文體類別上去切割詩、辭、賦的關係，反而是混雜不分而舉其同。因此，我們更要注意的是，班固為何認為這三者在「賦」這個行動上可以有共同評判標準？最明顯是為了風諭的目的，比如「別賢不肖、觀盛衰」、「作賦以風」或「沒其風諭之義」，但是，我們也不能忘了，「感物造端」云云，才是被認為最具風諭效果的實踐模式，換言之，後來被區別開來的這三種文體，其實在班固眼裡都應該具有一種共同的表達模式，以便達成他所期待的風諫。當然，我們因此就必須追究，「感物造端」在「登高能賦」的行動背景中，究竟是怎樣的一種合於班固心中所認定的表達模式。

「登高能賦」出自《詩》〈定之方中〉的毛傳，在「卜云其吉，終然允臧」句下，曰：

> 故建邦能命龜，田能施命，作器能銘，使能造命，升高能賦，師旅能誓，山川能說，喪紀能誄，祭祀能語，君子能此九者，可謂有德音，可以為大夫。[6]

---

5 引自漢・班固，《漢書》（臺北：鼎文書局，一九七七）卷三〇〈藝文志〉，頁一七五五—一七五六。

6 引自漢・毛公傳，鄭玄箋，唐・孔穎達正義，《毛詩正義》（臺北：藝文印書館，一九七九，十三經注疏本）卷

這段說明列舉作為士大夫應該具備的語文才能，同時依據不同場合與事務來劃分各種語文表現。很明顯，這裡的「賦」與「誓」、「說」、「語」、「誄」、「名」一樣，都是動詞用法，代表政治場合中的一種語言行動，還不是後代的文體分類，當然也不可能是魏晉以後屬於個別作者登高望遠的創作體驗。周勛初就曾經批評此處的孔疏所謂「升高有所見，能為詩，賦其形狀，鋪陳其事勢也」，[7]根本是將魏晉以後登高賦詩的後起之意，與先秦此處的毛傳經說強行組合，忽失了「升高能賦」原本是包含在「登堂」、「登壇」等禮節儀式中的賦詩行為。[8]從這個角度來說，我們因此也必須將班固所謂「感物造端」放在「交接鄰國，以微言相感」的禮儀中來理解；換言之，「賦」詩是一種隨順政治社交場合的變化，而彼此相互回應、協調的「對話」行為，[9]這行為的重點不在表述詩句原意，反而是配合樂歌伴奏，而讓所截取的詩句作為表達的媒介，或者說讓詩句成為一己意旨的替代品。朱自清就明白說到「賦詩言志」多出現在外交場合，都不是自作詩，只是「借詩言志」，就是「以現成的詩合自己的意」。[10]

於是，首先，班固這裡所謂「感物」不必是後代文學創作中的觸物而興感，此處之「物」不見得已經成為與「心志」相對的自然界，或是與人情相互交感的客觀對象，[11]反而可能就是政治場合、禮樂儀式中的種種被託付的任務或者被預期的表現；換言之，「感物」在此著重的可能不在於魏晉以降強調的物、我相周旋，而是事境中的人、我關係的相周旋，尤其是如何在借代的現成詩句中相互理解、拉鋸與應答。而所謂「以微言相感」的重要性這時也就浮現出來，因為那「微言」隱意不全然是詩篇本來所具有，而是交接往來中被認為說得合宜的詩句，而且可以形成理解與感通；亦即，在賦詩活動中真正要著力的可以說就是使用者、聽者在當場如何憑藉所借用的現成詩句而完成意義上的有效「傳譯」。這傳譯並非單純地一對一的平行對應，因為，賦詩斷章，這些現成詩句顯然是片斷的，必須經過說（誦）、聽雙方重新賦予意義的過程，才會從片斷勾勒出整體，「借代」的詩語也才能順利「替換」成說者的志意。所以，我們也許可以說，「感物造端」以至於「微言相感」的過程，毋寧就是在考驗這個替代（substitution）功能能否達成。

在班固看來，荀子與屈原所作的「失志之賦」，或宋玉以及漢代賦家等「沒其風諭之義」的作

三—一〈定之方中〉，頁一一六。

7 引自《毛詩正義》卷三—一〈定之方中〉，頁一一七。

8 詳見周勛初，〈登高能賦說的演變和劉勰創作論的形成〉，《魏晉南北朝文學論叢》（南京：江蘇古籍出版社，一九九九），頁一三七—四九。

9 參見張素卿，《左傳稱詩研究》（臺北：國立臺灣大學出版委員會，一九九一）〈賦詩的界定與稱詩研究〉，頁五一—七九。

10 見朱自清，《詩言志辨》（臺北：臺灣開明書店，一九七五）「賦詩言志」，頁一四—一九。

11 顏崑陽早就切要地指出，先秦時代「物」在文學批評中極少被觸及，主要是配合心志的表達作用，為心志所收攝、所決定，但是，漢代大賦，出現了一個與「心」相對的客觀世界，「物」顯然已經成為被鋪聚經營的「對象」了。參見〈漢代「賦學」在中國文學批評史上的意義〉，收入國立政治大學文學院編輯，《第三屆國際辭賦學學術研討會論文集》上冊（臺北：國立政治大學中文系，一九九六，頁一〇七—三五），頁一三三—三四。

品，是失去了「賦（詩）」行動所要求的對話環境，以至於無法完成「賦（詩）」行動的替換效果。很明顯，這不是直接評論《詩》（或《楚辭》或漢賦）的書寫模式及其效應，而是談論借詩、用詩當中的詮解（包含使用者與聽者）與造成的聽聞效果。至少在〈詩賦略〉序文中，並不是直接針對作品進行分析與詮釋的文學批評，而是出現延續先秦賦詩行動中關於「替代」功能的一種觀點，同時悄悄地由原本的借詩言志的技巧，轉而也要求屈、宋以及相如、揚雄等人的書寫對於閱讀（或閱聽）者來說，也應該具有這樣相感而諭志的對話效果；亦即，「替代」效應不只是存在於賦詩對話的語境中，也被挪借來評斷《詩》、〈騷〉或賦等文體環境中的成效，可以說「替代」原則是從對話功能轉移到文體批評的。而最明顯的例證是出現在班固之後的王逸針對「〈離騷〉之文」的看法：

〈離騷〉之文，依託五經以立義焉：「帝高陽之苗裔」，則《詩》「厥初生民，時惟姜嫄」也；「紉秋蘭以為佩」，則「將翱將翔，佩玉瓊琚也」；「夕攬洲之宿莽」，則《易》「潛龍勿用」也；「駟玉虬而乘鷖」，則《易》「時乘六龍，以御天也」；「就重華而敶詞」，則《尚書》咎繇之謀謨也；登崑崙而涉流沙，則《禹貢》之敷土也。[12]

王逸原本是為了反駁班固所認為的「（屈原）露才揚己，怨刺其上」，所以藉助上述這對話來證明屈辭的「優遊婉順」；亦即以《詩》、《易》、《尚書》等經典作為依據，來詮釋屈辭乃源出經典系譜的典範地位。而在這篇敘文開端，也說到屈原忠而被謗，憂思愁苦，「獨依詩人之義而作〈離騷〉，上以諷諫，下以自慰」，那麼「依託五經以立義」應該就是「詩人之義」的具體化實踐。由所謂「作〈離騷〉」當然可見王逸是站在作者與創作書寫的角度來說，但是，如果對照先秦賦詩的相關記載，會發現王逸的看法與賦詩、用詩的言說策略極其相近，比如《左傳》襄公二十七年這個常見的例證，當時鄭伯設宴款待趙孟，並以鄭國七子作陪，七子賦詩與趙孟應對如下：

子展賦〈草蟲〉，趙孟曰：「善哉，民之主也！抑武也，不足以當之。」伯有賦〈鶉之賁賁〉，趙孟曰：「牀第之言不踰閾，況在野乎？非使人之所得聞也。」子西賦〈黍苗〉之四章，趙孟曰：「寡君在，武何能焉。」子產賦〈隰桑〉，趙孟曰：「武請受其卒章。」子大叔賦〈野有蔓草〉，趙孟曰：「吾子之惠也。」印段賦〈蟋蟀〉，趙孟曰：「善哉！保家之主也，吾有望矣。」公孫段賦〈桑扈〉，趙孟曰：「匪交匪敖，福將焉往？若保是言也，欲辭福祿，得乎？」[13]

七子借用現成詩句表達，而趙孟將他們的心意傳譯出來，就如同王逸認為屈原是將《詩》、《易》、《尚書》中的字句傳譯出來是一樣的；在賦詩場合中，現成詩句與聽者的解讀同時呈現，就如

12 引自漢・王逸，《楚辭章句》（臺北：藝文印書館，一九六七）卷一〈敘〉，頁七七。

13 引自晉・杜預注，唐・孔穎達等正義，《春秋左傳正義》（臺北：藝文印書館，一九七九，十三經注疏本）卷三八，頁六四七—四八。針對這段賦詩應對的解釋，可參考張素卿，《左傳稱詩研究》，頁六四—六五。

同王逸將屈辭與經典中的字句並列一樣，是企圖顯示在藉詩語表達己意或自鑄新辭以印證詩語這兩方面都成功進行了兩相彷彿的「替換」。當然我們也可以發現其間的差異是，除去題材上由外交盟會到個人際遇的轉變，當替換手法由賦詩場合轉移到文體批評，因為當面對話、彼此周旋所可能產生的對於詩句意旨的靈活取捨或甚至是隨機比附等，都失去了存在的條件，王逸在詮釋上的權威因此擴大，完全由他來固定化屈辭與經典字句之間的關聯，替換手法在這裡不再是隨變適會地去編織詩意、去溝通心意，而是為了定位屈辭源出經典的文體構造以及詮釋準據。

作為逐步固定化的詮釋準據，在王逸〈離騷經．序〉裡，「替代」法則有了更細緻的運用，如：

〈離騷〉之文，依《詩》取興，引類譬諭，故善鳥香草，以配忠貞；惡禽臭物，以比讒佞；靈修美人，以媲於君；宓妃佚女，以譬賢臣，虯龍鸞鳳，以託君子；飄風雲霓，以為小人。[14]

《楚辭章句．敘》裡只是並列（經典）成詞與屈辭，提供兩相彷彿的意義聯想，而這裡則進一步將〈離騷〉當中的意象群加以分類，而且明白區分其價值判斷，亦即，王逸有意在物象與人德之間建立一種關聯性，雖然並沒有確切的解釋。所謂「依《詩》取興」、「引類譬諭」，很顯然王逸就是在為〈離騷〉中的意象使用，找出《詩》「興」來作為背書，並且利用劃分好的意象類群，來化約「興」義的「替換」性理解，比方說「香草／臭物」就是可以被「忠／佞」所取代，而「龍鳳／飄風」則可以被「君子／小人」取代；那些寫出來的都可以順利替換成未直接說出的意志。余寶琳曾經仔細分析王逸對於楚騷的看法，指出王逸就是以「替代意象」（substitutive images）來總括《楚辭》的書寫法式，並且認為王逸對於《楚辭》的這種「替代意象」的解讀，影響到後來鄭玄對於《詩》的箋注，亦即是王逸的注〈騷〉影響了鄭玄箋《詩》，一般被認為後起的《楚辭》的詮釋，反倒影響了早期《詩》文本的解讀。當然，余先生也注意到毛傳並非沒有關於意象類比的說解，只是相較之下，不像王逸之後的鄭玄，那麼大規模去強調「喻」的功能。[15]余先生這個觀點深具啟發性，它倒轉了一般先由《詩》之箋注再降至於〈騷〉之章句的文學批評的考察，而認為王逸注〈騷〉是古典文學詮釋（如比、興）的開啟者，這也促使本文透過王逸去連結上班固，嘗試將「詩人之義（王逸說〈離騷〉）」放在「古詩之義（班固說〈離騷〉）」的源頭背景——賦詩行動中一起考量，也許可以考察出古典文學批評更早的源頭，不但王逸早過鄭玄，還有班固早於王逸，而為所謂「替代（意象）」功能提出更早的言說實踐。

---

14 引自《楚辭章句》卷一〈離騷經・序〉，頁二一。

15 詳見Pauline Yu, *The Reading of Imagery in the Chinese Poetic Tradition* (Princeton: Princeton University Press, 1987), pp. 114-17。余先生在本書中特別由三方面對比中西文學的所謂「意象」，其一，中國文學的「意象」並非由模仿而來，「意」與「象」因此不是二分，反而彼此緊密相連結；其二，因此在中國文學中，「象」並不是「意」的假代，而是「意」的豐富體現，是「意」與「象」相互作用（interplay）的結果；其三，在中國，「意象」還根植於「類應」作用，同類之間的相應和成為意義的來源。見ch. 1, "Setting the Terms", pp. 37-43。這些基本界定，使其所謂的「替代意象」，不是一個象徵符號，而是意象本身就是價值的所在。

比興與替代意象

我們面對的問題因此在於，如果認同余寶琳所說，因為王逸注〈騷〉才促使後來鄭玄這麼大規模地用「喻」（所謂「興」的作用）去箋注《詩經》，那麼，顯然要談論這個時期的文體批評，真正具體成形的並不是《詩》的詮釋，反而是〈騷〉的詮釋，更具體地說，其實是「替代意象」在一開始就主導了不論是《詩》或是〈騷〉的書寫模式的探究；甚至更進一步說，先秦賦詩行動的「借詩言志」——「以現成的詩合自己的意」（朱自清語），這個由「借用」到「替代」的作用，關注了意義的表出，其實可以靈活地在兩種語言中交流引動，可以是經典成詞與聽者所領會的聯合產物，或是作者自鑄新詞卻織鏤著經典古詞。這聯合或織鏤，不但印證了「用詩」或「讀詩」都先於「作詩」，甚至對於「作騷」或後來的「作詩」的創作法則的論述，其實也隱含著早先因為朝廷職務、外交禮儀的需要，而利用經典成詞來「替代」心志的認知與實踐背景。

當然，「替代」作用在口語對話與文字書寫中是有差異，口語對話中的「替代」作用，唯有在當下這一次是有效的，但是在文字書寫與閱讀中，這「替代」卻被認為可以持續作用在類近的描述上。而問題也就在這裡，這類近的距離遠近，在當下對話中是可以透過情境線索（比如參與宴饗者的親疏關係、高下地位、語氣轉折等）來彌縫，但是一旦失去對話的情境線索，原本兩類之間的距離難免就會出現難以彌縫而勉強牽合的疑慮。[16]後代針對「比」、「興」的定義及其異同的許多紛擾，正因為已經是站在詩篇修辭法來看待，於是被捲入不斷衍生的修辭手法的討論與詩語詮釋中。但是，如果回過頭去，注意到「賦詩」對話才是「比」、「興」的根本源頭，那麼這個斷裂處所牽涉的，更應該是口說背景與書寫背景之間的離合增減，而不僅是後起的書寫背景中的紛紜喧譁。[17]然而，這並不表示我們要在後代書寫中「復現」口說的環境，而是必須正視鄭玄等站在文字書寫的角度，為了相對於口說脈絡而來的新發展。

於是，如果要從「替代」這個角度，重新檢視賦詩與比興之間的異同，那麼就必須將兩者應用「替代」的模式確立出來，首先，以賦詩而言，大抵可以說是在說者與聽者之間，而毛、鄭箋注中出現的（比）興，則主要是在興（句）與應（句）之間；其次，後者的討論明顯是放在文本中，而不同於口說當場；再其次，賦詩對話中的挑戰是詩語的引用，而傳箋中則在於詩語的詮釋，換言之，前者

16 朱自清認為毛傳比興說受到《左傳》的影響，但是一旦失去晤對場景，有時便令人覺得無中生有，見《詩言志辨》〈比興〉，頁七〇。

17 周英雄，〈賦比興的語言結構——論早期樂府以鳥起興的象徵意義〉文中，將「比」、「興」分別以「替代（或稱選擇）」、「合併（或稱接連）」來指稱，並認為「興」所屬之合併法，讓詩人在應用上享有極大之自由，並無詩法規章可循，在遠古社會中也許容易形成物我不分的整體聯想，但是魏晉之後物我一體觀念日漸消失，「興」的說法更不容易理解了。詳見《中國文化研究所學報》一〇期（一九七九），頁二七九—三〇六。而本文則認為，周先生的說法已經是站在將「比」、「興」看作詩詞修辭法的立場，卻不是從形成、發展的過程來探索「比」、「興」的發源，本文認為，「賦詩」行為若是毛傳、鄭箋提出「比」、「興」的源頭，那麼讓「比」、「興」攪擾不清的最重要原因，就是一個對話背景的失落。

在於能不能及時又通達雙方地引用，後者在於能不能建立興／應之間的合理、有效的關係。就這兩種「替代」模式來說，最明顯的相同處，是根基於兩個看似平行物之間的關係拉引，而賦詩場合中的「說者」與傳箋中標出的「興句」，其實都肩負著一個召喚聯想的功能，說者必須接引聽者進入一個可以溝通無礙的語境，而興句必須讓應句接續得理所當然。換言之，就賦詩來說，所賦引的詩句就像一個指路標，聽者輕易地辨認並且遵循這個語境的發展；同樣的道理，興句也必須像一道橋梁，提供從興句跨越到應句的管道。先秦士人對於《詩》的閱讀、熟悉乃至於交接應對中的隨手徵引、借用，前引班固《漢書》〈藝文志〉早有總說，正是在如此熟悉上手的背景裡，賦詩應對成為可能。於是，當毛、鄭的詮釋明顯也植基於類似賦詩的「替代」法，我們就必須追問，興句與應句的對應所以可能的關鍵是什麼？如果熟悉的《詩》句是啟引聽者參與的關鍵，毛、鄭箋注提供什麼來保證「興句」具有召喚回應的功能？

底下就以〈湛露〉為例來進行討論。《左傳》文公四年記載衛國甯武子到魯國來，文公在宴飲當中賦詩兩首，分別是〈湛露〉與〈彤弓〉，甯武子不辭謝，也不賦詩回應，後來派人私下探問，甯武子的回答裡，暗示這兩首詩是天子宴饗諸侯時才能使用，文公賦此二詩顯然不合乎禮儀。其中，針對〈湛露〉這首詩，甯武子如此回答：

> 昔諸侯朝正於王，王宴樂之，於是乎賦〈湛露〉，則天子當陽，諸侯用命也。18

這是將賦詩與禮樂相互結合，亦即在甯武子看來，賦〈湛露〉是諸侯正月朝見天子，而天子設宴奏樂的當下，一種符應臨場所要求的君臣倫理的行為，甯武子的不回應，正是「不合禮」的委婉批判。當然，可以說因為〈湛露〉的既有認知，才讓文公、甯武子所在的這個場合中的彼此交接具有（合禮與否的）意義。但是，受《左傳》賦詩取義所影響的毛傳、鄭箋進一步是這樣解釋的：

毛傳：（「湛湛露斯，匪陽不晞」）興也，湛湛，露茂盛貌，陽，日也，晞，乾也。露雖湛湛然，見陽則乾。

箋云：興者，露之在物湛湛然，使物柯葉低垂，喻諸侯受燕爵，其儀有似醉之貌，……唯天子賜爵則貌變，肅敬承命，有似露見日而晞也。[19]

《左傳》所載甯武子的說法，似乎只有取用〈湛露〉所謂「匪陽不晞」一句，就發揮成「天子當陽，諸侯用命」的意思，並不需要細察其中原由；而毛傳則如同字典、辭典般逐一分析，企圖指出每一個字、詞所代表的物與物理（如露水與太陽的關係）。至於鄭箋，在毛傳的基礎上，不但進一步指出「物」所存在的狀態，如露水造成枝葉低垂的模樣，同時還將物理、物態與人的情貌、儀態相連

18 引自《春秋左傳正義》卷一八，頁三〇七。
19 引自《毛詩正義》卷一〇—一〈湛露〉，頁三五〇。

結，所以露低枝葉如沉醉寬縱之威儀，而露見日而乾，則如諸侯受命而馬上變得恭謹肅敬的樣態。傳、箋所著重而賦詩當時並未細究的部分，正是相對於斷章取義而擴增的生活經驗，尤其是以「物」為中心所引發的感官認知、這些感知所連繫的理路以及這些理路所構成的意義。

那麼，我們也許可以說，是被這些物理、物態以及情貌所構成的關係網所定位的「物」，正是讓「興句」中的召喚獲得保證的關鍵；換言之，如果賦詩活動中的「聽者」因為對《詩》句的熟悉而能回應與轉折，那麼，「應句」的聯想也應該是在熟悉的「物」的關係網中，才能激發如同毛傳、鄭箋所期待的比興領會。當然，這裡就出現了賦詩與比興這兩種替代關係最重要的差異，在賦詩場合中，所進行的其實是語言的替代，也就是用已知、熟悉的語言代替未說出（而後來可能由聽者說出）的話，而毛、鄭所認為的替代作用，則是利用已知的、定名的「物」知識，來替代未直接表明的部分。前者重在語言的借用是否妥適，後者則必須有「物」知識作為背景，同時，讓「物」直接成為情志的代言。根據前一節所描述，這顯然歷經了一個發展過程：先是班固由賦詩角度開啟對於《詩》之後的騷、賦體的評價，引入了對話中的替代作用；其次，是王逸剛好用了兩種替代方式來討論〈離騷〉，一是「夫〈離騷〉之文，依託五經以立義」正是講《詩》、〈騷〉間語言的近似與替換，而「〈離騷〉之文，依《詩》取興」則是指出屈原如何利用善鳥香草或惡禽臭物等「物」，來替換性地表達君臣關係或賢愚忠佞的道德判斷；王逸的前一種說法接近賦詩的作用，而後一種說法顯然為鄭玄所繼承，鄭箋中於是大量以「喻」的方式，建立了「物」與情志的關係連結。

這個「物」知識體系，當然前有所承，比如鄭箋中所牽涉的時物知識、禮儀規範或歷史傳說等，但是鄭箋這個比興替代的建構，更重要的意義應該在於，它成為一種由口說到書寫的轉折的代表；「語言替代」所在的人情交接、事件臨場，於是被文字所鋪設的「物」及其類分與連繫的世界所取代。這個轉折影響所及包括：其一，對於《詩》的詮釋，尤其針對一首詩的詮釋，在鄭箋的說法裡顯然認為應該要有與情志相應的可見的、固定的「物」，可以說是要有可見、確切的「替代」意象，這不同於口說場合中的賦詩，往往只是斷章取義，不必然引用整首詩，當然也不必然要提出固定的意象分析；其二，透過這個意象，讓興句與應句之間形成可以理解的關聯，而賦詩中所引用的詩句則不必然引發符合說者期待的聽者反應，顯然是「替代意象」而不是「替代語言」，才能成為主導理解的保證；其三，所以能保證理解的有效，主要因為意象「物」是在範圍明確的文本中建構意義的線索，而賦詩斷章的取義僅僅屬於說者自己，每一個賦詩者都可以彎曲或歧出這個意義線索；最後，我們發現賦詩取義由於在各個不同說者之間轉換，後一個說法不必然要去印證或接續前一個說法，如前引《左傳》襄公二十七年所載戰國七子與趙孟交接所賦的詩，子展首先以「君子」比趙孟之讓人嚮慕，但是接下來的伯有則藉賦詩來表達對君王的怨懟，這與子展所賦完全沒有連繫，因此賦詩當場出現的所有「替代語言」很難構成一致的意義，而鄭箋所認為的比興，則透過對於所興之「物」的定位——包含物態、物理及其與情貌的相似性，從而規範了「興句——應句」之間的連繫，也一致化了整首詩的解讀方式。

推類與賦誦

如果班固、王逸至於鄭玄在《詩》、〈騷〉批評上，明顯挪借了賦詩所採取的「替代」作用，讓已經熟悉的「物」知識替代所要表出的情志，就如同已經熟悉的詩句替代未說出的話，那麼，中國文學批評所受惠於賦詩活動的，正在於透過「替代」作用所形成的兩相對應的解讀、詮釋模式。尤其從語言的替代，到「替代意象」的出現，不但經歷了由口說到書寫的發展，更重要的是，「物」與「情」分屬不同領域，如果要連結這兩個領域，一方面必須透過生活經驗反覆包裹、不斷擴增「物」的感知體系，另一方面必須讓文字指涉的「物」質化，被熟悉且認可，如此，才可能保證「替代意象」的「實體化」，並且具有召喚生活經驗與情感狀態的功能。

如前述，鄭玄以「喻」說「興」詩，很可能是受到王逸以「（詩）興」說〈騷〉的影響，不過再仔細追究，會發現這種串連「物」與「情」的嘗試，有更早的例子。《詩》〈蘀兮〉「蘀兮蘀兮，風其吹女」句下，鄭箋根據毛傳所謂：「興也，蘀，槁也，人臣待君倡而後和」，而說到：

> 木葉槁待風乃落，興者，風喻號令也，喻君有政教，臣乃行之。[20]

以「喻」字說詩，顯然是透過比類關係來連結兩者，例如此詩中的「風吹葉落」與「君令臣行」，亦即兩者之間存在著相似性，枯葉等待風來吹落，就如同臣屬必須依君令而行政，其中有一種共通的先後從屬關係，這種比喻似乎可以歸屬於所謂「明喻」，即透過「如」、「似」、「比」所連繫的雙方。但是，如果注意到鄭箋所謂「風喻號令」可能出自《逸周書》〈時訓〉篇所說的：

風不解凍，號令不行。[21]

風與號令是不相同的兩個領域，但是他們的關係並不是以「風『如』號令」的方式表述，而是以「風『即』號令」的方式呈現；接續「風不解凍」的並非自然現象，反而直接產生「號令不行」的行政結果，這不但是由自然現象來看待人文現象，同時自然現象與人文現象彷彿可以相互指代，亦即這兩類現象是並非各自孤立，而是同步應發。如果鄭箋的「風喻號令」的確如同〈時訓〉篇所述，早已經是「時物」體系中的一種常識，那麼，鄭玄所用的「喻」字，不必然只是明喻，還可能也是「隱喻」，「風（解不解凍）即號令（行不行）」，不但召喚時節感知，也引生政治擬測，這是彼此相應的整合說法。另一個例子如《詩》〈黍苗〉，「芃芃黍苗，陰雨膏之」句下，鄭箋曰：「興者，喻天下之民如黍苗然，宣王能以恩澤育養之，亦如天之有陰雨之潤」，[22]表面上看來似乎也是說「陰雨之潤

---

20 引自《毛詩正義》卷四—三〈擇兮〉，頁一七二。

21 引自黃懷信等，《逸周書彙校集注》（上海：上海古籍出版社，一九九五），頁六二三。

22 引自《毛詩正義》卷一五—二〈黍苗〉，頁五一四。

『像』宣王恩澤」，但是同樣在〈時訓〉篇也說到：

大雨不時行，國無恩澤。23

這是相對於季夏大暑時「大雨時行」的景況，若是「大雨時行」，則腐草中有飛螢、天熱而土潤，而這裡既然說「大雨不時行」，本來就該是相對的「腐草不為蠲」、「土潤不溽暑」，然而，〈時訓〉篇在「大雨不時行」後的總結卻是「國無恩澤」，直接將屬於自然環境的「天時」，與屬於政治局勢的「人和」綰合在一起；就像〈時訓〉篇提及小暑時節是「溫風至」，若「溫風不生」則「國無寬教」，也一樣是由節氣時物的角度去理解或測度人世時局，這「溫風生不生（至不至）」的節氣經驗，就疊合了國政寬嚴的感受而一併體現。

於是，鄭箋中大量使用的「喻」字，可能不只是「如、似」所構成的明喻，而同時具有「即、是」的隱喻背景。這種整合兩個不同領域的隱喻性趨向，顯然可以追溯到像是（最晚成於）戰國的《逸周書》〈時訓〉，這不僅是時物知識的彙整，也提供了看待與連結世界的熟悉模式，降至於王逸、鄭玄用來詮釋《詩》與〈騷〉，我們可以說這種跨類的「（時）物」、「情（事）」之間的隱喻推導，早就為中國文學批評中所謂「情以物興」、「物以情觀」等議題，提供了深遠的發展脈絡。然而，我們因此也可以思考以下的問題：當這種隱喻向度蓬勃發展，這種在「物——情」兩類之間進行隱喻連結的模式，也必然引導了先秦至於兩漢期間看待世界乃至於解讀或詮釋文學的方式，而任何詮釋權的形成，當然都不可避免造成排擠或刪除他者的效應。

以班固為例，當他在〈藝文志．詩賦略．序〉中，站在「賦詩」對話的立場，去評價後來興起的「賦體」時，即不可避免地透過如前文所述的「替代」的功能，去看待無法形成「稱詩諭志」、「微言相感」的漢代大賦，而給予所謂「競為侈麗閎衍之詞，沒其風諭之義」的評斷。關於「侈麗閎衍」，為什麼就不符合賦詩替代的標準，班固還引用了揚雄所謂「詩人之賦麗以則，辭人之賦麗以淫」加以說明，並且在《漢書》〈揚雄〉傳中曾如此記載：

雄以為賦者，將以風也，必推類而言，極麗靡之辭，閎侈鉅衍，競於使人不能加也，既乃歸之於正，然覽者已過矣。[24]

顯然班固所歸納的「侈麗閎衍」，就如同揚雄所說的「閎侈鉅衍」，因此揚雄所謂「必推類而言」，在「極麗靡（之辭）」、「（競於使人）不能加也」的表現下，似乎也就異於賦詩「替代」中的兩相對應。尤其揚雄的說法裡，似乎透露當時作賦者有一種認定，認為賦體為了要諷諫，「必」須用「推類」——亦即類推的法則，同時還是極度廣遠的類推，才能達到效果，卻沒有料到最後的「歸之

23 引自《逸周書彙校集注》，頁六三七。
24 引自《漢書》卷八七下〈揚雄〉傳，頁三五七五。

於正」，往往失去該有的吸引力。顏崑陽認為揚雄所謂的「推類而言」其實是最能區分「賦」與「詩」在文體型式上的不同，[25]的確後來如曹丕在〈答卞蘭教〉說「賦者，言事類之所附也」，又如皇甫謐在〈三都賦序〉說到「觸類而長之」等，[26]也都指出賦體在「推類」上的特色，但是，仔細看來，絕大多數漢人並未正視這個與詩有別的特色，反而是著意在與《詩經》拉連關係，一直以《詩》之比興，做為賦體構造之原則。

如果班固的說法的確繼承揚雄的觀點，很明顯班固不但同樣不推許這種極度推類的模式，同時還採取賦詩行為作為規範，用「賦詩」手法去對比「作賦」手法的缺陷，更不用說像是鄭玄、劉熙等人針對「六義（或稱『六詩』）」的解說中，「賦」如何被安插在「作詩」手法之中而顯得格格不入了。鄭玄在《周禮》〈春官‧大師〉「教六詩」句下注曰：

> 教，教瞽矇也。風，言聖賢治道之遺化也；賦之言鋪，直鋪陳今之政教善惡；比，見今之詩，不敢斥言，取比類以言之；興，見今之美，嫌於媚諛，取善事以喻勸之；……。[27]

而鄭注也引鄭司農所謂「比者，比方於物也；興者，託事於物」來補充，可以說「比」、「興」的書寫模式都是藉事、物來「替代」褒貶之意，如同借用現成詩句而不直接吐露情感的賦詩方法，仍然是在兩相對應的模式中。而同樣是東漢末年的劉熙在《釋名》中也針對「六義」如此說：

> 興物而作謂之興；敷布其義謂之賦；事類相似謂之比……。[28]

不論是興於物或比於事，詩之「比興」總是被定位在連結兩個不同領域，而且專注在「情——物」應和上，難怪孔穎達在疏解〈詩大序〉的「詩有六義」，不但全數接受鄭玄、鄭司農的說法，也直接就認為「詩文諸舉草木鳥獸以見意者，皆興辭也」，彷彿正是為這一路發展下來的「情——物」比喻（或隱喻）模式，做了最簡要的釋名章義。早有學者注意到，漢人並未直接引「六義」之「賦」去說「賦體」，以「敷布」或「鋪陳」說賦體，是魏晉以來才出現，最明顯的例子如劉勰〈詮賦〉篇所謂「賦者，鋪也，鋪采摛文，體物寫志」；[29]但是這能表示魏晉以降喜歡從「鋪陳」——即六義之

---

25 見〈漢代賦學在中國文學批評史上的意義〉，頁一一八。

26 曹丕〈答卞蘭教〉：「賦者，言事類之所附也」，引自晉・陳壽著，劉宋・裴松之注，《三國志・魏志》（臺北：鼎文書局，一九七七）卷五，〈武宣卞皇后〉傳注引《魏略》，頁一五八。皇甫謐〈三都賦序〉：「觸類而長之」，引自《昭明文選》卷四五，頁一〇〇二——一〇〇三。

27 引自漢・鄭玄注，唐・賈公彥疏，《周禮注疏》（臺北：藝文印書館，一九七九，十三經注疏本）卷二三，頁三五六。

28 引自清・王先謙，《釋名疏證補》（臺北：臺灣商務印書館，一九六八）卷六〈釋典藝〉第二〇，頁三〇九——一〇。

29 參見〈漢代賦學在中國文學批評史上的意義〉，頁一一八。

「賦」的角度去看待賦體，其實也同時可以回過頭去解釋，漢人針對「賦」——不論是作為「賦詩」、「作賦（賢人失志之賦作）」或關於「六詩（六義）」之「賦」的眾說紛紜，雖然看似在「詩之六義」上達成共識，卻並不以「鋪陳」來看待賦「體」，反而讓詩之比興，更或者說是假道賦詩而來的「古詩之義」、「風諭之義」主導了整個漢代對於「賦體」的看法。

這種狀況可能產生於一種刻意的壓縮，這種壓縮讓原本不同的來源，都被規約到同一條路線上。因此，我們也許可以反過來問，相對於賦詩對話或比興替代的說法，這些不被漢人正視的「賦」義——所謂「推類」而「閎衍侈麗」或六朝流行的「鋪陳」、「敷布」，究竟提供或填補了另外一種什麼樣的背景，可以讓我們重新討論漢代文學發展或詮釋的可能面目？首先，如《漢書》〈揚雄〉傳所載漢賦必先「推類而言」，至於「閎侈鉅衍」，既乃「歸之於正，然覽者已過矣」，這其實馬上會讓人聯想到司馬遷對於司馬相如的評論。司馬遷在引錄〈天子游獵賦〉之後，說到：

> 無是公言天子上林廣大，山谷水泉萬物，及子虛言楚雲夢所有甚眾，侈靡過其實，且非義理所尚，故刪取其要，歸正道而論之。[30]

同樣在〈司馬相如〉列傳，「太史公曰」也說到：

> 相如雖多虛辭濫說，然其要歸引之節儉，此與《詩》之風諫何異？[31]

所謂「刪取其要」，應該不是對於相如賦篇有所刪節，而是指其終篇歸於正道之說乃為可取之處，[32]至於「歸引之節儉」，司馬遷認為可以與《詩》之風諫相當。這種對於賦體的看法極為正面，與後來揚雄或班固的看法顯然不同，為什麼史遷會持這種看法？這種看法中由「虛辭濫說」到「歸引節儉（正道）」的論述模式，揚雄說是漢代對於賦體的認定（「必」推類而言），這認定又源出何處？

王夢鷗在《鄒衍遺說考》中提到司馬遷讀過鄒衍之書，認為其學說的指歸在於「仁義六親之施」，只有其「始也濫耳」，亦即，指鄒衍閎大不經之談，只是仁義說的「發端或導論」而已。[33]《史記》中所謂「閎大不經」的評斷，其實總括鄒衍在時間與空間兩方面的論說，其一是從現今而往前推溯至黃帝的世代盛衰，及盛衰原則的推求，其二是列舉中國山川物類至於海外的大九州世界，司馬遷總論這樣的時、空推演，而說到：

> 其語閎大不經，必先驗小物，推而大之，至於無垠。[34]

30 漢・司馬遷著，劉宋・裴駰集解，唐・司馬貞索隱，張守節正義，《史記三家注》（臺北：洪氏出版社，一九七四）卷一一七〈司馬相如〉列傳，頁三〇四三。

31 引自《史記三家注》卷一一七〈司馬相如〉列傳，頁三〇七三。

32 見《史記三家注》注文引「索隱」所說，頁三〇四三。

33 見王夢鷗，《鄒衍遺說考》（臺北：臺灣商務印書館，一九六六）〈緒言〉，頁九。

34 引自《史記三家注》卷七四〈孟子荀卿〉列傳，頁二三四四。

並在末尾總括鄒衍之術，曰：

> 然其要歸，必止乎仁義節儉，君臣上下六親之施，始也濫耳。王公大人初見其術，懼然顧化，其後不能行之。[35]

從「始」也濫耳的「閎大不驚」，以至於王公大人「初」見其術的驚懼反思，可以說明鄒衍的論述策略與效應，最讓人讚歎的是在開篇的部分，亦即自小及大、從眼前到無限的閎大不經之談。而這裡的評論與司馬遷對於相如賦作的看法又何其接近，這雷同的評論，似乎透露司馬遷在這兩種現在被區分為方士說客或文學侍從的不同書寫形態中，所看到的卻是相同的模式，換言之，即使是面對不同時代、不同作者的書寫，也可以一眼就辨識出來的模式，對司馬遷來說，這是個從戰國到漢武帝年間為人所熟知的一種意義表述模式。

面對這樣的狀況，如果仍然從「功能」論書寫體式，顯然必須重新檢視所謂「功能」的界義。「功能」似乎不必然在於是否達成政教上的目的，比如「風諫」，而是在於自鄒衍巧妙運用這種「組織」或「類推」的方法以來，[36]這種論說模式或方法是否已經成為足以辨識、喚引共識的基本模式。王夢鷗說鄒衍不但是將原來只是天象變化的陰陽說加入五行說之中而開始有了變化消息的意義，同時運用這類推的原理，不但構造了上古史，也構造了中國以外的地理，[37]換言之，鄒衍是用類推法構造出（創發出）一個宇宙論，不但可以清楚理解朝代盛衰的規則，還可以透過描繪海外的異域他方，而反過來理解中國的空間處境。這個導引提供了一個觀點，一種視域，也就是一種組合事物並看待事物（賦予意義）的方式。關於「類推法」，王夢鷗認為是人類最基本的心智活動，從已有的知識推及於未曾有的知識，同時還可以因為由小及大，在情感上體會到自我的渺小與天地的高遠，而當時的遊說之術或許正是藉此來引發君王的興趣與進一步追尋的意願。[38]這裡因此出現一個值得追問的議題，究

35 引自《史記三家注》卷七四〈孟子荀卿〉列傳，頁二三四四。

36 見《鄒衍遺說考》〈緒言〉，頁一五，〈鄒子遺文考辨〉，頁四九，都談到鄒衍如何綜理當時占卜星象諸說的組織工夫，也指出其學說的結構大體是用類推法。

37 見《鄒衍遺說考》〈緒言〉，頁一五。

38 王夢鷗原來說法是鄒衍說法使王公大人「自覺渺小，乃能虛心求教」，見《鄒衍遺說考》〈鄒子遺文考辨〉，頁五〇。在論及鄒衍或漢人的「類推法」時，我也同時參考傅柯（Michel Foucault）《詞與物》這本書中，討論到四種表現相似性的模式（similitude）的其中一種就是「類推」（analogy），傅柯認為「類推」的力量巨大，只要細微關聯性，就可以從一個單點連結出無限的關係，參見*The Order of Things: An Archaeology of the Human Science* (New York: Random House, Inc. 1970), p. 21。同時也參考了鄧育仁近來關於「排列」（alignment）的研究，在"Image Alignment in Multimodal Metaphor"一文中，鄧先生以圖像排列為例，說明排列在一起的圖像往往被認為具有關聯性，因而得以藉助這相似的關係而表達出意義，而這正可以證成一個最基礎的隱喻：「相似即列隊」（Similarity is Alignment），文見Charles J. Forceville & Eduardo Urios-Aparisi, eds., *Multimodal Metaphor* (Berlin: Mouton de Gruyter, 2009), pp.195-210。以上這兩種關於「相似性」的表達模式——類推或排列，其實都與本文所要談的「推類而言」的會聚法，有某種程度上的近似，不必透過緊密的因果關聯或對應關係，不斷聚合事物，

竟是為了配合遊說最後提出的仁義風諭，才有這樣閎大又具有吸引力的導論作為修辭策略，或根本是這樣的導論才讓帝王重新體會仁義教化與宇宙之間相應相感的本來必要性？要解答這個問題，當然要進一步追問，類似鄒衍這樣的類推法及其所建構的宇宙論，究竟具有多大的意義上的共識性或功能上的辨認性，以至於才可能讓閱聽者在導論就已經自動進入這個論述組織，調整好視野與心境？再者，也才能追問，這樣類推的書寫模式，是否已經成為當時傳遞某種觀念隱喻的利器，以至於成為閱聽上自然而然接受的集體共識？

這種組合事物或稱為推類（類推）的方式，的確可以在關於遊說的記載中，找到非常明顯的例證，比如《呂氏春秋》載有伊尹說商湯的故事。伊尹當然是要陳述為君之道，可是，一開始卻「說湯以至味」，先從烹調奧妙談起，接著歷數肉、魚、菜、和（調味）、飯、水、果等最美味的品類，最後才提出天子之道在於「止（之，往也）彼在己」，亦即君王必先治身成己，方可治理天下萬物。[39]《史記》〈殷本紀〉也載有一說「（伊尹）負鼎俎，以滋味說湯，致于王道」，[40]如果比照司馬遷論鄒衍與司馬相如的說法，伊尹說商湯以美味，也一樣是「始也濫耳」到「終歸於正」。於是我們可以說，從伊尹、鄒衍到司馬相如，在勸說君王上出現了一致的修辭策略，反過來也可以說，這種推類而言的修辭策略，成為勸說君王的習慣性選擇。如果賦詩需要熟悉詩語，比興的詮釋則必須建構作為情感替代的「物」知識；而這裡所談的類推的方式，不必然揀選為了對應某一種情感的「物」知識，反而需要極其豐富、體系龐大的「物」知識，就像逐步累積堆高的資料庫，在不斷的記憶與重組之間反覆擴增。

如果「諸舉草木鳥獸以見意者，皆興辭也」，那麼同樣列舉草木鳥獸，比興（替代）與推類會有什麼不同？從前引〈本味〉篇，我們首先可以觀察到，從「肉之美者」開始，是採取「添加」的方式，進而連繫「魚之美者」、「菜之美者」以下種種，這種添加的方式，在增添過程中並不特別說明增添者與前此已經出現者之間的關聯性，連續增添過程中，也沒有特別交代增添者彼此之間是否或為何相屬的原由。但是如前引「湛湛露斯，匪陽不晞」詩句，露水與枝葉、太陽之間的關係被認為緊密相連，諸侯的儀態所以寬縱或敬謹，是可以由對應的物理（露見日而乾）與物態（露低枝葉）找出原因；換言之，這些「物」之間不但彼此具有因果關係，這些「物」所具有的因果關係也與情態變化的因由相互應和。亦即，套用比興模式，則極力分辨與凸顯事物的差異，以便確認關聯性的發生，而推類方式，則是極力聚合事物，並不著意於分出差異。在這相對性之下，我們因此要問，難道「推類而言」的模式，正是因此總是被認為比較不能與人情相符應嗎？仍然先從〈本味〉篇來看，伊尹歷數天下美味之後還是提出天子之道在於「成己成人」，這個「道」的確沒有一一對應於各類美味，但是各類美味的提出，明顯都為了「輻輳」於「道」。再者，也仍然從相關於〈湛露〉這首詩的取用來看。

又不斷在記憶與重組之間，擴大成整個宇宙關係網，這也許是中西方在基本譬喻上有趣的相似之處。

39 詳細說解，請參考本書〈第二章　諷誦與嗜欲體驗的傳譯〉，「聲教傳統的記憶賦誦」一節。

40 見《史記三家注》卷三〈殷本紀〉，史遷同時也記載另一種說法，認為伊尹乃「處士」，說湯以「素王及九主之事」，頁九四。

《左傳》中賦〈湛露〉為了引申「天子當陽，諸侯用命」，而毛、鄭進一步細緻化「物（露、陽）——情（臣、君）」的對應關係，但是董仲舒的一段話也許可以清楚說明對應與輻輳最終關注的差異：

> 春，愛志也；夏，樂志也；秋，嚴志也；冬，哀志也。故愛而有嚴，樂而有哀，四時之則也。……匹夫雖賤，可以見刑德之用矣。……陰終歲四移，而陽常居實，非親陽而疎陰，任德而遠刑與？……故刑者德之輔，陰者陽之助也，陽者歲之主也。天下之昆蟲，隨陽而出入，天下之草木，隨陽而生落，天下之三王，隨陽而改正。天下之尊卑，隨陽而序位，……貴者，居陽之所盛，賤者，當陽之所衰。藏者，言其不得當陽而當陽者，臣子也，當陽者，君父是也。故人主南面，以陽為位也。陽貴而陰賤，天之制也。[41]

董仲舒所謂「當陽者，君父也」，並非如毛、鄭僅截取「露見日而晞」來比擬君尊臣卑的情態，在這大段引文中，所謂「合類」的「相似性」，其實以一種「整體」的方式全幅呈現：這面南向陽既是天下草木昆蟲出入生落的關鍵，同時也就是君王任德用刑的施政方針，更包裹在天之時氣節候與人之氣性情志相互交感、更迭有序的天人宇宙中。這裡並不只是兩兩個別現象的類比，而是有一個更根本的原則來統合多方，也就是這段引文最後所謂「陽貴而陰賤，天之制也」；我們固然可以中斷這連結，去追問某個別事物與列隊中其他事物又是如何形成對應關係，但是，顯然這不是董仲舒的重點，他的目的明顯在於推求一種持續生發的視野，而且這視野不斷在證驗天人之間整體的秩序。換言之，兩相對應的意義不是最終的目的，連通後的整體理路才是唯一的揭示，所有持續引生的事物都為了成就一個類應通感的宇宙圖志。

於是，我們可以說，平行兩者（物與情）之間的「對應」，與眾多「輻輳」於一的關係，讓比興與推類，分別開拓出看待與解釋事物的獨特模式。如果從這個比較開闊的角度來看，也就是說容納類推輻輳與比興替代都同時存在於所謂傳統背景中，那麼，所謂「緊密」與否的問題，因此就不必然執著以「情——物」對應度去檢驗，對於類聚輻輳的方式而言，說（寫）、聽（讀）雙方，如何可能建立對於龐大類推或組織的熟悉度，顯得更為重要。這所謂熟悉度，一方面當然是對於宏廣事物知識的熟悉，固然運用比興方式也需要熟悉「物」知識，但比興詮釋中藉助「物」知識來對應人情，甚至成為人情「替代」，而類聚眾物，在使用上，並不要求一一對應，並非為了促成替代作用，也因此不需要進行明顯的揀選或切割，反而極盡所能地呈現，鄒衍的「閎大不經」、相如的「虛辭濫說」，某種程度反映了這類模式的使用者，在記憶承載與創意重組上的驚人能力。另一方面，我們因此可以發現，比興替代模式中，人情與物可以二分，而且可以彼此指代，比如香草即君子、雨澤即恩澤等，而類聚模式中，人情與物並不呈現二分狀態，「物」不必然成為情感比喻或隱喻，「物」是依其現實處境召喚讀者的認知，聽（讀）者不需要特別推敲，輕易成為這種論說模式中的「知情」者。這種「知

41 引自清・凌曙注，《春秋繁露》（臺北：臺灣商務印書館，一九七九）卷一一〈天辨在人〉第四六，頁一八七—一八九。

情」表現為兩種重要的熟悉感，它讓閱聽者隨時與說寫者保持在同一個意指環境中，而不必在對應兩者之間轉換，同時，也就讓聽聞者與說寫者並不特別突出個我的情志，而是相與環繞或包裹在同一種人情狀態之中。

如果推類模式的使用共識，是聽、說或讀、寫雙方保持在同一種意指環境或人情狀態中，我們似乎就沒有理由依據比興替代的模式，去強求這類文本一定要區分出聽聞與說寫雙方（不必然一致）的意圖，或強求類聚的事物一定成為某種人情的指代符號。從這個分辨，也許就可以理解，即便司馬遷與揚雄都指出有一種存在於遊說或大賦中的「必推類而言」的龐大論述規模，但是在大多數漢人向比興（古詩之義）看齊的趨勢之下，這種論述模式因此容易被輕忽與批判；從而也就可以推敲，當班固溯自「賦詩」，提供了漢代文學評論中向「詩」（比興替代）傾斜的重要推力，我們也許可以合理懷疑，在班固說法裡，又保留了或模糊了什麼關於「『前』賦體」的脈絡？

班固在《漢書》〈藝文志‧詩賦略‧序〉開頭就說到：「傳曰『不歌而誦謂之賦，[42]登高能賦可以為大夫』」，「登（升）高能賦」出於《詩》〈定之方中〉毛傳，指稱外交場合中登堂（壇）賦詩的行為，但是毛傳並沒有「不歌而誦」這句話，班固也沒有說明這句話與賦詩的關係。張素卿根據《國語》、《史記》的相關資料，認為「賦詩」的方式必定是「歌以詠之」，[43]「不歌而誦為之賦」剛好相反。不過「賦」與「誦」並非全然無關，《左傳》襄公二十八年記載叔孫穆子宴請慶封，慶封卻先祭祀諸神，這並非慶封所當為，於是穆子「使工為之誦茅鴟」，[44]諷刺其失禮的行為，而這裡的「誦」詩，應當與襄公二十七年穆子也是為了批判慶封不敬，「為賦相鼠，亦不知也」一事合觀，[45]如《左傳會箋》所說：

> 去年為賦相鼠不知，今乃使樂師誦而易曉也。[46]

張素卿認為這是「改賦為誦」或應該說是「改歌為誦」的變例，目的在於讓聽者更容易明瞭。這樣看來，班固由「不歌而誦」的角度引起賦詩行為，也不能說沒有根據。但是，問題是，「誦（詩）」是不是僅僅作為「賦（詩）」的輔佐，以至於只能被附屬在「賦（詩）」的主題下出現？亦即「誦（詩）」是否僅僅只是為了達成「賦（詩）」的一種變通手法而已，而「誦」與後來出現的「賦」體的關係又是如何？

其實在《周禮》〈春官・大司樂〉曾經提到六種「樂語」，其中有一種即是「誦」，「誦」與

---

42 劉勰於《文心雕龍》〈詮賦〉篇曰：「劉向明不歌而頌（誦）」，顯然以班固此說乃出自劉向《別錄》，見范文瀾，《文心雕龍注》（臺北：臺灣開明書店，一九七八）卷二〈詮賦〉篇，頁四六b。

43 參見《左傳稱詩研究》，頁五三。

44 引自《春秋左傳正義》卷三八，頁六五五。

45 見《春秋左傳正義》卷三八，頁六四三。

46 《左傳稱詩研究》曾引錄這解釋並說明賦與誦的關係，見頁七二—七三，而此處引文原出於（日）竹添光鴻，《左傳會箋》（臺北：天工書局，一九九八）卷一八「襄公二十八年」，頁一二六四。

「諷」，都是指背誦、記誦，只是「誦」比「諷」多出聲音上的吟詠節奏。[47]但是，這不僅是一種吟詠的手法，還是一種具有諷勸稱頌功能的論說類型，甚至成為一種職務，比如《國語》中這兩則記載：

故天子聽政，使公卿至於列士獻詩，瞽獻曲，史獻書，師箴，瞍賦，矇誦，百工諫，庶人傳語，近臣盡規，親戚補察，瞽、史教誨，耆、艾修之，而後王斟酌焉，是以事行而不悖。[48]

（左史倚相曰）昔衛武公年數九十有五矣，猶箴儆於國，曰：「自公卿以下至於師長士，苟在朝者，無謂我老耄而舍我，……聞一二之言，必誦志而納之，以訓導我」，……倚几有誦訓之諫，居寢有褻御之箴，臨事有瞽、史之導，宴居有師工之誦。史不失書，矇不失誦，以訓御之。[49]

在第一則資料中，臚列朝中許多不同的諫說形式與執行者，而「賦」與「誦」是分別屬於瞍與矇的職務，顯然「誦」可以單獨看待。其次，顧頡剛認為所謂「瞽史教誨」應是分別指稱「瞽」、「史」兩種人，因此可以對應第二則資料所謂「瞽史之導」，以及所謂「史不失書，矇不失誦」這劃分為聲音上或文字上兩類表現的總說。換言之，瞽矇與史官可以概分為朝中兩大類進諫的官員，但是由於「這兩種人同為王侯近侍，多談論機會，自有各出所知以相薰染之可能，其術亦甚易相通」[50]。亦即「誦」固然自成一種論述類型，並以其類型功能來擔任如「誦訓」這樣的職務，而與「褻御（近侍）」、「瞽史」、「師工」等一起扮演向天子建言的角色；但同時，「誦」所知與所述，其實也接近「史」官所言，因此「瞽（包含「矇」等）」、「史」常連言。葉舒憲就曾經根據《周禮》〈春官・瞽矇〉談到盲樂人除了學習樂器聲歌之外，還必須「諷誦詩，世奠（定也）繫」，[51]來說明盲樂人的「（記）誦」除了諷諫箴誡，還有就是記誦國史或世系，並且舉出《詩經》中如〈七月〉、〈生民〉、〈公劉〉、〈綿〉、〈文王〉等，說明上古的「詩」根本就是古史，是先代史事、系譜記憶的承載形式。[52]這提示了我們，同樣是「用詩」，不見得只有「賦詩」的對話替代模式，也可以使用「誦詩」的模式，而這顯然不是對話功能下的斷章取義，而是為了向君侯進言上諫的長篇吟詠。

以〈七月〉為例，詩前小序說是周公「陳后稷先公風化之所由，致王業之艱難也」，[53]而朱熹《詩集傳》於〈七月〉首章後曰：

> 周公以成王未知稼穡之艱難，故陳后稷公劉風化之所由，使瞽矇朝夕諷誦以教之。[54]

---

47 參見《周禮注疏》卷二二，頁三三七。

48 引自吳・韋昭注，《國語》（臺北：漢京文化事業公司，一九八三）卷一〈周語〉上，頁九—一〇。

49 引自《國語》卷一，〈楚語〉上，頁五五一。

50 引自顧頡剛，《史林雜識》（初編）（北京：中華書局，一九七七）〈左丘失明〉，頁二二三—二二五。

51 引自《周禮注疏》卷二三，頁三五八。

52 葉舒憲，《詩經的文化闡釋——中國詩歌的發生研究》（武漢：湖北人民出版社，一九九四），頁二五二—六三。

53 引自《毛詩正義》卷八—一〈七月〉，頁二七九。

54 引自宋・朱熹，《詩集傳》（臺北：臺灣學生書局，一九七〇）卷八，頁三五一—五二。

增加「使瞽矇朝夕諷誦以教之」這句話，不但再次說明了「誦詩」的確是古代天子聽政、朝臣進諫的普遍方式，同時〈七月〉作為「誦（詩）」的代表之一，也有助於揭露《詩》的應用不只在於外交盟會，若獨取「賦詩言志」的向度，不但限定了對於《詩》的多元解讀，其實也掩藏了早先「賦」、「誦」所分別發展的兩種論述類型。〈七月〉八章，從節候寒暑到衣服飲食，任一草木蟲獸的出現並非為了去對應或映襯某種特殊情志，這些時物的並列，彼此之間也並沒有更直接的因果轉折，最大的相似性，大概就是因為都包含在節氣流轉的宇宙中。於是，從夏季便想到春天，或者順帶提起了秋天與冬天，就像前引〈本味〉篇由肉、魚再到飯、水、果的羅列，或者鄒衍的「由小及大」，「先列中國名山大川，通谷禽獸，水土所殖，物類所珍，因而推之，及海外人之所不能睹」，[55]至於往後，如漢大賦中的東西南北四方或者山川、草木、宮苑與鳥獸的會聚，雖然用「於是」一詞連綴，但是主要功能在於平行推展、有序並置，並沒有時間上的承續或因果轉折。[56]如此，透過這些羅列、類聚的例證，不但可以說明遊說（如伊尹、鄒衍）與大賦共享了這個組織事物的模式，進而也就正是在「會聚」而非「對應」的基礎上，讓人無法忽略瞽矇諷誦這個可能密切相關的背景脈絡；或許由此可以設想，後來與「詩」劃界的「賦『體』」的形成，與其雜揉在《詩》、〈騷〉之中，而以「賦詩」領頭，其實還不如溯至「誦」的模式，以完整呈現先秦遊說進諫的論述策略中，其實已經如何萌發、滋養了後來蓬勃的「賦體」。

出入「抒情」的文學傳統

如果任何對於事物的認知，其實都是來自於看待事物的模式，是因為具有連結相似性的觀看方式，因此出現可以被認知的事物；亦即模式決定了眼見，感知的內容往往是透過模式框架所組構而成。那麼，任何所謂的「文學傳統」（如「抒情傳統」）與其限定在個別時期、某些題材或體類，乃至於某些作品或作家，它更應該被放置在「感知模式」所構成的整個環境脈絡中來加以檢視，是某類看待世界、組合事物的方式，在逐步的擴增或刪減中，在或宏觀或聚焦的伸縮出入之中，讓我們重新發現「文學」世界的輪廓，以及它如何深植在社會文化環境中的狀態。進一步，我們因此可以透過這所謂「感知模式」去討論文學史的議題，如果文學史並非討論「文學」的歷史，而是討論「文學史」的歷史，[57]那麼，重點在於如何是「文學」、為什麼是「文學」，我們要談「文學如何構成」，而不是

55《史記三家注》卷七四〈孟子荀卿〉列傳，頁二三四四。

56 參考曹虹，〈論更端詞在賦體結構中的功能〉，收入南京大學古典文獻研究所編，《古典文獻研究（一九九三—一九九四）》（南京：南京大學出版社，一九九五），頁一〇七—一一七。

57 帕特遜（Lee Patterson）在討論「文學史」（Literary History）這概念時，一開始就分辨關注文學內部的（intrinsic）「文學的歷史」，以及外部的（extrinsic）「文學史的歷史」，亦即文學是如何被塑造成如此這般的種種因素，參見 Frank Lentricchia & Thomas McLaughlin, eds., *Critical Terms for Literary Study* (Chicago: The University of Chicago Press, 1995), p. 250。當代重寫「文學史」，尤其應該著重「文學史」的歷史，不再單純以歷史為框架來談文學，

將文學視為已有的現象去描述。「文學如何構成」背後牽涉龐大的意義認定的體系，比如說對於文學質性的認定，如何分辨某一種體類的形式，而更根本的當然是牽涉不同時代的意義賦予的方式，才能讓事物連結出意義關係。很顯然，「感知模式」也就是某類認定意義的方式，而中國文學的「傳統」，就是在這個可能不斷變遷的意義認定模式下，所擬塑的或是所建議的「文學認定史」，而所謂「抒情傳統」可以說是其中一種認定的代表。

從「文學」認定史的角度來談，當然就會涉及先後分期的問題。一般文學史的分期往往藉助政治上的朝代劃分，同時也依據作家或作品出現年代來區分先後、討論彼此的影響。所以，現有的從歎逝的「抒情主體」出發，進而強調主觀情志如何融會於或轉嫁至自然景物的說法，似乎就可以說是屬於魏晉這個時期，尤其是五言詩所特有的「文學」認定模式。但是，如同本文的探索，追溯「感物」這個詞語的使用，發現所謂「感物」說並非魏晉人的專利，在「感物造端」的賦詩對話行為中最基本的替代法，被班固接續上辭、賦的文體批評之後，接下來的王逸更進一步由語言的替換與意象的替換來分析楚騷，而鄭玄更由替換意象的角度，大規模地箋注《詩經》，而為後來的「情——物」對應說奠立了基礎。更重要的是，除了這個以兩類別之間（不論是兩種語言之間或語言與事物之間）的關係拉引為主的發展，我們同時發現在「賦」或「誦」環境中，賦詩原是合樂可歌的，而誦則是由樂工們將所賦之內容誦唸出來，以求更清晰明瞭，同時「誦」也常常出現在天子聽政的場合中，透過大量關於國史或世系的記憶組構，來進言上諫；換言之，我們在替換、比興這個系列的發展之中，也不應該忽略屬於「誦」這個脈絡的持續存在，以及這個羅列會聚的方式，如何不同於比興對應，而得以藉助聚合輻輳來應和更大的宇宙世界。

這個討論的結果，其實挑戰了一般文學史習以為常的線性敘事法。首先，原本文體或是文章體製往往是討論傳承與影響（分期的主要目的）的依據，但是從班固的說法看來，一種不必只屬於文學的論述模式，同時也不是後代定型的體製，而是依據功能的類型分別，可能比文章體類來得更早也更根本；於是，我們也許不談詩、辭、賦的文體分別，我們可能談「賦（詩）」、「誦（詩）」的分別，更進一步，我們談論外交對話或是天子聽政的分別。其次，正因為不是由文體分類談起，可以拋卻先有詩，後有騷、賦體的看法，反而是瞽矇諷誦或遊說推類的方式，可能更早孕育了後來的所謂「賦」體，而不必然是「詩」早於「辭」、「賦」的順序。再者，這兩種論述模式出現的先後，當然也就不受限於各種文體出現的先後，由前文討論可知，利用「比興替代」來說《詩》，不必然就先於推類諷誦，當然，如果由替代、比興的《詩》說，因此去批評〈騷〉或賦是沒失「古詩之義」，顯然是陷入了文體發展前後序的迷思，反倒用後起的《詩》說，去評定早先出現的賦、誦形式；同時破解這樣前後序的迷思，顯然也讓我們得以重新思考建基於《詩》的種種典範系譜。再其次，重新反思分期或前後影響的問題，其實連帶也牽涉論述模式與環境背景的問題。如果一種由功能統括的論述模式，可以打破基於文體的文學史敘述，討論或評論任一種文體，當然也就不必然只能連繫上一種社會背景，比

而應該談如何構成「文學的歷史」。換句話說，我們談的是history of literary history，而不是所謂的history of literature，我們不只是呈現歷史（往往是政治環境）中的文學現象，而是要談「文學如何構成」的歷史性發展。

如漢帝國與大賦的關係。一般論賦體的生成，或許由詩、騷與戰國諸子談起，但最後總是將大賦的巨麗歸功於武帝時壯盛的帝國，認為漢代大一統的光輝才成就了這彪炳的歌頌。[58]但是，由本文討論可知，推類會聚的論述模式，早在漢代以前即成為方士遊說的習慣性選擇，或者與天子聽政途徑之一的諷誦記憶類近，因此，也許不是帝國成就了大賦，而根本是這個早已存在（而後來才被名為「賦」體）的論述模式，提供了「發現」這個大帝國的視野，提供了這樣一個建構帝國的形式載體。最後，從文學分期、文學環境到文學評論的問題，一般談論漢大賦未能達成諷諭效果，最常見的就是以為大賦本身所描寫的事物，未能與書寫者企圖附加的諷諫相結合，亦即形成兩股拉力而不能和諧地對應與交融，[59]但是，若如本文所討論，會聚輻輳的確不同於情物對應，而且早在先秦即已是一種流行的論述模式，那麼，當揚雄、班固等人的「賦」評，充斥著所謂「詩人之賦」、「古詩之義」，我們似乎就有必要讓類聚模式的脈絡與應用狀況呈顯出來，以說明當漢人反覆拿著同一把「替代（對應）」的閱讀量尺，讀過「詩」之後，也想這樣裁量「賦」，格格不入的感覺因此無可避免地產生了。

到底應該由什麼角度來談論文學史、文體史或者文學批評史？這當然是眾說紛紜，難以定論。但是，如果說「史」，基本上都不脫各種人、事、物的排列，關於文學的各種「史」的談論，基本上也可以說是針對文學文獻提出各式各樣的排列組合方式，選定一種組合方式，也等於選定一種分類、剪輯與解讀文獻的方式，而理論上來說，透過不同的組合方式，就會呈現各異其趣的文學史錄。就上古文學而言，若採用魏晉以後奠基於嚴明的文章體製、鮮明的主體風格的分析方式，如上文所言，不是糾纏於無法定論的先後分期，就是容易揀選單一主線而忽略或稀釋其餘多頭緒的紛紜背景。因此，如果我們不是那麼刻意打造節然有序的時間縱軸，而願意承認其實存在的橫向並列或越界錯雜的狀況，同時體認在這個「前文學」時期，往往強調書寫功能大過於體製分別，而題材內容又不斷反覆甚而流於冗贅，個別風格猶包裹在集體應和中，一般由作品體裁、題材內容或個人風格來分門別類的做法並不合用；那麼，脫除了現成的文學分析的框架，從當時存在於政治場合、社群行為與文化傳譯中，所浮現出的最為熟悉上手的組構事物與定位世界的模式——「替代」與「推類」來談，也許可以更真切感受到上古說寫者（不論是大夫、使者、盲樂師、遊說之士、文學侍從等）如何熱切地投入於「情物對應」以及「眾物輻輳」上的綿延敷演。不論是先分辨差異再進行連結，或是透過羅列呈現出相似性，是這兩種模式讓這些現在被稱為「文學」的論述呈現出來，也就正是這樣千頭萬緒的連結所構成的論述檔案或策略，讓說寫者在重溫這些策略與檔案中，去擁抱包含自己在內的「物」世界；也因此，這個「物」世界的關係網絡，無疑成為上古最重要的表述重心，如今當我們回顧上古這時期並企圖描述所謂「文學傳統」的原初版圖，「替代」與「推類」模式所逐步建構的意象或意象群，以及所召喚的感知經驗與世界聯想，無疑就是中國「文學認定史」最重要的一個起步了。

58 可以參考許結、郭維森，《中國辭賦發展史》（南京：江蘇教育出版社，一九九六），頁九九—一〇七。

59 如顏崑陽曾說明「賦」的「自體功能」（現實自身）是寫物，「涉外功能」（向外影響）是政教諷諭，創作時此二者不能有機融合，讀者也不能反思作者之意，參見〈漢代賦學在中國文學批評史上的意義〉。

原作〈替代與類推——「感知模式」與上古文學傳統〉，原刊《漢學研究》二八卷一期（二〇一〇年三月），頁三五—六七。

第五章

類與物

如果「物」世界的關係網，成為中國上古最重要的表述焦點，那麼，如何由「物」的角度詮釋古典詩，或者，該如何呈現古典詩的「物」背景，就成為值得進一步討論的問題。一般最熟知的應該是所謂「感物興情」或是「物我（情景）交融」這些說法，但是這些說法基本上是偏重在討論「文本內的物」，往往是在已經默認作者個我情志的主導下去談如何「託物寄情」；然而「物」究竟如何出入「文本內外」，哪些「物」被擺進來、哪些「物」被切割出去，以便成為一個可以辨認的「物體系」，這顯然是另一個反思傳統詩歌的基本關鍵。我們仍不明白，傳統知識領域內的物與物之間具有什麼樣的關係模式，以至於我們能夠一眼就看出這些閃耀意義線索的標的物？這些詩中所選擇的「物」，若不是完全源出詩人情志或想像，如何能形成情、物之間的一致性？如果這些物，出現在詩中與不在詩中，會有什麼異同？詩中的物，與經驗中的物或知識記憶中的物，一樣可聞見、可觸摸，而得以形成同情共感嗎？如何談論或詮釋詩中的物，因此也可以反過來問，經驗、記憶或知識中的系列物是如何引發出詩情的嗎？更根本的問題當然是，這些形成關聯性的物，是如何被敘寫出來，亦即我們如何保證這些字詞的確可以有效拉引出物與物的關聯性？因此本文在論述過程中，先由字詞或典故出發，進而藉助類書去探尋這些物意象在知識或記憶中的發展脈絡，最後希望呈現一個作為譬喻與感通基礎的物類關係體系。

我們的重點因此在於討論「物」如何在古典詩中形成可供辨認與召喚共感作用的關聯性或相似性，簡言之，就是關聯性的「物」如何或以什麼方式參與了詩歌中興感、抒情的作用。很顯然，這焦點不只在於「物」，而是更進一步，擺在「物類」或「物體系」的建構，當然也必須超越個別作者或作品的限制，而能呈現某個關鍵時期在文本內外交錯互涉所形塑的物類體系。本文將以中國抒情傳統的建立時期——「歎逝」主軸下的前中古文學為主要範圍，同時選取最便利的討論材料，例如收集眾多隋、唐以前作品，同時兼具「類事」與「類文」的《藝文類聚》，或是類書出現之前，也具有類聚資料性質的字書（辭書）或選集，如《爾雅》、[1]《昭明文選》，[2]或是充滿遠古諷誦記憶的辭賦等。針對這些材料，一方面先討論「物」的分類，與彼此連通的「類應」效果，另一方面則從這個「類應」的感知體系，呈現所謂「抒情」究竟是源出於怎樣的物類感應模式，或者說怎樣的類應設置被認為流露出抒情效果。最終希望呈現「類應」模式下累積的知識記憶如何觸發抒情的表達，而詩文作者又如何可能藉助「類應」體系去建構獨特的情志譬喻。

「類物」與「類應」：「物」的分類與感應

在早期類書如《藝文類聚》中，「分類」固然重要，可是「既分類又連類」的呈現方式，更值得

1 張舜徽於《清人文集別錄》（北京：中華書局，一九八〇）卷一五〈玉函山房文集五卷續集五卷〉，說到：「類書之起，昉於明分部類，據物標目，蓋必推《爾雅》為最先」，頁四二四。

2 方師鐸於《傳統文學與類書之關係》（臺中：東海大學，一九七一）第一章〈導論〉中認為純粹「類文」的《文章流別》、《昭明文選》等也應該可以納入一般「類事之書」的「類書」範圍，頁二六。

注意。比如關於「羲和」，分別出現在「天部」上的「天」與「日」二類：

> 乃命羲和，欽若昊天。
>
> 有女子，名曰羲和，浴日於甘泉。羲和者，帝俊之妻，是生十日。[3]

第一則資料出自《尚書》〈堯典〉，所引二句之後，接著是「厤象日月星辰，敬授人時」，[4]指帝堯命羲氏、和氏兄弟順循天命，觀察天象以制定曆法。而圍繞著這則資料，一方面有關於天體構造的「天如雞子，天大地小，天表裏有水，……」（《渾天儀》），天的區位劃分，如「天有九野」（《呂氏春秋》），天的四時樣態，如：「春為蒼天，夏為昊天，秋為旻天，冬為上天」（《爾雅》），一方面有關於天的生成與運行理路，如「大哉乾元，物萬資始，乃統天，雲行雨施……」、「立天之道，曰陰與陽」、「天行健」（《周易》），天理或天道及其與人世間的相對應，如：「天地之道，博也、厚也、高也、明也……日月星辰繫焉，萬物覆焉」（《禮記》）、「天亦（有）喜怒之氣、哀樂之心，與人相副，以類合之，天人一也」（《春秋繁露》），另外還有關於「天」的傳說，如「杞人憂天」（《列子》），或者是相關於「天」的策略性論說，如管仲要齊桓公「貴天」，卻非指莽蒼之天，而是「君人者以百姓為天」，又如秦密引用《詩》語，巧言「天」之有頭、耳、足等。[5]這複雜多面向的「天」說，如果連結上第二則關於「羲和」為十日之母的資料，那就更牽連上許多關於「日」的神話傳說，比如引自《山海經》、《淮南子》關於日之所居處有「暘谷」、「甘泉」、「咸池」，及其相關事件景物有「羿射十日」、「若木」、「扶桑」、「曲阿」、「虞泉」、「蒙谷」、「踆烏（三足烏）」等。[6]單單從「天」、「日」這兩類的載錄看來，除了「羲和」的重疊，談「天」不但不能不談「日」，同時也必須牽連起「月」、「星辰」、以及「地」、「四時」、「天地之道」等等；換言之，不論「天」或「日」，都模糊了描述的界限，天體的生成與結構，抽象化成為天理、天道，乃至於對應政事、人情，而原本天象中的「日」，更延伸出另一個瑰奇的異想世界。這固然可以說是類書編纂本就求其全備的性質使然，但是正因為這樣的滙聚，讓排列出來的事物彷彿都具有了理所當然的關聯性，或者說是彼此之間有了相似性，而任一事物也就都無法獨立成就各自的存在意義。

而這個關聯性或相似性，不只在於將「頭頂的天象所暗示的道德、哲理、空間、時間都變成象徵」，不只在於「暗示著各種政治性意義，象徵著人間秩序的流轉與變遷」，[7]因為，除了我們由部類

3 分別引自唐・歐陽詢，《藝文類聚》（京都：中文出版社，一九八〇）卷一「天部」上之「天」，頁一，「天部」上之「日」，頁五。

4 引自漢・孔安國傳，唐・孔穎達等正義，《尚書正義》（臺北：藝文印書館，一九七九，十三經注疏本）卷二〈虞書・堯典〉，頁二一。

5 以上所引關於「天」的資料，見於《藝文類聚》卷一「天部」上之「天」，頁一—三。

6 以上所引關於「日」的資料，見於《藝文類聚》卷一「天部」上之「日」，頁四—六。

7 括號中的說法，出自葛兆光針對《藝文類聚》「天部」、「地部」所做的簡要分析，見《七世紀前中國的知識、思想與信仰世界》（上海：復旦大學出版社，一九九八），頁六〇一。但是這裡提出的僅是表象的類目間架所呈現

劃分的間架馬上就一目了然「天地——帝王——人——禮樂道德——生活知識以及自然界的知識」的排列，凸顯了某種前後有別、上下有序的評價（如天地居上，草木蟲魚流於枝微末節）之外，更進一步要注意到的是，埋藏在表面間架之後，那促動不同類別之間得以跨越與連繫的一種觀看態度或者說是連結模式。首先，我們發現這些載錄中，充滿了超越時間階段的深遠記憶，最明顯的是神話傳說的不斷複製與傳播，比如關於日出暘谷（湯谷）、拂於扶桑，從《山海經》、《楚辭》、《淮南子》到張載、傅玄或劉孝綽詩中，[8]完全不因為書寫年代的差異，而阻礙了任何當下的理解或表達。其次，正是這深遠的時間記憶，使得羅列並置的事物，有了交接的介面，曾經出現的一切都相互親近，並且也向外無所不包地衍申，而《藝文類聚》兼有「事」、「文」，居前之「類事」，竟彷如為其後之「列文」，在無形中鋪設了一層記憶中介，而附著其後的詩文竟也在無形中拓展了這個記憶資料庫。比如類事中關於「日」的出入景物，為所選錄的梁・李鏡遠的詩設置了風光明媚的初春早朝，而李鏡遠透過「曾泉豈停舍，桑榆忽在斯」的反問與驚心的語氣，也將歎逝的心情疊映到「日」所出入的「曾泉」、「桑榆」，而為日之「光影」（「愛景落」、「惜光馳」）輻射出隱喻的意味。[9]

這種超越時、空的連結模式，很顯然傳達了一種觀看的態度：不問「物是什麼」，而是問「物如何在」；重點不只是聚集了多少「物」，而在於是否串連了「類」的展示。而其實，中國「物」字的意義發展脈絡中，有一個面向就與「類」義密切相關。「物」字原本可能是「雜色牛」之名，後來引申為雜帛、乃至於天下紛紜萬物，[10]其中關於毛色或顏色的元素很值得注意，比如：

以五雲之物，辨吉凶，水旱降豐荒之祲象。[11]

（仲秋之月）乃命宰祝，巡行犧牲，……瞻肥瘠，察物色。[12]

所謂「五雲之物」，鄭玄注曰：「物，色也。視日旁雲氣之色」，亦即由五色之雲氣，來觀察水旱吉凶發生的所在。至於「察物色」，孔穎達疏曰：「（察）物色騂黝之別也」，亦即察看祭祀用之犧牲的天人相應的秩序結構，本文想要探討的則是，究竟有怎樣的一種相似性的觀看模式，讓這些原本不相屬的事物都具有了連結的可能。

---

8 參見《藝文類聚》卷一「天部」上之「日」，頁五—六。

9 李鏡遠詩見《藝文類聚》卷一「天部」上之「日」，頁六。

10 參見王國維，〈釋物〉：「古者謂雜帛為物，蓋由物本雜色牛之名，後推之以名雜帛。詩小雅曰三十維物，爾牲則具。傳云異毛色者，三十也，實則三十維物，與三百維羣、九十其犉，句法正同，謂雜色牛三十也。由雜色牛之名，因之以名雜帛，更因以名萬有不齊之庶物，斯文字引申之通例矣。」見《觀堂集林》（臺北：藝文印書館，一九五六）卷六，頁七五。

11 引自漢・鄭玄注，唐・賈公彥疏，《周禮注疏》（臺北：藝文印書館，一九七九，十三經注疏本）卷二六〈春官・保章氏〉，頁四〇六—四〇七。

12 引自漢・鄭玄注，唐・孔穎達等正義，《禮記正義》（臺北：藝文印書館，一九七九，十三經注疏本）卷一六〈月令〉，頁三二五。

的毛色（黑或黃）。而透過色澤的差異，因此可以對於物加以分別，「物」於是也有了「類」的意思：

辨六馬之屬，種馬一物，戎馬一物，齊馬一物，道馬一物，田馬一物，駑馬一物。[13]

（屠蒯向夔叔說）服以旌禮，禮以行事，事有其物，物有其容。[14]

第一則資料，孔疏曰：「六者皆有毛物不同」，亦即透過毛色差異來分類。第二則資料則是屠蒯藉著責備夔叔未能諷諫晉侯，而暗中批評晉侯在輔佐重臣荀盈死後還奏樂喝酒，其中「事有其物，物有其容」的「物」，杜預注曰：「物，類也」，即遭遇不同的情事，該有不同的容貌表現，才符合禮節。而「物」一方面與「類」字在名詞上意思相通，一方面也出現用作動詞的「物」，而具有辨認之意，如《左傳》記載晉國負責增修成周（東都）的圍牆，「計丈數，揣高卑，……物土方，議遠邇」，[15]杜預就說：「物，相也」。

「物」既然結合了分辨與類別的意思，與「物」字連結成詞的如「方物」、「名物」，也明顯具有動詞與名詞的雙重功能，由指稱不同區域或土質所生產的「物」，進而有辨明事理或物理的意思，[16]而葉舒憲更指出，不論是「名（山川）」或「方（物）」的舉動都帶有神話的背景。由《尚書》〈呂刑〉所謂「禹平水土，主名山川」，[17]可見禹的功業除了治水，另外一項則是命名；而能命名山川萬物，讓山川萬物顯現出來（或被看見）的人，通常必須具有不尋常的知識或預知能力，就像祭司或巫師長。[18]裘錫圭則認為在古人心中，像禹、稷等人都是上天（上帝）派到下土來的聖王賢佐，他們具有生而知之的能力，所以可以命名萬物；更重要的是，他們能夠「格物」，亦即能夠招致物的到來：比如眾神、鳳凰、甘露甚至禾、黍或麥子等，這其實也就是古代流行的「瑞應」說的來源。[19]而從知

---

13 引自《周禮注疏》卷三三〈夏官・校人〉，頁四九四。

14 引自晉・杜預注，唐・孔穎達等正義，《春秋左傳正義》（臺北：藝文印書館，一九七九，十三經注疏本）卷四五「昭公九年」，頁七八一。

15 引自《春秋左傳正義》卷五三「昭公三十二年」，頁九三三。

16 關於「名物」，《周禮》〈地官・大司徒〉中敘述大司徒的執掌：「以天下土地之圖，周知九州之地域、廣輪之數，辨其山、林、川、澤、丘、陵、墳、衍、原、隰之名物」，辨其「名物」，是指分辨十等土地之「形狀名號及所出之物」（孔疏），見《周禮注疏》卷一〇〈地官・大司徒〉，頁一四九—一五〇；而當作分辨的動詞用法如：「《春秋》別物之理以正其名，名物必各因其真」，見清・凌曙注，《春秋繁露》（臺北：臺灣商務印書館，一九七九）卷一〇〈實性〉篇，頁一七一。另外關於「方物」，《尚書》〈旅獒〉：「無有遠邇，畢獻方物」，見《尚書正義》卷十三，頁一八三；至於動詞用法則如吳・韋昭注，《國語》（臺北：漢京文化公司，一九八三）卷一八〈楚語〉下：「民神雜糅，不可方物」，韋昭注云：「方，猶別也」，頁五六二。

17《尚書正義》卷十九，頁二九八。

18 見葉舒憲，〈山海經與禹、益神話〉，《海南大學學報（社會科學版）》一五卷三期（一九九七年九月），頁四五—五一。

19 見裘錫圭，〈說格物——以先秦認識論的發展過程為背景〉，《文史叢稿》（上海：上海遠東出版社，一九九六），頁三—一五。

物、名物到格物，還有所謂「方物」，也在這個聖俗交接處具有轉折意義。根據《國語》〈楚語〉下，觀射父關於「絕地天通」[20]的說法，葉舒憲指出其中「可／不可方物」不但成為盛、衰世局（如以少皞、九黎劃分）的分別，也是從「聖俗有別」到「聖俗不分」的劃界依據。[21]觀射父描述在可以「方物」的時代，民神不雜，因為有巫覡祝宗等「類物之官」可以知道山川之名、先祖之號，以及各種祭祀、器物、服飾等儀節，因此，天地上下秩序井然，不相紊亂。所謂「類物」明顯即是「（可）方物」之意，[22]亦即不僅知物，而且能夠加以區辨（如吉凶利害）而形成秩序化架構，那麼，「不可方物」，即是失去天地秩序，也就是無法辨異分類，而無法讓山川眾神與各種儀節器物所在合宜並顯現彼此關聯。

由這一連串「知物」、「名物」、「格物」與「方物」等詞意討論中，可以發現，在神話、宗教背景中，逐步形成了一個有意義的物類體系，並且認為正是這個物類體系，讓天地神民器物可以在其中具有「關聯性」地共同存在。而這個「關聯性」不但透過認知或命名、類分，更重要的是認知、命名、類分還必須建立在可以招致瑞物（如鳳凰鸞鳥）、嘉種（如黍、麥）到來的作用上；換言之，這當中必須有一種促使這些羅列物彼此應和的動力，正是這個能動性，讓神民萬物自自然然地相互依存。《周易》〈乾・文言〉針對「飛龍在天，利見大人」的解釋，可以讓我們對於這物類相關性的運作模式，有更清晰的了解：

同聲相應，同氣相求。水流濕，火就燥。雲從龍，風從虎。聖人作而萬物覩。本乎天者親上，本乎地者親下，則各從其類也。[23]

我們很快會想到與這段文字極為相似的，是《呂氏春秋》〈應同〉、〈召類〉篇中一段雷同的文字，就列舉許多自然與人事現象及其間更複雜的交接引生：

> 類固相召，氣同則合，聲比則應，鼓宮而宮動，鼓角而角動。平地注水，水流溼；均薪施火，

---

20 見《國語》卷一八〈楚語〉下，頁五五九—六二。

21 見葉舒憲，〈方物——山海經的分類編碼〉，《海南師範學院學報（人文社會科學版）》總一三卷四七期（二〇〇〇年三月），頁二〇—三〇。

22 葉舒憲舉出《廣雅》〈釋詁〉：「方，類也」，《淮南子》〈精神訓〉：「以萬物為一方」，高誘注：「方，類也」等說明「方」具有「分類」的意涵。參見〈方物——山海經的分類編碼〉，頁二八。

23 引自魏・王弼、韓康伯注，唐・孔穎達等正義，《周易正義》（臺北：藝文印書館，一九七九，十三經注疏本）卷一，頁一五。余寶琳也曾引用這則資料，用來說明中國古典文學中的意象，認為中國的「意象」根植於「類應」（categorical correspondences）作用，同類之間的相應和成為意義的來源；而本文在此希望進一步由「物」的家族語詞談起，提供神話、宗教的源頭背景，同時也由先秦以來的諸子思想與辭賦作品來分析「類應」如何成為所有感知、思考與表達的共享模式。見Pauline Yu, *The Reading of Imagery in the Chinese Poetic Tradition* (Princeton: Princeton University Press, 1987), ch.1, "Setting the Terms", pp. 37-43。

火就燥。山雲草莽，水雲角䱎（魚鱗），旱雲煙火，雨雲水波，無不皆類其所生以示人。故以龍致雨，以形逐影，師之所處，必生棘楚。禍福之所自來，眾人以為命，安知其所。[24]

而其實早在先秦就有許多相關說法，如《莊子》「同類相從，同聲相應，固天之理也」、「鼓宮宮動，鼓角角動，音律同矣」[25]，《荀子》有「君子絜其身，而同焉者合矣，善其言而類焉者應矣。故馬鳴而馬應之，牛鳴而牛應之，非知也，其埶（勢）然也」等。[26]換言之，先秦以來，從「類物」到「類應」的說法，幾乎已經成為一個認知或經驗「物」世界的基本模式。

孔穎達針對〈乾．文言〉的疏解，正是總結這個共識，並且更為細緻地將「類應」模式分出如下幾種：以「聲氣相感者」，如「彈宮而宮應，彈角而角動」，「天欲雨而礎柱潤」；以「形象相感者」，如「水流濕，火就燥」，是以水、火作用的形象作為相應依據；另外，「雲從龍，風從虎」，孔穎達認為這是因為龍是「水畜」，而雲是「水氣」，因此龍吟而錦雲出，而虎是「威猛之獸」，風是「震動之氣」，因此也是同類相感，這大概可以說是透過物與物之間共有的質性（不論所原生或所發動）來加以連結；至於「本乎天者親上，本乎地者親下，則各從其類也」，更以「天（動）」、「地（靜）」來分別總領動物與植物，孔穎達並說到：

本受氣於天者，是動物含靈之屬，天體運動，含靈之物亦運動，是親附於上也；本受氣於地者，是植物无識之屬，地體凝滯，植物亦不移動，是親附於下也。[27]

很顯然，物類連結的方式，由聲氣、形象與質性上的相似性，更推向一個整合天地萬物的根本模式，在這模式裡，由所含融的氣類差異（天氣或地氣），生成物的靈識之有無，乃至於物體是否位移，最後連繫至於天動地靜，與整個天地結構的上下分流，所謂「各從其類」，正是「各從其氣類」，而「天地之間，共相感應」。其中「親附」一詞，指出天地萬物彼此親近而相依附，尤其都屬於「氣類」，天地之間的「物類」或「物體系」，因此不是孤立陳列，而是相與流轉；變異不是為了分離，反而是為了跨越類別（「若磁石引針」）、跨越時空距離（「若周時獲麟，乃為漢高之應」）[28]而相互接合。

這樣一種以「類應」為最終目的的「類物」模式，它的作用明顯在於會聚而不是排除，在於連繫而不是分立，因此對於任一「物」的認知，都不可能是單獨抽離出來，反而必須是在一個門類或體系的作用中才能清楚「看見」這個「物」的存在。也正是基於這樣的「類物」或「類應」態度，當晚清

24 引自陳奇猷，《呂氏春秋校釋》（臺北：華正出版社，一九八五）卷一三〈應同〉篇，頁六七八。
25 分別引自郭慶藩，《莊子集釋》（臺北：華正出版社，一九八〇）〈漁父〉篇、〈徐無鬼〉篇，頁一〇二七、八三九。
26 引自梁啟雄，《荀子柬釋》（臺北：臺灣商務印書館，一九七九）上〈不苟〉篇，頁二六。
27 以上孔穎達疏，引自《周易正義》卷一，頁一五。
28 引號內文字出自孔穎達疏，《周易正義》卷一，頁一五。

西方天文學傳入中國，才會引起中國士人彷如「天崩地裂」一般的巨大衝擊；[29]因為如李善蘭等譯述英國天文學家侯失勒（John Herschel）一八四九年的著作（《天文學綱要》）而成的《談天》，根本完全捨棄了這套「類物（或類應）」的關係模式，不論是在認知或描述世界的方式上，都挑戰了這個根深柢固的世界圖式。最簡便的對照，是以《爾雅》對於「天」的說解為例：

> 穹蒼，蒼天也。春為蒼天，夏為昊天，秋為旻天，冬為上天。四時，春為青陽，夏為朱明，秋為白藏，冬為玄英，四氣和謂之玉燭。春為發生，夏為長嬴，秋為收成，冬為安寧，四時和為通正，謂之景風，甘雨時降，萬物以嘉，謂之醴泉，祥。……南風謂之凱風，冬風謂之谷風，北風謂之涼風，西風謂之泰風，……天氣下，地不應，曰雺；地氣發，天不應，曰霧，……雨霓為霄雪，暴雨謂之涷，小雨謂之霢霂，久雨謂之淫，淫謂之霖，濟謂之霽。[30]

在這段資料裡，是以「天」拉連著四時、節候之氣、年歲（名）、十二月（名），以及風、雨乃至於星辰、祭祀與田獵、旌旗等一起呈現，在稱名解說中，尤其富含徵引自《尚書》、《詩》、《騷》或《莊子》等的種種傳述記憶，[31]正是這些無所不包的關係會聚，讓排列成一串的這些事物都形成了關聯性或相似性，比如孔疏認為〈洪範〉所說的「月之從星，則以風雨」，可見風雨乃相隨之物，於是「風雨」可以「相比類，聚而釋之」，擴大來看，「四時」是因為「天」的不同形質的變化而呈現，節候之氣則因應四時變化而各有不同，而時節之氣的和暢與否，又影響了萬物的生長，至於天地之氣的上下應和狀況，則會影響風雨在四時之間的變化；我們可以發現，《爾雅》名義解釋中，並不只是「名（字詞）——實（物）」之間一對一的關係，字詞本身可以越過義界而自發地連續地引生，彷彿字詞也直接具有「物」的類推應感的能動性。換言之，必須是原生於一套「類應」或是相似性模式，才能生成這樣的語言描述模式；我們在這套模式中讓「物」能夠自己「說（寫）」出來，字詞自行接合、類推，同時也召喚或重新安放不斷添加的記憶。如此說來，傳統中國對於天地萬物的論述，不必然是為了印證個別「物」的真相，而是為了開展更多論述「物」的可能性，讓「物」在四通八達的關係網中合宜的置位，而這與李善蘭等譯述《談天》的目的顯然不同。《談天》一開始就以「論地」居首，完全異於以「天」總括一切的傳統「天學」，而且為了提出「地動」說，一一批駁僅由眼目所見的錯誤：如常人以地大、星小，地無光、行星俱有光，而不願相信「地為球體，乃行星之一也」，「地係行星，故地亦動」。[32]在《爾雅》裡，因為都是由「氣類」言天地萬物，所以不論「天氣

29 葛兆光曾經用「天崩地裂」來形容西方天文學自明末傳入以來，對於中國人所熟悉的宇宙秩序所造成的巨大衝擊，見〈天崩地裂——中國古代宇宙秩序的建立與坍塌〉，收入《葛兆光自選集》（桂林：廣西師範大學出版社，一九九七），頁一〇七—一六，更詳細的討論，參見本書〈第六章　舊詩語與新世界〉。

30 引自晉・郭璞注，宋・邢昺疏，《爾雅注疏》（臺北：藝文印書館，一九七九，十三經注疏本）卷六〈釋天第八〉，頁九四—九七。

31 詳參《爾雅注疏》卷六〈釋天第八〉孔疏，頁九四—九七。

32 見（英）侯失勒（John Herschel）著，（英）偉烈亞力（Alexander Wylie）譯，清・李善蘭刪述，清・徐建寅續

下，地不應」或「地氣發，天不應」，重點在於天、地都相與流轉在一氣之中，既無大小、遠近的方位或亮（量）度問題，自然也沒有動、靜的差異。而《談天》裡固然也談到「氣」，但是強調「去地漸遠，氣漸輕而薄，呼吸必漸苦」的大氣輕重與漸層，乃至光線斜入氣中所形成的角度差異，與折射後的物象變化，[33]這個「氣」字，明顯是指代一種可以明確分析、丈量的物，為了符合精準的丈量尺度，這個物必須有清楚的向內圈圍出自己的界限，同樣地，指稱這個「物」的「氣（字）」也因此必須切除纏繞於這個字詞的種種（被後人認為是錯誤）的記憶傳說，就如同忘卻「（氣）類」或「類應」的傳統體系，將自己「純淨」化為一個可以精確定義的符號。

「感物」與「物色」：類應的召喚與設置

從「類物」與「類應」的角度看來，世界的組成並非以「物」或標誌「物」的「字（詞）」為先，而是有一個根本的關聯性或相似性平臺（或體系），讓人們早就「預（先認）知」了「物」（「字」）的存在。當然，這個具有關聯性或相似性的體系，不只是「物」的處身之所，同時也是讓「物」可以展示或闡明自己的發動者，也就是在彼此映發的關係網絡中，「物」才能獲得定名與意義。這也許可以由「引譬援類」的說法，得到進一步闡釋。《淮南子》在總論全書各篇要旨的〈要略〉中有句話說：「言天地四時而不引譬援類，則不知精微」，這是針對〈覽冥訓〉而言，所以另一段更仔細的說明是：

覽冥者，所以言至精之通九天也，至微之淪無形也，純粹之入至清也，昭昭之通冥冥也。乃始攬物引類，覽取撟掇，浸想宵類，物之可以喻意象形者，乃以穿通窘滯，決瀆壅塞，引人之意繫之無極，乃以明物類之感，同氣之應，陰陽之合，形埒之朕，所以令人遠觀博見者也。[34]

這段話提示如何見識最精微純粹的道理，「攬物引類」就是入門之道，從廣泛收羅到聯想其間的相似性（「宵類」即肖似之物類），進而藉助可以相互比擬或肖似的中介點──「喻意象形」之物，才能通暢地導引人之心意至於無極之境；於是這無極之境非他，簡單說來，就是明白「物類」的感通，「同氣」的相應，「陰陽」的和合，以及「形埒」（界域）之跡理，這四者明顯都有趨向同一的渴望，從界域與界域之間的繫聯，氣類間的彼此應和，到無形的一氣化合，這個趨同的平臺成為無限交會的十字路口。那麼，「攬物引類」因此正是〈要略〉所謂知曉精微之必要的「引譬援類」，尤其要注意的是，任何「引譬」都是「引（援）類」，任何「物」若得以「喻意象形」，也必然都具有標明、闡釋並觸發這個類應體系的功能。

述，《談天》（*Outlines of Astronomy*），收入《續修四庫全書》，子部，西學譯著類，第一三〇〇冊（上海：上海古籍出版社，二〇〇二），頁五一〇。

33 見《談天》，頁五一三。

34 引自劉文典，《淮南鴻烈集解》（臺北：臺灣商務印書館，一九七四）卷二一〈要略〉篇，頁二b。

如果我們注意到，這些屬於後代文學修辭論中的引喻、譬類的手法，在這部代表漢初思想之大結集的《淮南子》[35]書中，原來是用以和合陰陽變化、貫通天地萬物乃至於被視為得以掌握宇宙精微的方式；那麼，我們可能就必須考慮，後來被認為用在文學書寫中的「引喻」、「譬類」或「應感」，其實原來涵括於一個共識性的世界觀、宇宙觀，「時——事（物）」、「物——我」之間必然存在於早經認可熟悉，同時更是時時處於「類應」（類固相召，氣同則合）以「穿通」的互聯狀態中。[36]這不但提醒我們，任何「物類之感」，因此同時連帶著「引（譬）」、「喻（意）」等近似文學創作的行動，更重要的是，任何「引（譬）」、「喻（意）」，也同時就是文學創作與物類通感的交會點；正是從這個「類物（應）」的關聯性或相似性的角度，我們也許可以清楚看到所謂文學書寫是如何在「觸引」或說是「表徵」這個類應關係體上發揮作用。

劉勰在《文心雕龍》〈物色〉篇說到：「詩人感物，聯類不窮」，「聯類」概如上文所言，是指類別間不斷地繫連，那麼，「詩人感物」顯然就是發動這「聯類」的關鍵，[37]在這句話之前的一大段，則是劉勰所認為的「感物」：

春秋代序，陰陽慘舒，物色之動，心亦搖焉。蓋陽氣萌而玄駒步，陰律凝而丹鳥羞，微蟲猶或入感，四時之動物深矣。若夫珪璋挺其惠心，英華秀其清氣，物色相召，人誰獲安？是以獻歲發春，悅豫之情暢；滔滔孟夏，鬱陶之心凝；天高氣清，陰沉之志遠；霰雪無垠，矜肅之慮深。歲有其物，物有其容；情以物遷，辭以情發。一葉且或迎意，蟲聲有足引心。況清風與明月同夜，白日與春林共朝哉！[38]

首先從「物色之動，心亦搖焉」、「微蟲猶或入感，四時之動物深矣」以及「一葉且或迎意，蟲聲有足引心」，可以發現這一組組「動、搖」、「感、動」、「迎、引」，都在說明詩人吟詠不只是出自個人心志，同時也是回應外在物色的召喚；亦即這是交互感應，四時風物的變化擾動了人心，而人心也就如同節氣變化的表徵，所以「悅豫之情暢」、「鬱陶之心凝」、「陰沉之志遠」、「矜肅之慮深」四者，既是人情徵候，也就是四時節候。其次，所謂「物色相召，人誰獲安」的「物色」，既然是指氣

35 徐復觀的看法，見《兩漢思想史》（臺北：臺灣學生書局，一九七六）〈淮南子與劉安的時代〉，頁一七五。

36 有關於「引譬援類」更深遠的背景，請參考鄭毓瑜，〈身體時氣感與漢魏抒情詩〉，《文本風景：自我與空間的相互定義》（臺北：麥田出版公司，二〇〇五），頁二九七—三一〇。

37 宇文所安也曾經引用〈物色〉篇的段落，而談到中國文學中的「連類」作用（categorical association），並說明連類作用使每件事物都是整體的一部分，比如〈物色〉篇提及的四時感物，讓人與自然都處在一個共感的循環中。而本文則重在探討劉勰作為一個文學批評者，如何分析《詩經》中重言疊字的運用，可以巧妙地點染這種同頻共振的「連類狀態」；接著由整個複音詞自戰國晚期以來逐步增多的語詞使用現象，看出「類『情』」在「類物」體系中的發展，其實是推出了「人」成為一個類推的中心，而可以與思想史上「由以天為中心的天人關係，轉到以人為中心的天人關係」這現象相互呼應。

38 引自范文瀾，《文心雕龍注》（臺北：臺灣開明書店，一九七八）卷一〇〈物色〉篇，頁一a。

化宇宙觀下的時物變化——所謂「歲有其物，物有其容」，那麼，接下來的「情以物遷，辭以情發」，當然也必然是奠基於時物體系下的發詠，換言之，這裡的「情辭」是為了回應春秋物色的召喚，甚至可以說是為了發顯整個四序紛迴的物類之感。孔穎達在疏解《詩》〈豳風・七月〉「春日遲遲」句下說到：

> （而）秋言淒淒、春言遲遲者，陰陽之氣感人不同。……然則人遇春暄則四體舒泰，春覺晝景之稍長，謂日行遲緩，故以遲遲言之；及遇秋景，四體褊躁，不見日行急促，唯覺寒氣襲人，故以淒淒言之。[39]

在這裡，陰、陽氣感的不同，相應於人體之舒泰或褊躁，同時，也牽引了語文表達上的「遲遲」或「淒淒」，而這一連串的反應都是與「天」相牽連的體系（張衡所謂「牽乎天者」）；孔穎達的疏解，可以說是基於上古以來「類物（如類『天』）」（或「類應」）的觀念，但是進一步在身體經驗與語文表達上加強，一方面人身四體參與了四時的變化，就在「天」的類推體系之中，另一方面，當身體感應與四時節氣同步起伏，這個同步狀態的描繪，也就成為表徵或喚引這個類物體系的標誌，所以「遲遲」或「淒淒」的語詞運用，其實已經中介了一個「天——陰陽——四體——晝景日行——語言」的感知體系。

如果「遲遲」或「淒淒」的運用，是為了中介一個類應體系，那麼如何切要地點染這種同頻共振的「狀態」的確成為表達的重心。《文心雕龍》〈物色〉篇在「詩人感物，聯類不窮」這句話之後，因此舉出許多《詩經》的語詞為例：

（故）灼灼狀桃花之鮮，依依盡楊柳之貌，杲杲為出日之容，瀌瀌擬雨雪之狀，喈喈逐黃鳥之聲，喓喓學草蟲之韻，……並以少總多，情貌無遺矣。[40]

「灼灼」描寫桃花的美盛，卻又不止於桃花，而是連繫到「少而色盛」之女子，進一步再由這壯盛之「年」與婚嫁之「時」相連結，最後歸於「宜其室家」的夫婦之理。[41]可以說「灼灼」的功能正在於探照出這一個關聯性系列，並且巧妙地體現「（女）年」、「（花、婚嫁）時」相互適合的狀態。「楊柳依依」，出現在〈采薇〉最末一章，[42]與「雨雪霏霏」對舉，除了描摹物態，也映照春去冬來的景象，同時將往返之時編織在其中，尤其末尾「行道遲遲，載渴載飢」，「遲遲」的長遠狀態不但加

39 引自漢・毛公傳，鄭玄箋，唐・孔穎達正義，《毛詩正義》（臺北：藝文印書館，一九七九，十三經注疏本）卷八—一〈豳風・七月〉，頁二八一。
40 引自《文心雕龍注》卷一〇〈物色〉篇，頁一 a—一 b。
41 關於〈桃夭〉的傳、箋，參見《毛詩正義》卷一—二，頁三六—三七。
42 〈采薇〉一詩，見《毛詩正義》卷九—三，頁三三一—三三四。

重了「雨雪霏霏」的行道艱苦，也與「楊柳依依」的留戀不去在距離（不論是時間或空間）上形成明顯對比，於是透過這三個連綿詞（或稱複音詞），其實是一併呈現了時節流轉中相互對應與纏繞的事變人情。「其雨其雨，杲杲出日」之「杲杲」，[43]以明亮之日光來反襯所願不得（求雨而出日），並與所思不見的情狀相互比擬，「雨雪瀌瀌，見晛曰消」，[44]則反過來是以雨雪之壯盛，來反襯對於日出（見日則雪消）之渴求，並連結振興王政以除奸佞的想望；這裡的「杲杲」或「瀌瀌」明顯都不僅止於寫物，而是牽引向相思或渴望的心態。至於「黃鳥于飛，集于灌木，其鳴喈喈」，[45]「喈喈」不但是模擬鳥鳴，而且是「和聲之遠聞也」，所以比擬女子有達于遠方之美稱；「喓喓草蟲，趯趯阜螽」，[46]則是透過草蟲鳴、阜螽躍，比擬男女以禮相隨從，換言之，即便是模擬蟲鳥鳴聲，也是為了喚引其他響應，來生發次第相應的情態（如聲問遠傳或以禮相隨），因此劉勰最後會總說「情貌無遺矣」。

如果以《爾雅》為例，會發現這本書收入了大量重言疊字，也許正反映了自戰國晚期以來，對於狀態描摹的要求是愈加迫切。尤其值得注意的是，在卷三〈釋訓〉[47]出現許多描摹容儀、情態的語詞，比如：關於才性明智的「明明」、「斤斤」、「條條」、「秩秩」；關於容儀謹敬的「穆穆」、「肅肅」、「翼翼」；而「晏晏」、「溫溫」是溫柔的，「桓桓」、「烈烈」是威猛的；另外，還有美麗的（「委委」、「佗佗」）、徐緩的（「祁祁」、「遲遲」、「綽綽」、「爰爰」）、歡欣鼓舞的（「坎坎」、「蹲蹲」）、愁怨的（「悄悄」、「慘慘」），尤其是關於憂心的連綿詞，以《詩》為例，舉出十種之多，這除了是因為釋義方便，所以將情狀形容詞擺在一起，其實也已經反映出一種「類聚」或「類推」的作用模式；就像名物體系將所有由「天」、「地」等所連結的事物加以會聚，〈釋訓〉當中這些情態語詞的會聚，毋寧也可以說是「類物」的現象之一，亦即是將「類『情』」——包括喜、慍、柔、怨、憂等各種變化，也增添進入原來的類應世界中。

這個摹狀詞的收入現象，如果可以說是「類物」或「類應」體系的擴增，其意義當不僅止於類項的數量多少而已，這說明了，情態詞一方面原生於所在的類物體系，一方面也不斷增生；而這增生的現象，又不僅止於表達上描摹的需求，而在於隱約預示了一個極為重要的發展趨向，那就是「人」本身逐步成為一個類推的中心。在《爾雅》的類目中並沒有「人」這一項，但是可以在〈釋詁〉、〈釋訓〉中尋找到相關部分，除了前面引述的情態重言之外，另外像是關於人的身體姿態，如解釋「戚施」為「面柔」，「夸毗」為「體柔」，分別是指卑躬屈膝或令色低首的模樣，「婆娑」為舞容，「擗」為撫心憂愁的樣子，「矜憐」為憐惜貌；[48]又如羅列關於悅樂的字眼，「怡」、「懌」、「悅」指心之悅

43〈伯兮〉一詩，見《毛詩正義》卷三—三，頁一三九—四〇。
44〈角弓〉一詩，見《毛詩正義》卷一五—一，頁五〇三—五〇五。
45〈葛覃〉一詩及其傳、注，見《毛詩正義》卷一—二，頁三〇—三二。
46〈草蟲〉一詩及其傳、注，見《毛詩正義》卷一—四，頁五一—五二。
47 以下關於《爾雅注疏》〈釋訓〉的資料，皆引自《爾雅注疏》卷四，頁五五—六一。
48 見《爾雅注疏》卷四〈釋訓〉，頁六一。

樂，「欣」描述歡笑，「衎」為飲食之樂，「喜」指不言而樂等；[49]還有關於恐懼的一連串字眼，如「戰」、「慄」、「震」、「驚」、「戁」、「竦」、「恐」、「慴」等。[50]由這些關於人的形體、情感乃至於才智的種種面向的表述看來，幾乎已經浮現出「類『情』」或「類『人』」的初步輪廓；而這逐步浮現的人身或人情體系與天地宇宙的關係，則很容易讓人想起《淮南子》〈本經訓〉所說的：「天地宇宙，一人之身也；六合之內，一人之制也」，[51]這是從人氣與天地陰陽的通感來談，認為人之氣可以影響萬物生殺、四時運行，因此說「一人之身」就是「天地宇宙」，這背後的關鍵當然就是將天地與人都看成相與流轉、連繫甚至彼此相似的一個整體。比如，聚焦到人「情」來說，〈精神訓〉就說到：「天有風雨寒暑，人亦有取與喜怒」，[52]而著書年代接近的《春秋繁露》在〈天辨在人〉中也說到：「天乃有喜怒哀樂之行，人亦有春秋冬夏之氣者，合類之謂也。」[53]董仲舒認為天亦有喜怒哀樂，如同人之有春夏秋冬之氣，於是，人之有春氣，如天之有喜氣，正是在這相似性上，天與人彼此相靠近、相連接，而所謂「合類」，因此不但是類別間的相聚合，也是相適合、相符應的意思。

徐復觀認為以上所謂「天人相參」或「天人合類」，應該是漢代當時流行的說法，而這說法所揭示的，「不僅是人可與天相通，並且天的作用，須通過人而實現；……這實際是由以天為中心的天人關係，轉到以人為中心的天人關係」。[54]徐復觀透過思想史資料所觀察到的現象，其實也可以由《文選》所分的類目及其所收入的作品來推敲，其中尤以《文選》「賦」下分出的「物色」一類，特別值得注意。蕭統〈文選序〉特別講到關於「賦」的次類目是從「邑居」、「畋遊」開始，最後至於「風雲草木之興」、「魚蟲禽獸之流」，[55]曹虹認為「物色」類目之後既然接著是「鳥獸」，那麼「物色」

就是總稱「風雲草木」，同時認為「物色」還可以分解如「天象、歲時、草木」諸類。[56]但是，這樣的解釋似乎忽略了蕭統在「風雲草木」之後特別加上的「(之)興」字，此處之「興」若可以視如「詩，可以興」之「興」字，那麼，孔安國的解釋就是「引譬連類」，[57]而這正與「魚蟲禽獸之流」的「流」字所代表的流別、品類相照應。換言之，《文選》所收入的「物色」賦，並不單單著眼於題材的指涉範圍，其實也著重風物描摹所能形成的連類應感；當蕭統以「風雲草木之興」為「物色」賦訂立收入主軸，也等於表示他認為這四篇賦必須放在類應體系下最能展現出特色。而在同一時期，劉勰

---

49 見《爾雅注疏》卷一〈釋詁〉，頁八。

50 見《爾雅注疏》卷二〈釋詁〉下，頁二二。

51 引自《淮南鴻烈集解》卷八〈本經訓〉，頁四a。

52 引自《淮南鴻烈集解》卷七〈精神訓〉，頁二a—三a。

53 引自《春秋繁露》卷一一，〈天辨在人〉第四六，頁一八七—八八。

54 參見《兩漢思想史》〈淮南子與劉安的時代〉，頁二一九。

55 引自《昭明文選》〈文選序〉，頁一。

56 見曹虹，〈文選賦立「物色」一目的意義〉，《中國辭賦源流綜論》（北京：中華書局，二〇〇五），頁一九一—二〇一。

57 參見《論語注疏》（臺北：藝文印書館，一九七九，十三經注疏本）卷一七〈陽貨〉篇，「詩，可以興」句下何晏集解引孔安國說法，頁一五六。

於〈物色〉篇同樣揭示「詩人感物，聯類不窮」，並進一步解釋這「聯類」的作品必須是：「寫氣圖貌，既隨物以宛轉；屬采附聲，亦與心而徘徊」，[58]因此，回過來針對《文選》的「物色」賦，這四篇賦如何在「隨物宛轉」中能體現人情事態，同時在「與心徘徊」中又能召喚節氣流行，應是接下來要討論的重點。

「物色」賦類所選錄的四篇作品，[59]分別關於風、秋、雪、月，這四者屬於天象歲時，可以說是傳統類物體系中最基礎的部分，若由四篇賦的寫法看來，可以發現，一方面是持續維持與這個類物體系的關係，可是，另一方面，卻又在這持續中，測試著種種離合於原有類應體系的可能性。如前所述，中國傳統類物體系是一個無所不包的關係體，重在開拓論述「物」的種種可能性，而並非固定個別物的真相。因此，所謂暫時的離合，未嘗不是一種面對已有傳述記憶的「增生」或「新編」。比如〈秋興賦〉先是透過徵引宋玉的〈九辯〉及其他相關於歎逝的事例（如孔子、齊景公登山、臨川之歎逝等），來進一步開展對於秋的感懷，但最後則從悲秋的輾轉反側，轉而以逍遙山川、放曠人世作結，這不但是書寫上跨越時間的相呼應，也是對於「秋」所在的物類體系的持續闡釋與改寫。至於其他三篇，先是假託人物問答，直接在角色扮演中提供針對「風」、「雪」、「月」各類相關的知識與記憶彙整，比如〈風賦〉藉楚襄王之口，先陳述「風者，天地之氣」，本有吹拂萬物的普遍性；〈雪賦〉則先由梁王歌詠《詩》句「雨雪其滂」、「雨雪霏霏」起始，加之以關於豐年、陰德的符應；〈月賦〉是假託曹植吟詠「月出皦兮」、「東方之月兮」詩句開篇，更不用說其中還雜揉了出於《山海經》、《淮南子》等關於玄兔、嫦娥以及夢月生子的神話傳說。[60]然而，〈月賦〉由月之傳說，至於秋月夜的歎息長歌、歸期相許；〈雪賦〉中由「雪之時義」至於賞雪所引發的年歲易暮、後會無因之感嘆，最後歸於「縱心皓然，何慮何營」；更明顯的是〈風賦〉中，宋玉分辨風氣為「大王雄風」與「庶人雌風」，使普同的天地之氣，轉而應和於所託形勢（宮苑、窮巷）而具有高下貴賤的差異性。

從作品的前後對比所出現的轉折來看，似乎是為了構成短暫的「離——返」效果，而並不是為了往而不返，〈秋興賦〉、〈雪賦〉、〈月賦〉都從歲暮悲愁出發，最後說「優哉游哉，聊以足歲」（〈秋興賦〉），說明了悲秋的漣漪又回返於時序周流中；尤其是〈秋興賦〉與〈雪賦〉，表面上看來是提出某種哲理領悟，但是這領悟又安放在四序紛迴中，彷彿成為某種可以視為「不在場」的過程，讓「與心徘徊」持續接連上甚至是疊映著「隨物宛轉」的軌道。但另一方面，我們也發現，這看似「不在場」的離合過程，卻成為氣化流行「作用」在人身上最具體的「在場」。〈秋興賦〉中，潘岳由宋玉的「悲哉，秋之為氣也」，引申出送歸、羈旅之憤，或是臨川歎逝、登山懷遠的「四感疚心」，後來在「耕東皋之沃壤」、「澡秋水之涓涓」的春耕秋游中獲得紓解，這不僅是潘岳的哲思領悟，更重要的意義，應該是病（「疚」）態的身體重新參與了時節流轉，而回復到本然存在的環境中。同樣地，

58《文心雕龍》〈物色〉篇在「詩人感物，聯類不窮」以下說到：「寫氣圖貌，既隨物以宛轉；屬采附聲，亦與心而徘徊」，引自《文心雕龍注》卷一〇〈物色〉篇，頁一a。

59 以下討論所涉及的這四篇賦，皆出自《昭明文選》卷一三，頁二六五—七六。

60 以上成辭、典事的說明，請參考李善注。

〈雪賦〉一開始「梁王不悅」，〈月賦〉開頭，曹植也是「悄焉疚懷，不怡中夜」，顯然如何由歲暮悲愁中解脫，已經不只是個我抒懷或修辭（王侯要相如、仲宣為賦）的問題，這時「抒懷」儼然成了「療救」的途徑，而一般視為寄心託意的節氣時物，也成為療治「疚心」、「疚懷」、「不怡、不悅」最具體的支援體系。

「類物」或「類應」體系，如何可以成為療治病體的作用脈絡，〈風賦〉中宋玉的說法最能引發聯想。宋玉提出所謂「大王雄風」與「庶人雌風」，一般最常視為對比君王奢華與庶民困苦的諷諫之作，[61]而經常忽略這兩種風所具有的治病或致病的相對效用；這可能也因為「大王／庶人」或比擬這高下差異的「雄／雌」語詞，比「風」所代表的古老記憶或基本知識來得新奇。我們可以說這是一個記憶與新詞共同編織出來的新類應作用，記憶所在的氣類體系是發揮作用的原動力，而新詞語則如同分殊導引的新設置。宋玉雖題名為「風」，其實「風」即「天地之氣」，因此文中也是「風、「氣」連言——所謂「風氣殊焉」。以「氣」或以「風」來談天地四時之氣與人體的關係，早就是先秦思想家與醫家所共同關注的議題；原本只是用「正氣（即正風也）」或「邪氣（又稱虛風）」來分別四時之氣的順逆景象，並以此對應人與萬物的常變狀態。所謂「四時正氣」或「天地之正」，表現在天地萬物上，就是春生夏長、秋收冬藏，若是四時失序則會產生「邪氣」或「賊氣」，如此不但使得「春肅秋榮、東雷夏霜」，人體也會相應而致生疾病。於是進一步，在醫家論述中，因為人與自然相互交通，因此人體內氣息運行的管道，也同時成為外在「邪氣」入侵的管道，因此人體內不免就有「正」（原本內在於人體的真氣、經氣）、「邪」兩股氣彼此消長地運行，而形成自皮膚至於經脈臟腑的種種病況。[62]如果先不論宋玉在「大王雄風」、「庶人雌風」上的稱名差異，〈風賦〉中所說這兩種風氣侵入人體的反應，與醫家所言之「正／邪氣」顯然是基於同一種觀點下的論述：

> 邪氣者，虛風之賊傷人也，其中人也深，不能自去。正風者，其中人也淺，合而自去，其氣來柔弱，不能勝真氣，故自去。[63]

> 故其風中人，狀直憯悽惏慄，清涼增欷，清清泠泠，愈病析酲，發明耳目，寧體便人，此所謂大王之雄風也。……故其風中人，狀直憞溷鬱邑，毆溫致溼，中心慘怛，生病造熱，中唇為胗，

---

61 參見郭維森、許結，《中國辭賦發展史》（南京：江蘇教育出版社，一九九六）第二節〈戰國末期楚辭之生成和賦的衍化〉，其中徵引諸評論認為〈風賦〉具諷諫意味，頁七九。

62 此處關於「正氣」、「邪氣」在先秦諸子與醫家中的說法，綜合了蔡璧名的相關論著，請詳見蔡璧名，《身體與自然——以「皇帝內經素問」為中心論古代思想傳統中的身體觀》（臺北：臺灣大學出版委員會，文史叢刊一〇二，一九九七）第四章第五節〈「正氣」與「邪氣」〉，頁二四七—六三；〈莊子「乘天地之正而御六氣之辯」新詮〉，《大陸雜誌》一〇二卷四期（二〇〇一年四月），頁一〇—一五；一〇二卷五期（二〇〇一年五月），頁一—二九。

63 引自張登本、孫理軍主編，《全注全譯黃帝內經》（北京：新世界出版社，二〇〇八）（下）《靈樞經》第七五〈刺節真邪〉，頁三八〇—八一。

得目為蔑，啗齰嗽獲，死生不卒。此所謂庶人之雌風也[64]

這兩則資料都以人體為中心，談論外來侵襲入於人身的影響，這顯然已經不全同於由天地之氣出發來談的人與萬物的應和，換言之，這明顯如同前引徐復觀所說，以人為中心的天人關係，則「天的作用」，是「通過人而實現」；那麼「中人之深／淺」或是「愈病析酲／生病造熱」都是著重體內外氣息交感及其拉鋸結果而言，這時人身不僅接收天地之氣息，同時也引發自身的迎拒反應，換言之，人身已經不只是一個任憑氣息穿流的通道，反而充滿了能動性的收放，而可以反過來重新改造或闡釋（如人身以「深」／「淺」去體現天地之氣）天地之氣的作用。

從個我的身體反應去看待這個類應體系，因此發現在天人相應之中，還存在無數以身體為核心的內外相周旋，宋玉以「雄／雌」風比擬「大王／庶人」於內外交感時的「體氣」上的相對表現，其實是藉助先秦醫家「正／邪氣」的觀點，轉化而成為處身（居處各異）情境上的「癒／病」標記；[65]換言之，對於體氣狀態的重新闡釋，可以讓原本屬於天地自然或療救意義下的體氣變化，也同時成為個體情態糾結或舒放的表徵，而這無疑讓「體氣」直接成為即「類應」即「抒情」的新設置。最明顯的是《楚辭》系列作品，這被視為自我抒情（所謂「發憤抒情」、「賦詩明志」）的屈原，在後代模擬的作品中，如東方朔〈七諫〉、莊（嚴）忌〈哀時命〉等，總以一種違逆而不能紓解（所謂「氣於邑而不可止」[66]）的氣態個體出現。〈哀時命〉中的「志憾恨而不逞兮，杼中情而屬詩」，就如同屈原在前引〈九章‧悲回風〉所說「介眇志之所惑兮，竊賦詩之所明」，這裡表達的欲求，明顯與身體某種不諧和、不安寧的如波沸動的訊息同步，如莊忌「邪氣襲余之形體兮，疾憯怛而萌生」，就像東方朔說「邪氣入而感內」，也即是屈原說的「氣於邑而不可止」。換言之，是在這個不諧和而渴求諧和的體氣波動中，讓「病體」浮現出了「抒情屬詩」的「個體」意義；[67]於是，「邪惡之氣」[68]侵襲身體，在這裡明顯已經不只是關乎療救的體氣，而是過度到個我「抒（杼）情」義的體氣狀態；違逆鬱結或波動沸騰，是內外氣息間的衝突壅塞，也直接就是心身（志情、形體）愁慘的狀態；人身的氣息交通在這裡連繫上氣類感應的體系，也在這裡讓身體經驗成為牽連或增生宇宙間相似性或關聯性的發動點。我們可以說，「體氣」與「抒情」的相互連結，使「抒情」嵌鑲入（embedded within）整個氣類感應背景中，而「體氣」離合也回過來讓「抒情」具有了彼此共同參與的「物（或『類物』）」性。

---

64 本文所引〈風賦〉出自《昭明文選》卷一三，頁二六六—六七。

65《黃帝內經・素問》第七五〈著至教論〉曰：「此皆陰陽、表裡、上下、雌雄相輸應也」，見戴新民，《素問今釋》（臺北：啟業書局，一九八八年），頁九八三。

66 王逸解「氣於邑而不可止」曰「氣逆憤懣，結不下也」。引自《楚辭章句》卷四，頁二〇三。

67 關於如何由「病體」到抒情個體的浮現，參見本書〈第一章　「體氣」與「抒情」說〉，該文由體氣波動的角度提出「身體化悲愁」，來詮釋早期的「抒情」說，本文則進一步由相關資料提出個體「抒情」如何透過體氣說法，獲得來自氣類應感體系下的「物（類物）」性。

68 王逸注〈哀時命〉「邪氣襲余之形體兮，疾憯怛而萌生」曰：「言己常恐邪惡之氣及我形體，疾病憯痛橫發而生，身僵仆也」，《楚辭章句》卷一四，頁三八五。

記憶與遠鏡

當「抒情」具有傳統所說的「物」性或「類物」性，是說「抒情」或是主要以「歎逝」、「悲秋」為主的情感表現，必須放在整個氣類感應或說是「類物之感」的體系下，才能獲得最完整的解釋；我們無法只是從詩人因為一己境遇而有的悲哀去解釋作品中出現的景物，因為景物不只是為了託寄詩人的主觀感受，任何景物都因為整體存在背景才有意義，也因此，詩人的感受不可能全然主觀，而必須是被一套早有共識的相似性或關聯性所召喚，或者是透過這套相似性來重新闡釋或增生連結。更進一步，我們甚至也很難單獨看待一篇作品，而必須是在形同排列組合的關係中，才能為這個作品尋找出適當的定位。如果以《藝文類聚》「歲時部」的「秋」為例，[69]先是在「類事」記錄中，出現一個牽動星宿、風、露、蟬、雁、菊、蟋蟀等氣象與動植物的景況，以及與秋相應的方位（西方）、肅殺的氣氛，加上推衍至於國政民生、相關禮儀的說解，還有如張季鷹歸情所寄的「蓴菜羹、鱸魚鱠」，《楚辭》中各種對於秋節的「悲」情等；其間有關乎風土、物候以及政治秩序、人情動盪，同時可以出乎月令知識、歷史傳說、禮儀規範或抒情敘寫，尤其「類事」之後的「列文」，將兩晉南朝的詩、賦作品臚列在後，如同將後世文人在「類事」基礎上的反覆徵引、擬設與編寫，也一併歸入這個「類物」體系之中。如果認同葛兆光將《藝文類聚》視如一種關於知識、思想與信仰的結構體，我們會發現中國傳統的知識思想乃至於情感信仰幾乎是一個不斷進行會聚的資料庫，我們很難單單由各種「學（說）」（如天文、動植物或文學）去分析，而不得不承認這是無所不包的博物記憶，所有曾經在「秋」

上頭出現的符號（口說或書寫）如此擁擠地、迫不及待地排列在這裡，充滿著味覺（蓴菜羹、鱸魚鱠）、聽覺（蟬鳴、趣織鳴）、視覺（秋則衣白、秋月）與觸覺（白露、涼風）的波動，甚至是輾轉難眠的時空感知，或者某些像是「雀入大水為蛤」這種莫名所以的說法，而形成這個「秋」的類物。

對於其中任何一篇作品而言，某一個典故、成辭或者是摹狀連綿詞的出現，都不是為了識別單一事物，反而是為了全盤托出，是為了更接近與回歸這個包容了一切明確與不明確的類物環境，是為了復活那些彷如風化的史料，是為了持續這些記憶裡的故事，更重要的，是為了透過這些可見的種種符號，去不斷揭露讓事物存在的意義得以被認識、感知的那個隱伏的類應模式。所以，我們可以說在中國古典詩文傳統中，如何將事物放進類物（類應）關係網中，比抽離出來更重要，當然也就更不可能只是將「物」視作客觀在外的「對象」，或自然科學上的「物質」，去作為思考、行動或描述的目標。這樣的感知或書寫背景，讓不同時代的作者彷如都處在同一個記憶庫當中，作者的任務是在各種詞語記號中往來拉引，在新舊語詞間織鏤出連接的線索與意義。如此，晚清李善蘭所譯述的《談天》與古典詩或者說是傳統知識、思想所賴以維繫的類應體系，當然有著明顯區隔。傳統記憶背景中，對著「天」可以說出羲和、后羿、扶桑、甘泉乃至於春秋氣感、人體躁舒等等一連串的故事，在西方天文學傳入之後，則著重精密之測器所見，如《談天》口譯者偉烈亞力在書前序文中提到望遠鏡的作用：

---

69 見於《藝文類聚》卷三「歲時部」上之「秋」，頁四八—五四。

古人論天河，皆云是氣。近代遠鏡出，知為無數小星。遠鏡界內所已測見之星，較普天空目所能見者多二萬倍。天河一帶設皆如遠鏡所測之一界，其數當有二千零十九萬一千，設一星為一日，各有五十行星繞之，則行星之數，當有十億零九百五十五萬。意必俱有動植諸物，如我地球，偉哉造物，其力之神、能之鉅，真不可思議矣。而測以更精之遠鏡，知天河亦有盡界，非佈滿虛空也。

而其界外別有無數星氣，意天河亦為一星氣，無數星氣，實即無數天河。我所居之地球，在本天河中，近，故覺其大；在別星氣外，遠，故覺其小耳。……初人疑星氣為未成星之質，至羅斯伯之大遠鏡成，始知亦為無數小星聚而成，而更別見無數星氣，則亦但覺如氣，不能辨為星之聚。設異日遠鏡更精，今所見者俱能辨，恐更見無數遠星氣仍不能遍也。[70]

這段資料的語氣既是分析的、又是假設的，就是不同於親近與環繞的口吻。比如分析「天河」（銀河）並不是古人所說的「氣」，透過望遠鏡觀測，其實是無數小星所構成，同時除了地球所在的天河，還有其他無數之天河，必須仰賴更精良的望遠鏡，才能從所見「星氣」中辨明為星辰。在這裡符號的解釋顯然比圍繞或安置這個符號指涉物的環境更為重要，換言之，配合符號說明的一致性，比呈現所指涉物的關係網更重要；就像不再由「氣」解釋「天河」，這不只是兩個語詞在關係上的解除而已，而是切割出整個「氣化宇宙論」的說法，更不用說是包覆於氣類感應下的種種日常生活、政治秩序或抒情模式了。因此，如果說「氣」字是氣類感應這天人相關聯體系的整體表徵，那麼，「天河」則是專指無數小星，更精確地說，一個天河可以用「二千零十九萬一千」個（恆）星說明，而每一恆星假設有五十個行星，則一個天河中的行星之數，當有「十億零九百五十五萬」。以數字貫串行星、恆星與天河的說明，這是由望遠鏡這個丈量器具所提供，換言之，是丈量工具的一致性保障了可見性與可信度。這裡所指的天河、恆星、行星等，不再屬於「類應」體系中「天象」的範圍，很難再用傳統的「物」說去定位，而是向計量的方式（或是向計數工具，如遠鏡）靠近；透過多少數量的行星去定位一個太陽（日）系，又多少數量的恆星可以定位出一個天河，這些當然不是為了持續星辰與地域的對應（如以星土辨九州），乃至於可以觀風俗、辨吉凶的星象說法。[71]

本文並不想處理對錯、真假等是非題，這兩種看待世界或論述天文物象的眼光，也並非就絕對只能二選一。在「談天」一詞的使用上，我們可以看到舊語詞如何同時承載了新舊多義，在這裡我們同樣可以看到「星氣」一詞在使用上所具有的巧妙性。偉烈亞力所使用的「星氣」很明顯是晚清西方天文學傳入之後，借用以指稱夜空中諸星密聚的一種形態，而與諸如「星團」、「星林」、「星雲」等可以合觀，[72]然而原本「星氣」，是占望的氣象之一，「占星氣」屬於古代占候之術，如同「占日」、

70 引自《談天》，頁四九九—五〇〇。

71 參見《藝文類聚》卷一「天部」上之「星」，頁一〇—一三。

72《談天》卷一七為〈星林〉，一開始就介紹：「澄明之夜，仰觀天星，往往有簇聚而密于他處者。用遠鏡窺天，見簇聚之處益多。有星團、星氣、星雲、雲星之別，總名星林焉」，見卷一七，頁六八九。又可以參看如譚嗣同

「占月」一樣，[73]「星氣」因此也可以提供吉凶成敗的徵候。「星氣」一詞因此彷彿同時具有古老的記憶與遠鏡的視界，而正是因為這個語詞負載的歷史建構，讓新舊用法凸顯了語詞及其所在的知識領域或處身情境如何斷續編織的狀況，而天象、星氣、九州乃至於地球、行星都在這字詞的不斷編織中「陳述」了出來。我們可以說，到了晚清，西方天文學或自然科學的確取得了注目的眼光，但是「類物（或類應）」的記憶仍是面對新世界的已知項，晚清知識分子正是在這傳統的「類物（或『類應』）」的感知框架上，不斷調整與重新設定所謂「新世界」的輪廓。

原作〈類與物——古典詩文的「物」背景〉，原刊《清華學報》新四一卷一期（二〇一一年三月），頁三—三七。

《仁學》中關於「以太」（ether）說法，其中提到「以太」可以讓天地萬物相接近，如月與地相互吸引，其餘小行星也是如此，而除了太陽系之外，還有許多恆星構成的天河，如「凡得恆河沙數（『恆河沙數』形容數量多至不可計數）成天河之星團」，而天河外又有無數星系，即如「凡得恆河沙數各星團、星林、星雲、星氣，互相吸引不散去，是為一世界海」，引自《仁學》（北京：華夏出版社，二〇〇二），頁一三，可見「星氣」一詞因應西方天文學而有的改變。

73 如《世本》〈作篇〉曰：「黃帝使羲和占日，常儀占月，臾區占星氣」，引自漢・宋衷注，清・秦嘉謨等輯，《世本八種》（北京：北京圖書出版社，二〇〇八），秦嘉謨輯補本，頁四八〇。

第十八章 舊詩語與新世界

當我們嘗試用「類物」或「類應」來概括古典詩文的「物」背景，當然不可能全然照應各個歷史時期的詩歌在呈現「物」意象上的差異，但是卻有可能代表了最具交集性的感知與連結「物」的模式，或者說是看待「物」的一種基本框架。如果要測試這個「類物（或類應）」框架的跨時間性能，面對西學大舉入侵的晚清也許是一個絕佳的時段，而號稱「詩界革命」第一人的黃遵憲，由於還具有出使日本、感受明治維新的親身經驗，所著的《日本雜事詩》也許還能提供跨越地域、文化的新可能。

黃遵憲（字公度，一八四八—一九〇五）作為晚清著名的外交官與詩人，對於他一生著述的評價，大抵也都免不了放在一個東／西方或新／舊世紀的交會與衝突來談，如果以詩作為例，像是周作人談到《日本雜事詩》中改訂舊作的例子，「可以看出作者思想的變換」——黃遵憲承認日本效法西方而卓然有成，而「雜事詩一編，當作詩看是第二著，我覺得最重要的還是看作者的思想，其次是日本事物的紀錄」。[1]當代學者鍾叔河特別考察歷代中國官修歷史或私人著述，認為其中不是多據傳言而非親身經歷，就是純粹風光遊覽而未深入研究，因此在甲午戰爭以前，黃遵憲可以說是中國人第一個對於日本做認真研究的。而除了新事物的介紹，結合《日本國志》與《日本雜事詩》，鍾叔河認為黃在說明日本民族特別善於學習、看重教育作用，以及在擁護天皇這基礎上的成功維新，都給十九世紀末葉推動變法自強的士大夫許多啟發。[2]這樣的看法比較偏向將詩當作歷史看待，或者以詩作為時事的見證，比如梁啟超曾舉公度〈罷美國留學生感賦〉（《人境廬詩草》卷三）一首，認為「是亦海外學界一段歷史也」，而知道當年中國撤銷美國留學生這事件始末原委的本屬少數，能夠說清楚的更少，因此「學生乎，監督乎，當道乎，讀之皆可以自鑑也。豈直詩人之詩云爾哉」。[3]

所以分別「詩人之詩」與「非詩人之詩」，梁啟超其實是為了強調黃遵憲詩中憂天下、存國族的深切關懷，並且感嘆黃遵憲自光緒十六、十七年之後（庚、辛之交）「憤天下之不可救，誓將自逃於詩忘天下」。[4]丘逢甲的看法也近似，先是稱讚黃詩（尤指出使英美後）乃「新世界詩」（《人境廬》四卷以後），[5]黃如同「詩世界之哥倫布」，轉而慨歎黃不能為「世界」之加富耳、俾思麥，僅能為「詩世界」之加富耳、俾思麥，而「世界之國，惟詩國最足以消人雄心、磨人壯志，令人自歌自哭、自狂自聖」，又何須這些革新世局的英雄志士？[6]梁、丘的看法反映了變亂世局中慷慨憂憤的聲音，

---

1 見周作人，〈日本雜事詩〉，《風雨談》（石家莊：河北教育出版社，二〇〇二），頁一〇〇—一〇五，此處引文見頁一〇四。

2 鍾叔河說法請詳參〈論黃遵憲的日本研究〉，《九州學刊》三卷四期（一九九〇年九月），頁六七—九二。

3 引自梁啟超，《飲冰室詩話》，見《飲冰室文集》之四五（上），收入《飲冰室合集》第五冊（北京：中華書局，二〇〇三），頁二〇。

4 引自梁啟超，〈人境廬詩跋〉，收入錢仲聯，《人境廬詩草箋注》（上海：上海古籍出版社，一九九九），頁一〇八六。

5 張永芳於〈黃遵憲和新世界詩〉中，認為丘逢甲所以特別稱黃遵憲離日赴美後所作是「新世界詩」，應該不只是指域外，「更指政體全新的國度，即文明之國，實質是寫時代之新」，參見彭海鈴編輯，《中國近代文學與海外國際研討會論文集》（澳門：澳門近代文學會，一九九九），頁二六八—八三。

6 引自〈黃公度《人境廬詩草》跋〉，收入廣東丘逢甲研究會編，《丘逢甲集》（長沙：岳麓書社，二〇〇一），頁

也頗能代表當時對於黃遵憲詩作的理解與詮釋角度。很明顯，這類「新思想」、「新世界」的論述重點，是在於詩中的域外見聞，以及這些見聞與國內政治或社會文化發展的關聯，顯然不在於詩本身，而問題也正在於此：我們不能只談黃遵憲所描述的新事物，而不去探察他是如何描繪或是為何如此描繪新事物，尤其，對於一位出使到日本的中國「詩人」來說，他用以描述的工具雖然不是一把具體的量尺，但卻是同樣具有尺度性質而得以估量權衡新事物的詩語。換言之，就是這兩百首舊詩讓日本的史事、制度、土物有了「發生」的場所，是這些舊詩語賦予「日本」這空間以「在場」（presence）的意義。

如果不單單摘取其中的事物，而是將詩看成一個論述成果，當黃遵憲「以古詩飾今事」，[7]所謂「古詩」，即便不是韻律嚴整的律詩絕句，而是使用清代流行的類似七絕且具有民歌風味的竹枝詞來描述海外見聞，[8]依然在語彙中布滿歷代典實，那麼，透過用典所緊密牽引成的意義的界域，究竟如何與新世界相交接或相妥協？也就是說，當我們要談論的是黃遵憲的詩，而不只是其人其事，比人事經歷更直接相關的就是詩語，寫作當時的時空人事的定位是第一層，而透過詩語中的典故成辭去領略多層次的意義網絡又是另外一個層次。典故連繫起了古、今至少兩個不同時空、事件，讓一個已知成分（典故所在）去聯想出另一個未知成分，透過這種譬類關係去「命名」新事物，一開始就不可能只是對於眼前單一、固定物的翻譯或指涉；在中國，「據事類義」不只是文學技巧，典事所在的類書從來都是匯聚「五經群書」的知識寶庫，[9]換言之，已知的典故背後牽涉一套認知世界的方式、組合事物的關係，書寫者在選擇典故的同時，其實已經選擇了一種讓域外事物「出現」的關係場所，而這不必是地圖上可以指認的地點；上演著新事物的場所，既然是奠基於固有的知識體系來定位這些新事物，當然極有可能是選擇性的傳譯（或錯譯），但同時，因應傳譯這些新事物時的新關係環境，使用者也許權宜挪借甚或反轉地去使用這些舊典故，就可能對於舊有的知識體系形成衝擊，而反過來重新發現「傳統」中的「不傳統」成分。

無可否認，晚清追新獵奇的風氣，使得域外見聞的書寫幾乎都以介紹異地風物為目的，而標記新事物或新概念的新詞（或所謂外來詞）自然最能符應當時閱讀者的期待。以黃遵憲的《日本雜事詩》為例，絕大多數的新詞出現在詩末的注釋，這使得注文因為更能有效地識別日本獨特的土俗風物與明治維新的西化狀況，而比詩作受到更多關注。[10]相形之下，《雜事詩》的詩作本身卻往往兩面不討

八一五—一七。

7 見曾習經，〈人境廬詩跋〉，《人境廬詩草箋注》，頁一〇八五。

8 如王慎之、王子今輯，《清代海外竹枝詞》（北京：北京大學出版社，一九九四），就蒐集了自康熙二十年至清末述及海外見聞的竹枝詞十八種一千三百七十首，可見當時對於這種平仄較不嚴格、類似民歌性質的詩體之喜好，同時似乎偏好以這種格式上較自由的詩體來描述海外見聞。

9 一般認為是中國類書之始的《皇覽》，在晉・陳壽著，劉宋・裴松之注，《三國志・魏志》（臺北：鼎文書局，一九七七）卷二一〈劉劭〉傳記載「（劭）黃初中，……受詔集五經羣書，以類相從，作《皇覽》」，頁六一八。

10 關於《日本雜事詩》中運用了超過四百個新詞，大多出現在注文中，且其中介紹明治維新的新詞大量且高頻率地出現在爾後的報刊雜誌中，對於開啟民智、傳播新知發揮了重大影響，請詳見蔣英豪，〈日本雜事詩與近代漢

好。如錢鍾書提及《日本雜事詩》「假吾國典實，述東瀛風土，事誠匪易，詩故難工」，[11]又認為以「詩界維新」推崇黃公度，只是因為其詩「差能說西洋制度名物，掎摭聲光電化諸學，以為點綴」，有「新事物」而無「新理致」，「語工而格卑」，「每成俗豔」。[12]錢的說法切中了當時舊詩人的困境：舊詩語不能巧妙地表達新事物，用上新事物也往往弄得不像舊詩；但是有一件事情很清楚，十九世紀後半葉這些出身於傳統知識體系的士大夫，即便嚮往西學、重視洋務，舊詩寫作還是他們表達自我與溝通人我的熟利方式。像錢鍾書所說，黃遵憲作詩時就是會忍不住利用傳統故實，比如由日赴美途中寫下的〈海行雜感〉，其中說到「拍拍羣鷗逐我飛，不曾相識各天涯。欲憑鳥語時通訊，又恐華言汝未知」，[13]錢鍾書舉出宋徽宗〈燕山亭〉詞所云「憑寄離恨重重，這雙燕、何曾會人言語」以為對照，[14]認為公度所以不言「人言汝未知」，而說「華言汝未知」，正因為在中國傳統裡，早已將「鳥語」視為「蠻語」、「夷語」的同義詞，也就是說黃遵憲隨手拈來這舊詩語，而且不自覺地透露了這個古來的偏見。[15]

如果以今律古，去批評黃遵憲仍然新舊雜揉、無法認清舊體詩與新世界的經驗之間出現裂痕，甚至無法就放棄文言或舊詩這種表達方式，[16]不但是強人所難，而且壓縮了文化發展中複雜、緩慢的變動狀況，尤其是可能輕易抹消了面對域外風土時，傳統的感知與表達模式如何應變與轉化的問題。錢鍾書對於「鳥語」的解讀，說明了任何關於文化越界或文化發展的討論，恐怕都很難離開語文的問題，而只去鋪陳人物事件；尤其是原本已經成為共識的習慣用語（在舊詩中就是所謂的成辭、典故），這時候就會不自覺地成為觀者熟悉上手的一種地理尺度。這個地理尺度尤其是指如何形成地理認識（包含土地山川、風土民情）的一種社會共識或文化背景，當然也就無形中透露了那個鐫刻在時代脈絡中的「眼界」。因此，本文既非沉湎於遠古時代的懷舊憶往，但是也不贊成要放棄舊詩，才能貼近「新」世界的論調，因為輕率地選擇守舊或趨新，很可能就失去深刻體會十九世紀末的詩人在瞻前顧後之際所激發的想像，以及無可避免的扭曲矛盾。

《日本雜事詩》的詩、注並存，舊詩語與新事物的描述相互對照，正提供了一個最佳的考察範例，本文藉由考察《日本雜事詩》中關於「三神山」、「談天」，以及衍生的所謂「大九州」等典故的運用，對照注文或《日本國志》中相關的說明，希望可以呈現舊詩語及關於新事物的注解在意義指涉

語新詞〉，《漢學研究》二二卷一期（二〇〇四年六月），頁二九九—三二三。

11 出自錢鍾書，《談藝錄》（補訂本）（北京：中華書局，一九九三）補訂「評黃公度詩一節」下所云，頁三四八。

12 出自《談藝錄》（補訂本）「王靜安詩」，頁二三—二四。

13 見《人境廬詩草箋注》卷四，頁三四九。

14 引自唐圭璋編，《全宋詞》（臺北：明倫出版社，一九七〇），頁八九八。

15 錢鍾書說法詳見《七綴集》（修訂本）（上海：上海古籍出版社，一九九五）〈漢譯第一首英語詩〈人生頌〉及有關二、三事〉，頁一四二—四三。

16 林崗，〈海外經驗與新詩的興起〉一文中，例舉如林鍼、黃遵憲等人的舊詩與海外經驗的格格不入（如只能講「燈」、「鏡」、「線」而不能明言是「幻燈」、「攝影機」或「電線（杆）」），而認為正是這個分裂引發了對於文言的反省，並促成白話詩（新詩）的興起，見《文學評論》二〇〇四年第四期（二〇〇四年七月），頁二一一—二一九。

上的出入離合，同時也藉此勾勒出黃遵憲及其處身的當代對於日本或因為日本所引發的世界意識。換言之，這篇文章強調，「地方」並非本有而固定的地點，試圖展示關於「地方（比如日本）」的「意義製造」過程（the process of meaning-making），在這過程裡，有一個製造者，但不只是關乎製造者的情志，而是他所熟悉的一種書寫（舊詩）體式與其中的一套慣用語（如典故成辭），才「記錄」了「地方」的過去，也同時「辨認」了現在，甚至「指引」出通往未來的路徑。

從遠隔到相接：失落的三山與桃源

黃遵憲〈由上海啟行至長崎〉以輕快的口吻描述了出使日本的第一印象：

> 浩浩天風快送迎，隨槎萬里賦東征。使星遠曜臨三島，帝澤旁流遍禆瀛。大鳥扶搖摶水上，神龍首尾夾舟行。馮夷歌舞山靈喜，一路傳呼萬歲聲。……[17]

所謂「禆瀛」明顯化用鄒衍「大九州」之說，在此泛指中國之外的異域他方，而「三島」則是慣指的蓬萊、方丈、瀛洲三神山，配合大鵬、黃龍的乘風負舟，以及河伯、海神的浮沉出沒，一開始就將日本放置在神話傳說的氛圍裡。這並不只是黃遵憲的個人聯想，同行赴日的公使何如璋在船抵長崎後也有同感：「山骨（谷）蒼秀，林木森然，雨後嵐翠欲滴，殘冬如春夏時。沿島徐行，恍入山陰道中，應接不暇。古所謂『三神山』，是耶非耶」？[18]另外《使東雜咏》第五首也如此描繪：

縹渺仙山路竟通，停舟未信引回風。煙嵐萬疊波千頃，不在詩中即畫中。[19]

詩的前兩句是反用了《史記》〈封禪書〉中關於「三神山」的記載，〈封禪書〉原來記載齊威王、燕昭王等使人入海求仙，並描繪三神山遠望如雲，接近時卻反在水面下，往往即將上岸，又會被風拉走，無法如願，[20]而何如璋這裡則是快意登臨，處仙山中。表面上看起來，似乎是為了描摹的效

17 引自《人境廬詩草箋注》卷三，頁一九九。

18 引自清・何如璋，《使東述略》，收入王曉秋、鍾叔河等點校，《走向世界叢書》之《甲午以前日本游記五種》（長沙：岳麓書社，一九八五），頁九一。

19 引自清・何如璋，《使東雜咏》，收入《走向世界叢書》之《甲午以前日本游記五種》，頁一一〇。

20 漢・司馬遷著，劉宋・裴駰集解，唐・司馬貞索隱，張守節正義，《史記三家注》（臺北：洪氏出版社，一九七四）卷二八〈封禪書〉曰：「自威、宣、燕昭使人入海求蓬萊、方丈、瀛洲。此三神山者，其傳在勃海中，去人不遠；患且至，則船風引而去。蓋嘗有至者，諸仙人及不死之藥皆在焉。其物禽獸盡白，而黃金銀為宮闕。未至，望之如雲；及到，三神山反居水下。臨之，風輒引去，終莫能至云」，頁一三六九—一三七〇。《漢書》〈郊祀志〉亦有類似記載，文字有些許出入：「此三神山者，其傳在勃海中，去人不遠。蓋嘗有至者，諸仙人及不死之藥皆在焉。其物禽獸盡白，而黃金銀為宮闕。未至，望之如雲；及到，三神山反居水下，水臨之。患且至，則

果，所以借用《史記》所載的故實以為比擬，但其實徵引神奇傳說原本就歸屬於傳統地理論述的一環，尤其是建構關於域外地理的部分。蓬萊山早見於《山海經》，〈海內北經〉曰：「蓬萊山在海中」[21]，而《史記》〈封禪書〉總括蓬萊、方丈、瀛洲為三神山，並進一步描述其上有仙人及不死之藥，「其物禽獸盡白，而黃金銀為宮闕」，[22]後來，被認為成書於魏晉的《列子》，在〈湯問〉篇中記述了許多海外奇聞，企圖破除「六合之間、四海之內」的偏促，就將原來〈封禪書〉載在勃海中、去人不遠的神山，推遠到勃海之東億萬里遠處，有一片無底深海曰「歸墟」，海面上漂浮著仙聖所居的「五山」，就是原來的「三山（方丈又稱方壺）」，加上岱輿、員嶠，並承襲《史記》說法，所謂「其上臺觀皆金玉，其上禽獸皆純縞」，再增加長滿珠寶的樹，美味的花果等，使得這海外仙山更令人神往。[23]

《史記》與《列子》關於「三山」或「五山」的說法，都可以說是〈海內北經〉「蓬萊山」的踵事增華，而得歸屬於《山海經》論述系列。陳學熙認為，對於中國傳統地理學而言，如果《禹貢》的九州說屬於「域中地理學派」，那麼，《山海經》就是「域外地理學派」的鼻祖了。[24]換言之，在宋、明大量出現異國遊記或國志之前，以及在明清以來西方地文地質等自然地理學家的影響之外，[25]除去方域有內、外之別，《山海經》這類神奇論述是被認可為所謂「（傳統）地理學」的一支，而與其他史籍或子書中的相關記載一起存在，呈現彼此錯綜混雜的情況。而正是這個發源於神話傳說的「域外地理學」，成為晚清如黃遵憲等人「指認」日本的憑藉，也就是說，這套神話傳說的知識，讓黃遵憲在詩語中駕輕就熟地「編排」了日本在「歷史——地理」上的位置。

黃遵憲《日本雜事詩》〈尾聲〉說到「《山海經》已述倭國事，而歷代史志，于輿地風土，十不一真」，[26]所以他要寫《日本國志》與《日本雜事詩》，對於這些中國已有的記載進行一番考辨。比如對於日本這個地方最早的認識，〈鄰交志〉注文說到：

> 《山海經》稱南倭、北倭屬於燕境，《史記》〈封禪書〉云齊威、宣王、燕昭王皆嘗使人入海，至三神山，見所謂仙人不死之藥。渤海東渡，後遂不絕，似即今日本地。[27]

風輒引船而去，終莫能至云」，引自漢・班固，《漢書》（臺北：鼎文書局，一九七七）卷二五上〈郊祀志〉，頁一二〇四。

21 引自《山海經海經新釋》卷七〈海內北經〉，見袁珂，《山海經校注》（成都：巴蜀書社，一九九三），頁三七八。

22 參見注二〇。

23 參見嚴北溟、嚴捷，《列子譯注》（臺北：書林出版公司，一九九五）〈湯問〉篇，頁一一五—一一六。

24 參見陳學熙，〈中國地理學家派〉，《地學雜誌》（中國地學會）第二年一七號（一九一一年八月），頁一a—七b。

25 陳學熙，〈中國地理學家派〉中以《山海經》（而不是中譯《職方外紀》）為華文的世界地理志之開端，又列舉如「宋裴矩之高麗風俗、宋顧暗之新羅國記……明李言恭、都杰同之日本考，……如宋王策之中天竺國行記，明馬觀之瀛涯勝覽，陳倫炯之海國見聞錄皆是」，也屬於現代所稱之外國地理學家。參頁四b—五a。

26 見鍾叔河輯注、點校，《日本雜事詩廣注》，收入《走向世界叢書》，頁七八九。

27 見《日本國志》卷四〈鄰交志〉一，收入陳錚編，《黃遵憲全集》（北京：中華書局，二〇〇五）下，頁九三二。

在此公度選取《山海經》搭配《史記》〈封禪書〉「三神山」的傳說，推測這就是中國對於日本記載的發端；他沒有排拒求仙說，反而認為「三神山」的傳說，開啟了中、日的交通往來，成為「渤海東渡，後遂不絕」的關鍵。其次，關於日人先祖的考辨，也在「事理可信」的情況下，再度採用了《史記》所載與三神山相關的徐福渡海求仙一事。〈秦始皇本紀〉曰：「齊人徐市[28]等上書，言海中有三神山，名曰蓬萊、方丈、瀛州，仙人居之。請得齋戒，與童男女求之。於是遣徐市發童男女數千人，入海求仙人」。[29]〈雜事詩〉第五首就完全使用這事典，而寫到「避秦男女渡三千，海外蓬瀛別有天」，並由日本傳國重器：劍、鏡、璽三者乃秦制，以及注文提及的敬神、重方士之術，有徐福墓、徐福祠等，認為日人可能就是徐福後代。

值得注意的是，《史記》中記載的是徐福主動請求出海尋仙，這裡卻寫成「避秦」，是刻意接上了桃花源的典故。陶潛〈桃花源記〉說到：

〈桃花源中人〉自云先世避秦時亂，率妻子邑人，來此絕境，不復出焉，遂與外人間隔。[30]

公度用此典故形容日本，似乎有正反兩義，其一是一般對於桃花源的樂土想像，就如同《日本國志》〈地理志〉「外史氏曰」所提到的，「日本之為國，乃獨立大海中，曠然邈然，不與鄰接」，而因為這樣的地理位置，因此得以「遠隔強國，自成樂土」，彷如歐西之瑞士。[31]在《雜事詩》裡更從風土民俗的角度加以發詠，如〈山水〉一首：

濯足扶桑海上行，眼中不見大河橫。只應拄杖尋雲去，手挈盧敖上太清。[32]

注文說到日本雖少高山大河，然林水丘壑仍有勝景，尤其如松島、宮島等地，「山層雲秀，懷靈抱異」，而詩句最後說「手挈盧敖上太清」，更增其奇麗色彩。所謂「太清」，如劉向〈九歎・遠逝〉：「譬若王僑之乘雲兮，載赤霄而凌太清」，王逸注曰「上凌大清，遊天庭也」。[33]至於「盧敖」，高誘於《淮南子》〈道應訓〉「盧敖游乎北海」下注曰：「燕人，秦始皇召以為博士，使求神仙，亡而不反也」；[34]〈道應訓〉還述及盧敖見到一位奇士，所游處比盧敖更為廣遠無盡，甚至是到「不名之地」，最後並說到「吾與汗漫期于九垓之外」，也就是游於九天之外。[35]「汗漫」，原意即為「不可知

28《史記三家注》卷一一八〈淮南衡山〉列傳中伍被述秦始皇求仙事，曰：「又使徐福入海求神異物」，頁三〇八六。
29引自《史記三家注》卷六〈秦始皇〉本紀，頁二四七。
30引自逯欽立校注，《陶淵明集》（臺北：里仁書局，一九八五）卷六，頁一六五—六六。
31參見《日本國志》卷一〇〈地理志〉一，《黃遵憲全集》，頁一〇一〇。
32引自《日本雜事詩廣注》，頁六一二。
33引自漢・王逸，《楚辭章句》（臺北：藝文印書館，一九六七）卷一六〈九歎・遠逝〉，頁四三五。
34引自劉文典，《淮南鴻烈集解》（臺北：臺灣商務印書館，一九七四）卷一二〈道應訓〉，頁二〇b。
35同前注，頁二一b—二二b。

之也」，那麼，說黃遵憲是以仙游成就「樂土化」的日本印象，或者說是以「不可知」甚至「不可名」的行游，模擬桃花源的追尋，應該都可以成立。此〈山水〉詩注末尾說到：「恨蠟屐無緣，未能一游耳」，後來在《雜事詩》已由王韜於香港重印（即第二版）之後，才進行實地游歷，並稱「念日本山水素稱蓬壺」，故「恣意為汗漫之游」，[36]另外於調任舊金山總領事，而與日本友人辭別詩中，也說到自己當初出使日本，是「來作三山汗漫游」，[37]可見，公度是有意透過與蓬萊、方壺等仙山相關的詞語組，如汗漫、太清、盧敖等，來讓一個原本不為所知的桃花源進入一個可以稱名的已知的領域，也可以說，神山與桃源的典事系列其實就是「呈現」日本的憑藉，是透過舊詩語作為越界溝通的橋梁。

如何利用已知的詞語類組去描摹出一個原本未知的世界，而且還能夠親切近似，當然是書寫者的難題。《雜事詩》中的〈風俗〉一首，就這樣說到：

> 九州地脈阻昆仑，裨海環瀛水作門。圓嶠方壺雖妄語，分明世外此桃源。[38]

這首詩的前兩句是利用鄒衍大九州說與崑崙仙山的傳說，來形容日本的獨立海外（關於鄒衍的說法下節詳談），後兩句則一方面覺得借用仙山傳說（圓嶠方壺）不免虛妄，但是一方面又再次強調日本風俗淳美的確如同世外桃源。其實關於「人崇禮讓，民不盜淫」的風俗，初印本原有一詩如下：

夕陽紅樹散雞豚，蕎麥青青又一村。茅屋數家籬犬臥，不知何處有桃源。[39]

此詩明顯仿擬如陶潛以來的田園詩風，描摹一種悠然自得的意境；但是改定後沒有了田園風情，還是回到「三山」一類的傳說。比較這兩首詩的注文，會發現借用仙山傳說的改訂版，也許正是為了強調桃花源的與世隔絕，所以除去民風渾樸之外，多出以下的說明：

四面環海，自德川氏主持鎖港，益與諸國相隔絕；然承平無事，閉戶高臥者二百餘年。

「與諸國相隔絕」，正如桃花源記所述「來此絕境，……遂與外人間隔」。換言之，即便公度已經覺察到使用仙山傳說並非最妥適，但是尤其在描述日本孤懸海上的地理位置，以及因此得以鎖國兩百多年的政局，還是以神山系列的典故最能傳達這個閉關自守的狀態。《雜事詩》中以「蜻蜓洲」總

36 見光緒六年（一八八〇年七月二十五日）〈致王韜函〉，《黃遵憲全集》，頁三一九—二〇。當年二月王韜於香港重印《日本雜事詩》，參見《人境廬詩草箋注》附錄二〈年譜〉，光緒六年二月所述。
37 引自〈奉命為美國三富蘭西士果總領事留別日本諸君子〉，見《人境廬詩草箋注》卷四，頁三三七。
38 引自《日本雜事詩廣注》，頁六〇八。
39 引自《日本雜事詩廣注》〈風俗〉詩後所附，頁六〇九。

稱日本國土形勢，也如此寫到：

巨海茫茫浸四圍，三山風引是耶非？蓬萊清淺經多少，依舊蜻蜓點水飛。[40]

「三山風引」即《史記》〈封禪書〉所言，舟船每近三神山，即為風所引去而不得登臨，公度在此以不確定的語氣，烘托日本的獨立蒼茫而不易接近；接著第三句又以葛洪《神仙傳》麻姑所云「向到蓬萊，水又淺於往昔會時略半也」作為映襯，[41]來強調即使仙境也有滄海桑田的變換，日本卻可以一直屹立在海中。這首詩可以說是完全以神山為主軸所衍生的典事（在海中、風引而去、仙人來去等）來配合「蜻蜓點水」這個輕盈悠遠的地理圖像。

但是，如果注意到〈蜻蜓洲〉的注文，卻似乎又推翻了以上這類桃源仙境的美好想像。前半段說到日本立國至今，版圖依舊，即《山海經》、史書或如後來稗官小說之所謂神山仙境，但是後半段話風一轉，說到：

今海外方國，舟車悉通，惡睹所謂圓嶠、方壺？蓋燕、齊間方士，知君房東來蹤迹，遂借以肆其矯誣，實則今日本地方。

注文所以與詩大異其趣，關鍵點明顯在於：「舟車悉通」，這使得原本隔絕如三神山的日本，變得容易到達而可以實地觀覽。當黃遵憲與何如璋等乘船出使，他必然也同樣感受到「清水洋過黑水洋，羅針向日指扶桑」[42]這種飄洋過海、舟車通達的快感，因此這裡的反問當然不是後知後覺，他要反省的是原本在中國文獻中或傳統域外地理學論述中所累積出來的「日本」印象；在詩中那樣流利的用典，顯然不只牽涉修辭的問題，而是一種熟悉的域外認知方式，亦即是說，由三神山到桃花源所形成的「（遙）遠隔（絕）式」的地理場景，原本就是黃遵憲最上手的論述日本的一把地理尺度。但如今，這遠隔的尺度似乎與換裝改扮後的日本顯得格格不入。

關於這個轉變，在《日本國志》〈鄰交志〉中詳述了西洋諸國率兵劫盟的經過，[43]而〈地理志〉「外史氏曰」，也以感嘆語氣說到：

> （而）日本絕門自守，無見無聞，矇然未之知也。直至堅船巨炮還伺于門，乃始如夢之方覺、醉之甫醒。[44]

40 引自《日本雜事詩廣注》，頁六〇五。
41 葛洪，《神仙傳》，收入《景印文淵閣四庫全書》（臺北：臺灣商務印書館，一九八六），子部，道家類，第一〇五九冊，頁二七〇。
42 出自《使東雜咏》第三首，《甲午以前日本游記五種》，頁一一〇。
43 詳見《日本國志》〈鄰交志〉四，《黃遵憲全集》，頁九七六以下所述美、英諸國相繼來劫盟之經過。
44 引自《日本國志》卷一〇〈地理志〉一，《黃遵憲全集》，頁一〇一一。

稱其為「醉」、「夢」，毋寧等於承認了「古稱天險」、「戶無外患」（地理志「外史氏曰」），因此「宜其閉門自守，民至老死不相往來」[45]的桃花源，再也難以存在，其實也等於用船艦跨越了這一系列桃源仙境所以構成的兩個因素：遠在海中，隔如異境。黃遵憲曾撮引仙臺處士林子平如此恰切的說法：

> 自江戶日本橋抵于歐羅巴列國，一水相通，彼駕駛巨艦航大洋如平地，視異域如比鄰，……。[46]日本橋頭之水，直與英之倫敦、法之巴里相接。古所恃以為藩籬者，今則出入若庭經矣。言念及此，地險足恃乎？[47]

當所謂「地險」不再成為藩籬，林子平強調海防禦外的重要性，而黃遵憲則特別指出，日本轉而騖外交鄰的利弊，如〈鄰交志〉「外史氏曰」：

> 近世以來，結交歐美，公使之館，衡宇相望，亦上自天時地理、官制兵備，暨乎典章制度、語言文字，至于飲食居處之細，玩好遊戲之微，無一不取法于泰西。……乃至目營心醉，口講指畫，爭出其所儲金帛以購遠物，而于己國之所有，棄之如遺，不復齒數，可謂騖外也已。[48]

黃遵憲的觀察其實很細緻地指出，跨越了「地理藩籬」之後，真正被征服的不只是可以丈量的距離，而是從天文曆算到飲食居處的向西看齊，換言之，在黃遵憲的詩與注的矛盾裡，預告一個用三山、桃源架構出的演出場景即將失落了，而那不全是論述策略的錯誤，而其實一種地理尺度及其所範圍（選擇）的景物意義（如遠、隔）的失落，也可以說就是「文化藩籬」的全面棄守。

從地理藩籬到文化藩籬：在經濟、天文之外的正朔服色

既然談論的是「文化藩籬」，就不僅是對客觀地點的遠近丈量，反倒要注意的是，針對這地點的「認知（思考）方式」的親疏程度；前者可以利用舟車來跨越，後者則是在意義詮釋上做進退取捨。換言之，在黃遵憲《日本雜事詩》中所呈現的「距離感」，其實是賦予意義的不同方式，而不應該只是事物的有無、新舊而已。本文選取《雜事詩》中關於「正朔」、「服色」的論述，探討黃遵憲如何連繫相關事物而建構出一種他心目中充滿意義的「日本」；而這個場所不必然相應於現實環境，也不全然相應於當時社會狀況。我們可以說，在黃遵憲詩中，時時搬演著不同時代與不同場所的拉鋸，正

45　引自《日本國志》卷四〈鄰交志〉一「外史氏曰」，《黃遵憲全集》，頁九三二。
46　引自《日本國志》卷七〈鄰交志〉四，「有仙臺處士林子平」下注文，《黃遵憲全集》，頁九七四。
47　引自《日本國志》卷一〇〈地理志〉一「外史氏曰」，《黃遵憲全集》，頁一〇一一。
48　引自《日本國志》卷四〈鄰交志〉一「外史氏曰」，《黃遵憲全集》，頁九三二。

是這些時空差距才真正挑戰著詩人的眼光焦距以及支援此一觀看視野的知識體系。《雜事詩》有〈銳意學西法〉一首，先是寫到「玉墻舊國紀維新，萬法隨風倏轉輪」，之後特別針對易服色說到：

> 杼軸雖空衣服粲，東人贏得似西人。[49]

公度在此是藉由服飾改用洋式一事，來暗中批評日人一切崇洋，結果輸入大於輸出，在國家財政上出現嚴重貿易逆差，就如同〈食貨志〉「外史氏曰」，特別批評日本開港通商以來，「其所失者，在易服色，變國俗，舉全國而步趨泰西，凡夫禮樂制度之大，居處飲食之細，無一不需之于人，得者小而失者大，……邇年來，杼軸日空，生計日蹙，弊端見矣」。[50]但是，「易服色」顯然又不僅僅牽涉經濟事務而已，《雜事詩》另外有〈禮服〉一首，談到行朝會禮時冠服佩飾的變化，以及相關的跪拜禮改為「小折腰」（鞠躬）、「爭攜手」（握手），在〈食貨志〉裡更詳細說到，日人改著洋服後，散髮、脫刀，以及廢棄剃眉涅齒等舊習。[51]可見「易服色」是由服式顏色牽涉到裝扮佩飾，乃至於禮儀姿容的整體改觀。而《雜事詩》中〈女子〉一首，就隱約透露公度何等眷戀相對於洋化的「古裝束」：

> 不環不釧不釵光，鴉頭襪子足如霜。蓬山未至人多少，都道溫柔是婿鄉。[52]

詩注說民家女子多「古裝束」，「耳不環、手不釧，髻不花，足不弓鞋」，尤其舉止大方，不羞澀也不狎昵，「猶古風也」。初印本原作：「十種金仙數曼殊，中多綽約信蓬壺。紅珊簪子青羅傘，散作人間仕女圖」，也是想像綽約處子彷彿是自神仙世界出走的古典仕女。顯然公度透過懷想東瀛古制，仍然不自覺地將鏡頭拉長，將眼光放遠，對於眼前的維新西化並不完全適應。

更確切的說，詩人的眼光其實並不單純反映外在的世界，也常常是探照他所願意看見的景物；詩語不應只是透明的媒介，而其實是設定好的塑型模具。舊詩語中反覆使用的典故，就是不斷聚焦的地理尺度——讓土物民情在整合好的系列共識中出現，以完全符合這個調整好焦距的鏡頭。因此「易服色」這件事，也必然牽引了一起入鏡的相關景致氛圍。比如「鴉頭襪子足如霜」一句，表面看來就是描寫日本仕女足穿白色鴉頭襪，與並不特別佩戴飾物的髮髻手耳一起呈現古樸的姿貌。但是在〈兩歧襪〉詩中，公度特別應用了西施、洛神、楊貴妃的典事，為著襪以及連帶的穿屐，塗抹上綺旎無限的風情：

---

49 引自《日本雜事詩廣注》，頁六〇〇。

50 引自《日本國志》卷二〇〈食貨志〉六，《黃遵憲全集》，頁一二三五。

51 〈禮服〉一首見《日本雜事詩廣注》，頁六二二，〈食貨志〉相關文字見《日本國志》卷二〇，《黃遵憲全集》，頁一二一一。

52 引自《日本雜事詩廣注》，頁六九五。

> 聲聲響屧畫廊邊，羅襪凌波望若仙。繡作蓮花名藕覆，鴛鴦恰似併頭眠。[53]

一開始，其實只聽見屐聲，而且還是彷如春秋時候吳王為西施構築的響屧廊所發出的聲音，[54]接著，彷如凌波微步的神女逐漸進入眼簾，[55]最後，才看清楚那雙足上穿著像是楊貴妃特別喜愛的繡襪「覆藕」。這相關的三個典事的運用，其實不只是如同注文的說明——不論是「人字屐」、「兩歧襪」或「太真作鴛鴦併頭蓮錦褲襪」皆其來有自，甚至「古制正如此也」。比起證驗更重要的是，在詩中有響屧廊的繚繞迴盪，有洛神般的飄忽身影，以及鴛鴦芙渠的纏綿繾綣，這些融會了聲響（相應的遠古場景）、姿態（神仙境界的飄渺）以及情色欲望的整體感知，說明了服式穿著的任一細微改變就可以牽引如此全面的效應。

因此，黃遵憲在詩中留戀不去的可以說就是一種古裝束引生的整片氣氛或情境，改穿洋服後，即便只是屐、襪的改變，整個生活情境也異於往昔。比如，〈禮俗志〉中談到舊幕府時期庶民或賤者是不許穿屐著襪，後來解禁了，不過「近穿革履，無不襪者」，換言之，原來是否穿屐著襪還是分判官民、貴賤的依據，解禁後才能任意穿著，而近來為了適應穿皮鞋，所有的人都必須穿襪，這固然早就無關乎階級，但卻又不免落入時新的象徵或洋化的束縛了。而配合「腳踹烏皮靴」，又無不「手持邊杖，鼻撐眼鏡」，還得「絨帽氈衣」，黃遵憲認為這使得原來用布用絲的日本人，必須花費巨資輸入羊毛，更不用說「西服緊束」，多麼不適合席地跪坐的日本人了。[56]說到坐席，原本用莞、絹或獸皮製成，明治維新以來，「多用紅氍毹」，富貴之家「易莞席為地衣」，光怪陸離，豔麗耀眼，同時，由於改用地毯，必須於戶外脫去屐屨的舊習不再，自此「穿革履者許之升堂，橐橐靴聲，時聞於戶內矣」。[57]而一旦穿著皮鞋可以進入鋪著地毯的室內，室內所從事的活動，以及人際關係當然也不同於往昔。黃遵憲就這樣介紹他所見的維新後的「茶會」：有「靴聲橐橐，軒然以昂」的西洋人，也有「身短趾高，氈衣革履」的日本長官，還有「足踹烏靴，錦椅繡褥」的皇族婦女，於是或並坐而談、群立而語，或「男女相攜，各就舞場」，最後還放煙火、擺筵席，直到三更半夜，盡歡乃散。[58]於是，一開始也許只是穿不穿襪這件穿著上的細節，接著牽涉到穿木屐或皮鞋，以及進入室內要不要脫鞋；又因為改鋪地毯，可以穿皮鞋進入室內，也不再全是跪坐，而有了或站立或坐椅的交談方式，乃至於可以有紅男綠女、相擁而舞的社交場域。這個由服飾變改至於人際關係的調整（如男女平

53 引自《日本雜事詩廣注》，頁七三三。

54 參見宋・范成大，《吳郡志》（南京：江蘇古籍出版社，一九九九）卷八所記載：「相傳吳王令西施輩步屧，廊虛而響」，頁一〇六。

55「羅襪凌波望若仙」一句明顯出自曹植〈洛神賦〉「陵波微步，羅韈生塵」。〈洛神賦〉引自梁・蕭統輯，唐・李善注，《昭明文選》（臺北：河洛圖書出版社，一九七五）卷一九，頁四〇四。

56 參見《日本國志》卷三五〈禮俗志〉二，《黃遵憲全集》，頁一四五〇—一四五一。

57 見《日本國志》卷三五〈禮俗志〉二，《黃遵憲全集》，頁一四五七。

58 關於「茶會」，參見《日本國志》卷三六〈禮俗志〉三，《黃遵憲全集》，頁一四七二—一四七三。

權[59]）、生活品味的改變（如室內布置或宴飲方式）所建構的嶄新生活空間，顯然再也難以相應於清靜優雅的舊式園庭。

《雜事詩》有〈園亭〉一首，說到：

> 覆院桐陰夏氣清，汲泉烹茗藉桃笙。竹門深閉雲深處，盡日惟聞拍掌聲。[60]

關於「惟聞拍掌聲」的靜謐，注文如此描述：「門設常關。行其庭，闃然如無人者。余嘗訪友，筆談半日，不聞人聲；呼童點茗，亦拍手而已，使人翛然有出塵之想」。如果對比〈食貨志〉裡描述日本人在穿皮鞋、執鞭仗、帶眼鏡之後，「若入而居家，不以巴黎斯之葡萄酒，古巴之淡巴菰餉客，輒若有慚色」，而不但大戶人家「墻被文繡，地鋪氍毹」，連小戶下民「亦購猩紅氈為褥，碧琉璃嵌窗，以之耀鄉里」，[61]在這樣外物叢集、奢華豔麗的環境裡，品茗的閒情、筆談的沉靜，甚至所謂「出塵之想」當然愈形遙遠。當時王韜赴日，也曾羨慕日人「屋宇雖小，入其內，紙窗明淨，茵席潔軟。庭前必有方池蓄魚，荇藻繽紛，令人有濠濮間想」，[62]不論是王韜所稱的「濠濮間想」或是黃遵憲的「出塵之想」，都可以說是一廂情願地藉由老莊之道的恬澹閒適，作為描繪日本圖景的一種尺度，而這恬靜的尺度其實奠基於由紙窗、茵席、木屐、兩歧襪等等事物連繫而成的生活體系與意義。我們當然很容易想到，公度由原本屬於中國古制的屐、襪出發，至於席地跪坐方式，乃至於「門設常關」的陶淵明式的隱逸風情，是這些屬於中國文化的事物及其典實所構成的意義關係，讓黃遵憲的舊詩書寫彷彿一直在這套已經成系統的關係上游刃有餘的運作。而當皮鞋取代木屐，茵席由地毯取代、琉璃窗取代了紙窗，加上笙歌樂舞取代烹茗談心，不只是新事物以及新語詞的出現，而是這些新出的事物（及其命名）所逐步成形的體系（皮靴、襪——鞭仗、眼鏡、香菸——地毯、琉璃窗——男女共舞……）時時挑戰著已經被認定的舊有的事物關係，以及表達這套關係意義的舊詩語。

如果「易服色」（包括服飾到生活所處的庭園）是在新事物場景之上召喚古典風情，就像在同一個地方（都是日本）「疊套」出「異場所（如古風、古制）」的效應，那麼所謂「改正朔」，則是將曆法使用的這一個事件，放置回不同的時代社會之中，進行「異時序」的意義追尋。在黃遵憲《雜事詩》中有〈舊曆〉、〈新曆〉兩首詩，〈舊曆〉一首明顯反對曆法變更，痛心日人「數典祖先忘」，後來在《雜事詩》定本詩注中還加入一段關於日官（掌天象之官）號「羲和」的傳說，認為日人先祖精於天象曆算，故「以國為氏，復以氏名官」，如今竟然廢棄了先祖古制。[63]同一時期也有不少人對於

59 參見《雜事詩》〈夫婦〉詩後所注：「維新以來，有倡男女同權之說者，豪家貴族，食則并案，行則同車……為跳舞之戲，多婦媚士依，雙雙而至」，《日本雜事詩廣注》，頁六九七。
60 引自《日本雜事詩廣注》，頁七〇七。
61 見《日本國志》卷二〇〈食貨志〉六，《黃遵憲全集》，頁一二二一。
62 引自清・王韜，《扶桑游記》，收入《走向世界叢書》，頁三九九。
63 關於〈舊曆〉一詩詩注，在定本的增補，請參見李玲，〈黃遵憲改曆觀的思想歷程〉，《學術月刊》二〇〇四年一二期（二〇〇四年十二月），頁八八—九六，此處增補說明見頁九〇。

日本改曆這件事不以為然，薛福成在《日本國志》序文中，除了稱讚日本效行西法、氣象一新，也提到：「其（日人）改正朔，易服色，不免為天下譏笑」，[64]而梁啟超在一九一〇年也曾回想自己當年曾嘲笑明治初年廢夏曆而改用陽曆一事，謂「國家所務，自有其大者遠者。何必鰓鰓焉於正朔服色之間，舉一國人數千年所安習者，一旦舍棄，而貿然以從人，毋乃太自輕而失為治之體乎」？[65]

這些「自輕」或「為天下譏笑」的批評，很容易理解為是中國知識分子基於華夏文明優越感的必然表現。[66]但是如果由黃遵憲初印本與定本的兩首〈新曆〉詩看來，黃遵憲真正在意的可能不只是中華文化圈傳播範圍的減縮，而是牽涉在一套曆法中最根本的政治象徵與生活秩序的失落。定本的〈新曆〉詩云：

> 紀年史創春王月，改朔書焚夏小正。四十餘周傳甲子，竟占龜兆得橫庚。[67]

「改朔」其實不只是「改曆」，同時也是「改政」，《周禮》〈春官・太史〉有言：「頒告朔于邦國」，鄭玄注云：「天子頒朔于諸侯」，也就是賈公彥所說，天子將「十二月厤及政令」頒布給天下諸侯；[68]換言之，「朔」或即稱「朔政」是政權的象徵，「改朔」當然也就具有權力興替的宣示意味。所以像「春王月」的典故，談到《春秋》載魯隱公攝政之始，稱「元年春王正月」，是特別說明魯國仍奉行周天子頒布的朔政，有別於當時如鄀、鄧等小國諸侯似乎已經各行其是、不奉周曆的狀況。[69]《史記》〈曆書〉中說到：「王者易姓受命，必慎始初，改正朔，易服色，推本天元，順承厥意」，[70]

亦即只有在易姓稱王、改朝換代的時候，為了宣示主權，才會改正朔、易服色，以正視聽；[71]因此黃遵憲借用漢孝文帝為代王時，諸呂為亂以危劉氏，眾人擁立代王，並卜得龜兆大橫（龜文正橫），占曰：「大橫庚庚，余為天王」，亦即意謂代王將由諸侯而即位為帝也，[72]來暗示除非是皇族宗室遭遇威

64 引自〈日本國志序〉，《黃遵憲全集》，頁八一七。

65 引自梁啟超，〈改用太陽曆法議〉，見《飲冰室文集》之二五（下），收入《飲冰室合集》第三冊，頁一。關於此文繫年，文集目錄標記為宣統二年，在文中已由各種政經制度以及教育制度的需要等，說明改採陽曆的重要性。

66 李玲，〈黃遵憲改曆觀的思想歷程〉中亦徵引如李圭、薛福成、梁啟超與日人山室信一等人的看法，並總說這是「漢文化優越感受到強大的挑戰」、「體現了一個愛國者的最樸素的情感」。參見頁九四。但李玲亦認為黃遵憲有其作為史家的立場，因為夏曆在中國有其穩定政治、適合農業社會的因素，本文認為這部分還值得深入討論。

67 引自《日本雜事詩廣注》，頁六〇三。

68 見漢・鄭玄注，唐・賈公彥疏，《周禮注疏》（臺北：藝文印書館，一九七九，十三經注疏本）卷二六〈春官・太史〉，頁四〇二。

69 關於「元年春王正月」的解釋，參見楊伯峻，《春秋左傳注》（臺北：源流出版社，一九八二），頁五—六。

70 引自《史記三家注》卷二六〈曆書〉，頁一二五六。

71 孔穎達注解《春秋》「元年春王正月」句，曰：「言王正月者，王者革前代馭天下，必改正朔、易服色，以變人視聽。……三代異制，正朔不同，……故以王字冠之，言是今王之正月也」，見晉・杜預注，唐・孔穎達等正義，《春秋左傳正義》（臺北：藝文印書館，一九七九，十三經注疏本）卷二，頁三〇。

72 關於「竟占龜兆得橫庚」一句之典事，詳見《史記三家注》卷九、一〇之〈呂太后本紀〉及〈孝文本紀〉，尤其

脅，否則如何能巡行改變與國統相存續的兩千多年的曆法。如黃遵憲在〈國統志〉所言，日本皇位「傳世百二十，歷歲二千餘，一姓相承」，從來沒有「傳之異姓」，[73]因此詩中使用「改（朔）」、「焚（夏小正）」、「竟（占龜兆得橫庚）」等字眼進一步透露「數典忘祖」的嚴重性，並不只是曆法不同，還是關乎國祚絕續、宗室存亡的問題。

但是，當時日本廢夏曆改採西曆的原因，似乎完全不同於黃遵憲視曆法為政治符碼的這套固有說法。定本〈新曆〉詩後注文描述陽曆曰：

> 每四歲置一閏日，七十年後，僅生一日之差，比太陰曆實為精密。[74]

《日本國志》〈天文志〉[75]中也詳述與日本友人討論改曆一事，日人以改曆為維新第一美政，因為「太陽曆歲有定日，于制國用，頒官祿，定刑律，均精核劃一，絕無參差」，換言之，計日「精密」或定日「精核劃一」，正是採行陽曆的關鍵。至於黃遵憲在詩中批評日人擅行改朔，其人則答以「三代之時，三正迭用」，認為改朔乃常有之事，為何不批評古人卻非薄今人？黃遵憲在此雖自謙「無以難之」，但其實詩意中已表明了中、日兩國在曆法詮釋角度上的差異，日人顯然不將改朔的原因推諸易代鼎革。那麼，是不是講究精確就一定只能遵照西曆，而使用舊曆僅僅為了政權象徵嗎？公度對於這兩個問題，一方面舉出宋代沈括以十二氣代替十二月，以解決陰曆置閏月而氣朔交爭、四時失位的弊病，說明其實中國早有「不必置閏而歲歲齊盡」的精密曆法，只是沒有施行而已；一方面，則進一步說到改朔除了政治考量（不論是宣示主權或便於施政），更需要考量的其實在於是否便民，尤其是否便於農。對於以農立國的中日兩國而言，黃遵憲認為節氣變化以及連繫在其中的物候推移，反而更為關鍵，所以在〈天文志〉末尾，還特別對照陽曆做了一份節氣表，企圖讓物候曆以另外一種形式繼續存在。換言之，這不全是天文計算或科學實證的問題，而是在節氣以及動植物的循序變化中，寄託著一種生活模式與日用準則。這也就難怪初印本的〈新曆〉一詩，如此描述到：

> 梧桐葉落閏難知，蓂莢枝抽不計期。只記看花攜酒去，明朝日曜得閑時。[76]

有學者以為此詩顯示黃遵憲站在局外人的立場，不直接評論改曆，只樂得享受週日的休閒。[77]這種看法當然比較容易說明後來定本〈新曆〉詩因此改得口吻激昂（所謂「改朔書焚夏小正」等），以

見頁四一〇—一四。

73 見《日本國志》卷一〈國統志〉，《黃遵憲全集》，頁八九二。

74 引自《日本雜事詩廣注》，頁六〇三。

75 以下關於公度與日本友人論改曆，參見《日本國志》卷九〈天文志〉自注，見《黃遵憲全集》，頁一〇〇七—一〇〇八。

76 引自《日本雜事詩廣注》，頁六〇四。

77 參李玲，〈黃遵憲改曆觀的思想歷程〉，認為此詩表現公度年輕時「逍遙浮滑」的態度，見頁八九—九〇。

便與〈舊曆〉批判日人數典忘祖相互符應。不過，初印本這首詩並不必然就是一個年輕旅者逍遙浮滑的表現，如果注意前兩句的典故運用，就會發現「梧桐」、「蓂莢」原都是計數年月的植物，《竹書紀年》中如此記載「蓂莢」：

有草莢階而生，月朔始生一莢，月半而生十五莢，十六日以後日落一莢，及晦而盡，月小則一莢焦而不落，名曰「蓂莢」，一曰「歷莢」。[78]

至於「梧桐」，在《花鏡》中描述到：

（梧桐）每枝生十二葉，一邊六葉，從下數一葉為一月，有閏則十三葉，視葉小處，則知閏何月也。[79]

顯然，在原本熟悉節氣物候的生活環境中，是可以透過蓂莢的莢數多少而定月中日數，透過梧桐葉數而知閏計月，公度所謂「不計期」、「閏難知」，一方面對應所謂「精密」計日的西曆，一方面也可以說是隱約表示了物候曆已不再為人熟悉。這可以部分地解釋為何後來這首詩被刪去而重作，也許不能說是改去浮滑口吻，反倒是掩藏了些許感嘆。

這感嘆當然不只是因為物類知識或相關詞語逐漸被遺忘，而是因為物類知識或指涉的詞語所標誌、建構而成的特定時空環境以及相應的感知方式的逐漸模糊消逝。如「只記看花攜酒去，明朝日曜得閑時」就是一個例子，當西曆施行後，一週有七天，再訂出週日休假，於是攜酒看花等休閒活動就與日曜日相連繫，成為一種不同以往的生活常態；如此由小見大，當然，同時也就會出現舊俗與西法相出入或此消彼長的狀況。比如，〈禮俗志〉中談到日本開國以來極為重視祭祀，其中關於「時祭」就有十三種，像是仲春行「祈年」，「欲令歲灾（災）不作，時令順序」，季春行「鎮華」，因為「春日華散，疫癘流行，乃祭以鎮」，又如「大忌」於孟夏、孟秋，「欲令山谷之水變而為甘澤，潤苗稼，有福祥焉」，另外，如「鎮火」行於季夏、季冬，在宮城四個角落祭祀，以防火災，仲冬還有「鎮魂」，因為「陽氣曰魂，招其所離，以鎮於身體中也」，而如「神嘗」、「相嘗」、「道飨（饗）」等則是依隨時節不同而行的神鬼祭祀。這些四時祭祀，顯然是依循節候變換，尤其是一套對於陰陽消長、寒暖差異、燥溼不同所構成的整體感知，來次第引生出生活中的種種祈願——如稼穡農功、祈福防災乃至於招魂攝魄等，可以說這是一個由節候——時物——人情所連類而出的天人秩序。而黃遵憲感嘆「自王政衰微，祀典疏怠」，尤其近日如耶穌教「視一切神明皆若誕妄，則有以古人之祭典為鄙

78 引自王國維，《今本竹書紀年疏證》，收入方詩銘、王修齡，《古本竹書紀年輯證》（修訂本）（上海：上海古籍出版社，二〇〇五）卷上「帝堯陶唐氏」條下，頁二〇八。

79 引自清・陳淏子，《花鏡》，收入任繼愈主編，《中國科學技術典籍通彙》（鄭州：河南教育出版社，一九九四）農學卷第四冊，頁一〇五。

陋、為愚昧者」，當然更不可能去體會古先哲王四時祭祀的精義，所謂「上以恪恭嚴肅事神，下以清靜純穆報上，固有非後世之所能及者矣」。[80]除了國朝儀典，民間許多歲時習俗，也日漸消逝之中，如《雜事詩》〈歲時〉一首說到：

> 蛭子神叢奏鼓笳，花糕分餉到千家。鳳音紀月元豬日，誰記東京錄夢華？[81]

此詩注文先提到日本「舊俗」凡三月三、五月五、七月七、九月九謂之節供（依《日本國志》〈禮俗志〉[82]），略如「華俗」，惟十月稱為「上無」月，「上無」為日本樂律名，本名「鳳音」，相傳這就是中國的十月律「應鐘」，又亥日謂之「元豬日」，士庶皆作糕以相贈送。十月「應鐘」蓋即《淮南子》〈天文訓〉所謂「（斗柄）指亥，亥者閡也，律受應鐘」，[83]此時陽氣仍阻藏於黃泉下，所以「萬物應時聚藏」；[84]而許慎說：「亥者，荄（草根）也，十月微陽起接盛陰」，將陽氣根藏於下的節候狀態具體化於草物，[85]而「亥」同時又可以指十二生肖之「豬」，或許也與稱為「元豬日」有關。[86]那麼由此推測，「上無月」由樂律體現節候，乃至於進行做糕相贈、商賈罷市、燕集祈福等所構成的系列習俗，應該還是在物候節氣基礎上所進行的衍申。而此詩最後一句說到「誰記東京錄夢華」，以彷彿是北宋汴京回憶錄的《夢華錄》作為比擬，公度所要追尋的往昔，顯然不能單單透過「精密」的天文曆法去計算出來，而是包含在物候節氣與人情禮俗相互感通、共同依存的世界觀之中，對於黃遵憲而言，那曾經是如此自然而然、不假思索的處身世界，如今卻已經是難以重現的「華胥之國」了。[87]

用典與地理尺度：「大九州」與新發現

前兩節談論了《雜事詩》中運用「三神山、桃源」的典事來描繪日本印象，或者在詠新／舊曆與和／洋服的時候藉助了「改正朔、易服色」的制度來進行褒貶，這些顯然是在既定的認知體系中搜尋「日本」的所在，然後在所謂「日本」這地方疊映了經過選擇的「異場所」或「異時序」的意義。我

80 以上關於日本國的祭祀，見《日本國志》卷三四〈禮俗志〉一「外史氏曰」，《黃遵憲全集》，頁一四三七—四三八。

81 引自《日本雜事詩廣注》，頁七二五。

82 見《日本國志》卷三五〈禮俗志〉二，《黃遵憲全集》，頁一四六〇。

83 引自《淮南鴻烈集解》卷三〈天文訓〉，頁二〇b。

84 出自〈天文訓〉「音比應鐘」句下高誘注，同前注，頁一二b。

85 見漢・許慎，《說文解字》（北京：中華書局，一九九五）〈亥部〉，頁三一四；又「荄，艸根也。」，參見《說文解字》〈艸部〉，頁二二。

86 王充，《論衡》〈物勢〉曰：「亥、水也，其禽豕也」，引自黃暉，《論衡校釋》，收入王雲五主編，《萬有文庫薈要》（臺北：臺灣商務印書館，一九六五），頁一四〇。

87 孟元老述說自己書寫《夢華錄》就如同「古人有夢遊華胥之國，其樂無涯者。僕今追念，回首悵然，豈非華胥之夢覺哉！」，見〈夢華錄・序〉，宋・孟元老撰，伊永文箋注，《東京夢華錄箋注》（北京：中華書局，二〇〇六），頁一—二。

們可以說這些舊詩寫作的知識背景以及用語習慣，一方面成為呈現日本的憑藉，亦即，是透過這些舊詩語讓原來隱匿或認識不足的日本成為可知、可見的地方，舊詩語彷彿成為越界所必須搭起的橋梁或道路；但另一方面，卻也可能因此成為理解新世界的一道界限，因為這些詩語承載了豐富知識體系，無形中限制（可能偏重某部分而割捨其餘）了眼下所見的日本。可以說是這些熟悉的詩語典故「建造」（不必然是見證）所謂「可知」者，也某種程度「切割」掉「未可知」（舊詩語無法指陳）的部分。在保留與切割之間、可知（見）與未可知（見）之間，黃遵憲作為拉連起舊詩語與新世界的中介人，舊詩語如同隨身攜帶的準繩，方便「合於尺度」的勾繪，但是有時候詩語提供的這把尺度也可能過短過長、過寬過窄，尺度外的差異反過來也有可能重新詮釋這些舊詩語。換言之，舊詩語的使用與再詮釋，也是一種知識體系的轉換史，更是新舊知識如何擴張或減縮的領地變遷史。

《雜事詩》有〈法律〉一首，談到古今律法不同，初印本與定本所作呈現了態度的隱約轉換，初印本云：

> 禊祠拜手誦中臣，國罪湔除仗大神。訟許探湯刑剪爪，無懷長憶葛天民。88

這大抵如詩後所注：「古無律法，有罪，使司祝告神」，所用如探湯、剪爪法一類，皆所謂「方士法門」也。初印本此首結束在「無懷長憶葛天民」，與詩注所讚歎「刑於無刑，真太古風哉」，都採取稱揚的態度。但是，改作之後，除了前兩句大抵也是描述方士告神一類的處理方式，後兩句則有了不同語氣：

竟將老子篋中物，看作司空城旦書。[89]

這兩句所用的典實出自《史記》〈儒林〉傳所記載的竇太后與轅固生的對話：

竇太后好《老子》書，召轅固生問《老子》書。固曰：「此是家人言耳」。太后怒曰：「安得司空城旦書乎」？[90]

司空原為主刑徒之官，「城旦」為刑罰名，在此「司空城旦」相對於「家人」，是指兩種身分——一般平民與受刑人，轅固生從儒家立場批評《老子》並非為君侯所寫的治國用世之書，不過是「為普通老百姓而寫的家常話」，竇太后站在道家的立場，反問轅固生，如果《老子》只是一部平民

88 引自《日本雜事詩廣注》，頁六三一。
89 同前注。
90 引自《史記三家注》卷一二一〈儒林‧轅固生〉傳，頁三一二三。

用書，「難道還有一部受刑人手冊嗎」？[91]這是擬諸「律令」以對比出儒家治世之急切。原典裡其實並未直接針對律法而言，而是儒、道兩家治世之道有緩急不同，黃遵憲是借用兩造強烈對比的詞鋒，在定本詩中用了「竟」字，即便是延續讚歎的立場，卻也有了不可思議的語氣；而從訝異的口氣，更多是透露了公度對於律法的鄭重其事，已經不再只是竇太后式的詰問或嘲諷。詩注最後只是籠統比較日本在採用中國大明律或近來用法蘭西律後，監獄囚犯數量增多了，但是在《日本國志》〈刑法志〉中曾經有深切的反省，坦言中國士大夫好談古治，尤其推崇皇帝神農以及三代之盛，總認為古風重道德，所以刑法簡疏，末俗以刑法為道德，故趨於繁密。黃遵憲仔細考察的結果，一方面發現中國的律法其實也是愈來愈細密，蓋「事變所趨，中有不得不然之勢」；另一方面，從前由西域、北狄諸國的刑簡令行，猜測泰西諸國大抵如是，後來由日本學西法的詳細，繼而出使美國親見其用法施政之精密，才驚覺自己的識見淺薄。最後又如此慨歎：

> 余觀歐美大小諸國，無論君主、君民共主，一言以蔽之，曰以法治國而已矣。自非舉世崇尚，數百年來觀摩研究、討論修改，精密至於此，能以之治國乎？嗟夫，此固古先哲王所不及料，抑亦後世法家之所不能知者矣。[92]

定本〈法律〉一首既是後來改作，從「無懷長憶葛天民」的一味追慕，到對比「老子篋中物」與「司空城旦書」，顯然對於西人律法有所理解後，已經某種程度讓公度反省中國士大夫趨簡避繁的傳統風尚，是否仍足以對應這個針對「權限」平衡的討論日益講究的社會；這同時也可以說是「以今視古」，從西法的「精密」，重新權衡典故中轅固生、竇太后所爭辯的儒、道兩家的治世態度，並明顯將竇太后所嘲諷的「司空城旦書」，轉化成治國理政的必要手段。

由前文講究精準的曆法，到此處講究精密的律法，所以讓黃遵憲覺得失落或必須轉變的原因，不能僅僅籠統歸之於古今、新舊或東西方的差異，更確切的說，是來自於建構整個生活秩序（意義）的關鍵——知識體系與其中價值觀的差異。而《雜事詩》中對於漢學、西學的興衰消長，其實交揉著既感嘆又踴躍的複雜心境。如〈西學〉、〈學校科目〉兩首，認為日本學校專以西學教人，卻「不知盡是東來法」，竟然認為漢學無用；尤其感嘆經典束之高閣，如：

> 五經高閣竟如刪，太學諸生守兔園。猶有窮儒衣逢掖，著書掃葉老名山。[93]

所謂「兔園」相對於五經，喻指所學淺陋，黃遵憲曾於光緒二年於煙臺與龔靄人、張樵野論世局

---

91 關於《史記三家注》中竇太后與轅固生這段對話的解釋，詳見勞榦，〈論「家人言」與「司空城旦書」〉，《古代中國的歷史與文化》（臺北：聯經出版公司，二〇〇六），頁二二五—三七。

92 引自《日本國志》卷二七〈刑法志〉一，《黃遵憲全集》，頁一三二二—三二三。

93 〈西學〉、〈學校科目〉兩首詩分別參見《日本雜事詩廣注》，頁六四三、六四九。

時事，[94]感嘆當時士人只知追求利祿，自從八股取士以來，「諸書束高閣，所習唯兔園」，[95]可見當時在國內，科考制藝也讓經典學習變得了無生意。至於所言「猶有窮儒衣逢掖，著書掃葉老名山」兩句，原意雖是「隱居不仕，高材博學，固大有人在」，[96]但其中的「窮」、「老」二字，更讓布衣大袖、皓首窮經的儒者形象顯得失意零落。以這時期黃遵憲對於中、日知識分子學習態度上趨易避難的批判看來，分科專精、由淺入深的西式教育法的確讓公度雀躍不已。《雜事詩》〈留學生〉此首說到：

化書奇器問新編，航海遙尋鬼谷賢。學得黎鞬歸善眩，逢人鼓掌快談天。[97]

根據詩注，當時日本課程教法皆仿西制，所教科目如性理學、天文學、地學、史學、數學、文學、商賈等，採分級教學、循序漸進，公度對於泰西學校培養人才的功效大為讚歎。而詩中以「鬼谷」、「黎鞬」代表新學奇術，《史記》記載戰國洛陽蘇秦、魏人張儀皆到潁川陽城師事鬼谷先生，[98]公度藉以指稱日本當時爭遣藩士留學，回國後又破格晉用的狀況；「黎鞬」即漢時所指大秦國，至於所謂自大秦學得「善眩」，公度《人境廬詩草》有「犁鞬善眩人，變態尤詭譎」句，[99]出自《漢書》〈張騫〉傳所說「而大宛諸國發使隨漢使來，觀漢廣大，以大鳥卵及犛靬眩人獻於漢，天子大說」，[100]顏師古注曰：「眩讀與幻同。即今吞刀吐火，植瓜種樹，屠人截馬之術皆是也」，[101]蓋誇飾留洋所學之新奇。然而，不論是「黎鞬善眩人」或「鬼谷」遊說之術，重點在於取悅君王或說服君王，其實與〈留學生〉詩注中總說西學所趨「皆歸實用」，有著不小的距離，換言之，這明顯是舊詩語的新用法，甚至是對反了典故的理解取向，比方稱鬼谷為「賢」。雖然司馬遷曾經為蘇秦辯護，以其出生閭里而可以說服六國抗秦，必定才智過人，但是時人「諱學其術」，甚至認為縱橫之術乃傾危變詐的佞人所為。[102] 黃遵憲以「鬼谷」之術作為西學的代名詞，某種程度是輾轉曲折地反映了自己對於西學的興趣及其實用價值的認同，[103] 當然，這個背離典實共識的用法，其實還可以視作是活化了舊語詞來對

---

94 關於生平繫年，參見《人境廬詩草箋注》附錄二〈年譜〉，光緒二年條下所述，頁一一七九—一一八〇。

95 見〈述懷再呈靄人樵野丈〉，《人境廬詩草箋注》卷二，頁一七八。

96 出自初印本此首詩注之結語，見《日本雜事詩廣注》，頁六五〇。

97 引自《日本雜事詩廣注》，頁六四六。

98 《史記三家注》卷六九〈蘇秦〉、卷七〇〈張儀〉列傳記載二人「俱事鬼谷先生」，又裴駰《集解》引徐廣曰：「穎川陽城有鬼谷，蓋是其人所居，因為號」，分見頁二二四一、二二七九。

99 引自〈春夜招鄉人飲〉，《人境廬詩草箋注》卷五，頁四一〇。

100 引自《漢書》卷六一〈張騫〉傳，頁二六九六。

101 《漢書》卷六一〈張騫〉傳「以大鳥卵及犛靬眩人獻於漢」句下顏師古注，頁二六九六。

102 見《史記三家注》卷六九〈蘇秦〉「太史公曰」，頁二二七七，又王充《論衡》〈答佞〉篇以為「佞人自有知以詐人，及其說人主，須術以動上，……術則從橫，師則鬼谷也」，引自《論衡校釋》，頁五二八。

103 《日本國志》卷三二〈學術志〉一的「外史氏曰」，可見公度如何將西學與墨子、中國古文獻一一對應，認為西學本出中土，如今學習西洋器用技術，不但不會喪失先王之道，反而是將古代失傳之術找回來，一點都不必覺得害怕或可恥，見《黃遵憲全集》，頁一四一四—一四一五。而關於公度借用墨學或如「鬼谷」呈現其接受西學或

應新世界，西學彷彿是原本奇幻狡詐的非正統之術，竟然成為趨之若鶩的新學了。

我們可以體會到黃遵憲在使用這些舊詩語的時候，並不是那麼輕易地從知識記憶中揀選成辭典故，更需要考慮的是，如何選用一個可以因為類比或對比等作用而被理解的舊詞語，或甚至是選用一個仍然繼續在當今的環境中使用，而且可以方便從古義過度到今義的語詞，以便「重現」或「重建」得以被認可的（或「真實的」）指陳。比如「談天」這個語詞，在〈留學生〉詩最後一句是「逢人鼓掌快談天」，由詩注來解釋，這裡的「談天」應該是指西方天文學，這句是描繪日本留學生如何興高采烈地談論天文學說。另外在《雜事詩》及《日本國志》的序文中，也都出現了「談天」一詞：

嗟夫！中國士夫，聞見狹陋，于外事向不措意。……況于鼓掌談瀛，虛無縹緲，望之如海上三山，可望而不可及者乎！又況于排斥談天，詆為不經，屏諸六合之外，謂當存而不論，論而不議者乎！[104]

（而中國士夫）好談古義，足以自封，于外事不屑措意。……即日本與我，僅隔一衣帶水，……亦視之若海外三神山，可望而不可即，若鄒衍之談九州，一似六合之外荒誕不足議論也者，可不謂狹隘歟？[105]

這兩則序文基本上差異不大，第一則反省自己有了親歷海外的經驗，仍須窮年累月的考證檢核，才能明瞭是非對錯，更何況是總將日本視為不可到達的神山，或是像鄒衍所說的大九州，認為根本不值得討論的一般士人。在這裡不論是「談瀛」、「談天」或是「三山」、「九州」，是指一般人視為荒誕不經而不屑於談論的事，但同時卻也可以說是一般人刻意不去探尋就一味排斥的藉口。黃遵憲說「三山風引是耶非」或是何如璋的「停舟未信引回風」，都以見證者的身分，揭開了三神山的神祕面目，而某種程度反思這渺如仙境的遠隔形象是否依然如舊。至於「談瀛」、「談天」或「九州」，即如〈由上海啟行至長崎〉所說「（使星遠曜臨三島，）帝澤旁流遍裨瀛」，都可以說是出自鄒衍的說法。黃遵憲對於鄒衍「大九州」的徵引，更早於出使日本之前，在〈和周朗山（琨）見贈之作〉即已批評當時讀書人眼中仍只看到萬戶侯，眼光短淺如此，「烏知今日裨瀛大海還有大九州」[106]。此詩作於〈香港感懷〉之後，黃遵憲在第二次落第後歸家途中經過香港，不但感嘆鴉片戰敗後割地議和的恥辱，也對於紙醉金迷的社會氣氛無限感慨。因此所謂「大九州」之說，不能僅僅視作用典，[107]也不妨

對於異文化興趣的委屈歷程，可參見張偉雄，《文人外交官の明治日本》（東京：柏書房，一九九九）第四部第一章〈異文化理解の苦鬪〉前兩節「東来の法」、「未だ著さざるの書」，頁一七三—八二。

104 引自《日本雜事詩廣注》，頁五七二。

105 引自《日本國志》序，《黃遵憲全集》，頁八一九。

106 引自《人境廬詩草箋注》卷一，頁八三—八四。

107 錢仲聯此句注文引用《史記三家注》卷七四〈孟子荀卿〉列傳所說「中國外如赤縣神州者九，乃所謂九州也。於是有裨海環之，人民禽獸莫能相通者，如一區中者，乃為一州。如此者九，乃有大瀛海環其外，天地之際焉」，頁二三四四。

視為是面對中國以外的各國狀況更積極的探詢的開始。

但是，為什麼鄒衍的「談天」或「（大）九州」說，會成為黃遵憲面向世界的一種起點？根據《史記》〈孟荀〉列傳，齊人稱美鄒衍為「談天衍」，[108] 但是鄒衍的學說不只是關於天文而已，王夢鷗認為鄒衍學說可以說是綜合了春秋以來星氣、龜卜方面的種種知識，再加以巧妙地利用類推法，組織起關於（古往今來的）時間與（上下四方的）空間兩方面的龐大宇宙觀，比如司馬遷所記載的：

> 先序今以上至黃帝，學者所共術，大並世盛衰，因載其禨祥度制，推而遠之，至天地未生，窈冥不可考而原也。
>
> 先列中國名山大川，通谷禽獸，水土所殖，物類所珍，因而推之，及海外人之所不能睹。稱引天地剖判以來，五德轉移，治各有宜，而符應若茲。以為儒者所謂中國者，於天下乃八十一分居其一分耳。中國名曰赤縣神州。赤縣神州內自有九州，禹之序九州是也，不得為州數。中國外如赤縣神州者九，乃所謂九州也。於是有裨海環之，人民禽獸莫能相通者，如一區中者，乃為一州。如此者九，乃有大瀛海環其外，天地之際焉。[109]

從時、空雙方面由近至遠的類推，一方面，每一個時代總是處於五德終始運行的一環，因此可以推算朝代興衰；另一方面，中國實際上是「大九州」的一部分而已，因此將空間擴大至於天地之際的海外他方，[110]「大九州」的部分下文會再詳談。黃遵憲非常清楚，鄒衍說法的核心其實是關乎政教的天、人（地）相應的部分，而面對西方天文學，在《日本國志》的〈天文志〉裡，他肯定中國古天文記述中「因天變而寓修省」的目的，亦即藉天象變化來惕勵君王施政，但是卻不同意附會災異、妄言吉凶。因為，「近者西法推算愈密」，「占星之謬，更不待辯而明矣」，「蓋實驗多則虛論自少也」。[111]

從這裡可以看出，黃遵憲其實是將中國古天文學當成一種「社會天文學史」來看待，呈顯的是「傳統的天文學濃厚的人文精神及其豐富的社會性格」，[112]而不全然忙著檢討天文儀器是否進步或觀測資料是否可以驗證，這應該也是他無法全然贊同日本改採西曆的原因；也可以說，「談天」這個舊語詞及其所代表的舊學正處於一個新、舊用法的交界處，公度認為，牽引著星象曆算、政事良窳、日用

108 同前注，頁二三四八。

109 引自《史記三家注》卷七四〈孟子荀卿〉列傳，頁二三四四。

110 關於《史記三家注》所載鄒衍說法的分析，詳參王夢鷗，《鄒衍遺說考》（臺北：臺灣商務印書館，一九六六），此處說解見於頁五〇—五一。

111 參見《日本國志》卷九〈天文志〉「外史氏曰」，《黃遵憲全集》，頁一〇〇三。

112 此處所謂「社會天文學史」的角度，參考黃一農的說法，在其〈通書——中國傳統天文與社會的交融〉文中，以清代通書為例，談到當時曆日的種類如何因為趨吉避凶等宜忌考量而變得繁雜多樣，甚至近乎百科全書，最後並總結「由於通書包含大量與鋪註行事吉凶或生活禮俗有關的內容，……我們也有相當好的機會將其變成為一把開啟通俗文化和日常生活研究之門的鎖鑰」，並認為結合科技史與傳統歷史研究而成的「社會天文史」，可能是一個新的研究角度。該文發表於《漢學研究》一四卷二期（一九九六年十二月），頁一五九—八六。

禮俗的「談天」，是可以在新時代中被適宜地理解或進行調整，而希望它仍然可以有效地傳達這一個社會天文的關係網。換言之，使用詞語本身也就是在選擇一種面向世界的角度。如果注意到一個幾乎同時期的相對狀況是，根據英國天文學家侯失勒（John Herschel）一八四九年的著作《天文學綱要》，於一八五九年由傳教士偉烈亞力（Alexander Wylie）翻譯、李善蘭刪述而刊行的中文版（並於一八七四年再版且不斷印行），就以《談天》為題，在這裡直接用「談天」代表西方天文學，而且將中國天文學切劃出這個詞語的指涉範圍，認為中國天文學「測器未精，得數不密」，「未嘗精心考察，而拘牽經義，妄生議論」；[113]比如李善蘭所強調，「地與五星俱繞日」，就有人會說這是「動靜倒置，違經畔道，不可信也」。當偉烈亞力、李善蘭這麼義正詞嚴地將「談天」抽離出中國天文學傳統的時候，黃遵憲使用可以推溯至鄒衍的「談天」一詞，似乎就不是那麼理直氣壯，所謂「此中自有深意」，「彼外人者，不足語此」，這衝擊顯然不只是委屈而已。

其實當時中國士人反對地動說的理由，當然不只是因為西學違反中國自古天動地靜、天圓地方等說法，更重要的是違反了一套由陰陽五行、四方四時乃至於方圓、動靜的類推所組織成的天地的關係網，也可以說違反了已經成為最終根源的「天道」。葛兆光曾經用「天崩地裂」來形容西方天文學自明末傳入以來，對於中國人所熟悉的宇宙秩序所造成的巨大衝擊，因為，天文學不僅是「器」的學問，而且是「道」的基礎，從天象曆算歸納出玄妙的道理，再依循這道理去規範政教人倫，這是一個相互牽連、彼此依存的整體的世界觀，「器」的變化牽動「道」，那麼「天」如何能不變？[114]從這個角度來說，當黃遵憲使用「談天」一詞，就不是為了類分事物，反倒是整合事物，亦即不只是為了指認某一個別的事物，反而是為了連繫起所有關乎天地人事的整個架構。於是，面向新世界，可能不只在於新、舊詞語的選用，而在於是否要放棄整個熟知的世界觀，當然還有在這套世界觀中生存的秩序與價值。其實不只是黃遵憲透過徵引鄒衍的說法、亦即站在傳統人文知識的架構中去看待新世界，自明末西方地理學譯著在中國流傳以來，許多為這些西方地理學譯著做序的士人，也同樣從鄒衍的九州說找到對應新世界的一扇窗口。比如中國第一次與西方地理學接觸在明末清初，其中艾儒略（P. Julins Aleni）所撰譯的《職方外紀》可以說是當時中譯西文地理學著作中影響最大的。[115]而從當時人所寫的序文可見，中國知識分子還是從熟悉的鄒衍九州說談起，甚至是透過今日的五大洲說來為鄒衍被認為荒誕不經的大九州進行平反。如瞿式穀〈職方外紀小言〉：

> 鄒子九洲之說，說者以為閎大不經。彼其言未足盡非也。天地之際，赤縣神州之外，奚啻有

113　此二引號內文字，分別出自偉烈亞力、李善蘭的序文，見（英）侯失勒（John Herschel）著，（英）偉烈亞力（Alexander Wylie）譯，清・李善蘭刪述，清・徐建寅續述，《談天》（*Outlines of Astronomy*），收入《續修四庫全書》（上海：上海古籍出版社，二〇〇二），子部，西學譯著類，第一三〇〇冊，頁四九九—五〇一。

114　葛兆光，〈天崩地裂——中國古代宇宙秩序的建立與坍塌〉，《葛兆光自選集》（桂林：廣西師範大學出版社，一九九七），頁一〇七—一一六，此處說法尤其見頁一一一—一一三。

115　關於《職方外紀》如何成書，請參見鄒振環，《晚清西方地理學在中國——以一八一五至一九一一年西方地理學譯著的傳播與影響為中心》（上海：上海古籍出版社，二〇〇〇）第一章，頁一九—二〇。

九？則見猶未墮方隅。獨笑儒者未出門庭，而一談絕國，動輒言夷夏夷夏。……嘗試按圖而論，中國居亞細亞十之一，亞細亞又居天下五之一，則自赤縣神州而外，如赤縣神州者且十其九，而爻爻持此一方，胥天下而盡斥為蠻貉，得無紛井蛙之誚乎！曷徵之儒先，曰東海西海，心同理同。[116]

即便到了晚清道光、咸豐年間，立基於西方地理學來撰寫世界地理的著作已經幾乎成了一個時代的顯學，像是可以視為當時世界地理著作中的代表——《瀛環志略》，開宗明義就先說「地形如球」，南北極之外，赤道橫繞其中，為太陽所「正照（直射）」，這當然不再是鄒衍所說的「天地剖判以來，五德轉移」的架構，然而當時為此書作序者，仍然不脫傳統域外地理的論述框架，如劉韻珂、彭蘊章的序文：

粵自兩儀奠位，八級造基，……周髀設四隤之喻，鄒衍創九州之說，固知高卑敻絕，縱橫可度。……然而洪荒悠遠，甄索實難，禹貢紀要荒之域，未擴寰垠；周官志職方之典，僅賅中寓。……六朝以降，載籍屢傳，顧欲極亥章之步……。[117]

其疆域之延袤，道里之遠近，創建因革之故，山川民物之名，前史所未詳、博物所不紀，靡不瞭如示掌，浩若吞胸。聽鄒衍之談天，小儒咋舌；覽木華之賦海，才士傾心。[118]

而曾經為遵憲《日本國志》作序的薛福成，在使歐期間因攜有《瀛環志略》，在閱讀後也重新思考這「大九州」說，並且而提出這樣的感想：「偶閱《瀛環志略》地圖，念昔鄒衍談天……（引述司馬遷所載鄒衍說法）。司馬子長謂其（鄒衍）語閎大不經，桓寬、王充並譏其迂怪虛妄。余少時亦頗疑，六合雖大，何至若斯遼闊？鄒子乃推之至於無垠，以聳人聽聞耳。今則環游地球一周者，不乏其人，其形勢萬里，皆可核實測算。余始知鄒子之說，非盡無稽；或者古人本有此學，鄒子從而推闡之，未可知也」。[119]

從瞿式穀一直到黃遵憲、薛福成，他們所以借用鄒衍「大九州」說，其實與傳統地理學以《山海經》為論述起源一樣，都是方便於代表一種新奇隔絕、渺遠無限的他方，但是更重要的是，到了晚清，所謂「九州」說已經不只是成為批評荒誕或借喻新奇同時可用的符號，這個舊語詞的原意，不論認為中國是居天下的九分之一或八十一分之一，[120]到了清末這些使用者的手裡，明顯表現由以自我為

---

116 引自（義）艾儒略（P. Julins Aleni）著，謝方校釋，《職方外紀校釋》（北京：中華書局，一九九六），頁九。

117 劉韻珂序文引自清・徐繼畬，《瀛環志略》（臺北：京華書局，一九六八），頁三。

118 同前注，頁七。

119 引自清・薛福成，《出使英法義比四國日記》，收入《走向世界叢書》，頁七六—七七。薛福成後來主持編譯《續瀛環志略》，詳參鄒振環，〈薛福成與瀛環志略續編〉，收入王元化主編，《學術集林》（上海：遠東出版社，一九九八）卷一四，頁二七一—九〇。

120 王夢鷗曾引用《鹽鐵論》與《論衡》所載鄒衍相關說法，而比較同意《論衡》中鄒衍以中國乃居天下九州之

中心的夷夏傳統，到建立一種世界意識，承認域外多元族裔、文化存在的態度，所謂「環地球一周」、「東海西海，心同理同」；可以說十九世紀的中國人已經「開始拋棄傳統的天下觀念，而建立起一種全球意識」，這固然不見得是新事物、新大陸的發現，卻是新的地理意識的產生，因此這足以稱之為是晚清中國的一次「地理大發現」。[121]以黃遵憲為例，尤其是在日本與王韜相識之後，因為有這位具有行旅經驗又對於西學譯著極為注意的朋友，可以合理推論黃也因此聽聞更多十九世紀以來傳入中國的某些西方地理書籍，並更有機會反省傳統的地理論述，而逐步拓展更全備的萬國視野，因此在《日本國志》〈國統志〉可以說出「環地球而居者，國以百數十計」[122]這樣的話來。王韜早於一八五九年的日記[123]中就提及裨治文（Elijah Coleman Bridgman）的《大美聯邦志略》的翻譯，有助於海外輿地學的考索；裨治文在自序也談到「既於粵東，領略華書數載，時與其地之文士相談論，乃嘆華人不好遠遊，以至我國（美國）風土人情，茫無聞見，竟不知海外更有九州也」。[124]顯然，所謂海外「九州」或者說是對於鄒衍「大九州」的重新體會，其實是當時士人之間甚至是中西士人之間可以形成對話的重要議題；鄒衍的「大九州」說是否納入值得信任的地理學說範圍，可以說是對於一個傳統地理學譜系的界限與詮解範圍的調整問題。那麼，黃遵憲在《雜事詩》與《日本國志》的自敘都由鄒衍「閎大不經」的「談天」、「大九州」說起，可以說是參與了這個融會天文、地理的知識體系的調整過程，這不只是以今證古或存古，而應該是透過挪借類比而提供了舊詩語重新使用的環境；也可以說是藉助傳統中這類原本被視為詭奇迂怪而如今卻因為新世界意識的形成而獲得重新檢視機會的知識系統，而在「舊詩」中巧妙的傳達了與「新世界」接軌的意圖。

舊詩體與地理「種類」

黃遵憲的《日本雜事詩》既以「日本」為題，很容易讓人將它視為「走向世界」的「海外經驗」，是「介紹」或「呈現」異國風情的著作，亦即單純從實際的空間移動去討論不同於中國的日本文化。但是，如果注意到黃遵憲根本是運用中國的一套累積各種人、事、物、地所構成的典故系統去描述日本，就會發現雜事詩並不是全然開放向日本或西方的現實地理記錄，反而是早有一張出於自覺或不自覺的策略性的清單在手上。換言之，除了將《日本雜事詩》視作「日本」這空間中的風物記

一，見《鄒衍遺說考》，頁一二九—一三〇。

121 鄒振環認為「發現」可以是新事物、新大陸，也可以是新思想，如地理意識，因此他認為晚清透過西方地理學譯著而展開對域外文化的發現，從而改變傳統封閉自大的天下觀念，這就是中國歷史上重要的「地理大發現」的意義。參見《晚清西方地理學在中國——以一八一五至一九一一年西方地理學譯著的傳播與影響為中心》，頁一三九—四五。

122 出自《日本國志》卷一〈國統志〉，引自《黃遵憲全集》，頁八九二。

123 見清・王韜，《王韜日記》（北京：中華書局，一九八七）「十有三日癸未（四月十五日）」下，頁一〇七。

124 引自（美）裨治文（Elijah Coleman Bridgman），〈重刻聯邦志略叙〉，見《大美聯邦志略》（上海：墨海書館，一八六一），無標明頁碼。關於王韜對於《大美聯邦志略》的稱許，亦參見《晚清西方地理學在中國——以一八一五至一九一一年西方地理學譯著的傳播與影響為中心》所述，頁八四—八五。

述，其實也可以說是中國傳統的文化論述賦予或建構了「日本」這空間的意義。《日本雜事詩》中固然不乏黃遵憲親自收集的原始資料（raw material），但是不可否認，這些所謂親身聞見其實也必須藉助黃遵憲熟知的一套配方來揀擇與料理，因此《雜事詩》是論述某「一種」日本，卻不是為了指認「唯一」的日本，日本的「真實」建立在黃遵憲所採用的論述模式中。

尤其，當時日本正處於一意學西的明治時期，由「文化地理」的角度出發，可以說《雜事詩》中的日本就正是上演西學與漢學、新詞與舊語彼此交接爭競的具體場所，這使得「日本」成為必須推敲探詢而不是早已存在無誤的地方。《雜事詩》中往往在注文中利用新詞標示新事物，卻在詩中用典事成辭去解釋新事物，如使用「三神山」與「桃花源」來談日本所在與風土，「改朔」、「橫庚」談曆法變更，用「鬼谷」、「黎韃」比喻西學，用「談天」代指天文學、用「（大）九州」代表海外萬國。這些舊語詞與新事物之間很顯然難以要求精準的一一對應，反倒可以視作是去探詢新學說或器用與舊體制之間能有的出入、離合，同時也反省新／舊知識系統對於生活日用所造成的熟悉與生澀程度，以及這種適應程度的深淺在新世界會如何被考量或該如何被體驗？簡單來說，傳統知識當中建立的種種意義乃至於作為實踐的依據，突然都變成了必須重新對待的問題。

當十五世紀的歐洲因為航海探險的活動，而突然接觸到源源不絕的新資料、新經驗，以至於關於海陸起源、地形變化、動植物分類以及太陽中心說等各項說法風起雲湧之際，其實也同時必須重新面對原來所信任（或信仰）的傳統知識。比方說原來的宇宙世界為一個主宰者所創造，但是現在反而要去思考人類有沒有可能是（接受天意）去征服或控制這個環境，乃至於完成所謂創造世界的工作？十五世紀以後，對於地球的種種新發現，使得西人進入了「一個摸索時期，在這個時期內，人們力圖掙脫舊框框的壓制，去為諸如秩序、協調、含義等老問題尋求新的答案」。[125]

如前述，中國在清末民初也經歷了類似「意識上」的地理大發現，可以合理推想當時的中國士人也同樣面臨這樣的狀況——如何回答這些本來理所當然的問題，或者這些傳統知識體系怎麼會變成是問題？而解決的方法當然很多樣，但不只是頑固守舊或開明趨新的區分而已，因為反省這些老問題不只是針對思想觀念或知識內容，同時還應該反省傳述這些知識、思想並且定型化的語文論述方式。換言之，從西方講求精密的實證角度，去尋求數據計量式的解答，是一種方式，而像黃遵憲從文學的角度，尤其像舊詩，透過成辭典故與新事物之間的離合異同，表達出在新舊衝擊間相互拉鋸而尚未一刀兩斷的灰色地帶，當然也是一種珍貴的文化圖景。[126]

125 關於十五世紀之後，歐洲因地理發現而重新思索老問題，主要是綜和Preston E. James and Geoffrey Martin在*All Possible Worlds: A History of Geographical Ideas* (New York: Bobbs-Merrill, 1975)的說法，ch. 5, pp.117-44。中譯參見李旭旦譯，《地理學思想史》（增訂本）（北京：商務印書館，一九八九）第五章，頁一一四—四二。

126 王德威在《被壓抑的現代性：晚清小說新論》（*Fin-de-siècle Splendor: Repressed Modernities of Late Qing Fiction, 1849-1911*）（臺北：麥田出版公司，二〇〇三）一書中特別強調所謂「現代性」是許多求新求變的可能的顯現，而不是單一走向的進化論，當我們要去追索現代性生成的因素，我們尤其需要注意那些曾經有可能卻未能發展成的走向。而這些「多重」的現代性，正可以讓我們看到在定於一尊的五四文學口味之外，晚清的傳統文學是多麼喧譁多樣，當然所謂近現代文學研究也就應該有更廣闊嶄新的論述面貌。參見該書導論「沒有晚清，何來

這牽涉整個知識體系及其施用的語文問題，其實黃遵憲早就因為對於科舉制藝的反感而有所思考，在出使日本後，眼見日本力行西法的成效並親歷西學的衝擊，中／日與東／西的交接參錯，一方面印證了這種思考的必要性，一方面卻同時也暴露了黃遵憲面對這些老問題的糾纏與窘迫。從同治七年黃遵憲二十一歲時所作的〈雜感〉[127]一詩，除了被奉為「詩界革命」之宣言的「我手寫我口，古豈能拘牽」之外，[128]其實還應該看到黃遵憲對於舊學因家門派別而相互是非（如漢／宋學之爭）或是結合科考的舊學如何敗壞人才，乃至於「儒生用口擊，國勢幾中殆」的感慨，另一方面，公度更在詩篇一開頭，就提出了與整個舊學體系息息相關的「古語」或「古文」，進入舊學須先通古語，然而，今人學古語，「竟如置重譯，象胥通蠻語」，換言之，舊學在輾轉的傳譯中有可能早已失去原意。更進一步，公度甚至嗤笑古代文人殫精竭慮於形式體製（如句式、排偶）的講求，所謂「可憐古文人，日夕雕肝腎」，「眾生殉文字，蚩蚩一何愚」。可以說在出使日本之前，黃遵憲對於傳統知識體系及其論述、表達方式不但有了反省，而且明顯採取對抗或企圖改革的態度。然而，出使日本期間，面對異地他方，相對的處境，讓黃遵憲護衛漢學之心時時可見，不但宣稱「泰西之學」乃「墨翟之學」也，[129]也一改之前憤慨的語氣，轉而苦口婆心地向日人分析漢學仍有其用。認為日人正賴「習辭章、講心性之故，耳濡目染，得知大義」，而「尊王攘夷之論起」，一唱百和，正賴漢學之力。[130]其中原因，當然可能是出自於民族自尊，或是中日國情不同以至於態度有別等等，但是還有一個原因，也可能是黃遵憲自己也還沒有摸索出一套足以面對新世界的新論述方式。

光緒十一年，當黃遵憲已出使過美、日，而距離〈雜感〉的寫作又經過了十數年，在〈春夜招鄉人飲〉[131]詩中，對於日本、美洲新大陸或是太平洋等等的描述，仍然沒有脫離初抵日本時以神話、典故、成辭來呈現域外的方式。比如說太平洋是「下有海王宮，蛟螭恣出沒」，而可倫坡所以發現牛貨州（以佛典所說的西牛貨州為美洲）乃是「巨鼇戴山來，再拜請手接」，這巨鼇典出前述《列子》〈湯問〉將三神山增為五神山後，為免五山在海中漂蕩，因此由十五隻巨鼇舉頭頂住，[132]若說到日本，仍根據《史記》〈封禪書〉對於三神山的記載，描述為「珊瑚交枝柯，金銀眩宮闕」、有「長生訣」及「不死藥」的「神仙窟」。雖然這首詩是假借鄉人的口吻，陳述當時社會民間口耳相傳的海外

五四？」」，頁一五一—三四。

127 參見《人境廬詩草箋注》卷一，頁四〇—五二。

128 所謂「詩界革命」是梁啟超於戊戌變法後所提出，參見〈夏威夷游記〉，出自《飲冰室專集》之二二附錄二（收入《飲冰室合集》第七冊，頁一八五—九六），「二十五日」下討論「詩界革命」，「詩界革命」一詞則見於頁一九一。胡適後來於〈五十年來中國之文學〉中，以「我手寫我口」作為詩界革命的一種宣言，見《胡適古典文學研究論集》（上海：上海古籍出版社，一九八八，頁八八—一六七），頁一一五—一二。

129 見《日本國志》卷三二〈學術志〉一，「外史氏曰」，《黃遵憲全集》，頁一四一四。

130 見《日本國志》卷三二〈學術志〉一，「外史氏曰」，《黃遵憲全集》，頁一四一〇。

131 見《人境廬詩草箋注》卷五，頁四〇九—一二。

132 見《列子譯注》，頁一一六。

異域，但仍然掩飾不了公度自己在舊學、古詩基礎上極盡所能的縱意揮灑；[133]所以陳三立稱揚公度此詩「一氣震蕩，萬象森列，合韓、杜為一手，始有此奇觀大觀」。[134]此詩末尾，公度藉鄉人口吻而如此自嘲也如此自許：

> （鄉人口吻）子如誇狄強，應舉巨觥罰。……試披地球圖，萬國僅蟣蝨。豈非談天衍，妄論工剽竊。……（公度自言）山經伯翳知，坤圖懷仁說。足跡未遍歷，安敢遽排訐。……尚擬汗漫游，一將耳目豁。再閱十年歸，一一詳論列。

自嘲的是，在他人眼中，公度的描述已經是超越常情常理的範圍，就像一直以來被視作荒誕不經的鄒衍說法；自許的是，也許未來再透過十年經歷，原本如同汗漫仙游的不可知、不可名的域外見聞，可以論列得更詳盡，而成為公度心中像《山海經》、《坤輿圖說》那樣被認可的地理論述。我們可以說，在舊詩語或舊學基礎上，極盡所能地去烘托出新世界的奇異閎闊，這已經是黃遵憲當時表達方式的極限，他雖然感覺到這描述方式似乎過大過遠，但是如何說得更切近、更可信，除了寄望來日，公度在此並沒有提出具體辦法。

而早在二十一歲就感覺到的「今人學古語」的傳譯差距，要到光緒二十八年，已經五十五歲，黃遵憲於〈致嚴復函〉[135]中才終於提出「造新字」、「變文體」兩項改革方案。但是，這就能解決古／今語必須重譯的問題嗎？甚至可以進一步彌縫漢學／西學在整個知識體系上關於連類、分疏以及重道、重器的差異嗎？關於「變文體」，所提出的包括夾注、倒裝語、自問自答以及附表附圖等，其實古已有之，而且這些項目究竟如何變改傳統詩、文體裁，公度並未進一步說明。至於「造新字」部分，舉出如「塔」、「僧」字乃魏晉以後因佛教盛行而製造，至於其他輔助辦法如假借、附會（如擬音）、謰語（連綿字）等，無疑也是傳統造字法。黃遵憲顯然要鼓吹造新字，但是所想到的方法，大部分未脫古典文獻知識的背景。這與梁啟超在光緒二十二年也提出的造新字方法其實近似：

> 如六十四原質，鋅鉑鉀等之類，造新字也。傅蘭雅譯化學書，取各原質之本名，擇其第一音譯成華文，而附益以偏旁，屬金類者加金旁，屬石類者加石旁，此法最善。他日所譯名物，宜通用其例，乃至屬魚類者加魚旁，屬鳥類者加鳥旁，……[136]

133 林崗，〈海外經驗與新詩的興起〉一文中也提起黃遵憲此首詩，認為此詩在陳述角度上做了很好的掩飾，「並不是親歷海外的本人，而是道聽途說的鄉親」，但林崗主要批評公度「天方夜譚式」的表達，並將新經驗表達的障礙歸咎於古詩語，見頁二五；本文卻認為古詩語就已經是這個時期的黃遵憲所極力設想出來的表達方式了。

134 引自《人境廬詩草箋注》卷五，〈春夜招鄉人飲〉最後一句之注解所錄，頁四二一。

135 見《黃遵憲全集》第三編所收入，頁四三四—三六。

136 引自《變法通譯》〈論譯書〉，收入《飲冰室文集》之一（見《飲冰室合集》第一冊，頁六四—七六），此處引文見頁七四。依文集目錄所標記，梁此文作於光緒二十二年（一八九六）。

這種造字法很容易讓人聯想到漢賦中為了鋪聚山川鳥獸，而在表音部分加上形旁以分門別類的方法，換言之，這就像是西漢初期書寫字形未定案之前的權宜之計，是口語文學轉移到書面文學的一個過程。可見，黃遵憲所論與梁啟超的造新字接近，一方面還是不出於古文獻中已有的文字現象，一方面似乎著重透過原有漢字去對譯新事物，相對就忽略了構造新語詞而不只是新單字，可能會是更確實可行的方法。義大利語言學家馬西尼（Federico Masini）在《現代漢語詞彙的形成》一書中，也徵引了梁啟超上述引文，並認為這個造新字的方法，只能限於很小的應用範圍，更好的方法是當時已經呈現潛在優勢的「多音節新詞」的創造。[137]而黃興濤在〈近代中國新名詞的研究與詞彙傳統的變革問題〉文中，更列舉清末民初詞彙傳統的數項重大變革，除了馬西尼已經提到的「雙音節、三音節乃至四音節詞空前增加」（如：政治、唯物論、民族問題等），還有「前綴、後綴的構詞法的發展」、「動補結構的新詞大量出現」、「動詞的名詞化現象突出」等，而這些種種的現象，因此「增強了漢語表達的邏輯性，促使漢語向更加縝密、更加清晰明朗、準確細緻的方向前進」。[138]

從黃遵憲《日本雜事詩》（尤其注文）、《日本國志》中大量使用源出西方或日本的新詞看來，黃遵憲當然是意識到了新詞語的大量出現，但是，我們卻不必然僅能以今律古地批評公度為何不選擇構造新詞這個方向；也就是說，當黃遵憲一方面在《雜事詩》的注文使用新詞，一方面卻熟利地在詩中運用典故成辭這些系列相關聯的舊語詞時，這毋寧也是一種選擇，也可以說是一種在他看來可以行得通的解決方式；尤其這些典故如前所述，一方面作為傳統文化的基因元素，成為各種知識與秩序交互錯綜的關鍵點，一方面竟也可以被挪借翻轉而為新世界代言，如鄒衍的「大九州」甚至彷彿早已預言了未來。在日後完全使用所謂精密的新語詞之前，黃遵憲並列了如此被誇大形容的域外印象、如此將曆法服色進行政教寓意的連繫，如此整片式地體驗天人間的相感應，以及，曾經還可以如此周旋於新舊之間的書寫實踐。換言之，黃遵憲不只是在進行「翻譯」的工作，中、日或東、西與古、今之間不是只有對應事物的詞語問題，還有更重要的是「文化」詮釋模式的傳承與重建的問題。

正因為採用了舊體詩，並且在其中嵌入大量的典故，《雜事詩》中拉引出或遠或近、或簡或繁、或精或疏的種種距離感，也在字裡行間浮現了種種不必然相應於眼下所見、所處的不同「種類」（different kinds of places）[139]的地方，這是將日本置位（situate）於一套舊詩語所在的環境脈絡中，獲

137 參見（義）馬西尼（Federico Masini）著，黃河清譯，《現代漢語詞彙的形成：十九世紀漢語外來詞研究》（*The Formation of Modern Chinese Lexicon and its Evolution toward a National Language: The Period from 1840 to 1898*）（上海：漢語大詞典出版社，一九九七），頁九四—九五。

138 參見黃興濤，〈近代中國新名詞的研究與詞彙傳統的變革問題——以輸入日本新名詞為中心的討論〉，收入北京日本學研究中心編，《日本學研究》一二期（北京：世界知識出版社，二〇〇三年三月），頁一一—一七，此處說明尤見於頁一四—一五。

139 關於營造不同「種類」的地方，而不只是注意「地方」差異，參考了史密斯（Neil Smith）的說法。在"Homeless/global: scaling place"一文中，史密斯認為「營造彼此有別的地方，便意謂著地理尺度的產生，而尺度與其說是地方之間的差異判準，還不如說是不同『種類』地方的差異判準」，原文見Jon Bird, Barry Curtis, Tim Putnam, George Robertson, Lisa Tickner (eds), *Mapping the Futures: Local Cultures, Global Change* (London:

取這種環境脈絡所認定的可信度，而如同所期待或所信賴的「真實」的存在。換言之，是這套熟悉上手的論述模式，再現、翻轉或新建了自我認同與世界視域，也可以說，正是這套舊詩體式及其背後龐大的連類知識體系，彷彿三稜鏡般使得所有通過它的事物，產生了意義上的折射作用，才出現如此交錯疊映的情境、曲折繁複的意味，如此可以回應古、今或新、舊的多面向寄託的「異域」、「他方」。除了黃遵憲，我們可能還要面對像是王闓運、陳三立、鄭孝胥等所謂「舊派詩人」的大量作品，[140]這些舊體詩作，也許正是以其所擅長操作的多層次時空效應，在即將進入精準劃一的新世界中，反向式地揭露了像萬花筒般的文化演進的真相與意義。

原作〈舊詩語的地理尺度——以黃遵憲《日本雜事詩》中的典故運用為例〉，原刊王瓊玲主編，《空間與文化場域：空間移動之文化詮釋》（臺北：漢學研究中心，二〇〇九），頁二五一—九二。

Routledge), pp. 87-119。中譯參考（英）琳達・麥道威爾（Linda McDowell）著，徐苔玲、王志弘合譯，《性別、認同與地方》（*Gender, Identity and Place: Understanding Feminist Geographies*）（臺北：群學出版有限公司，二〇〇六）所引用史密斯此文的說法，〈導論〉，頁五。

140 關於王闓運、陳三立、鄭孝胥等所謂「舊派詩人」的詳細討論，可以參考寇致銘（Jon Kowallis）新近出版的 *The Subtle Revolution: Poets of the "Old Schools" during Late Qing and Early Republican China*（Berkeley: Institute of East Asian Studies, University of California, 2006），書中的結論亦強調必須重新檢討所謂「現代」的起始時間（一九一九—），除了將焦點放在表面的政治事件，尤其應該注意「傳統」文學如何參與這文化變遷的過程；並且認為這些文學作品不僅呈現當時中國人的價值觀，同時也是以一種在文化上認可的方式（culturally authentic way）（而不是一種翻譯的語言）來表達他們對於現代情境的反應，參見pp. 232-45。

參考書目

一、傳統文獻

漢・甘公、石申，《星經》（臺北：臺灣商務印書館，一九六五）。

漢・毛公傳，鄭玄箋，唐・孔穎達正義，《毛詩正義》（臺北：藝文印書館，一九七九，十三經注疏本）。

漢・孔安國傳，唐・孔穎達等正義，《尚書正義》（臺北：藝文印書館，一九七九，十三經注疏本）。

漢・司馬遷著，劉宋・裴駰集解，唐・司馬貞索隱，張守節正義，《史記三家注》（臺北：洪氏出版社，一九七四）。

漢・班固，《漢書》（臺北：鼎文書局，一九七七）。

漢・許慎，《說文解字》（北京：中華書局，一九九五）。

漢・王逸，《楚辭章句》（臺北：藝文印書館，一九六七）。

漢・鄭玄注，唐・賈公彥疏，《周禮注疏》（臺北：藝文印書館，一九七九，十三經注疏本）。

漢・鄭玄注，唐・孔穎達等正義，《禮記正義》（臺北：藝文印書館，一九七九，十三經注疏本）。

漢・宋衷注，清・秦嘉謨等輯，《世本八種》（北京：北京圖書出版社，二〇〇八）。

魏・何晏等注，宋・邢昺疏，《論語注疏》（臺北：藝文印書館，一九七九，十三經注疏本）。

魏・王弼、韓康伯注，唐・孔穎達等正義，《周易正義》（臺北：藝文印書館，一九七九，十三經注疏本）。

吳・韋昭注，《國語》（臺北：漢京文化事業公司，一九八三）。

吳・陸璣，《毛詩草木鳥獸蟲魚疏》，收入《景印文淵閣四庫全書》經部第六四、總第七〇冊，頁七〇—一至七〇—二一（臺北：臺灣商務印書館，一九八六）。

晉・杜預注，唐・孔穎達等正義，《春秋左傳正義》（臺北：藝文印書館，一九七九，十三經注疏本）。

晉・陳壽著，劉宋・裴松之注，《三國志・魏志》（臺北：鼎文書局，一九七七）。

晉・郭璞注，宋・邢昺疏，《爾雅注疏》（臺北：藝文印書館，一九七九，十三經注疏本）。

晉・葛洪，《神仙傳》，收入《景印文淵閣四庫全書》，子部，道家類，第一〇五九冊（臺北：臺灣商務印書館，一九八六）。

梁・蕭統輯，唐・李善注，《昭明文選》（臺北：河洛圖書出版社，一九七五）。

梁・蕭統輯，唐・李善等注，《增補六臣注文選》（臺北：華正書局，一九七七）。

唐・歐陽詢，《藝文類聚》（京都：中文出版社，一九八〇）。

宋・孟元老撰，伊永文箋注，《東京夢華錄箋注》（北京：中華書局，二〇〇六）。

宋・洪興祖，《楚辭補注》（臺北：藝文印書館，一九七七）。

宋・范成大，《吳郡志》（南京：江蘇古籍出版社，一九九九）。

宋・朱熹，《詩集傳》（臺北：臺灣學生書局，一九七〇）。

宋・朱熹，《四書集注》（臺北：藝文印書館，一九八〇）。

清・凌曙注，《春秋繁露》（臺北：臺灣商務印書館，一九七九）。

清・顧鳳藻，《夏小正經傳集解》（臺北：藝文印書館，一九六六）。

清・王先謙，《釋名疏證補》（臺北：臺灣商務印書館，一九六八）。

清・王先謙，《荀子集解》（臺北：藝文印書館，一九七七）。

清・郭慶藩，《莊子集釋》（臺北：華正書局，一九八〇）。

顏昌嶢，《管子校釋》（長沙：岳麓書社，一九九六）。
王國維，《今本竹書紀年疏證》，收入方詩銘、王修齡，《古本竹書紀年輯證》（修訂本）（上海：上海古籍出版社，二〇〇五）。
劉文典，《淮南鴻烈集解》（臺北：臺灣商務印書館，一九七四）。
范文瀾，《文心雕龍注》（臺北：臺灣開明書店，一九七八）。
梁啟雄，《荀子柬釋》（臺北：臺灣商務印書館，一九七九）。
唐圭璋編，《全宋詞》（臺北：明倫出版社，一九七〇）。
黃暉，《論衡校釋》，收入王雲五主編，《萬有文庫薈要》（臺北：臺灣商務印書館，一九六五）。
屈萬里，《尚書釋義》（臺北：中國文化大學出版部，一九八四）。
嚴北溟、嚴捷，《列子譯注》（臺北：書林出版有限公司，一九九五）。
楊伯峻，《春秋左傳注》（臺北：源流文化事業公司，一九八二）。
逯欽立校注，《陶淵明集》（臺北：里仁書局，一九八五）。
周振甫，《文心雕龍注釋》（臺北：里仁書局，一九八四）。
袁珂，《山海經校注》（成都：巴蜀書社，一九九三）。
陳奇猷，《呂氏春秋校釋》（臺北：華正書局，一九八五）。
陳奇猷，《韓非子新校注》（上海：上海古籍出版社，二〇〇〇）。
費振剛等輯校，《全漢賦》（北京：北京大學出版社，一九九三）。
張登本、孫理軍主編，《全注全譯黃帝內經》（北京：新世界出版社，二〇〇八）。
黃懷信、張懋鎔、田旭東著，李學勤審定，《逸周書彙校集注》（上海：上海古籍出版社，一九九五）。
戴新民，《素問今釋》（臺北：啟業書局，一九八八）。

金國永，《司馬相如集校注》（上海：上海古籍出版社，一九九三）。

王慎之、王子今輯，《清代海外竹枝詞》（北京：北京大學出版社，一九九四）。

（日）竹添光鴻，《左傳會箋》（臺北：天工書局，一九九八）。

二、近人論著

方師鐸，《傳統文學與類書之關係》（臺中：東海大學，一九七一）。

王守春，〈歷史時期黃土高原植被變遷、人文要素變化與黃河水沙關係研究進展〉，收入王守春主編，《黃河流域環境演變與水沙運行規律研究文集》第五集（北京：海洋出版社，一九九三），頁一—九。

王國維，《觀堂集林》（臺北：藝文印書館，一九五六）。

王國瓔，〈個體意識的自覺——兩漢文學中之個體意識〉，《漢學研究》二一卷二期（二〇〇三年十二月），頁四五—七六。

王靖獻，〈國風的草木詩學〉，《失去的樂土》（臺北：洪範出版公司，二〇〇二），頁二一九—二二四。

王夢鷗，《鄒衍遺說考》（臺北：臺灣商務印書館，一九六六）。

王德威（David Der-wei Wang）著，宋偉杰譯，《被壓抑的現代性：晚清小說新論》（*Fin-de-siècle Splendor: Repressed Modernities of Late Qing Fiction, 1849-1911*）（臺北：麥田出版公司，二〇〇三）。

王曉秋、鍾叔河等點校，《走向世界叢書》（長沙：岳麓書社，一九八五）。本書引用叢書中的清・王韜，《扶桑游記》、清・何如璋，《使東述略》、清・何如璋，《使東雜咏》、清・薛福成，《出使英法義比四國日記》、清・黃遵憲著，鍾叔河輯注、點校，《日本雜事詩廣注》。

王曉毅，〈漢晉之際儒道關係與士人心態〉，《漢學研究》一五卷一期（一九九七年六月），頁四五—七一。

王韜，《王韜日記》（北京：中華書局，一九八七）。
史念海，〈論歷史時期我國植被的分布及其變遷〉，《中國歷史地理論叢》一九九一年第三輯（一九九一年九月），頁四三—七三。
朱自清，《詩言志辨》（臺北：臺灣開明書店，一九七五）。
牟宗三，《才性與玄理》（臺北：臺灣學生書局，一九七八）。
何炳棣，《黃土與中國農業的起源》（香港：香港中文大學出版社，一九六九）。
余英時，〈漢晉之際士之新自覺與新思潮〉，《中國知識階層史論》（臺北：聯經出版公司，一九八〇），頁二〇五—三二七。
吳光明，〈莊子的身體思維〉，收入楊儒賓主編，《中國古代思想中的氣論與身體觀》（臺北：巨流圖書公司，一九九三），頁三九三—四一四。
呂正惠，〈「物色」論與「緣情」說——中國抒情美學在六朝的開展〉，收入中國古典文學研究會主編，《文心雕龍綜論》（臺北：臺灣學生書局，一九八八），頁二八五—三一二。
李玲，〈黃遵憲改曆觀的思想歷程〉，《學術月刊》二〇〇四年第一二期（二〇〇四年十二月），頁八八—九六。
李湘，《詩經名物意象探析》（臺北：萬卷樓圖書有限公司，一九九九）。
李建民，《死生之域：周秦漢脈學之源流》（臺北：中央研究院歷史語言研究所，二〇〇〇）。
李炳海，〈詩經中的空間方位選析〉，《中州學刊》一九九一年第三期（一九九一年五月），頁一〇五—一〇九。
李龍海，〈從西周氣候的變遷看豳風七月的寫作時間〉，《寶雞文理學院學報》二五卷五期（二〇〇五年十月），頁三一—三四。
汪春泓，〈從精氣養生說角度對毛詩序的疏證〉，《曲靖師範學院學報》二一卷五期（二〇〇二年九月），頁五五—六一。

周作人，〈日本雜事詩〉，《風雨談》（石家莊：河北教育出版社，二〇〇二），頁一〇〇—一〇五。

周英雄，〈賦比興的語言結構——兼論早期樂府以鳥起興的象徵意義〉，《中國文化研究所學報》一〇卷下冊（一九七九年），頁二七九—三〇六。

周書燦，《西周王朝經營四土研究》（鄭州：中州古籍出版社，二〇〇〇）。

周勛初，〈登高能賦說的演變和劉勰創作論的形成〉，《魏晉南北朝文學論叢》（南京：江蘇古籍出版社，一九九九），頁一三七—四九。

周鳳五，〈由文心辨騷、詮賦、諧讔論賦的起源〉，收入中國古典文學研究會主編，《文心雕龍綜論》（臺北：臺灣學生書局，一九八八），頁三九一—四〇六。

林崗，〈海外經驗與新詩的興起〉，《文學評論》二〇〇四年第四期（二〇〇四年七月），頁二一—二九。

竺可楨，〈中國近五千年來氣候變遷的初步研究〉，《考古學報》一九七二年第一期（一九七二年十二月），頁一五—三八。

邱澎生，〈物質文化與日常生活的辨證〉，《新史學》（物質文化專號）一七卷四期（二〇〇六年十二月），頁一—一四。

施淑，《九歌天問二招的成立背景與楚辭文學精神的探討》（臺北：國立臺灣大學文學院，一九六九）。

施淑，〈漢代社會與漢代詩學〉，《中外文學》一〇卷一〇期（一九八二年三月），頁七〇—一〇七。

胡適，〈五十年來中國之文學〉，《胡適古典文學研究論集》（上海：上海古籍出版社，一九八八），頁八八—一六七。

夏南強，〈類書分類體系的發展演變〉，《華中師範大學學報》四〇卷二期（二〇〇一年三月），頁一三〇—三八。

夏傳才，《詩經研究史概要》（臺北：萬卷樓圖書有限公司，一九九三）。

夏傳才，《詩經語言藝術新編》（北京：語文出版社，一九九八）。

徐少華，《周代南土歷史地理與文化》（武昌：武漢大學出版社，一九九四）。

徐復觀，《兩漢思想史》（臺北：臺灣學生書局，一九七六）。

徐繼畬，《瀛環志略》（臺北：京華書局，一九六八）。

耿煊，《詩經中的經濟植物》（臺北：臺灣商務印書館，一九九六）。

張永芳，〈黃遵憲和新世界詩〉，收入彭海鈴編輯，《中國近代文學與海外國際研討會論文集》（澳門：澳門近代文學會，一九九九），頁二六八—八三。

張素卿，《左傳稱詩研究》（臺北：國立臺灣大學出版委員會，一九九一）。

張淑香，〈詩可以怨〉，《抒情傳統的省思》（臺北：大安出版社，一九九二），頁三—三九。

張舜徽，《清人文集別錄》（北京：中華書局，一九八〇）。

曹虹，〈論更端詞在賦體結構中的功能〉，收入南京大學古典文獻研究所編，《古典文獻研究（一九九三—一九九四）》（南京：南京大學出版社，一九九五），頁一〇七—一七。

曹虹，〈文選賦立「物色」一目的意義〉，《中國辭賦源流綜論》（北京：中華書局，二〇〇五），頁一九一—二〇一。

曹逢甫，《身體與譬喻：語言與認知的首要介面》（臺北：文鶴出版有限公司，二〇〇一）。

曹逢甫（Feng-fu Tsao）著，謝天蔚譯，《主題在漢語中的功能研究：邁向語段分析的第一步》（*A Functional Study of Topic in Chinese: The First Step toward Discourse Analysis*）（北京：北京語文出版社，一九九八）。

梁啟超，《飲冰室合集》（北京：中華書局，二〇〇三）。

符定一編，《連綿字典》（臺北：臺灣中華書局，一九六八）。

許結、郭維森，《中國辭賦發展史》（南京：江蘇教育出版社，一九九六）。

陳志信，〈理想世界的形塑與經典詮釋的形式——以朱熹《詩集傳》對〈二南〉的詮釋為例〉，《漢學研究》二一卷一期（二〇〇三年六月），頁二七九—三〇六。

陳珈貝，〈商周南土政治地理結構研究〉（臺北：國立政治大學歷史研究所碩士論文，二〇〇五）。
陳淏子，《花鏡》，收入任繼愈主編，《中國科學技術典籍通彙》農學卷第四冊（鄭州：河南教育出版社，一九九四）。
陳學熙，〈中國地理學家派〉，《地學雜誌》（中國地學會）第二年一七號（一九一一年八月），頁一a—七b。
陳錚編，《黃遵憲全集》（北京：中華書局，二〇〇五）。
傅孟真先生遺著委員會編，《傅孟真先生集》（臺北：國立臺灣大學，一九五二）。
勞榦，〈論「家人言」與「司空城旦書」〉，《古代中國的歷史與文化》（臺北：聯經出版公司，二〇〇六），頁二二五—二三七。
揚之水，《詩經名物新證》（北京：北京古籍出版社，二〇〇〇）。
黃一農，〈通書——中國傳統天文與社會的交融〉，《漢學研究》一四卷二期（一九九六年十二月），頁一五九—八六。
黃俊傑，〈中國思想史中「身體觀」研究的新視野〉，《中國文哲研究集刊》第二〇期（二〇〇二年三月），頁五四一—六四。
黃興濤，〈近代中國新名詞的研究與詞彙傳統的變革問題——以輸入日本新名詞為中心的討論〉，收入北京日本學研究中心編，《日本學研究》第一二期（北京：世界知識出版社，二〇〇三），頁一一一—一七。
黃應貴，〈物的認識與創新〉，收入黃應貴主編，《物與物質文化》（臺北：中央研究院民族學研究所，二〇〇四），頁三七九—四四八。
馮耀明，〈論所謂中國古代的自然主義——評李約瑟的觀點〉，《清華學報》新三九卷四期（二〇〇九年十二月），頁五〇五—二八。
楊秀芳，〈聲韻學與經典詮釋〉，收入葉國良編，《文獻及語言知識與經典詮釋的關係》（臺北：國立臺灣大學出版中心，二〇〇四），頁一一九—一三三。

楊銘、柳春鳴，〈西周時期的氣候變化與民族遷徙〉，《中原文物》一九九七年第二期（一九九七年六月），頁七六—八二。

楊儒賓，《儒家身體觀》（臺北：中央研究院中國文哲研究所，一九九六）。

楊儒賓，〈先秦思想的明暗象徵〉，收入何寅主編，《中國文化與世界》第六輯（上海：上海外語教育出版社，一九九八），頁一三四—七〇。

葛兆光，〈天崩地裂——中國古代宇宙秩序的建立與坍塌〉，《葛兆光自選集》（桂林：廣西師範大學出版社，一九九七），頁一〇七—一一六。

葛兆光，《七世紀前中國的知識、思想與信仰世界》（上海：復旦大學出版社，一九九八）。

董治國，《古代漢語句型大全》（天津：天津古籍出版社，一九八八）。

葉國良，〈詩經的貴族性〉，《經學側論》（新竹：清大出版社，二〇〇五），頁三七—六一。

葉舒憲，《詩經的文化闡釋——中國詩歌的發生研究》（武漢：湖北出版社，一九九四）。

葉舒憲，〈山海經與禹、益神話〉，《海南大學學報（社會科學版）》一五卷三期（一九九七年九月），頁四五—五一。

葉舒憲，〈方物——山海經的分類編碼〉，《海南師範學院學報（人文社會科學版）》總一三卷四七期（二〇〇〇年三月），頁二〇—三〇。

裘錫圭，〈說格物——以先秦認識論的發展過程為背景〉，《文史叢稿》（上海：上海遠東出版社，一九九六），頁三—一五。

鄒振環，〈薛福成與瀛環志略續編〉，收入王元化主編，《學術集林》卷一四（上海：遠東出版社，一九九八），頁二七一—九〇。

鄒振環，《晚清西方地理學在中國——以一八一五至一九一一年西方地理學譯著的傳播與影響為中心》（上海：上海古籍出版社，二〇〇〇）。
褚斌杰，《中國古代文體概論》（北京：北京大學出版社，一九九二）。
蒙文通，《古族甄微》，《蒙文通文集》卷二（成都：巴蜀書社，一九九三）。
裴普賢，《詩經相同句及其影響》（臺北：三民書局，一九七四）。
裴溥言，〈詩經二南時地異說之研討〉，收入臺靜農先生八十壽慶論文集編委會編，《臺靜農先生八十壽慶論文集》（臺北：聯經出版公司，一九八一），頁七四三—八一。
劉昭明，《中國歷史上氣候之變遷》（臺北：臺灣商務印書館，一九九四）。
劉若愚（James Liu）著，杜國清譯，《中國文學理論》（*Chinese Theories of Literature*）（臺北：聯經出版公司，一九八一）。
劉師培，《論文雜記》，《中國中古文學史、論文雜記》（北京：人民文學出版社，一九八四）。
廣東丘逢甲研究會編，《丘逢甲集》（長沙：岳麓書社，二〇〇一）。
潘富俊，《詩經植物圖鑑》（臺北：貓頭鷹出版，二〇〇一）。
潘朝陽，〈空間、地方觀與「大地具現」暨「經典詮說」的宗教性詮釋〉，《中國文哲研究通訊》一〇卷三期（二〇〇〇年九月），頁一六九—八八。
蔡英俊，《比興、物色與情景交融》（臺北：大安出版社，一九八六）。
蔡英俊，〈「白璧微瑕，惟在閑情一賦」辨——兼論審美活動與道德實踐的問題〉，收入廖蔚卿教授八十壽慶論文編輯委員會編，《廖蔚卿教授八十壽慶論文集》（臺北：里仁書局，二〇〇三），頁一六一—七九。
蔣英豪，〈日本雜事詩與近代漢語新詞〉，《漢學研究》二二卷一期（二〇〇四年六月），頁二九九—三二三。
蔡璧名，《身體與自然：以『皇帝內經素問』為中心論古代思想傳統中的身體觀》（臺北：國立臺灣大學出版委員會，一九九七）。

蔡璧名，〈莊子「乘天地之正而御六氣之辯」新詮〉，《大陸雜誌》一〇二卷四期（二〇〇一年四月），頁一〇—一五；一〇二卷五期（二〇〇一年五月），頁一—二九。

鄭毓瑜，〈劉勰的原道觀〉，《中外文學》一四卷三期（一九八五年八月），頁一一九—一三一。

鄭毓瑜，〈詮釋的界域——從「詩大序」再探抒情傳統的建構〉，《中國文哲研究集刊》第二三期（二〇〇三年九月），頁一—三二。

鄭毓瑜，〈身體時氣感與漢魏抒情詩——漢魏文學與楚辭、月令的關係〉，《文本風景：自我與空間的相互定義》（臺北：麥田出版公司，二〇〇五），頁二九七—三一〇。

錢仲聯，《人境廬詩草箋注》（上海：上海古籍出版社，一九九九）。

錢鍾書，《管錐編》（北京：中華書局，一九七九）。

錢鍾書，《談藝錄》（補訂本）（北京：中華書局，一九九三）。

錢鍾書，《七綴集》（修訂本）（上海：上海古籍出版社，一九九五）。

鍾叔河，〈論黃遵憲的日本研究〉，《九州學刊》三卷四期（一九九〇年九月），頁六七—九二。

簡宗梧，《漢賦源流與價值之商榷》（臺北：文史哲出版社，一九八〇）。

簡宗梧，〈神女賦探究〉，《漢賦史論》（臺北：東大圖書公司，一九九三）。

簡宗梧，《賦與駢文》（臺北：臺灣書店，一九九八）。

顏崑陽，〈文心雕龍「比興」觀念析論〉，《國立中央大學人文學報》第一二期（一九九四年六月），頁三一—五五。

顏崑陽，〈漢代「賦學」在中國文學批評史上的意義〉，收入國立政治大學文學院、國立暨南國際大學中文研究所、美國西雅圖華盛頓大學主辦，《第三屆國際辭賦學學術研討會論文集》（臺北：國立政治大學中文系，一九九六），頁一〇七—一三五。

譚嗣同，《仁學》（北京：華夏出版社，二〇〇二）。

譚德興，〈論詩經之方位話語及其文化意蘊〉，《衡陽師範學院學報》二七卷二期（二〇〇六年八月），頁四五—五一。

蘇以文，《隱喻與認知》（臺北：臺灣大學出版中心，二〇〇五）。

饒宗頤，《選堂賦話》，收入何沛雄編著，《賦話六種》（香港：三聯書店，一九八二）。

顧頡剛，《史林雜識》（初編）（北京：中華書局，一九七七）。

龔鵬程，〈從呂氏春秋到文心雕龍——自然氣感與抒情自我〉，收入中國古典文學研究會主編，《文心雕龍綜論》（臺北：臺灣學生書局，一九八八），頁三一三—三四五。

王靖獻（C. H. Wang）著，謝謙譯，《鐘與鼓：詩經套語及其創作方式》（*The Bell and the Drum*）（成都：四川人民出版社，一九九〇）。

段義孚（Yi-Fu Tuan）著，潘桂成譯，《經驗透視中的空間和地方》（*Space and Place: The Perspective of Experience*）（臺北：國立編譯館，一九九八）。

詹姆斯（Preston E. James）、馬丁（Geoffre Martin）著，李旭旦譯，《地理學思想史》（增訂本）（*All Possible Worlds: A History of Geographical Ideas*）（北京：商務印書館，一九八九）。

雷可夫（George Lakoff）、詹森（Mark Johnson）著，周世箴譯注，《我們賴以生存的譬喻》（*Metaphors We Live By*）（臺北：聯經出版公司，二〇〇六）。

福柯（Michel Foucault）著，莫偉民譯，《詞與物：人文科學考古學》（*The Order of Things: An Archaeology of the Human Science*）（上海：上海三聯書店，二〇〇一）。

（日）吉川幸次郎著，鄭清茂譯，〈推移的悲哀——古詩十九首的主題〉，《中外文學》六卷四期（一九七七年九月），頁二四—五五；六卷五期（一九七七年十月），頁一一三—一三一。

（日）和辻哲郎著，陳力衛譯，《風土》（北京：商務印書館，二〇〇六）。

（日）岡元鳳，《毛詩品物圖考》（臺北：廣文書局，一九八五）。

（日）張偉雄，《文人外交官の明治日本》（東京：柏書房，一九九九）。

（日）塚本信也，〈琴を携えるものたち——琴の文化的位相とその變遷〉，《東北學院大學教養學部論集》第一四六號（二〇〇七年二月），頁一—二九。

（英）李約瑟（Joseph Needham）著，陳立夫主譯，《中國古代科學思想史》（*History of Scientific Thought*）（南昌：江西人民出版社，一九九三）。

（英）侯失勒（John Herschel）著，（英）偉烈亞力（Alexander Wylie）譯，清・李善蘭刪述，清・徐建寅續述，《談天》（*Outlines of Astronomy*），收入《續修四庫全書》，子部，西學譯著類，第一三〇〇冊（上海：上海古籍出版社，二〇〇二）。

（英）琳達・麥道威爾（Linda McDowell）著，徐苔玲、王志弘合譯，《性別、認同與地方》（*Gender, Identity and Place: understanding Feminist Geographies*）（臺北：群學出版有限公司，二〇〇六）。

（義）艾儒略（P. Julius Aleni）著，謝方校釋，《職方外紀校釋》（北京：中華書局，一九九六）。

（義）馬西尼（Federico Masini）著，黃河清譯，《現代漢語詞彙的形成：十九世紀漢語外來詞研究》（*The Formation of Modern Chinese Lexicon and its Evolution toward a National Language: The Period from 1840 to 1898*）（上海：漢語大詞典出版社，一九九七）。

（法）于連（François Jullien）著，杜小真譯，《迂回與進入》（*Le dètour et l'accès, stratégies du sens en chine, en Gréce*）（北京：生活・讀書・新知三聯書店，二〇〇三）。

（美）裨治文（Elijah Coleman Bridgman），《大美聯邦志略》（上海：墨海書館，一八六一）。

Bird, Jon, Curtis, Barry, Putnam, Tim, Robertson, George and Tickner, Lisa. eds. *Mapping the Futures: Local Cultures,*

Global Change. London: Routledge, 1993.

Foucault, Michel. *The Order of Things: An Archaeology of the Human Science*. New York: Random House, 1970.

James, Preston E. and Martin, Geoffrey. *All Possible Worlds: A History of Geographical Ideas*. New York: Bobbs-Merrill, 1975.

Johnson, Mark. *The Body in the Mind*. Chicago: The University of Chicago Press, 1987.

Kowallis, Jon. *The Subtle Revolution: Poets of the "Old Schools" during Late Qing and Early Republican China*. Berkeley: Institute of East Asian Studies, University of California, 2006.

Kuriyama, Shigehisa（栗山茂久）. "The Imagination of Winds and the Development of the Chinese Conception of the Body," in Angela Zito and Tani E. Barlow eds. *Body, Subject, and Power in China*. Chicago: The University of Chicago Press, 1994, pp. 23-41.

Lakoff, George and Johnson, Mark. *Metaphors We Live By*. Chicago: University of Chicago Press, 1980.

Owen, Stephen. *Traditional Chinese Poetry and Poetics*. Madison: The University of Wisconsin Press, 1985.

Patterson, Lee. "Literary History," in Frank Lentricchia & Thomas McLaughlin eds. *Critical Terms for Literary Study*. Chicago: The University of Chicago Press, 1995, pp. 250-62.

Teng, N. Y.（鄧育仁）. "Image Alignment in Multimodal Metaphor," in Charles J. Forceville & Eduardo Urios-Aparisi eds. *Multimodal Metaphor*. Berlin: Mouton de Gruyter, 2009, pp. 195-210.

Tuan, Yi-fu. *Space and Place: The Perspective of Experience*, Minneapolis: The University of Minnesota Press, 1977.

Wang, C. H.（王靖獻）. *The Bell and the Drum*. Berkeley: University of California Press, 1974.

Wilhelm, Hellmut. *Heaven, Earth, and Man in the Book of Changes*. Seattle: University of Washington Press, 1977.

Yu, Pauline. *The Reading of Imagery in the Chinese Poetic Tradition*. Princeton: Princeton University Press, 1987.

引譬連類：文學研究的關鍵詞

2012年9月初版　　定價：新臺幣520元
2018年7月初版第三刷

著者	鄭毓瑜
叢書主編	胡金倫
校對	陳敬雯
	楊中薇
	彭定源
	李菊華
封面設計	蔡婕岑

出版者	聯經出版事業股份有限公司
地址	新北市汐止區大同路一段369號1樓
編輯部地址	新北市汐止區大同路一段369號1樓
叢書主編電話	(02)86925588轉3932
台北聯經書房	台北市新生南路三段94號
電話	(02)23620308
台中分公司	台中市北區崇德路一段198號
暨門市電話	(04)22312023
郵政劃撥帳戶第	0100559-3號
郵撥電話	(02)23620308
印刷者	世和印製企業有限公司
總經銷	聯合發行股份有限公司
發行所	新北市新店區寶橋路235巷6弄6號2F
電話	(02)29178022

總編輯	胡金倫
總經理	陳芝宇
社長	羅國俊
發行人	林載爵

行政院新聞局出版事業登記證局版臺業字第0130號

本書如有缺頁，破損，倒裝請寄回台北聯經書房更換。　ISBN 978-957-08-4047-6 (精裝)
聯經網址 http://www.linkingbooks.com.tw
電子信箱 e-mail:linking@udngroup.com

國家圖書館出版品預行編目資料

引譬連類：文學研究的關鍵詞/鄭毓瑜著．
初版．新北市．聯經．2012年9月（民101年）．
344面．14.8×21公分
ISBN 978-957-08-4047-6（精裝）
[2018年7月初版第三刷]

1.漢語語法 2.比喻

802.62 101017302